[中国新文学发展史研究丛书]

想象、建构及限制

——20世纪80年代中国文学史论

俞敏华 著

浙江工商大学出版社
ZHEJIANG GONGSHANG UNIVERSITY PRESS

·杭州·

图书在版编目（CIP）数据

想象、建构及限制：20世纪80年代中国文学史论 /
俞敏华著 . — 杭州：浙江工商大学出版社，2020.1（2020.12 重印）
（中国新文学发展史研究丛书 / 高玉主编）
ISBN 978-7-5178-3501-1

Ⅰ . ①想… Ⅱ . ①俞… Ⅲ . ①中国文学 – 当代文学 –
文学史研究 Ⅳ . ① I209.7

中国版本图书馆 CIP 数据核字 (2019) 第 222186 号

想象、建构及限制——20 世纪 80 年代中国文学史论

XIANGXIANG JIANGOU JI XIANZHI —— 20 SHIJI 80 NIANDAI ZHONGGUO WENXUE SHILUN

俞敏华 著

策划编辑	郑　建
责任编辑	唐　红　谭娟娟
封面设计	王　辉　张俊妙
责任印制	包建辉
出版发行	浙江工商大学出版社
	（杭州市教工路 198 号　邮政编码 310012）
	（E-mail: zjgsupress@163.com）
	电话：0571-88904980，88831806（传真）
排　版	庆春籍研室
印　刷	杭州高腾印务有限公司
开　本	710mm×1000mm　1/16
印　张	26.5
字　数	402 千
版 印 次	2020 年 1 月第 1 版　2020 年 12 月第 2 次印刷
书　号	ISBN 978-7-5178-3501-1
定　价	58.00 元

总 序

当今文学教育主要是通过文学史来完成的，本科教育是这样，研究生教育也是如此。在学科分类和学术研究中，文学史都是文学中最重要的内容，没有之一。在某种意义上，文学史涵盖或牵涉所有的文学现象和理论问题，所以不论是学术研究还是教材编写，文学史都将是说不完的话题，文学史作为教材"常编常新"，作为学术"常研究常新"。

大约从 2008 年起，我和同事们有意编一套中国现当代文学史教材，并且希望有所突破和创新。这种突破和创新不仅体现在教材内容上，也体现在体例上。我们也希望这能对中国现当代文学的教学改革有所推进，避免各种陈陈相因。我发现，很多教材之所以陈陈相因，很重要的一个原因是编纂者缺乏对他书写内容的深入研究，因而多是人云亦云，甚至以讹传讹。我们最大的努力就是把教材编写建立在研究的基础上，以此希望能够提供一些新鲜的东西，于是就有了"中国新文学发展史研究丛书"这个项目，并于 2015 年申请浙江省高校人文社科重大攻关项目，获得通过（编号 2014GH006 ）。

需要特别说明的是关于中国现当代文学（或"新文学"）"时间段"划分及其模式的问题。虽然说中国新文学发展至今只有一百余年的历史，就时间而论其无法与古代几千年的文学史相提并论，但这百余年与古代的任何一百年都不一样，就其发展演变的复杂性、内容的丰富性（如涉及的材料、文学现象、文化背景的交融等）、矛盾的多重性（古／今、中／外、城／乡、传统／

现代等）、作家作品数量上的巨大性（21 世纪以来，仅每年出版的长篇小说，就达数千部之多）等特征而论，它是全新的类型和品质，所以中国现当代文学史与古代断代文学史式的简单叙述不同，需要一种新的研究方式。

同时，百年来的新文学本具有一体性，把它简单地划分为中国现代文学与中国当代文学，在 20 世纪 80 年代是适合的，在今天则完全不合适了，最重要的原因就是内容上的严重不平衡。现当代文学史在发展上是"自由落体运动"式的，也即文学现象特别是作品在量上是以"加速度"的形式增加的，90 年代以来的中国文学"密度"很大，内容非常丰富且复杂，但在文学史的版图里却被"压缩"在非常有限的空间里。现代文学仅 30 年，而当代文学已有 70 年，且时间上还在向前延伸，这不仅在时间上不平衡，在内容上更不平衡。当代文学内部，由于内容的丰富性与复杂性，再加上巨大的差异性，笼统地研究中国现当代文学已经不可能，笼统地研究当代文学也不可能，因此，中国现当代文学研究也需要分工协作，需要分"时间段"来研究。

事实上，自晚清以来，新文学经历了多次转型，其中既有晚清以降传统向现代的新旧转型、中华人民共和国成立后"十七年"文学的当代转折，以及 70 年末 80 年代初的新时期裂变等这样具有"知识型"层面的大的转折，也有像五四时期新文学的发生发展、20—30 年代的新文学繁荣、40 年代初至 1949 年的文学发展的区域性分割、"文革"前后文学演变的反转、80 年代文学的盛世想象、90 年代文学的"大转型"等阶段性特征非常明显的时段。如此种种，使得以发展阶段为基础，对其特征进行深入、细致的"史"的研究，成为必要。中国现当代文学史研究既需要宏观的演变研究，也需要更为细致甚至琐碎的"横断面"的"解剖性"研究。

狭义的"中国现代文学"最初作为一个独立的学科有它的合理性，它意味着一种不同于过去三千年文学的新文学的开始，但随着新文学的发展，它越来越成为新文学的一个组成部分而不具有独立性，现代文学在实绩上的确具有巨大成就，伟大作家群星闪耀，但从文学史的角度来说，现代文学作为一个宏观时期越来越不合适，它甚至没有纯粹属于自己时代的作家，鲁迅、郭沫若、茅盾、巴金、老舍、曹禺等多跨两个时代，或者从晚清到民国，或者从现代到当代，没有跨越时间之外的叙述，这些作家都不可能是完整的。正是从"完整"的角度，本丛书专著"清末民初"文学一册。我相信，将百余年文学发展的自然时段作为分段的依据，这既是一种分期法和对约定俗成的文学现象的认知，也是一种新的文学史观的体现。这一体例既能有效避免在现代和当代之间人为强制地划定界限，避免对现代文学和当代文学中各自复杂性的化约，也能更为详细地梳理百年文学的纹理脉络，有利于我们更好地把握百年文学的历史走向。

高 玉

2019 年 10 月 23 日于浙江师范大学

目 录

以"常识"和"问题"为中心：
20世纪80年代文学史的建构方式

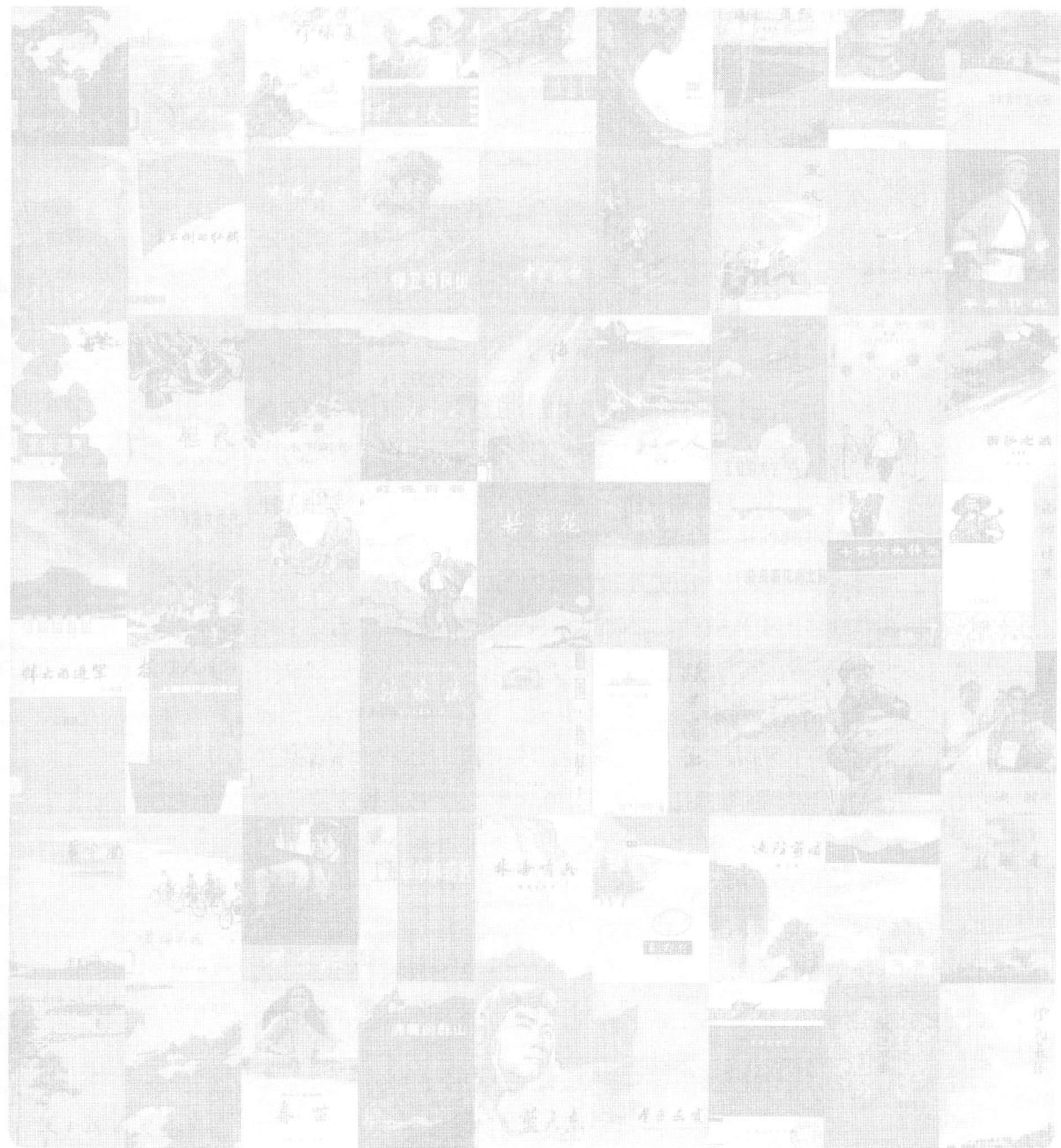

第一节　立场的问题

　　文学史的写作是一个艰难又充满想象力的过程，历史本身的丰富及复杂性，以及理解问题的场域、研究者视野的限制，都将决定历史的不同面貌。海登·怀特说："我们想起了现代历史理论不断有意让我们忘记的一些真理，即作为所有这些学问的主题的'历史'只有通过语言才能接触到，我们的历史经验与我们的历史话语是分不开的，这种话语在作为'历史'被消化之前必须书写出来，因此，历史书写本身有多少种不同的话语，就有多少种历史经验。"[01] 书写历史或文学史的过程，是一个寻找话语方式的过程，这个过程当然是艰难甚至充满矛盾的，在这一过程中，确立一种立场至关重要。自然，本部文学史的书写，首先也面临着看待 20 世纪 80 年代文学的诸种文学现象的立场和角度、已有的文学史知识、文学史知识的呈现方式等问题。

　　有评论家曾指出："在许多人的心目中，20 世纪 80 年代并非是一个单纯的时间段落——至少，20 世纪 80 年代的中国文学是一个相对独立的文化单元。现今，这个文化单元陆续嵌入各种阐释体系，充当理论架构的历史证据。某种阐释倾向于将这个时期叙述为激情燃烧

---

[01]　［美］海登·怀特：《后现代历史叙事学》，陈永国等译，中国社会科学出版社 2003 年版，第 292 页。

想象、建构及限制——20世纪80年代中国文学史论

《新时期文学六年：1976.10—
1982.9》（1985 年版）

《中国当代文学思潮史》
（1987 年版）

《中国当代文学概论》
（1998 年版）

的日子，从而鄙视 90 年代之后市侩气对于人文精神的侵蚀，另一种阐释企图贬抑 80 年代盛行空洞的大概念，90 年代的引经据典以及严谨的考订表明了正宗的'学术'。某些人由于一度荣登 80 年代舞台而在回忆之中保存了恋恋不舍的口吻；另一些人更乐于拒绝 80 年代以祛除'影响的焦虑'。令人欣慰的是，这个文化单元的确包含了足够的内涵，以至于各个季节的理论耕耘无不获得了期待的收成。必须承认，这个文化单元拥有一个天然的历史性开端。"[01] 的确，正如这位评论家所列举的，对于 20 世纪 80 年代的中国文学，文学界充满了各种各样的评述，这诸种不同的评述"结果"也理当成为我们今天再次进行书写的借鉴。当我们以书写文学史的目的介入 80 年代的时候，其间诸多文学事件、文学政策、文学作品、文学论争、文学评论乃至当时的文学语境自然而然地被纳入我们的研究范畴。同时，各种文学史所讲述的历史内容及讲述方式，也成为我们建构文学史的重要维度。比如，中国社会科学院文学研究所当代文学研究室编的《新时期文学六年：1976.10—1982.9》（1985 年）、朱寨编的《中国当代文学思潮史》（1987 年）等 80 年代出版的文学史，他们对知识的选择和论述重心，必将成为建构 80 年代文学史的重要资料。而 90 年代以来人们对 80 年代文学的不同历史叙说，也将成为我们建构 80 年代文学史的重要组成部分。比如，於可训的《中国当代文学概论》（1998 年），洪子诚的《中国当代文学史》（1999 年）以及修订版

[01]　南帆：《八十年代：多义的启蒙》，《文学评论》2008 年第 5 期。

《中国当代文学史》　　　《中国当代文学史教程　　　《中国当代文学发展史》　　《二十世纪中国文学史》
（修订版）（2007 年版）　　（第二版）》（2005 年版）　　　（2002 年版）　　　　　　（2008 年版）

（2007 年），陈思和主编的《中国当代文学史教程（第二版）》（2005 年），金汉等人主编的《新编中国当代文学发展史》（1997 年）以及修订版《中国当代文学发展史》（2002 年），许志英、丁帆主编的《中国新时期小说主潮》（2002 年），孟繁华、程光炜的《中国当代文学发展史》（2004 年），德国顾彬的《二十世纪中国文学史》（2008 年），等等，这些前人的研究成果成为本书研究的重要资料。不仅他们在不同时期所呈现的不同的文学史面貌，说明了文学史建构的变动问题，他们所"选择"的知识也成了 80 年代重要的文学资料。当然，如何回到历史的现场并找到新的视角梳理这些文学史的常识仍是问题的难点和重点。

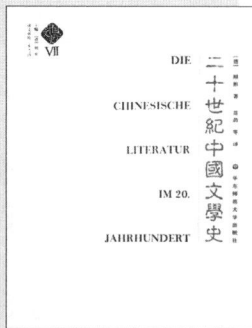

　　首先，立场或者说选择站立的观察角度是十分重要的。有时候，距离和固定的视角能够给我们一种有效的方式。比如，在漓江游览的时候，游客们都会被指导观看一处称作"九马画山"的风景，意在从青绿黄白的岩石线条中，寻找出各种形状的马。就笔者个人经验来看，从眼前真实的石壁去寻找各种马的印迹远没有从摄像头及图片中寻找来得明了和确切。或许是因为在运动着的船体上观察眼前石壁时，视觉上往往更关注岩石的某一角落或某一线条，找"马"的行为也因这种整体判断感的缺乏，以及其他纳入视野的景物的干扰，而显得很麻烦。然而，当我们举起相机，将整块岩壁放在镜头中的时候，青绿黄白的岩石线条就连成了一体，并且，岩壁从视觉上与自己产生了一定的距离，这时候，各种线条反而显露得更清晰，马的形状也一下子浮现了出来。这种经历给我的研究带来启发，面对纷繁复杂的诸多文学史资料，保持一定的距离并且"纳入镜头"不失为一种有效的

方式。同时，90 年代以来，学界不断提出的"重返八十年代"的研究思路也给了我很大的启发，正如程光炜和李杨所说的："'重返八十年代'意味着将八十年代重新变成一个问题，它尝试通过将八十年代历史化和知识化，探讨何种力量与何种方式参与了八十年代的文学建构。"[01] 当我与 80 年代这一画面对象保持一定距离或将 80 年代作为一个问题来考虑时，我力图看到历史和现实的更多的侧面，并给予更新的想象和阐释的空间。

这样的距离包括对待他者的叙述和评论保持一种审视的姿态。因为对目前大多数研究者而言，20 世纪 80 年代都曾是亲历的时代。洪子诚在《立场和方法》一文中，借用了艾瑞克·霍布斯鲍姆在《极端的年代》的"前言与谢语"中的话："任何一位当代欲写作 20 世纪历史，都与他或她处理历史上其他任何时期不同。不为别的，单单就因为我们身在其中，自然不可能像研究过去的时期一般，可以（而且必须）由外向内观察，经由该时期的二手（甚至三手）资料，或依后代的史家撰述为托。"[02] 他还指出："有没有这种亲历和体验，在对'历史'的处理上，是有许多不同的。"[03]

对 20 世纪文学史的处理尚且如此，对 80 年代文学史的处理也是如此，因为大部分研究者都不曾远离对 80 年代变动的生活、变革的思想、更迭的时尚潮流的体验。这种亲历感有时有利于论述者更好地进入文学现场，对理解文学史的材料是有益的，但是，也会使论述者受限于个体的感受而容易局限于 80 年代的思维方式，并因为"怀旧感"而遮蔽许多文学问题。所以，要想更好地分析问题，距离意识无疑是有效的，这里的距离当

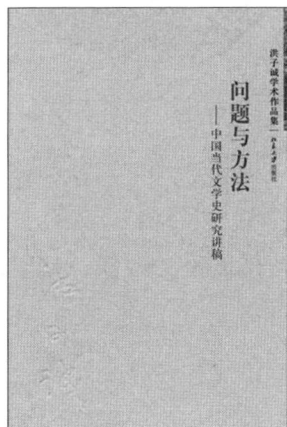

《问题与方法——中国当代文学史研究讲稿》（2010 年版）

然也包括将 80 年代作为一个问题进行研究。换言之，任何历史都是

---

[01] 程光炜、李杨：《重返八十年代·主持人的话》，《当代作家评论》2007 年第 1 期。

[02] 洪子诚：《问题与方法——中国当代文学史研究讲稿》，北京大学出版社 2010 年版，第 1 页。

[03] 洪子诚：《问题与方法——中国当代文学史研究讲稿》，北京大学出版社 2010 年版，第 15 页。

当代的历史，我们有理由站立在 21 世纪的立场上去重新观照 80 年代所发生的诸多文学事件及众多文学文本，以理解 80 年代这一对象对于我们今天的意义。更重要的是，我们更愿意在一种陌生化的过程中去感受、记忆和返回到历史的现场，以思考历史何以如此建构。

因此，自 20 世纪 80 年代至今，文学史又经过了 30 余年的历程，将 80 年代放在这个历程中，是我们必须完成的工作，当然，我们的立场并不单是为了重新整理或批判 80 年代文学所经历过的风风雨雨，特别是文学批评建构时，曾经对其做出的判断。我们所追求的是与 80 年代形成一次历史性的对话，我们所关心的既是历史是怎样的，又是历史何以会这样。因而，80 年代之前和之后的历史自然成为我们思考问题的一部分，这也是我们选择文学史的写作立场的重要环节。

其次，另一个重要问题是写作 20 世纪 80 年代文学史所要展示的内容是什么。毋庸置疑，任何一种文学史的写作立场和方法都是有限度的，研究者唯一能做的是在特定的立场下，找到书写的目的。本书的写作目的就是站在文学史的视野下，考察 80 年代文学发展历程中凸显的关键要素。本书的研究内容既包括 80 年代创作的作品，也包括当年对作品的评论，以及由此生发或体现出的文学的“周边”，因为 80 年代诸多的文学评判事件，本身就构成了建构 80 年代文学史的一部分。换言之，在研究过程中，当使用“伤痕”“反思”“改革”“寻根”“先锋”“新写实”“朦胧诗派”“第三代诗歌”等等这样的词汇的时候，就要进入 80 年代文学的现场，去梳理各类主要文学潮流、作家作品的基本状况，以描述种种文学常识的方式来呈现一部文学史的基本面貌。更重要的是，在呈现这些文学史常识时，既要考虑 80 年代建构这些文学史现象时的知识认同情况，又要以一种审视的视野来看待文学史是如何建构这些知识的，即为什么选择了这样的一些人物、作品进入文学潮流的浪潮中，以此来进一步考察 80 年代文学史的思维架构等等。所以，从严格意义上讲，这不仅是一部文学史知识的历史，更多的是关于知识的史论，包含各种文学潮流的涌动，“朦胧诗派”的论争，新一代诗群的快速崛起，关于现代派问题的辩论，方法热、文化热的激流，人道主义问题的讨论，“纯文学”观念的生成，散文、戏剧体裁创作中新的变革之作，等等，诸多复杂的文学知识。本书阐述的重点在于，找寻出 80 年代这一个历史时期中，文学史的哪些问题浮出了历史地表并构成了文学发展的关键要素。这样看来，进入历史现场与出离历史现场构成了一种极为有效的方式。

第二节　**概念的辨析**

整理 20 世纪 80 年代的文学资料，概念的解析十分重要。就现有的文学史资料来看，使用得较普遍的是"新时期文学""80 年代文学"这两个概念。80 年代至 90 年代后期，文学界进行文学史的书写时，习惯使用"新时期文学"这一概念，而很少单独使用"80 年代文学"这一概念。90 年代以来，文学史越来越多地使用了"80 年代文学""90 年代文学"这样的概念。特别是近些年来，洪子诚、李杨、程光炜等学者，试图重新审视"新时期文学"并力图摆脱 80 年代所建构起来的"新时期文学"概念的意识形态，而尽可能地使用"80 年代文学""90 年代文学"这样的称谓来取代"新时期文学"这样的称谓。如若参照福柯提出的知识考古学的思维方式，从"80 年代文学"这一概念生发的机制来看，研究者们可以发现"80 年代文学"概念本身就脱胎于"新时期文学"这一概念，两个不同概念的使用尽管在物理时间及对象上有很大的重叠性，但实际上折射了不同文学语境下解读事物的不同方式。

"新时期文学"提法流行的标志性事件是 1979 年 11 月第四次全国文代会上周扬做了《继往开来，繁荣社会主义新时期的文艺》的报告。报告中否定了长期以来占据文坛的"文艺从属于政治"的提法，并将文艺服务项目的范围由"政治"扩展到"人民"。从表面上看，这只是对过去文艺与政治关系的问题做了妥协式的处理，但"新时期文艺"这一概念提出的背后却涌动着一股强烈地打倒或抛弃旧有一切，迎接社会主义新时代（新时期）到来的时代情绪。这当然离不开粉碎"四人帮"反革命集团的政治变革，新的政府班子成员采取的一系列经济、文化政策也都因为这种"粉碎感"而力图展示出一种新气象。在文坛上，这种除旧迎新的激动情绪也很鲜明。新时期之初，中国社会科学院文学研究所当代文学研究室集体编写的《新时期文学六年：1976.10—1982.9》一书中，总结 1976 年以来这六年的文学历史时，做了如此表述：

> 谁也没有料到，在经历"文化大革命"十年劫难之后，社会主义中国竟如此迅速地重新站立起来。更没有人会料到，在"百花凋零，万马齐喑"的十年文坛荒芜后，中国的社会主义文学非但迅即复苏，而且短短六年间便达到空前繁荣的境地。[01]

"复苏""繁荣""重新站立"等词汇一度成为判断此时期文学创作的关键词。20 世纪 80 年代的文学创作被认为跨越了"文化大革命"的束缚而展示了新的时代景象。比如，刘心武的《班主任》（1977 年）这篇小说中所塑造的班主任张俊石老师，以一种清醒的姿态及高尚的品格正确地对待了宋宝琦和谢惠敏这两类"文革"受害者，他的行为及思想不仅控诉了"文化大革命"对青少年的迫害，更为新时期如何做好教师这份工作树立了榜样。《乔厂长上任记》（1979年）中的乔厂长也以其敢作敢当、开拓进取的精神和行为，起到了这种楷模的作用。这两部作品所表现出来的精神追求包含着对新时期生活的想象，对新时代到来后的政治意识形态或社会主义精神的宣扬，以及在此背景下对人的重新理解，这些精神普遍带有某种启蒙及先锋色彩的意味，而这种意味正是与人们欢呼新时代到来时的那种激情澎湃相连的。

---

[01]　中国社会科学院文学研究所当代文学研究室编：《新时期文学六年：1976.10—1982.9》，中国社会科学出版社 1985 年版，第 1 页。

　　对新时期文学的普遍认同乃至赞同的另一层面，是否定或批判之前的"文革"乃至"十七年文学"，即建构新时期文学与之前文学的断裂感并彰显其新气象。这一点仍然在文学史的编写上表现得很突出。除了中国社科院编写的《新时期文学六年：1976.10—1982.9》，20 世纪 80 年代出版的几部重要文学史，如张钟等人编写的《当代中国文学概观》、朱寨主编的《中国当代文学思潮史》等，都将"新时期文学"看成是对以往文学的突破及进步。程光炜曾如此评价张钟等人编的文学史："在张钟等人的《当代中国文学概观》一书中，作者认为'新时期文学'与'十七年文学'是一种断裂关系，他们指出：与十七年文学相比，文学已由'长期以来的专一的政治视角'，转向'开阔的社会视角'，由对文学的教化功能的要求，转向多样的审美功能的需要。在他们看来，新时期文学已经是一种完全不同于以往文学的文学审美形态。"[01] 这里，评论者明确地指出了文学史叙述中所持的"断裂感"。

　　现在看来，对新时期文学的判断很大程度上都是建立在这种"断裂感"上的。虽然，在当时的历史语境中，我们可以判断，作家们经历了长期封闭的环境后，看到一些新的事物的到来，的确经历了无比激动的时刻，甚至沉浸于一种不断追求当时看来是新事物的情绪中，乃至有了一种与过去完全不一样的"断裂感"。这种"断裂感"有其独特的历史可靠性，但若对文学史做一整体观照，我们就很容易发现，80 年代文学与 50—70

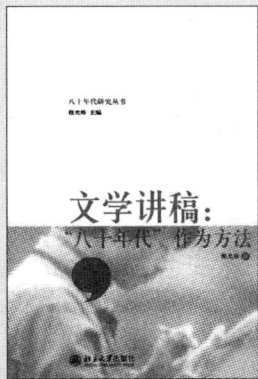

《文学讲稿："八十年代"作为方法》（2009 年版）

年代文学的"断裂"并不像想象中那么鲜明，文学史历程中的联系在这个时代变换的节点上，同样发挥着巨大的作用。比如，80 年代大量的作品就是作家在"文化大革命"期间创作的；80 年代那种创新、探索激情的背后，隐藏着建立文学话语中心或霸权的意识，同时，文学制度对文学创作的规约也是相当鲜明的，而这一切都是 50—70 年代文学特征的延续。所以，作为文学史的叙述，我们理当顾及这种历

[01]　程光炜：《文学讲稿："八十年代"作为方法》，北京大学出版社 2009 年版，第 41 页。

史的连续性，而与当时建构的"断裂感"保持一定的距离，这正如有评论家所指出的，"新时期文学"概念建构中包含着这样的思维："历史发展的'断裂论'当然与建立在'进化论'之上的历史主义迷思有关……'新时期文学'的建构也需要首先创造一个完整的、本质化的'50—70 年代文学'，或者至少需要一个高度本质化的'文革文学'，而这样完整的'他者'其实并不存在。'新时期文学'的叙述者将'当代文学'切割为黑白分明的两个时期，按照界线清晰的时空实体来安排文学史叙述，将'文学'与'政治'都简化为恒定的历史分析单位，根据线性的因果关系组织事件。"[01]

　　20 世纪 90 年代以来，已有越来越多的学者对这种"断裂感"发出了质疑，并希望通过"重读"或"重返"80 年代文学的方法挑战这样的思维方式。从文学史的著作实践来看，许多文学史的写作者也力图摆脱这种"断裂"。如，陈思和主编的《中国当代文学史教程》通过"多层面""潜在写作""民间隐形结构""民间的理想主义""共名与无名"等理解文学史的关键词的引导来完成其文学的写作，追求教材编写上的三个特点。第一个特点"是力求区别以文学作品为主型的文学史与以文学史知识为主型的文学史的不同着眼点和编写角度……本教材着重于对文学史上重要创作现象的介绍和作品艺术内涵的阐发，学习者透过对这些作品的阅读和分析，可以隐约了解一些文学史背景"[02]。第二个特点"是打破以往文学史一元化的融合视角，以共时性的文学创作为轴心，构筑新的文学创作整体观"[03]。第三个特点是"通过对文学作品的多义性的诠释，使文学史观念达到内在的统一性"[04]。以此，这部文学史通过对 50—70 年代的"潜流文学"的发掘来承续 20 世纪中国文学发展线索，通过各类文学主题的融合，打破了按类型分类的写作手法，凸显 20 世纪文学发展脉络的整体性，并呈现了对作品解读的多义性。孟繁华、程光炜的《中国当代文学发展史》（2004 年）强调了"新时期文学"与"十七年文学"之间历史联系的线索及复杂性。洪子诚的《中国当代文学史》（1999 年）用年代

[01]　李杨：《重返"新时期文学"的意义》，程光炜编：《重返八十年代》，北京大学出版社 2009 年版，第 2 页。
[02]　陈思和主编：《中国当代文学史教程》，复旦大学出版社 1999 年版，第 6—7 页。
[03]　陈思和主编：《中国当代文学史教程》，复旦大学出版社 1999 年版，第 7—8 页。
[04]　陈思和主编：《中国当代文学史教程》，复旦大学出版社 1999 年版，第 9 页。

的划分法来规避"新时期"概念，努力建构"当代文学"的整体性。在一些评论文章中，2009 年程光炜主编的"八十年代研究丛书"，进一步明确地提出了"重返"80 年代文学之意义。德国汉学家顾彬写的《二十世纪中国文学史》，更是将中国整个 20 世纪的文学做一整体观，保留了文学研究上通行的分期法，"我把 20 世纪中国文学分成近代（1842—1911）、现代（1912—1949）和当代（1949 年以后）文学"[01]。更重要的是，站在他的海外研究者的立场上，力图展示出出离于中国政治意识形态影响的姿态，将文学史命名为"民国时期（1912—1949）文学"和"1949 年后的中国文学：国家、个人和地域"。其中，涉及 80 年代以后的文学着笔甚少，用"人道主义的文学（1979—1989）"加以描述，以"文化大革命"结束之后，伤痕意识的展示为主要起点，阐述此时期文学对于人的"人道主义"关怀，即将"朦胧诗派""伤痕文学""反思文学""改革文学""寻根文学"等诸派别纳入一个统一的精神视角下进行阐述。

本书所用的"80 年代文学"概念正是在这样的学术研究背景下，其与"新时期文学"这一概念构成了明显的剥离关系。当我使用"80 年代文学"这一概念时，意味着力图剥离新时期文学叙述的话语意识形态，力图还原一种尽量客观化的历史叙述，展示 80 年代文学的显著特征。但是，不得不注意的是，当我们进入 80 年代的文学现场时，新时期文学叙述者的叙述内容和方式又无可逃避地成为我们的研究对象，并成为我们真正深入理解 80 年代的必不可少的组成部分，从一定意义上说，没有新时期是无法完成 80 年代的文学史想象的。当年包含在新时期文学背后的文学动机也是本书研究内容的一部分，因为它们同样完成了建构"80 年代文学"的任务，因而，80 年代发生的文学事件的争论及对文学作品的评论，同样构成了文学史的重要内容，只是，距离化的立场使我们更有理由对其进行审思。

---

[01] ［德］顾彬：《二十世纪中国文学史》，范劲等译，华东师范大学出版社 2008 年版，第 3 页。

想象、建构及限制——20世纪80年代中国文学史论

第三节　历史地图的勾勒

　　从物理时间上说，20 世纪 80 年代指的是 1980 年至 1989 年；从文学史的时间上说，80 年代文学的时间划分自然无法简单地等同于物理时间，因为文学的发展乃至文学关系的呈现自然而然有种历史的延续性。如果将 80 年代视为一个文化单元，以其影响力的生成及强度的增加情况来判断，80 年代文学的起点是"文化大革命"结束、国家新的政策制定并实施后的 1978 年左右，这个时候，批判"文化大革命"已成为全国性的浪潮，而十一届三中全会的召开，对新时代经济、政治、文化发展提出的新要求又影响了文学发展的面貌。具体而言，1976 年 10 月党中央逮捕了江青等人，并开始揭批"四人帮"反革命集团，至 1977 年 8 月召开的中国共产党第十一次全国代表大会宣告了"文化大革命"的结束，中国进入了社会主义革命和建设的新时期。在文学上，国家对各项文艺政策进行了调整，制定了文艺"为人民服务、为社会主义服务"和"百花齐放、百家争鸣"的方针，中国文联及作协开始恢复工作 [01]，各种大型的文学刊物也相继恢复并

---

[01]　1978 年 5 月 27 日至 6 月 5 日，中国文联第三届全国委员会第三次扩大会议在北京召开，茅盾在会议的开幕词中"庄严的（地）宣布：中国文学艺术界联合会、中国作家协会和《文艺报》，即日起正式恢复工作"（《文艺报》1978 年第 1 期）。

创办了新的文学传播媒体 [01]，"全国优秀短篇小说奖""全国中篇小说奖""全国优秀报告文学奖""茅盾文学奖""中青年优秀诗人优秀诗歌奖"等文学奖项相继设立，等等。在宣告"文化大革命"结束、新时期已到来的 70 年代末 80 年代初的中国文坛上，中国文学以一种充满激情的姿态寻找着一种新的、区别于"文革文学"的发展轨迹。80 年代的文学就在这样的环境中出场了。

80 年代文学建立的格局及开创的新文风的影响力延续至 20 世纪 90 年代及 21 世纪，但作为一段文学史的叙述，为了表述的方便，按照文学现象结合时间起止的客观规则，本书将这段文学史的止点定于 1989 年左右。这个时候，市场对文学的影响因子继续加强，80 年代中期展开的"纯文学"追求在市场的强劲冲击中，开始陷入困顿，"先锋文学"的势头明显减弱，诗歌界新人辈出的活跃气氛开始淡化，"新写实小说"开始凸显于文坛，一些现实主义写法的作品也越来越受到广大普通读者的欢迎，90 年代文学的世俗性、现实性特征开始展露。因此，将 1989 年作为 80 年代文学的终点，不仅在表述上与物理时间保持了一致性，同时，在文学气象上也有其合理性。

纵观整个 80 年代，我们对其历史流变进行简单的勾勒，梳理出各阶段表现出的关键性要素，大致可分出三个文学史阶段。当然，三个阶段的划分不是绝对的，甚至在时间上也有诸多重叠之处，一个阶段的特征也自然而然会决定或影响另一阶段的文学特征。我们的分段论述，主要是为了论述过程的清晰化，主导我们进行分阶段论述的也主要是一些明显的关键性要素。

第一阶段是 20 世纪 80 年代初期。这一时期活跃于文坛的创作者主要由"文化大革命"中受过迫害或刚刚经历过"文化大革命"的作家组成。作为一个特殊的历史时期，"文化大革命"的文学经验自然成为这个时期创作的主要资源。当然，这种文学经验是多方面的。比如：刘心武的小说《班主任》（1977 年）揭示了"文化大革命"对祖国未来青少年肉体和精神上产生的伤害，并由此发出"救救孩子"的呼声；卢新华的小说《伤痕》（1978 年），展示了主人公王晓华因

---

[01] 如：《人民文学》和《诗刊》于 1976 年 1 月，即中央展开粉碎"四人帮"的行动前已经复刊；其他一些重要文学刊物复刊时间分别是：《文学评论》1978 年 2 月、《钟山》1978 年 3 月、《文艺报》1978 年 7 月、《收获》1979 年 1 月、《电影文学》1979 年 4 月、《文艺研究》1979 年 5 月等。

"文革"带来的心灵的扭曲及精神受折磨的经历；崔德志的话剧《报春花》（1979 年）大胆地揭示了中国组织部、人事部在用人上面存在的"成分论"的重大社会问题，通过对女主人公白洁的经历，以及社会不公造成的近乎变态的性格和心理的揭示和剖析，在引导人们对白洁的命运抱以深刻的同情的同时，对社会的不公和政策的失误也进行了深刻的控诉和反思；巴金的散文集《随想录》（1978—1986 年）在一系列表达自我的反省和社会的批判话语中，完成了一次自我心灵的陈述和一定程度上的疗伤，并以启蒙知识分子的意识，对历史事件进行思考，警醒社会。正如作者自己所言："十年浩劫教会一些人习惯于沉默，但十年的血债又压得平时沉默的人发出连声的呐喊。我有一肚皮的话，也有一肚皮的火，还有在油锅里反复煎了十年的一身骨头。火不熄灭，话被烧成灰，在心头越集越多，我不把它们倾吐出来，清除干净，就无法不作（做）噩梦，就不能平静地度过我晚年最后的日子，甚至可以说我永远闭不了眼睛。"[01] 因而，这个时期的文学作品的主题多是表达对过往岁月伤痛的控诉、反思。从文学潮流上讲，突出表现于"伤痕""反思"等文学潮流；从文学主题的关键词上讲，突出表现于重新阐释"人""人道主义"，以及对新时期文学展开期待与想象。

　　当时的文坛几乎是"伤痕""反思"文学作品的天下。许志英、丁帆主编的《中国新时期小说主潮》一书中，分别对 1978—1984 年间获奖作品中"伤痕""反思"小说的比例做过如下统计 [02]：

（一）全国优秀短篇小说奖

项目	1978	1979	1980	1981	1982	1983	1984
"伤痕""反思"小说篇数	18	18	19	8	7	7	5
获奖小说篇数	25	25	30	20	20	20	20
"伤痕""反思"小说所占比例	72%	72%	63%	40%	35%	35%	25%

[01]　巴金：《随想录》（合订本），生活·读书·新知三联书店 1987 年版，第 556 页。

[02]　许志英、丁帆：《中国新时期小说主潮》（上卷），人民文学出版社 2002 年版，第 49—50 页。

（二）全国优秀中篇小说奖

项目	1977—1978	1981—1982	1983—1984
"伤痕""反思"小说篇数	12	7	6
获奖小说篇数	15	20	20
"伤痕""反思"小说所占比例	80%	35%	30%

（三）茅盾文学奖

项目	第一届	第二届
"伤痕""反思"小说部数	4	0
获奖小说总部数	6	3
"伤痕""反思"小说所占比例	66.67%	0

　　实际上，此时期"伤痕""反思"文学大量存在的原因不仅是刚刚经历了那段历史时期的作家们渴望诉说的内在要求，而且是受到了文学评奖机制的激励，更主要是受到了党中央的肯定。在 1980 年 2 月的剧本创作座谈会上，时任中共中央主席胡耀邦对"伤痕文学"作品做了肯定性的评价及定义。当然，以党中央为中心，发出的是带有保留性质的肯定，以及赋予特殊任务的命名。这种政治意识形态特征，既表明了当时创作的一种环境，也暗含了 20 世纪 80 年代初期"伤痕""反思"文学创作的规约性。比如，当时评论界从注重作品内容、主题的评价标准，到对《一个冬天的童话》（1980 年）、《苦恋》（1979 年）[01]、《晚霞消失的时候》（1981 年）等作品的批判，都体现了固定时代对文学经验叙事的限制及规约。这也可以从几乎与"伤痕""反思"文学作品同时的另一股创作热潮——"改革文学"那里找到文学的时代性特征。

　　从题材和主题上看，"改革文学"似乎不同于"伤痕""反思"文学。后者注重描述历史事件及个人心灵伤痛，前者注重描述现实生活，特别是建设中的社会主义新生活。实际上，这些文学潮流的主旨皆在于表达某类迎接"新时期"到来的情感，"改革文学"中所体现

---

[01]　1979 年 9 月，白桦的电影剧本《苦恋》在《十月》第 3 期发表，1980 年改名为《太阳和人》的电影拍摄完成，1981 年 4 月 20 日《解放军日报》发表特约评论员文章对其进行"公开批判"，引发了轩然大波。

的坚持四项基本原则和面向"四个现代化"的思想内涵，与控诉历史的罪行是一个事物的两个不同层面。这两个层面都有着强烈的意识形态特征，体现了此时期话语规约或引导的强势性。1979 年在北京召开的第四次文代会上，邓小平在开幕式上的发言——《在中国文学艺术工作者第四次代表大会上的祝辞》，可被视作是这一时期文学规约的纲领。比如，《在中国文学艺术工作者第四次代表大会上的祝辞》中明确指出：

> 我们的文艺，应当在描写和培养社会主义新人方面，付出更大的努力，取得更丰硕的成果……要通过这些新人的形象，来激发广大群众的社会主义积极性，推动他们从事四个现代化建设的历史性创造活动。[01]

可以说，在 20 世纪 80 年代初期，来自国家的文学及文化规约力量的强势性，延续了毛泽东《在延安文艺座谈会上的讲话》所确立的传统，在这样的背景中，文学创作的内容和主题成为判断作品优劣的首要标准，而"文学"或"文学性"自然被挤压到边缘的位置。这也就不难理解，为何 80 年代初期文学评论界对《飞天》这样写法粗糙的作品，产生喋喋不休的争论。现在看来，这些争论的内容基本是与"文学性"无关的。同样，如何描写"社会主义新人"这一原则能够很轻松地被诸多评论家作为批判的利剑的同时，也自然成了悬在作家们头上的利剑。此时期在作品创作主题上引发的各种争论，以及各种充满"批判"性质的评论，使文坛有了一种脱离文学性之外的复杂感。程光炜将其概括为："进一步说，重视'政治'而轻视'艺术'，重视'主题'和'题材'而轻视'形式'与'技巧'，正是来自传统的历史习惯。在 80 年代，这一'习惯'不仅没有得到清算，而且还紧紧地控制了'伤痕文学'及其他的创作。这一历史宿命，即使连那些当时站得很高的代表作家也未能幸免。过分依赖'外部因素'，一定程度表明了对文学'内部因素'的藐视。它还表明，当时至少在相当一部分作家的潜意识中，当他们用文学作武器投入'思想解放'运

---

[01] 邓小平：《在中国文学艺术工作者第四次代表大会上的祝辞》，《邓小平论文艺》，人民文学出版社 1989 年版，第 6 页。

动的洪流时，其实是很少将文学当作'文学'看的。"[01] 程光炜的话很好地概括了"伤痕""反思""改革"文学潮流本身的限制性。不过，需要补充的是，对文学的发展而言，此时期并不是没有新的创新和突破，其在"形式"及"技巧"上的变革也成为作家创作中十分关心的问题。像茹志鹃、王蒙、张贤亮等都在"反思文学"作品中使用了"意识流""荒诞派"等西方现代派的创作手法，当时，大量的西方文学作品被翻译过来，围绕着"朦胧诗"现代派等问题的讨论也进行得十分激烈。因而，决定 80 年代初期文学的关键词是"伤痕""反思""改革""人道主义""规约"现代派"朦胧诗"等。

　　第二阶段是 20 世纪 80 年代中期，具体而言，是 1985 年前后。此时期中国当代文学在艺术自觉性的追求上进入了一个新阶段，一批年轻的作家开始进入文坛，并且力图通过不同于以往作家的创作方式引发一场新的文学变革。从文学潮流上讲，此时期突出表现在"寻根文学"和"先锋文学"。从文学变革因素来讲，此时期突出的关键词是艺术形式变革。关于艺术形式问题的凸显同样离不开历史原因。中国当代文学长期以来重内容、重思想主题而轻形式、轻艺术技巧的规则，使得文学作品的创作主潮始终围绕着社会主义现实主义的创作原则进行，每一次艺术的变动都表现于内容的变动。特别是在阶级斗争主题异常突出的年代，作家们根本无法寻找新的写作空间，只能围绕着国家意识形态的要求进行写作，以致"土改"来了写"土改"，合作社来了写合作社，并且，人物的阶级性、作品的主题思想好坏，以及其是否符合政治意识形态标准，成为判断一部作品好坏的标志。至"新时期"到来，虽然作家们开始重新借鉴世界文学的各种表现技巧，但是"伤痕""反思""改革"文学潮流所倡导的艺术观念，延续着"十七年文学"的思维模式，依然没有摆脱从思想内容或艺术主题上进行艺术变革的传统，而这个时候，艺术发展已经成了当时文坛迫切的需要。像 80 年代初期汪曾祺写的小品文式的小说，因为与塑造典型环境中的典型人物的社会主义现实主义的原则完全不同，而受到了文坛的关注。可以说，进入 80 年代以来，如何寻求艺术创作上的创新点，始终是作家和批评家们十分关注的问题。当一些年轻的作家或

---

[01]　程光炜：《"伤痕文学"的历史局限》，《文艺研究》2005 年第 1 期。

批评家觉得内容上的求变并没有给创作带来新的增长点，并且，没有摆脱长期以来意识形态的控制时，他们自然地将目标转向了形式，转向了文学语言。早在 1980 年，就有评论家指出："文学创新的焦点是形式问题。"[01] 随着大量翻译著作的进入，俄国的形式主义理论、形式批评理论也流入中国文坛，引起了众多批评家的关注，所以，从内容转向形式，试图借形式的突破来寻找文学发展的自主性成为文学批评界的一大热点问题。同时，在创作上，一些年轻的作家借鉴世界文学的各种表现技巧，展示了一批不同于以往现实主义写作规范的作品，这些作品普遍都在艺术形式上给人耳目一新的感觉。因而，至 80 年代中期，中国的整个文坛形成了这样一股强劲之音：注重文学艺术作品表现形式，力图以形式为突破口，让文学艺术的发展摆脱长期以来受意识形态控制的局面而转向"纯文学"的层面，并使其找到文学发展的自足性。

在 1984 年召开的"杭州会议"上，作家、批评家们表现出的作品评判热情及尺度标准极具代表性。通过会议亲历者蔡翔、韩少功等人的回忆文章，我们看到，此次会议提出了"文化"这一热点问题，以至于有了会后关于"寻根文学"的宣言。同时，他们都提到一个重要的问题，即作家和批评家几乎是没有分歧地不满于传统文学的创作并对新的写作手法充满热情。比如，韩少功在文章中提到："1984 年深秋的杭州会议是《上海文学》杂志召开的，当时正是所谓各路好汉揭竿闹文学的时代，这样的充满激情和真诚的会议在文学界颇为多见。出席这个会议的除了该杂志的几位负责人和编辑群体以外，有作家郑万隆、陈建功、阿城、李陀、陈村、曹冠龙、李杭育等等，有评论家吴亮、程德培、陈思和、王晓明、南帆、鲁枢元、李庆西、季红真、许子东、黄子平等等。当时这些人差不多都是毛头小子，有咄咄逼人的谋反冲动，有急不可耐的求知期待，当然也不乏每一代青年身上都阶段性存在的那种自信和张狂。大家都对几年来的'伤痕文学'和'改革文学'有反省和不满，认为它们虽然有历史功绩，但在审美和思维上都不过是政治化'样板戏'文学的变种和延伸，因此必须打破。这基本上构成了一个共识。"[01]

这里提到的作家与批评家在意见上的统一，年轻人对"伤痕""反思"文学的不满等，都体现出当时文坛呼唤文学变革的激情。而此次会议上传阅的马原与残雪的作品，以及发出的肯定的声音，也昭示了大家对形式技法独特的文本的认同和赞赏。所以，尽管此次会议后引发的"寻根文学"潮流因过于侧重发掘文化意味的创作思路，一定意义上还未脱净从内容上寻求变革的思维困境，然而，此次会议已明显体现出对形式创新充满热情的文坛新气象。

至 1987 年，有评论家直接提出了文学形式本体意味的概念及内涵，以此充分肯定了小说创作从"写什么"转向了"怎么写"的创作思路。他认为："人们以往习惯于从社会学、文化学的角度看待一个文学运动……很少有人从文学语言本身的更新来思考新文学的性质……结果，人们将许多对语言的探讨和对形式的追求都冠以'为艺术而艺术'之名，从而粗暴地驱入'象牙之塔'。直到历史缓慢而滞重地碾过了几十年之后，这座人为的'象牙之塔'才吱吱嘎嘎地倒坍下来。人们在倒掉了的象牙之塔旁边重新思考起了语言，重新琢磨起了形式。因为正如人是一个自足的自主体一样，文学作品是一个自我生成的自足体……形式不仅仅是内容的荷载体，它本身就意味着内容。在写什么和怎么写之间，很难把前者绝对地确定为文学家们的最终创造目的。"[02] 这种将文学形式视为艺术本体的思维方式与当时文坛风起云涌的"先锋小说"浪潮正好相得益彰。

正是在文学批评家、文学期刊的共同推动下，也就是在文坛关注艺术形式更新的热情中，"先锋小说"走上了历史舞台。其在叙事主体、叙事时间、叙事空间、故事结构等多方面的突破，显示了完全不同于以往的现实主义的艺术形式。然而，形式本身就是有意味的形式，形式的变化本身意味着作家看待世界的方式的变化。"先锋小说"形式变革背后体现的也正是艺术真实观的变动。与"十七年"经典现实主义规范相比，"先锋小说家"将小说是虚构作品的艺术特征进行了充分的展示。他们极尽虚构之能事，甚至不惜通过故意模糊故事发生的时空、人物身份等叙述手法来引起人们对虚构的重视。而这样做

---

[01]　韩少功：《杭州会议前后》，《上海文学》2001 年第 2 期。

[02]　李劼：《试论文学形式的本体意味》，《上海文学》1987 年第 3 期。

的目的是传达某种独特的理解世界的真实观。比如，残雪、余华作品中关于暴力与血腥的理解，莫言作品中关于生命力的理解，马原、格非、孙甘露等作品中关于世界的不确定性的理解，等等。特别是马原和残雪，他们是较早产生影响力的作家。马原的小说充满着复杂的故事叙述方式及不断跳跃的故事情节，评论家田亮称其为"马原的叙事圈套"，他一次次地将故事的讲述指向人们对故事虚构性的理解，不仅在文本形式的探索方面具有开创性的意义，也使其成为影响众多作家的作家。残雪则以其超然的叙事态度，营造了梦幻般的世界，这个世界充满着黑暗、虫豸、梦魇、恐惧和猜疑，带着对特定时代、特定人性的审丑。残雪不仅创造了一个个超现实的荒诞世界，而且一直执着于表述她所热衷的世界，使其成为至今依然坚守在先锋写作阵地上的、为数不多的作家之一。所以，20 世纪 80 年代中期，"先锋小说"潮流的涌动，是在追求艺术的自足性、文学语言的自足性的观念下，对"十七年"经典现实主义的一次重大突破，其在文学真实性上引发的观念性革命给中国文学带来了极大的发展动力。

　　在小说变革上是如此，同样，在诗歌、戏剧、散文等方面，也表现出了形式变革的热情。比如，在诗歌方面，主要体现于"朦胧诗"后的诗人们在诗歌语言和形式上的探索，在"打倒北岛""北岛PASS"的喊声中，第三代诗人们追求着诗歌的"口语化"、反崇高、反历史、反权威的话语表达方式，比如，周伦佑、蓝马、韩东等人创办的"非非派"和"他们派"等诗歌，以语言拼贴、游戏化书写、消解权威和历史等方式，从庸常生活中发现诗意，以实现其与传统的反叛姿态。海子、骆一禾等诗人的诗歌以其宏伟的诗境与充满哲理性的思索，表达着孤独的灵魂的声音。西川、王家新、欧阳江河等诗人则高调地宣扬着自我的"知识分子写作"，他们在对诗歌语言的字斟句酌中，探究诗歌所能达到的表达人类终极情感的路径。于坚、伊沙等诗人则尖锐地解构着传统文化和诗歌，通过日常经验、生存现场和常识的返回，透露出人的生命最本真、最日常的体验。特别是一批女性诗人浮出了历史地表，翟永明、唐亚平、伊蕾等人完成了鲜明的女性性别意识的表达，以及女性话语的自觉。她们往往以自白式的语言，大胆而又直露地展示着自身作为女人的来自躯体和心灵的感受，并力图建构自己的女性方式，昭示了女性自我主体意识的觉醒和建构，也影响到了 90 年代女性小说的个体化叙事方式，成为 20 世纪末独特的艺术风景。在戏剧方面，"实验话剧"备受关注，涌现了如林兆华、高行健、牟森等知名创作人。在散文方面，则主要表现于对 50—70 年代散文方式的突破，出现了一些较有成就的文艺散文，特别是一批女性散文家，以独特的姿态出现在文坛上，构成了 20 世纪末女性文学话语建构的重要组成部分。可以说，80 年代中期的中国文坛充满着变革的激情，尽管在否定传统上不免有偏颇之处，并且因为诸种原因造成的变革激情的快速退影响了变革的深入进行，但其体现出的"变革""艺术本体""语言""真实观"等关键词汇在 20 世纪末中国文坛上产生了重大影响力。

第三阶段是 20 世纪 80 年代中后期，具体指 1988 年左右，主要文学潮流是"新写实小说"。从文学变革因素上讲，此时期体现出的关键词是"现实主义""市场""世俗化"。大概是 1989 年左右，"先锋小说"的势头已经明显转弱，曾经进行得如火如荼的叙述方式革命，似乎并没有给作家们带来在普通读者层面的好评，而更重要的是，进行了近十年的改革开放后，市场在中国社会以及中国文坛的决定力已经变得至关重要。比如，大量的期刊开始依靠市场的需求进行改版，作家们已经越来越感受到普通读者消费能力与收入的密切关系。在这样的背景下，"先锋小说"开始悄然地发生改变，正如有评论家所说："如果把 1989 年看成'先锋派'偃旗息鼓的年份显然过于武断，但是 1989 年'先锋派'确实发生某些变化，形式方面探索的势头明显减弱，故事与古典性意味掩饰不住从叙事中浮现出来……先锋们放低了冲刺的姿态，小说叙事显得更加平实和流畅。"[01] 不可否认，"先锋小说"曾经试图以找到"纯文学"的建构方式为目标，将中国的小说叙事推到了相当的高度，复杂度显著增强，然而，这群年轻的作家在 80 年代末期，以其放低形式主义实验的姿态昭示了中国文坛的另一项革命，即关于现实主义的革命。不仅"先锋小说家"们开始转向古典的故事的建构，而且，一批作家展示出了特殊的关注现实日常生活的热情，比如，池莉、方方、刘震云等人已推出了一批反映市民日常生活的作品，并引起了文坛的轰动。因而，1988 年 10

---

[01]   陈晓明：《表意的焦虑——历史祛魅与当代文学变革》，中央编译出版社 2002 年版，第97 页。

月，由《文学评论》编辑部和《钟山》编辑部共同组织召开了一次名为"现实主义与先锋派"的讨论会，从命名上看，两股文学潮流的交替已成事实。至 1989 年《钟山》第 3 期推出"新写实小说大联展"，在其卷首语中明确了"新写实小说"这一命名，认为：

> 所谓新写实小说，简单地说，就是不同于历史上已有的现实主义，也不同于现代主义"先锋派"文学，而是近几年小说创作低谷中出现的一种新的文学倾向。这些新写实小说的创作方法仍是以写实为主要特征，但特别注重现实生活原生形态的还原，真诚直面现实，直面人生。虽然从总体的文学精神来看新写实小说仍可划归为现实主义的大范畴，但无疑具有了一种新的开放性和包容性，善于吸收、借鉴现实主义各种流派在艺术上的长处。新写实小说在观察生活把握世界的另一个特点就是不仅具有鲜明的当代意识，还分明渗透着强烈的历史意识和哲学意识。但它减退了过去伪现实主义那种直露、急功近利的政治性色彩，而追求一种更为丰厚更为博大的文学境界……[01]

可见，这里强调了其不同于历史上的现实主义、不同于"先锋派"文学的特征，强调了其写实性及更具开放性和包容性的现实主义特征。从实质上讲，"新写实小说"与"先锋小说"一样，对传统现实主义充满了背叛和创新意识。像 1987 年推出的"新写实小说"的两部代表作——池莉的《烦恼人生》和方方的《风景》，分别将叙事的视野对准了小市民的平凡甚至庸碌的日常生活，在叙述方式上，均采取了客观化的叙述方式。《烦恼人生》以一种类似于记流水账的方式，记录了印家厚从早晨醒来到夜晚入睡这一整天的生活。在这一天中，叙述者就像是一台摄像机，记录了印家厚吃喝拉撒的点点滴滴。方方的《风景》则通过一个角色化的叙述者——被埋在自家窗下的夭折婴儿，来叙述一个住在武汉长江边上的棚户区的家庭中的百态人生，叙述者的特殊身份，使其叙述充满了客观性甚至"冷酷性"。形

[01] "新写实小说大联展·卷首语"，《钟山》1989 年第 3 期。

式往往决定着作品的立场和价值判断，这类客观化的叙述方式显然区别于"十七年文学"经典现实主义那种首先要求作者站在正确的立场上对人物身份、事件性质做出明确的思想鉴定的叙述方式。可以说，这种对"十七年"以来的现实主义叙述方式的超越，与 80 年代进行的文学创新意识是一脉相承的。依此而言，"新写实小说"的意义在与经典现实主义的比较中得以显现。然而，事情所显示出来的另一面是，在 80 年代末以及 90 年代的历程中，"新写实小说"所体现出来的现实主义或者更确切地说是现实关怀，迅速成为大众所关心的话题，像池莉等的小说纷纷被改编成影视剧，并受到热捧；直白又带着点调侃色彩的对白成为街头流行；等等。这一切无不显示着一个追求通俗的表述方式及日常生活经验的时代的到来。所以，当一些评论家或先锋小说的鼓吹者还在思考先锋小说带来的革命意义时，一种新的文学风向标已经无可逆转地占据了文坛的重要地位。

因而，纵观 20 世纪 80 年代的整个文学史，文学艺术本身的流变是丰富而又复杂的。从最初在"十七年文学"思维方式的延续中建构反叛"十七年文学"传统的"新时期文学"的想象，到 80 年代中期力图追求文学语言的自足而转向艺术形式革命，到 80 年代后期转向对现实主义的再次关注，这一流变过程体现出各种潮流的交替及纠缠，各种事件的关联性及情势的逆转，以及在作家和评论家共同参与下完成了文学事件的发生，等等。

想象、建构及限制——20世纪80年代中国文学史论

第四节　研究体系的安排

　　就本书的研究对象而言，并不是侧重于对各种文学现象或知识点的详细阐释，而是侧重于对文学史的整体性勾勒和对20世纪80年代文学特征的关键要素的发掘。在所选择的关键性文学要素或文学潮流的论述中，纳入研究视野的既包括代表性的作家作品，又包括当时文学批评在建构这些文学现象时的各种阐释，论述中不仅看重对作家作品的阐释，而且十分看重这些现象出现的历史价值，以及当时的文学批评对这些现象的解读。这种做法势必会形成文学史现象论述得不够全面的弊病，但也使得论述的问题意识相对凸显，并能够将80年代各种论争或文学批评等因素共同构成的文学场域纳入研究视野，辨析80年代文学场域中对作品解读视角的局限及建构性意义。

　　就本书的写作体系而言，从研究的主观出发点上讲，没有明显地按照小说、诗歌、戏剧的体裁进行区别，基本上按照20世纪80年代各时期出现的文学主潮以及与此相关的关键性文学要素进行安排，依次分析了"伤痕文学"、"反思文学"、"改革文学"、"朦胧诗派"、"人道主义"思潮、现代派、汪曾祺的作品、"寻根文学"、"先锋小说"、"新写实小说"、"第三代诗歌"、"女性诗歌"等内容。然而，为了使结构显得清晰和有条理，本书在末两章分析了"女性散文"和

"实验戏剧"。这虽然从时间上偏离了原则，然而，考虑到诗歌和戏剧两类体裁的特殊性，以及因这两个主题在整个 80 年代中都产生了较大的影响力，很难将它们放置在哪个比较明显的时间段，所以，为了表述的方便，将它们放置在本书的末两章，我认为也是可以的。值得一提的是，按体裁来讲，本书将"朦胧诗派""女性诗歌""女性散文"和"实验戏剧"单列，主要是考虑到它们在整个 80 年代的诗歌、散文、戏剧领域分别占据着重要的位置，是这些体裁发展过程中出现的关键性要素。同时，为了照顾到对整个 80 年代的诗歌、散文、戏剧的发展情况的分析，对这些要素的分析都是放置在整个时代体裁的发展背景下进行的。比如，在探讨"朦胧诗"的问题时，探讨了其在 80 年代诗歌格局中的位置，分析了其与老一代诗人和新一代诗人间的关系，这既有助于辨析"朦胧诗"在 80 年代的文学背景，也有助于分析整个 80 年代诗坛的情况。需要说明的是，本书既然是按照各时期出现的文学潮流来安排的，那么，有时候并不刻意回避对各类体裁的分析，比如，"反思文学"中就既有小说又有散文，然而，按照近 30 年来文学史形成的惯例，各个文学主潮中，所列举的文本主要以小说为主。

所以，在此意义上讲，本书算不上是一部十分完整的文学史。同时，在论述中，因为时时保持着以某一问题为出发点的研究性视野，所以对文学现象的介绍可能显得不足，但我愿意接受同行的批评和指正。

第一章 "伤痕文学"：
政治意识形态规约下的"伤痛"叙事

第一节 "伤痕"的呈现

长达十年时间的"文革"给民族、国家、个人带来了巨大的伤痛，它分别在"复出"的作家、"知青"作家、年轻作家等几代人身上留下了痕迹。在"文革"刚刚结束的20世纪70年代末80年代初这一时代转折点上，书写"伤痕"成了这几代人所面临的一个共同课题，"伤痕文学"应运而生。而如何面对这些历史的伤痛，意味着民族或个人如何面向过去和未来。

朱寨主编的《中国当代文学思潮史》写道：

"伤痕文学"的提法，始于一九七八年八月十一日《文汇报》发表短篇小说《伤痕》后引起的讨论中。之后，人们通常习惯地把以揭露林彪、"四人帮"罪行及其给人民带来的严重内外创伤的文学作品，称之为"伤痕文学"。有人把"伤痕文学"又称为"暴露文学""伤感文学""批判现实主义文学"等，蕴含着明显的贬斥、不满之意……也有人给"伤痕文学"以极高的评价。尽管"伤痕文学"的概念是否科学还值得研究，但关于如何评价"伤痕文学"的论争，却激烈展开，波及甚广，一直延续到一九七九年十月第四次全国文代会的召开。[01]

朱寨主编的这部文学史完成于20世纪80年代末期，其对各种文学潮流的论述虽有时代的历史的局限性，但也为我们揭示了话语建构的当下性。若结合文学史实，从这段评述中，我们可以肯定"伤痕文学"这一概念的生成与揭露"四人帮"的罪行相关，包含着明显的暴露和批判情绪。因为"文革"时期的一些评判方式依然存在，加上所写的内容与揭露性有关，所以引起各种讨论乃至上纲上线的批判就难免了。但从整个文学历程来看，其最终因为文化政策的调整以及文艺界人士对文学发展的支持力量的介入而受到了鼓励，因此在短短几年间，"伤痕文学"迅速形成一股浪潮。它的代表作主要有：刘心武的《班主任》（1977年）、《醒来吧，弟弟》（1978年），卢新华的《伤痕》（1978年），王亚平的《神圣的使命》（1978

卢新华（左）、刘心武（中）　　　　冯骥才　　　《铺花的歧路》（1979年版）

刘绍棠、丛维熙、王蒙、邓友梅（从左至右）　　《大墙下的红玉兰》
（1979年版）

---

[01] 朱寨主编：《中国当代文学思潮史》，人民文学出版社1987年版，第540页。

鲁彦周（中）、谢晋（右）

电影《天云山传奇》剧照

年），吴强的《灵魂的搏斗》（1978
年），张洁的《从森林里来的孩子》
（1978 年），张弦的《记忆》（1979
年），冯骥才的《铺花的歧路》（1979
年），丛维熙的《大墙下的红玉兰》
（1979 年），遇罗锦的《一个冬天的童
话》（1980 年），鲁彦周的《天云山传
奇》（1979 年），周克芹的《许茂和他
的女儿们》（1980 年），等等。

周克芹

《许茂和他的女儿们》
（1980 年版）

　　这些作品是以揭露和控诉"文革"期间的"伤痕"为中心的，充
满了感伤的基调，这与"社会主义文学"要求的歌颂基调是相悖的，
但是，在"新时期文学"的建构中，"伤痕文学"很快确立了其合法
地位。正如有评论家所说："'伤痕文学'最初是带有贬抑含义的概
念。这些揭露性的，具有浓重感伤基调的作品，受到'社会主义文
学'必须以写'光明'，以歌颂为主的主张者的批评，认为它们暴露
太多，'情调低沉'，'影响实现四个现代化的斗志'，是'向后看'的
'缺德'文艺。这延续了'延安文学'以来有关'写真实'，有关'歌
颂'与'暴露'问题的争论。但是，'伤痕文学'在揭露'文革'上
产生的效果，不仅得到多数读者，也得到推动与'文革'决裂的政
治、文学权力阶层的认可。'暴露'因为它的'适时'而受到肯定，
'伤痕'的写作也很快确立其合法的地位。"[01] 对我们当下的研究者而

---

[01]　洪子诚主编：《中国当代文学史》，北京大学出版社 2007 年版，第 258 页。

言，研究"伤痕文学"，与其说是要再次探析它暴露了哪些伤痕，不如说是要去探析，在 20 世纪 80 年代初期的文坛上，"伤痕文学"以何种暴露的方式，寻找到了自身存在的合法性，并且迅速地成为文学的一股主要潮流。

考察"伤痕文学"中的"伤痕"的呈现过程及方式是解决问题的一个重要内容。卢新华的《伤痕》是"伤痕文学"的代表作，并影响了这一类文学的命名 [01]，其在这一问题上的表现力很有代表性。

小说《伤痕》叙述了一对母女因"四人帮"的暴行而遭受身心迫害的故事。叙述者讲述的故事开始于农历年的除夕夜，并做了特别说明："这已经是一九七八年的春天了。"[02] 在那个时代的语境下，"春天"这一词汇有着一种特殊的意义，意味着严冬的过去与新的时代的到来。主人公晓华坐在回家的列车上，正好目睹了车厢里一个四五岁大的小女孩儿在睡梦中喊"妈妈"，孩子的母亲亲吻了小女孩儿的脸庞。这一场景深深地触动了女主人公晓华，并使她陷入了痛苦的回忆中：九年前她给母亲留下一封断绝关系的信后，离开了城市，融入了上山下乡的大潮。在离开母亲的日子里，她一直对"叛徒母亲"心怀愤恨，甚至连母亲寄来的信件都不愿意拆开来看一眼。九年中，她也因为母亲的问题，遭遇了入团危机和恋爱危机，并为了恋人小苏的前程毅然地选择与他断绝关系。直至收到母亲于一九七七年二月二十日写来的说明她已经被平反的信件后，她依然压抑着对母亲的思念而犹豫不归，"直到除夕前两天，她又收到妈妈单位的一封公函，她才匆忙收拾了一下，买上当天的车票，离开了学校"[03]。可是，当晓华回到家时，母亲已经去世，母女已无缘再次相聚，历史给这对母女的心灵造成了无尽的伤害。

作品中的人物，无论是母亲还是女儿晓华，都有一段充满痛苦的人生经历，然而，作者在处理这种痛苦感时，明显弱化了个体化的内心疼痛，而强化了概念式的集体式话语。在整个故事的叙述流程中，叙述者在叙述意向上明显地压抑了女儿晓华离开母亲时内心困顿、亲

---

[01] 陈思和主编的《中国当代文学史教程》一书中认为："9 月 2 日，北京《文艺报》召开座谈会，讨论《班主任》和《伤痕》，'伤痕文学'的提法开始流传。"复旦大学出版社 1999 年版，第 189 页。

[02] 卢新华：《伤痕》，《文汇报》1978 年 8 月 11 日。

[03] 卢新华：《伤痕》，《文汇报》1978 年 8 月 11 日。

情与政治立场分裂产生的内心纠结等细节的描述，而突出了时光流逝、离家（自己做出的、一直以为是正确的但现在看来是错误的决定）、回家等事件的结果，即转向了通过勾勒式的叙述过往事件来达到对过往行为进行否定的目的。比如：叙述者追忆自己九年前的决定时，如此写道："她是强抑着对自己'叛徒妈妈'的愤恨，怀着极度矛盾的心理，没有毕业就报名上山下乡的。"[01] 这里"叛徒妈妈"带着引号，说明并不是真正意义上的"叛徒"，也意味着主人公这个时候对这个词汇的使用，已经不是彼时那样真正认为妈妈是叛徒的想法了，而对"叛徒"这个称号有了一种内在的抵触性。那么，这里沿用了"叛徒"这一称号恰恰表现出了对赋予"叛徒"这一称号的"四人帮"集团的抵触情绪，从而将愤怒及内疚从个人转向了"四人帮"。作品最终在结尾的时候完成了对"伤痕"的完全呈现，妈妈在日记中写着："虽然孩子的身上没有像我挨过那么多'四人帮'的皮鞭，但我知道，孩子心上的伤痕也许比我还深得多。因此，我更盼望孩子能早点回来。"[02] 王晓华也在痛苦地回忆后，在心中低低地、缓缓地、一字一句地说道："妈妈，亲爱的妈妈，你放心吧，女儿永远也不会忘记您和我心上的伤痕是谁戳下的。我一定不忘党的恩情，紧跟党中央，为党的事业贡献自己毕生的力量！"[03] 可见，无论是母亲还是女儿，都将自身的个人肉体和心灵的伤痛指向了明确的批判对象，特别是在母亲对女儿的信件中，读者可以清晰地感受到，母亲除了对女儿的思念之外，更包含了对女儿遭受的伤痛的理解。而对于女儿来讲，她将丧母之痛转化成对"四人帮"的控诉。因此，《伤痕》通过一个悲惨的母女分离的故事实现了对"四人帮"的控诉，尽管由于固定的叙述意图使母女间那些复杂而又微妙的情感没有得到充分的展示，但作品所带来的"伤痕"冲击，已经深深影响了那个时代的人们。

此作之前的另一部作品——《班主任》将这种控诉性意图表现得更鲜明。在当时，这部作品与《伤痕》一起代表了一种新的文学样式。比如，《新时期文学六年：1976.10—1982.9》中就这样说："刘心武的《班主任》标志着短篇小说创作走向一个新的起点，为正确处

---

[01]　卢新华：《伤痕》，《文汇报》1978 年 8 月 11 日。

[02]　卢新华：《伤痕》，《文汇报》1978 年 8 月 11 日。

[03]　卢新华：《伤痕》，《文汇报》1978 年 8 月 11 日。

理歌颂光明和暴露黑暗的关系，创造了可贵的经验。从一定意义上说，它还与卢新华的《伤痕》一起，开了后来被人们称为'伤痕文学'的先河。"[01] 实际上，这两部作品中处理的歌颂光明和暴露黑暗的关系，真正地体现出"文化大革命"结束之后，社会主流意识所提倡的人们面向历史和未来的大方向和基本态度。小说《班主任》就通过塑造两类受伤害的学生来指责"文化大革命"给青少年带来的伤害，一类是像宋宝琦这样在"文革"中不学无术、打架斗殴，以致遭社会唾弃的学生，这类学生在日常生活中被公认为坏学生，甚至他自己的父母也为此感到羞愧，那么，拯救这样的学生似乎是理所当然的；另一类是像谢惠敏这样能单纯地听从指挥、积极上进、当上了团支书，然而思想僵化、唯政策是从的学生。这一类学生的表现是如此积极，因此很容易被误认为是积极分子，很难发现他们的缺点。但是，班主任——张俊石老师注意到了这两类学生，发现了他们身上都存在着"四人帮"制造的流毒。如果从塑造宋宝琦和谢惠敏这两类受害的学生角度来看，作品较真实地发现了这些青年人物。从宋宝琦和谢惠敏的行为逻辑中，我们隐隐地看到"文革"期间红卫兵的影子。但作品的意图，不在于书写宋宝琦和谢惠敏带来的"破坏性"或发生在他们身上的深刻灾难，而在于将他们放置在一个急需被拯救的位置，来突出拯救者的可为性，即人物的出场包裹在一个思想教化的空间中。作者阐述社会问题及思想价值观的冲动远远大于对人物书写的生动性的兴趣。整个作品中，作者有着明确的意识：通过描述这两类学生身上的缺失以及张俊石老师试图拯救这两类学生的努力，本着教育下一代的热情和责任心，发出了如此的拯救声音：

> 请抱着解决实际问题、治疗我们祖国健壮躯体上的局部痛疽的态度，同我们的张老师一起，来考虑考虑如何教育、转变宋宝琦这类青少年吧！[02]

这样的文字作品充满了教化的激情，这样的叙述话语一方面正好

---

[01] 中国社会科学院文学研究所当代文学研究室编：《新时期文学六年：1976.10—1982.9》，中国社会科学出版社1985年版，第11页。

[02] 谷声应、陈利民编：《伤痕》，中国文学出版社1993年版，第139页。

符合控诉"四人帮"罪行的政治需要，另一方面，班主任张俊石身上体现的知识分子启蒙者和拯救者角色，恰好颠覆了长期以来知识分子受迫害的地位，这在一定意义上体现了"文革"后知识分子重新确立自己身份的内在心理。

实际上，"伤痕文学"的控诉话语一直有着知识分子"翻身"解放的话语特征。历史原因使知识分子在过往的岁月中遭受了不公正的待遇，不仅在身体上，更在精神上备受摧残和折磨。"文革"时期，戴高帽、挂牌子、剃阴阳头、游街、批斗会等非人道的整人方式的"新发明"，对大多数知识分子来讲，简直是要命的刑罚，而且，在那样一个时代中，"阶级的分类"完全取代了最基本的人道关怀，只要是"反动分子"或者"黑五类"就连最基本的生命存活的权利都是微弱的。比如，作品《三生石》（1981 年）中，梅菩提的父亲梅理庵得了重病，好不容易送到医院，却因为他是"反动学术权威"而久久没有医院收留他。最后，好不容易住进了医院，但是刚刚开始治疗，造反派就夺了医院的权，导致梅理庵不得不"膀胱里插着橡皮管，腰间带着玻璃瓶"[01] 回家了。即使在这种情况下，他也没有躲过再次被批斗的命运。在批斗会上饱受鞭打凌辱至死。像梅理庵的遭遇，是知识分子的普遍遭遇，在"文革"中，他们被冠以阶级敌人的名号，根本不是人民，也不是群众，甚至不是人，是"牛鬼蛇神"。他们完全被剥夺了做人的资格，甚至连最基本的生存权利也被剥夺了。他们的肉体、生命及身边的一切随时都可能沦为别人任意践踏蹂躏的对

宗璞（右）、冯友兰（左）　　　　《三生石》（1981 年利用）

---

[01]　宗璞：《三生石》，人民文学出版社 2006 年版，第 11 页。

象。"新时期"到来后的平反，给知识分子重新找到了人之生存权以及言说的权利，那么，自然而然地，控诉遭受的苦难成为书写的一部分内容，而重新寻找到自己的"启蒙者"权利和地位也是书写的重要部分。像《班主任》那般"拯救者"的话语是一种自然的流露，也是20世纪80年代初期构成启蒙话语的重要部分。

有意思的是，"伤痕文学"作品中体现的控诉"四人帮"罪行的话语特征，也是批评界和读者积极参与建构的结果。比如，《班主任》发表于1977年《人民文学》第11期的重要位置上，作品发表以后，即刻引发了关注，如作者自己所言："刚刚开始发行的第二天就马上有读者来信——他是寄到《人民文学》然后转给我的。然后沿着铁路线下去，来信非常准确，《人民文学》到了无锡，无锡就有人来信，到了常州、苏州、上海……就有来信。"[01] 当然，作品在读者中影响力的提升伴随着批评界对此的关注。程光炜曾就《班主任》的流传说过："小说在《人民文学》1977年第11期刊登，之后，经中央人民广播电台反复播送，在全社会引起了'强烈反响'。我当时刚上大一，在校园转播的中央人民广播电台的文学节目里听到它，心中的激动难以形容……《班主任》刚出场的时候并不顺利，有人指责它有'思想问题'。然而不久，更重要的意见开始压倒批评意见，认定它是伤痕文学的代表作品。到1985年1月出版的具有'总结'意味的《新时期文学六年：1976.10—1982.9》一书中，《班主任》的文学'正典'地位被正式明确下来。"[02] 实际上，像程光炜指出的《班主任》确立了地位一样，"伤痕文学"作为一股文艺思潮，也迅速地在争论中被确立了下来。在1980年2月召开的剧本创作座谈会上，时任中共中央主席胡耀邦，对大多数"伤痕文学"作品做了肯定性评价，并提出了这样的定义："所谓'伤痕文学'，依我看，就是在新时期文学发展进程中，率先以勇敢的、不妥协的姿态彻底地否定'文化大革命'的文学，是遵奉党和人民之命，积极地投身思想解放运动，实现拨乱反

---

[01] 刘心武：《刘心武谈中国的新写实文学》，《刘心武研究专辑》，贵州人民出版社1988年版，第32页。

[02] 程光炜：《文学成规的建立——以〈班主任〉和〈晚霞消失的时候〉为讨论对象》，《文学讲稿："八十年代"作为方法》，北京大学出版社2009年版，第291—292页。

正的时代任务的文学。"[01] 可见，从党中央到批评界到创作界，中国的文坛确立了"伤痕文学"的浪潮。而党中央领导人的定义，也再一次规约了"伤痕文学"的书写规则。

现在看来，大量的"伤痕文学"代表作之所以流传，离不开两个关键的写作特征：第一，揭批"四人帮"的罪恶。如朱寨所说："以《班主任》为代表的几篇小说，揭出了由'四人帮'造成的不同形态的社会弊病，目的是引起疗救，作者的批判的锋芒，始终是对着'四人帮'的。"[02] 第二，完成揭批任务是要体现思想解放运动的特征，体现新时期到来给社会、民族、个人带来的巨大变化。

所以，在面对刚刚过去的历史时，不管是作者还是受到迫害的故事主人公，都有种清晰的、普遍的、义正辞严的批判意识。比如，《伤痕》中的王晓华，她清晰地知道"伤痕"的制造者是"四人帮"，是"四人帮"导致了她与母亲这些年无法相见。又如，冯骥才的《铺花的歧路》，写了女主人公白慧在"文革"中的遭遇和觉醒。她的纯洁、痛苦与悔悟恰恰对应着"文化大革命"的反人性本质。小说故事时间前后跨越十余年，以"文化大革命"为背景，叙述了白慧从盲从、狂热到怀疑、觉醒、悔疚的心理历程。年少时，白慧出于革命的热情投入"文化大革命"的洪流中，充满了年少的激情和少不更事的冲动，并在一次批斗会上参与殴打一位女教师。结果却发现她的父亲——一位久经战争考验的厂长也是批斗的对象，她开始从狂热中清醒过来。当她得知自己殴打的女教师是男朋友的母亲时，则陷入了深深的内疚中，自愿去内蒙古插队。十年后，她渐渐地明白了自己只是一个受"文化大革命"愚弄的无知青年，但是，她内心的痛苦更是无法自拔。最后，在男友的原谅的怀抱中，她才得以化解内心的痛苦。小说明显地将主旨指向"文化大革命"中反人性的本质，以及其对纯洁青年内心的伤害，而这种伤害最终只有在认识到了真正的罪魁祸首是谁之后，才得以平复。从维熙的《大墙下的红玉兰》不仅描述了主人公葛翎在"文革"中遇到的迫害，更表现了他身陷囹圄仍保持着美好心灵的品质。

---

[01]　胡耀邦：《在剧本创作座谈会上的讲话》，《中国新文艺大系 1976—1982（理论一集）》（上卷），中国文联出版公司 1988 年版，第 79 页。

[02]　朱寨：《对生活的思考——谈刘心武〈班主任〉等四篇小说》，《文艺报》1978 年第 3 期。

想象、建构及限制——20世纪80年代中国文学史论

《许茂和他的女儿们》写的是农民所受的"伤痕"。与众多写知识分子的"伤痕"的作品相比，作品表现了丰富的乡土社会的性质、民族文化历史，以及农民身上的固执、狭隘与质朴等，不过，作品将这种具备穿越时空性的特征拉至"文化大革命"这一固定的时空中后，旋即将悲剧指向了时代，以使整个文本实现了控诉"四人帮"的目的。小说以20世纪70年代四川沱江流域葫芦坝村农民许茂和他的几个女儿的遭遇为对象，通过这一普通农民家庭的悲欢离合，反映"文化大革命"时代的农村生活。许茂在壮年时虽然是个聪慧、爽朗、积极投入公社化运动的积极分子，但随着他发现生产率低下、贪污公款等事件，他的心胸也变得越来越狭隘，甚至到了集中精力积攒钱物，而变成了一个自私狠心的人。他不仅将遭遇火灾而无家可归的大女儿一家拒之门外，而且，女儿死后，连用家中的木材给女儿办棺材都不愿意，因为他的原则只有利益，在他看来，女婿"已经爬不起来了"。作品通过许茂的这种变化和自私性格的形成，意在说明变幻不定的政治风云影响了农村的正常生活，扭曲了许茂这样的农民的心理。最后，当干部颜少春带领工作小组进驻葫芦坝村，进行了工作整顿之后，许茂才开始反省自己，并有了人性的复苏。而小说中对四姑娘许秀云的塑造则展现了对坚韧的反抗精神的坚持。许秀云虽然遭受了恶棍郑百如的欺辱并被迫嫁给他，但始终没有屈服，在家人的不解及中国传统社会观念的压迫中，义无反顾地与他分道扬镳，同时，对失去大姐的姐夫一家始终抱着同情与友善的态度，也最终勇敢地追求到了自己的爱情，嫁给了姐夫，展示了人的主体精神和自由意志的胜利。小说通过这一个个个性鲜明的人物的经历，达到了控诉社会动荡，表达美好人性追求的目的。

因而，对于大多数"伤痕文学"作品而言，揭批"四人帮"的罪恶与提倡或讴歌政治意识形态所倡导的斗争精神是相伴而行的。

第二节 "伤痕"的规约

　　有评论家曾言："当时一批被称为'伤痕文学'的小说，都是作家用自己的人道主义的眼光所看到的伤痕和泪痕，都是对'文化大革命'那种非人道的悲剧的揭示。"[01] 读者从作品中，看到了大量人被损害、被伤害的事实，以及由此发出的对"四人帮"劣行的控诉，但问题的另一方面是，我们同样也看到了像《伤痕》这样的作品在明确地将人物行为的根源指向"四人帮"的罪恶的时候，也压抑了亲情受到伤害的事实。《班主任》则将叙述的重心指向了一种呼号式的拯救口吻，而并没有深入地剖析这些受伤害的青少年本身应该面对的历史和自身的成长。也就是说，在"伤痕文学"这里，作家们力图用美好的、抽象的人性、人情之美去寻找人的存在价值和意义，实际上，其叙述的"伤痕"本身是有强烈的限制性的。根据"伤痕文学"被肯定及被定义的历史依据来看，我们称这种限制性为强烈的政治意识形态的规约。这较集中地体现于 20 世纪 80 年代初期对作品《苦恋》（1979 年）、《一个冬天的童话》（1980 年）及《晚霞消失的时候》（1981 年）的批判或批评上，对这些作品的批评过程也体现出 80 年

---

[01]　刘再复：《论中国文学》，作家出版社 1988 年版，第 269 页。

白桦 电影《太阳和人》剧照

代文坛的批评方式及文学语境。

白桦的电影剧本《苦恋》发表在《十月》1979 年第 3 期上，1980 年被拍摄为电影，改名为《太阳和人》。剧本讲述了画家凌晨光一生的遭遇：年少苦寒，流离成为画家，新中国成立后，怀着报效国家的激情归国，却遇上了"文化大革命"；于是，这位归国的画家成为批判的对象，被迫过上逃亡的日子，最终惨死在雪地里。当人们发现他时，他的身体就像一个大大的问号。这是一部描述归国知识分子所遭受的"伤痕"的作品，作品通过描述凌晨光的遭遇，既对"四人帮"罪行进行了控诉，也从一定意义上传达了知识分子内心的困顿。作品被拍成电影后，引起了广泛关注，1981 年 4 月的《解放军报》掀起了对《苦恋》的批判浪潮。对其批判的文章较集中于批判其"个人主义""自由化""否定四项基本原则的错误浪潮""散布了一种悖离社会主义祖国的情绪"[01] 等。

在《解放军报》掀起批判浪潮时，张光年、周扬、冯牧、《人民日报》《文艺报》等文坛主要人物及大报刊对《苦恋》保持了"同情""默认"的情绪，这些老作家深知批判之苦，希望给《苦恋》留下一个生存的空间，但这种多层化的文坛空间的存在并不稳定。1981 年 7 月 17 日，邓小平在与中央宣传部领导人谈话时，肯定了对《苦恋》的批判，指出作品"无论作者的动机如何，看过以后，只能使人得出这样的印象：共产党不好，社会主义制度不好"[02]，并指

---

[01] 参见《解放军报》1981 年 4 月 17 日发表的部队读者批评《苦恋》的三封来信，4 月 20 日"本报特约评论员"的文章《四项基本原则不容违反——评电影文学剧本〈苦恋〉》。

[02] 邓小平：《关于思想战线上问题的讲话》，中共中央文献资料室编：《三中全会以来重要文献选编（下）》，人民出版社 1982 年版，第 879 页。

出"关于对《苦恋》的批评，《解放军报》现在可以不必再批了，《文艺报》要写出质量高的好文章，对《苦恋》进行批评。你们写好了，在《文艺报》上发表，并且由《人民日报》转载"[01]。在这类党中央的指示中，《文艺报》于 1981 年第 19 期发表本刊两个副主编的总结性批评文章，并对自己没有能够及时批评《苦恋》做出检讨。白桦也于 1981 年 11 月 25 日给《解放军报》和《文艺报》写了一封《关于〈苦恋〉的通信》检讨了自己的错误，并表示今后要"提高马列主义理论水平，加强党性锻炼，坚持党的四项基本原则"[02]。由此，一场由文艺界上升到宣传部的批评运动以作者认错及坚定党的原则的表白而平息。

从整个批判过程来看，尽管有对批判持不同意见的声音，但是，这种声音是微弱的，政治对文艺的规约力量在 20 世纪 80 年代初期表现得十分强势。而且，大量的批判术语与其说是出于对作品的解读，不如说是出于政治批判的有效性。比如，当时很流行的那句"你爱祖国，祖国爱你吗"，其实并不直接来自作品。用白桦自己的话说，是"知识分子回顾自己的一生，也是一个理想的问题，一个理想者的道路问题，爱国者的道路问题"[03]，"所以最后怎么能够得出这样一个结论，说是一个不爱国的呢？这个我觉得这里面有很多误会。你比如说，当时最有名的一句话叫作'你爱祖国，祖国爱你吗'这样一句话，这样一句话应该说是从哪儿来的呢，就是从那篇评论员文章开始，然后特别是黄钢的那篇文章加以阐述，特别强调的这个问题。其实这个问题应该说，要可以这样说的话，这是一个误会"[04]。然而，在当时的环境中，很容易以一种单向式的思维方式，把这部作品的主题与是否爱国联系在一起。许志英、丁帆主编的《中国新时期小说主潮》一书中，对批判《苦恋》的运动说过的话，不失为一种较合理的总结："但不管如何，通过《苦恋》风波，由'异质话语'所导致的'话语紊乱'状况终于结束，一种新的、甫才生产的主流话语在对

---

[01] 邓小平：《关于思想战线上问题的讲话》，中共中央文献资料室编：《三中全会以来重要文献选编（下）》，人民出版社 1982 年版，第 881 页。

[02] 白桦：《关于〈苦恋〉的通信》，《解放军报》1981 年 12 月 23 日。

[03] 徐庆全：《风雨送春归——新时期文坛思想解放运动纪事》，河南大学出版社 2005 年版，第 428 页。原文是 2003 年 3 月白桦接受"鲁豫栏目"专访时说的话。

[04] 徐庆全：《风雨送春归——新时期文坛思想解放运动纪事》，河南大学出版社 2005 年版，第 428 页。原文是 2003 年 3 月白桦接受"鲁豫栏目"专访时说的话。

作为'他者'的'异质话语'的'话语规约'之中，通过不同的言说主体，如文学体制自身、体制之'裂隙'的另一侧畔以及遭致规约的'异质话语'的言说主体，不断进行话语的'复制'和'再生产'工作，从而建构了主流意识形态所迫切期望的'话语秩序'。"[01] 批判过程本身就体现出了主流意识形态对"伤痕文学"的一种要求和期待，特别是作家在叙述伤痕的时候，什么样的伤痕是可以被展示的，什么样的伤痕是不能被展示的，也只有在这样的批判过程中才得到明晰化。

遇罗锦的《一个冬天的童话》发表在《当代》1980 年第 3 期上，《新华月报》第 9 期予以转载，引起了很大的反响。其后，作者自己的离婚事件又受到关注，《新观察》还于 1980 年第 6 期开辟专栏探讨作者是否应该离婚的问题。随后，遇罗锦的小说《春天的童话》发表于《花城》1982 年第 1 期，又受到读者和评论界的批评。以此，1980 年至 1983 年，围绕着《一个冬天的童话》和《春天的童话》开始了一段批评的过程。

《一个冬天的童话》发表时，"编者按"中写道：

> 这部作品的作者遇罗锦是遇罗克同志的妹妹。十年浩劫期间，在遇罗克为了捍卫真理被捕以至被残酷杀害前后，她和她的家庭也经历了种种的磨难。据作者说，此文基本上是根据她个人的亲身经历写成的。我们认为，这部作品所反映的绝不只是他们个人的偶然不幸，而是林彪、"四人帮"的法西斯统治和多年来封建主义的形而上学的血统论所必然造成的相当深广的社会历史现象。正因此，本刊决定发表这部作品。

显然，编者在这里试图突出作品反映的"四人帮"的罪行的解读导向。然而，作品发表后引发的讨论及批判却并不像编者所引导的那样集中于对"四人帮"的批判，而是集中于作者在作品中体现出的婚恋观、道德观。有评论者肯定作品的爱情观、婚姻观，并认为："作家还把这种对爱情和婚姻问题的勇敢探索，与国家、民族的忧患存亡联系在一起。"[01] 有评论者则批评其爱情观，认为："造成她爱情悲剧的，固然有种种外界原因，但她本身缺少更高尚的爱情观，不能不说也是个原因。"[02] 小说《春天的童话》也被严厉地指责为"思想错误"[03]"资产阶级自由化思潮"[04]。

若与《苦恋》集中于思想、政治立场的批评相比，对《一个冬天的童话》的批评主要集中于道德、婚姻、政治情绪等问题。如果仔细地阅读遇罗锦的《一个冬天的童话》，我们会发现，作者"我"以一种"纪实性的""追忆式的"笔法，记叙了自己的一段人生经历，这段经历包含着哥哥被迫害、父母需照顾、接受没有爱情的婚姻、爱情火花的燃起及破灭、对婚姻的不满等等。作品对哥哥的描述，恰恰穿插于经历的苦闷与孤独中，"我"常常想起哥哥的好，甚至在困惑时会想起哥哥带给自己的人生的指引。作品对女性内心世界描述之坦诚与真实，在同时期的作品中并不多见。尽管作者哥哥遇罗克的遭遇足以表明"文革"制造的伤痕，但作品没有在此事上极力渲染，甚至对自己的伤痕也没有进行过多的呐喊式叙述，而更多地转向对作为女性、女儿身份的心灵叙述。特别是作者着笔写哥哥时，反而很少触及哥哥受的迫害，而更多地从妹妹、弱女子的角度去怀念哥哥，表达妹妹在困境中对一位可亲的哥哥的思念，这种感情与其说是反映"四人帮"罪行的，不如说是根据女性的内心需求来书写的。但无论是"编者按"所强调的作品反映"四人帮"的罪行，还是批评者极力关注的女主人公对爱情、对婚姻的态度，读者似乎都没有注意到作品这一层次寓意的表达，读者似乎更关心作者的离婚事件、爱情经历等等。特别是批判者完全从女性的婚姻角度、道德角度进行批判，这完全是一种社会学的批判，而非文学的解读。所以，对《一个冬天的童话》的批评，虽然没有像批评《苦恋》那式的入中宣部的批判视野，但是，其体现出的政治学、社会学的视角是相同的。

---

[01] 谢望新：《在对生活思考中的探求》，《文艺报》1981 年第 7 期。

[02] 易水：《令人同情，却不高尚——读〈一个冬天的童话〉随感》，《作品与争鸣》1981 年第 1 期。

[03] 蔡运桂：《一部有严重思想错误的作品——评长篇小说〈春天的童话〉》，《花城》1982 年第 1 期。

[04] 易准：《评〈春天的童话〉的错误倾向——在一次座谈会上的发言》，《作品》1982 年第 6 期。

在批判礼平的《晚霞消失的时候》时也出现了同样的视角和批判方式。从内容来讲，《晚霞消失的时候》是一部地道的"伤痕小说"：恋爱中的青年男女李淮平和南珊因为"文革"改变了人生轨迹，并对彼此造成了伤害。然而，《晚霞消失的时候》并没有像《班主任》或《伤痕》那样幸运，原因正如当时批评者所言："究其原因，是作者对一般历史和社会现象进行观察的时候，离开了马克思主义的阶级观点，用抽象的善恶观念代替了阶级观念，作者在向现实人生寻找答案的时候，陷入了宗教玄学，在描述历史事件的时候，又陷入了唯心主义。"[01] 显然，作品给男女主人公设置的通过宗教来化解人生过失的结尾，成了批判的理由。而当时之所以如此不合时宜，就在于那是一个强调政治立场鲜明、政策能够化解一切伤痕的时代，那么，作品表达的宗教感与这种意识形态显然是有距离的。

《晚霞消失的时候》
（1981 年版）

从这三部作品中，我们清楚地看到了政治意识形态对"伤痕"书写方式的规约，即"坚持四项基本原则"最大限度地限制着"伤痕文学"。值得一提的是，在批判《苦恋》和《一个冬天的童话》的时候，都采用了"群众来信"的方式，这些群众来信实际上大多是批判者自己所为，而这种所谓借助群众的方式，完全没有脱离"文革"时期"整人"的思路，这点也表明 20 世纪 80 年代初期中国文坛的复杂性，以及"文革"思维的延续性，一定意义上也表明了政治意识形态控制的可为性。

"伤痕文学"作为一股文艺思潮，开启了"文革"结束以后文学创作的第一次高峰。刘锡诚说："'伤痕文学'因一篇作品而得名，最初是用来否定这类作品的贬义词，后来竟然被文艺评论界反其意而用之，成了新时期文学中反映十年'文革'题材的文学创作和文学思潮的专用名词。这是在特殊年代中特殊情况下出现的一种特殊的文学现象。"[02] 在今天看来，"伤痕文学"充满了创作手法不成熟、政治意识形态控制过于鲜明等局限性，但在那个"上纲上线"批判不断、主题

---

[01] 郭志刚：《让光明升起来》，《中国青年报》1982 年 4 月 15 日。

[02] 刘锡诚：《在文坛边缘上——编辑手记》，河南大学出版社 2004 年版，第 108—109 页。

意识紧张的时代，经历了诸多的风风雨雨，它在文坛立足一定意义上也代表了反叛的勇气。这一股活跃于 1977—1978 年的文学浪潮，反映了"文化大革命"结束之后中国社会的一种集体诉求，它代表了一个新时代到来之后，人们对过往岁月的冲决，对新的时代和生活的向往。从思想意识上讲，突破了"文化大革命"以来的种种思想禁锢，以关注人性和关怀人生苦难的方式，承接了五四新文化运动以来直面人生、大胆暴露社会弊端，以人道主义的精神为底蕴，重新建立知识分子为社会代言的勇气和使命感，以及确立自身的主体性精神。只可惜，作品笔下的"伤痕"依然未曾脱离政治话语的束缚和规约，作品缺乏了历史的厚重感和思想的深度，但不管怎么说，这是"文化大革命"结束之后的一缕春风，吹动了数以万计的知识分子委屈和受伤的心，重新找到自我存在的希望和自信。

海登·怀特说："对于历史学家来说，历史事件只是故事的因素。事件通过压制和贬低一些因素，以及抬高和重视别的因素，通过个性塑造、主题的重复、声音和观点的变化、可供选择的描写策略等等——总而言之，通过所有我们一般在小说和戏剧中的情节编织的技巧——才变成了故事。"[01] 作品的局限及在文学史上的出场，共同建构着"伤痕文学"，历史也就是在这样的"编织"中，完成了"新时期"文学的想象，完成了对"伤痕文学"潮流的推波助澜。

今天，我们再次触摸历史的"编织"轨迹时，得以看到"伤痕文学"建构中的政治意识形态话语，也看到有一些作品进一步拓展和深化了"伤痕"的写作，这便是当年建构"新时期"文学史时被称为"反思文学"及"改革文学"的作品。

---

[01] ［美］海登·怀特：《作为文学虚构的历史文本》，张京媛主编：《新历史主义与文学批评》，北京大学出版社 1993 年版，第 163 页。

第二章 "反思文学"：
寻找意识形态合法性的表述

第一节　对身份变动的敏感与知识分子形象的书写

　　黄子平曾说："一时代文学中出现的知识分子形象，在一定程度上就是一时代知识分子的自我反省和自我塑造。把这说成是一种机械的平面的镜像当然是危险的，总是有所扭曲变形，有所放大缩小，有所隐藏装饰。这种种变形，又正是知识者身内身外的具体处境使之然。"[01] "反省的又不仅仅是自我，其中蕴含的，却是由时代、世界、民族、个人诸因素交织起来产生的逼人质问所引发的思索：关于命运与道路、责任和自由、理想与代价、生和死、爱与憎……"[02] 20 世纪 80 年代"反思"潮流的涌动，正是一个时代中知识分子面对历史的创伤以及未来的前景时，做出的一种自觉的选择，而其反思的向度与力度，则再次反映了一个时代的知识分子乃至国家与民族在当时做出思考的向度与力度。"反思文学"作为 80 年代文学的重要潮流，成为解读一个时代知识分子的现实处境和心灵世界的钥匙。

　　何谓"反思文学"？洪子诚在《中国当代文学史》（修订版）中

---

[01]　黄子平：《艰难的选择·小引》，《远去的文学时代》，复旦大学出版社 2012 年版，第 70 页。

[02]　黄子平：《艰难的选择·小引》，《远去的文学时代》，复旦大学出版社 2012 年版，第 71 页。

认为：

> 暴露"文革"的创作潮流，经过了感伤书写阶段之后，加强了有关历史责任的探究成分，并将"文革"的灾难，上溯到"当代"五六十年代的某些重要的历史段落。对这种变化的描述，导致了"反思文学（小说）"概念的普遍使用。"伤痕""反思"的概念出现既有先后，各自指称的作品大致也可以分列。但是两者的界限并非很清晰。有关它们的关系，当时的一种说法是，伤痕文学是反思文学的源头，反思文学是伤痕文学的深化。[01]

在现有的大多数文学史中，"反思文学"这一概念被认为是对那些出现于"伤痕文学"之后的、具有一定"深化"意义的书写历史错误的文学作品的命名。"反思文学"在题材上将"伤痕"叙事从"文革"扩展至 1957 年的反右斗争扩大化、1958 年的"大跃进"、1959 年的"反右倾"运动、1960 年的大饥饿等。比如，发表于《人民文学》1979 年第 2 期的小说《剪辑错了的故事》，因为较早触及了"文革"极"左"思潮之外的"大跃进"时期，并采取了新的结构方式而受到了关注，也因此在文学史的叙述中，被视为"反思文学"的发轫之作。[02] 可以说，"反思文学"这一概念本身就是因"伤痕文学"而起的，两者有着紧密的联系，它是"伤痕文学"叙事功能的延续，甚至许多作品很难严格地界定为"反思文学"还是"伤痕文学"。同时，"反思文学"同"伤痕文学"一样，作为建构"新时期文学"内容的

---

[01] 洪子诚：《中国当代文学史》（修订版），北京大学出版社 2007 年版，第 258—259 页。

[02] 比如，《新时期文学六年：1976.10—1982.9》中写道：党的十一届三中全会以后，"文学创作在题材和主题目上出现了新的开拓"，"把对林彪、'四人帮'煽动和利用极'左'思潮批判同对'文化大革命'前十七年乃至更长远的历史生活的'反思'联系起来，从而产生了许多优秀作品"。"一九七九年初，以揭露一九五八年'大跃进'运动中'左'倾错误危害为主题的《剪辑错了的故事》（茹志鹃）和《黑旗》（刘真）率先问世，立即引起读者和评论界的广泛注意。"（中国社会科学院文学研究所当代文学研究室编，中国社会科学出版社 1985 年版，第 157 页）陈思和主编的《中国当代文学史教程》中写道："1979 年《人民文学》第二期刊登了茹志鹃的短篇小说《剪辑错了的故事》，作家不像'伤痕文学'作家那样直接表现痛苦的历史和私人情感，而是表现出一种痛定思痛的努力，对'文革'这场历史灾难的认识有了明显的深入……以这篇目作品为标志，中国文学领域在 1979 年至 1981 年间形成了一股以小说为主体的'反思文学'思潮，而'归来者'们的创作是其中最主要、最瞩目的。"（复旦大学出版社 1999 年版，第 206 页）

一部分，具有反思错误政治路线和书写社会变革的合法性的功能。然而，若将"反思文学"的代表作与"伤痕文学"的代表作相比，"反思文学"在创作手法上更成熟、主体意识更鲜明，在历史问题反思上对主流意识形态观念的认同及罅隙表现得更明显，对主人公的内心进行叙述时更直接地展现出了一代人感性体验的独特性。

其中，"反思文学"作为知识分子言说自己的历史遭遇并力图深入到反思深度的叙事，其对知识分子自身身份的敏感性十分明显。

王蒙在《蝴蝶》（1980 年）中写道：

> 路啊，各式各样的路！那个坐在吉姆牌轿车、穿过街灯明亮、两旁都是高楼大厦的市中心的大街的张思远副部长，和那个背着一篓子羊粪，屈背弓腰，咬着牙行走在山间崎岖小路上的"老张头"，是一个人吗？他是"老张头"，却突然变成了张副部长吗？他是张副部长，却突然变成了"老张头"吗？这真是一个有趣的问题，抑或他既不是张副部长也不是"老张头"，而只是他张思远自己？除去了张副部长和"老张头"，张思远三个字又余下了多少东西呢？副部长和"老张头"，这是意义重大的吗？决定一切的吗？这是无聊的吗？不值得多想的吗？[01]

读者不难发现，张思远副部长和"老张头"虽是同一个人物，却是两个不同的符号，其呈现的不仅是不同的身份，而且包含着不同的文化背景："张思远副部长"意味着国家干部、优越的生活环境及崇高的政治地位；"老张头"意味着劳动改造、政治身份的不自由、艰苦的物质环境。从"老张头"成为"张副部长"意味着同一个人在不同的社会中所处的环境和地位的不同。然而，作品中的人物"张副部长"何以将目光集中在这两种身份的转换上？这种完全出自内心情绪流动的描述形式，带来了怎样的叙事意味？

若从语言表述形式来看，这里的叙述采用了意识流动的方式，带有明显的"自我"追问感，在不同身份变化中，叙述者在极力完成自

---

[01]　王蒙：《蝴蝶》，《王蒙文集》第三卷，华艺出版社 1993 年版，第 72 页。

茹志鹃（左）、王安忆（右）

张贤亮

《绿化树》（1984年版）

《男人的一半是女人》
（1985年版）

《灵与肉》（1981年版）

己是谁的身份确认，并试图从心灵深处发现对自我定位的"合理性"。有意思的是，这类追问人物身份的叙事在"反思文学"代表作中普遍存在。例如，茹志鹃的《剪辑错了的故事》在跳跃的时空结构中，展示了"老甘""甘书记"的身份变动。张贤亮的《灵与肉》（1981年）中的许灵均从被资产阶级家庭遗弃的儿子，变成了"一个名副其实的劳动者"。许灵均在面对穿着考究、住在豪华宾馆中的父亲时，一直在追问着自己的身份。他的思绪时而转向作为资本家儿子的许灵均，又时而转向那个生活在大西北的土地上，面朝黄土背朝天的许灵均。张贤亮的其他作品，如《土牢情话》（1980年）中的石在，《绿化树》（1984年）、《男人的一半是女人》（1985年）中的章永璘等，也都存在着一个从"过去"转变为"现在"的形象符号。史铁生的

戴厚英

《我的遥远的清平湾》（1983 年）在一种充满温馨与凄凉情调的追述中，回到了曾经是"知青"身份的那个时代和那个"自我"。戴厚英的《人啊，人》（1980 年）中的人物以独白的方式进入自己的内心世界，并试图找到内心的平衡、人生的欣慰。如果从叙事主题的角度来看，一些没有采取依据人物内心情绪流动来结构文本的作品，也展示了人物在时空变迁中的经历及社会的变迁。如，高晓声的《李顺大造屋》（1979 年）中李顺大前后几十年的造屋经历，拉开了一个对比性的时空及人物命运，并且，最终在新时期的美好时代中，实现了造屋的梦想，表现了农民反对"左"倾错误的主题。古华的《芙蓉镇》（1981 年）则直接通过乡土风情的变化展示了强烈的时代变动。因而，无论是直接描述心理意识的写作手法，还是采取借助时代变迁的大背景描写人物经历的写作手法，大量的"反思文学"作品都展示了因时代不同而引发的人物身份的不同的变动。

电影《芙蓉镇》剧照

借用迈尔·斯滕伯格的话："考虑到作者秘而不宣的交流意图，所有的话语选择最终都是有动因的（决断的、有理的、有条理的、解释性的等等）。反过来，作者也通过传播链（以及传播的目的）使这些选择有了动因。"[01] 因此，在这些叙述者几乎代替作者直接发言的"反思文学"文本中，对作者的叙述动因的考察变得极为重要，况且，通过动因的考察，我们可以发掘"反思文学"的反思意味。

同样是描述同一段历史背景中的人物生活，与"伤痕文学"代表作相比，"反思文学"的代表作往往更多地着墨于追述人物内心。这种追述实际上表达了作者对自我身份的建构。这也是曾经被剥夺了作为知识分子的身份进行话语言说的可能性的知识分子所面临的重要问

---

[01]　迈尔·斯滕伯格：《作为叙事特征和叙事动力的自我意识：在文类设计中讲述者与信息提供者的关系》，[美] Jamers Phelan、Peter J. Rabinowitz 主编：《当代叙事理论指南》，申丹等译，北京大学出版社 2007 年版，第 259 页。

题。因为对于这群曾经被认定为"右派""反革命"或"需要劳动改造"的知识分子而言，如何确立自己的身份、如何找到在新的时代中的生存位置，是一件重要的事情，同时，也是将内心深处的困惑、迷茫及希望倾诉而出的重要途径。

比如，王蒙的作品《蝴蝶》（1980）中的人物不断地通过反问句及疑问句来袒露自己的内心世界，对"自我"发出追问。这种句式的使用，实际上也最大可能地表现了作者建构一个怎样的自我的努力。张贤亮的作品在这种建构上表现得更明显，作品中的主人公不仅频频地对自我身份进行追问，而且，往往通过找到答案的方式，向读者呈现了人物的人生选择或人生价值观。在小说《灵与肉》中，物质条件优厚的父亲并没有给许灵均带来家的感觉，许灵均的家在贫困的大西北，正如作品所写：

> 房间里的陈设和父亲的衣着使他感到莫名的压抑。他想，过去的是已经过去了，但又怎能忘记呢？
> 而贫困的西北的某地却深深地吸引着许灵均：
> 不，他不能待在这里。他要回去！那里有他在患难时帮助过他的人们，而现在他们正盼望着他的帮助；那里有他汗水浸过的土地，现在他的汗水正在收割过的田野上晶莹闪光；那里有他相濡以沫的妻子和女儿；那里有他的一切；那里有他生命的根！ [01]

从这两段内心叙述中，我们发现，许灵均摒弃了一种富裕的、曾被称为资产阶级的生活，而追求一种物质贫困的、充满人情味的乡间生活，许灵均也在生活的选择中，完成了对自我生命的认可。

此外，像《土牢情话》中的石在，《绿化树》《男人的一半是女人》中的章永璘，则通过学习《资本论》、寻找自我认可的心灵忏悔及精神生活的升华，突破错误的"右派"的身份规约，实现了一种全新的自我认可。更有意思的是，在张贤亮的这些自我反思小说中，皆出现了作为男性的救赎者的女性形象，《灵与肉》中的秀芝，《土牢情

---

[01]　张贤亮：《灵与肉》，《朔方》1980 年第 9 期。

话》中的乔安萍,《绿化树》中的马缨花,《男人的一半是女人》中的黄久香。她们美丽、健壮,又有宽厚、善良的内心,在作为右派分子的男主人公落难时,都给予了母性式的关怀和拯救。男主人公们也在女性的关爱中,重新找到了自我,并进一步认识了自我。比如,《绿化树》中的马缨花将宝贵的粮食提供给章永璘,并且,她还提供空间给他读书,体现了一个农村女性对知识的尊重和向往,在一个饥饿蔓延的时代中,使章永璘在满足温饱之后找回了做人的感觉。《男人的一半是女人》中的黄久香则以性的存在的方式,再次使章永璘从半个男人成为真正的男人。不过,在一次又一次的"自我超越"中,章永璘一步步地感受到了自己与马缨花、黄久香这样的女性的距离。作品在叙事中,也时不时地审视着男性主人公的这种自我"蜕变",将人的本能及作为知识分子的深层反思进行了淋漓尽致的展示。

在一定意义上,诸如老甘头、许灵均、石在、张思远、章永璘这种完成自我认可的方式,极大程度上代表了当时知识分子矛盾重重的心境与价值追求,这也是 20 世纪中国的知识分子的历史遭遇决定的。对 20 世纪中国的知识分子而言,其心灵历程可谓充满艰难又不乏诡异色彩:五四时期拥有着启蒙的激昂之情,革命时期怀抱着拯救民族、国家的情怀,中华人民共和国成立后充满着建设的激情及被规训的两难,"文革"时期揣着被压抑、被抛弃乃至被扭曲的内心。可以说,民族文化传统的积淀、政治意识形态的规范、知识分子与生俱来的对自由的向往,在 20 世纪中国的知识分子身上纠缠不清,甚至对知识分子的心灵造成了严重的损害。"伤痕""反思"文学的作家基本都在"反右"或"文革"期间遭受过严重的人身迫害。当时就有评论者指出:"从中青年作家队伍的这一构成看,他们大多数在'文革'及其以前十余年间,个人的命运和我们民族的命运、人民的命运都是息息相通的。"[01]"文革"结束,政府宣布了对"文革"期间被打为"牛鬼蛇神"的知识分子进行"拨乱反正"的政策。这一举措不仅改变了受打压的知识分子的生活状态,也使他们的心灵再次受到震撼,并有了表达这种震撼的可能性。在这里,不仅个人命运与民族、人民命运相通,而且他们对自我命运的认同与对民族、国家、人民的意识

---

[01]　何西来:《新时期文学思潮论》,江苏文艺出版社 1985 年版,第 42 页。

紧密相连。因而，"反右""文革""拨乱反正"等经历成为创作的话语资源，而作家们在叙述这段历史时，也试图找到自我的一种定位。具体反映到"反思文学"作品中，这种定位深受整个社会意识形态的影响，与国家、民族的主流话题有某种亲密性。

比如，王蒙的《蝴蝶》中的张思远副部长，发出了实现"拨乱反正"的身份变化后的人生感慨。在作品的疑问句、反问句中，我们发现，"老张头"时期的被压抑或权利的被剥夺，以及"张副部长"时期他与劳动者的疏远，都不是叙述者所认可的真实的自我。但是，作为张副部长身份的叙述者通过不断进行身份追问，回忆曾是"老张头"时期的自我，带有一种警醒现在自我的所作所为的意味。而对现在"张副部长"身份的质疑，来源于对"老张头"时期的劳动者身份的肯定。同样，在《灵与肉》中的许灵均身上，这种认同表现得更为彻底，许灵均直接通过土地和乡野来对抗资产阶级的出身背景。这样的身份认同取向也恰恰是中华人民共和国成立以来主流政治意识形态所极力建构的，正如1968年12月22日，《人民日报》文章引述的毛泽东的指示："知识青年到农村去，接受贫下中农的再教育，很有必要。"自毛泽东提出了知识分子向广大工农群众学习的号召之后，知识分子与劳动者这两者之间的身份就变得间隔重重又暧昧难解，而知识分子向工农劳动者的生活方式靠近，又成为一个独特的生存现状。当然，到了"文革"时期，以"劳动者"的名义向知识分子做出的攻击及压制则又生成另一种政治图谋和文化困境。无论如何，"反思文学"的叙事体现了知识分子在形象建构上保存着强烈的工农群众情感。

佛克马、蚁布思就"身份"与"成规"说过："一种个人身份在某种程度上是由社会群体或是一个人归属或希望归属的那个群体的成规所构成的。"[01] 这里指出归属与希望、归属与成规之间有着某种隐秘的联系。那么，我们可以看出，在20世纪80年代初期的这些"反思文学"作品中，作者在进行身份建构时，希望在主流意识形态认可的规范中找到认同感。因而，在描述"拨乱反正"后的正名及心灵震动时，在对历史困境的反思中，依然保留着主流意识形态所号召和呼

---

[01] ［荷兰］佛克马、蚁布思：《文学研究与文化参与》，俞国强译，北京大学生出版社1996年版，第120页。

吁的知识分子形象，这一形象明显地倾向于对"劳动者""革命者"身份的认同，而其间所表达的"思想改造"历程并未脱离新中国成立以来国家意识形态所持的对知识分子进行"改造"的观念。比如，王蒙在第四次文代会上说："我们与党的血肉联系是割不断的！我们属于党！党的形象永远照耀着我们！"[01]张贤亮也说："我就面临着我生命史上的一个重大的转折关头，必须要严肃地思考自己的命运了。所谓严肃，当然就是把个人的命运和祖国的命运、和社会主义的发展联系起来考虑。于是，我极其自然地得出这样的一条结论：党的三中全会制订的政治路线和思想路线，用'四人帮'时风行的语言来说，就是我的生命线！"[02]这些言语都表明了作家向政治权利的一种靠近或渴望被认同。所以，80 年代中国知识分子既保留了传统"载道"的人格特征，同时，又在自我形象的建构中，对主流意识形态和国家所规约的身份保持着高度的认同性，并在这种认同中，表达了参与国家建设的积极热情。因而，对历史的"反思"，是一种来自主流意识形态的反思，个人的命运始终保持在一种政治意识倾向的宏大性中。一定意义上，这样的"反思"与"十七年文学"乃至"文革"文学的表述方式有着蛛丝马迹的联系。可以说，80 年代初期的文学并没有脱离这种思维，无论是"伤痕文学"还是"反思文学"，都深受数十年极"左"思维影响下形成的创作模式的影响，知识分子对自我的建构缺乏思考的独立性。

---

[01]　王蒙：《我们的责任》，《文艺报》1979 年第 11、12 期合刊。

[02]　张贤亮：《满纸荒唐言》，《张贤亮选集》，百花文艺出版社 1995 年版，第 192—193 页。

想象、建构及限制——20世纪80年代中国文学史论

第二节 反思：合法性的表述方式

　　"文革"及更早时期发生的惨无人道的悲剧，使"文革"后的文学一开始就承担了控诉极"左"政治错误路线的任务。"反思文学"则作为20世纪70年代末80年代初期文学的主潮，通过文学活动传达出了"反思"这一独特的表达方式。

　　在"反思文学"作品的主题中，向错误政治路线发出的"政治反思"几乎是所有"反思文学"作品及之前的"伤痕文学"作品所涉及的内容。比如，方之的《内奸》（1979年）选取田玉堂这一富有传奇色彩的人物为叙述视角，以"说话"的方法展示出了世事变幻。通过人物极富讽刺意味的人生经历，讽刺了时代的荒谬，揭露了政治阴谋者的可恶行径，作品清楚地向读者表明田玉堂的悲剧人生就是那个极"左"政治路线造成的。张弦的《被爱情遗忘的角落》（1980年）揭示了极"左"政治路线造成的物质及精神的贫困。存妮和小豹子的美好爱情，正是在周围人群的野蛮行径中走向了悲惨的结局，而周围人群完全就是当时恶劣的政治思想的执行者和推动者。在这部作品中，我们也看到了在政治批判和反思视野中，包含着对封建主义专制思想的揭示。又如，茹志鹃的《剪辑错了的故事》（1979年）、张一弓的《犯人李铜钟的故事》（1980年）、谌容的《人到中年》（1980年）、

谌容（左）、巴金（右）　　《犯人李铜钟的故事》　　《人到中年》
　　　　　　　　　　　　　　（1986 年版）　　　　　　（1980 年版）

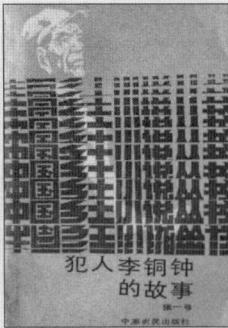

李荐葆的《山中，那十九座坟茔》（1984 年）等作品中，都塑造了极
"左"政治路线控制下思想僵化的人物。李荐葆的《山中，那十九座
坟茔》直接将人物的悲剧原因指向错误的政治思想。那些年轻而又淳
朴的战士，仅因为莫须有的所谓的荣誉而牺牲了性命。人死了之后，
上级仍然为他们编造英雄的"时代的强音"，误导人群以致更多的人
走向死亡。这种漠视生命的行径，使人看到了淳朴转换而成的愚昧和
无知，也提示了极"左"政治思想对人精神控制的可怕性。像《人到
中年》发表后也引起了很大的轰动，作品以一种严肃的现实主义态度
和责任感，对知识分子的生存进行了反思。小说主人公陆文婷是一名
敬业奉献的眼科医生，虽然工作强度大，但她始终任劳任怨地工作
着，也不求什么回报，生活却极为艰苦，一家四口挤住在一间房子
里，生活过得十分的清贫。然而，她的高尚的医德和高超的医术，无
私奉献的精神并没有为她带来丝毫的认同，由于极"左"思潮和世俗
偏见的折磨，本来就身心疲惫的她一病不起。相反，小说中出现的另
一位人物"马列主义老太太"——秦波，则处处显摆自己作为副部长
妻子的身份，唯我独尊，目空一切，与陆文婷形成了鲜明的对比，更
加反衬出陆文婷只有病人、只有工作，却得不到尊重的人生的可悲。
这样一部作品引发了人们对知识分子艰难的生存处境的反思，使得作
品的主题从简单的对政治错误路线的批判而深入对生存状况及精神价
值取向的反思的层面。

　　值得一提的是，这些对极"左"政治路线进行批判的叙述者或者
作者的立场，大多来自亲历者的感同身受，而这些亲历者在进行批判
或控诉之时，无疑是站在了受害者的立场上进行的，这显然是一个拥

有言说权力的个体才能做到或者愿意做到的，而这背后所包含的正是一代知识分子对过往岁月或经历的人生总结。像谌容的《人到中年》这样的作品中表现的女知识分子陆文婷的悲惨人生的方式，就是一代知识女性对自我经历的一种总结。作品中描述的工作的繁重、报酬的微薄，生活的重压、心情的压抑，对这一代知识分子而言都有一种来自内心深处的责任感，哪怕累到生命垂危，对于她们而言，依然没有丧失承受的勇气，唯一可做的只是感叹这一时代给她们带来了伤害。

因此，"反思"作为20世纪80年代初期知识分子表达思想及受伤情绪的一种叙述方式，给受过伤害的知识分子的内心以极大的安慰。在一定意义上，"反思"式的叙述完成了知识分子的心灵疗伤，并且，以启蒙知识分子的姿态，对历史事件进行思考，对整个社会发出警醒之声。这样的表述方式在读者群中引起了很大反响。这里，我们不妨引用巴金《随想录》（1978—1986年）中的例子来说明。散文作为一种更直接地言说内心情绪和心灵感受的文体，在表达的语义上更明白地彰显了作者的心声。比如，在《小狗包弟》一文中，作者表达了自己无法保护一条小狗的不安与内疚。作品写道：

> 不能保护一条小狗，我感到羞耻；为了想保全自己，我把包弟送到解剖桌上，我瞧不起自己，我不能原谅自己！我就这样可耻地开始了十年洗劫中逆来顺受的苦难生活。一方面责备自己，另一方面又想保全自己，不要让一家人跟自己一起堕入地狱。我自己终于也变成了包弟，没有死在解剖桌上，倒是我的幸运。……[01]
>
> 我好像做了一场大梦。满园的创伤使我的心伤仿佛又给放在油锅里熬煎。这样的熬煎是不会有终结的，除非我给自己过去十年的苦难生活作了总结，还清了心灵上的欠债。这绝不是容易的事。那么我今后的日子不会是好过的吧。但是那十年我也活过来了。[02]

---

[01] 巴金：《小狗包弟》，选自《随想录》，北京生活·读书·新知三联书店1987年版，第199页，原载《芳草》1982年第3期。

[02] 巴金：《小狗包弟》，选自《随想录》，北京生活·读书·新知三联书店1987年版，第200页，原载《芳草》1982年第3期。

在这里，通过书写一条小狗的离去，作者既表达了残酷年代的遭遇，又对自己的心灵不安做了抚慰。这样的忏悔表达了强烈的社会责任意识及质朴直白的反思意识。对于经历了风风雨雨的知识分子来讲，这是一种很好的倾诉，因而，《随想录》被称为"讲真话的大书"。实际上，与其强调讲了"真话"，不如说，这种反思式的言说方式，在众多经历过那个时代的知识分子身上引起了共鸣，并且，最大程度地完成了反省一个时代的任务，在公众中树立了一个高大的知识分子形象。因而，可以说，"反思文学"不是一种单纯地、简单地对"伤痕文学"的"深化"，甚至在叙述错误政治路线的"伤痕"上对"伤痕文学"没有什么超越之处。作家们有意无意创造的"反思式"的言说方式，折射出了一个时代的文学语境，以及在当时语境下中国知识分子来自内心深处的一种呼唤。

此外，在反思式的话语言说方式中，尽管由于政治意识形态的限制影响了反思的深刻度，但大量作品将笔触伸向了政治反思之外的空间，扩大了文学表述的对象的视野。比如，张贤亮的作品描述人对食、对性的本能冲动，在当时被认为突破了性描述的禁区，引起了很大反响。像《男人的一半是女人》这样的作品，将笔触指向"右派"男性青年身体的每一次细微感触，从饥饿中感受到的温饱到温饱之后对性的渴求，作品以一种剖析式的笔法，将一个人的需求展示出来，体现出人的本能性的生存方式。陆文夫的《小贩世家》（1980 年）、古华的《芙蓉镇》等作品，不仅揭示了政治路线的错误，而且通过独特的地域空间的描述，展示了故事场景中的风土民俗，开创了政治书写之外的另一种审美文化。

其中，指向人性、人情、人道的思考，构成了 20 世纪 80 年代初期文坛的重要维度，并成为一个持续时间很长，众多作家、批评家及文化官员参与讨论的话题。比如，张弦的《被爱情遗忘的角落》，张贤亮的《绿化树》《男人的一半是女人》等作品，都叙述了性的主题，突破长期的阶级性主题限制，将人性需求的必要性、合理性呈现在读者面前。当时呼吁人道主义情怀的时代强音莫过于戴厚英的长篇小说《人啊，人》。作品采用人物内心叙述的方式，通过赵振环、孙悦、何荆夫、许恒忠等知识分子的内心反思，来书写一个时代的知识分子内心的痛苦、挣扎及理解，并紧紧抓住极"左"政治路线的反人道本质，从"人"这一命题出发，控诉极"左"政治路线对人的摧残，呼唤人道主义。作者在后记中，如此写道：

> 我要在小说中宣扬的正是我以前所批判过的某些东西；我想在小说中倾吐的，正是我以前要努力克制和改造的"人情味"。[01]

作者在这里明确提出了"人情味"这样的话语，以凸显其叙述的目的，并用"人""人道主义"来充实这一内涵：

> 一个大写的文字迅速地推移到我的眼前："人"！一支久已被唾弃、被遗忘的歌曲冲出了我的喉咙：人性、人情、人道主义！[02]

小说塑造的那些经历了苦难及彼此伤害的知识分子，正是因为有了人道主义情怀，抛弃了阶级斗争思想，追求一种相亲相爱、相互理解的美好情怀。何荆夫这一人物是此种思想的集中表现。他虽然在极"左"政治思潮年代遭受了人生中莫大的厄运，但始终怀抱着尊重人、尊重个性的为人处事之道。从最初反对校党委书记禁止同学小谢出国探望病重的母亲，到冤案平反后，对许恒忠的不计前嫌的帮助，再到压抑自己数十年的爱情，而让别人选择爱的权利，等等。这一人物身上处处闪现出尊重人性的光芒，作者也以此宣扬了人与人之间应该追求人道主义情怀的目的，这种追求体现出了理想主义色彩，甚至使一个人拥有了无比完美的光彩。

另外，如张洁的小说《爱，是不能忘记的》（1980 年）则因为展示出鲜明的性别意识，表达了女性主体对爱情、婚姻、家庭伦理、道德观念的理解问题，而使其从众多"反思小说"文本中脱颖而出，不仅代表了反

张洁

---

[01] 戴厚英：《人啊，人》，安徽文艺出版社 1999 年版，第 331 页。
[02] 戴厚英：《人啊，人》，安徽文艺出版社 1999 年版，第 333 页。

思主题的一种拓展，而且，从爱情婚姻主
题展示了对女性情感关怀的人道主义情怀。
小说有两条故事线索，一条是关于"我"自
己的爱情和婚姻，一条是关于"我"的母亲
钟雨的爱情。对于"我"而言，面对婚姻，
"我"总是如此坦诚而又认真地追问着"什
么是爱""你为什么爱我"，甚至也包括"如
果结婚之后能否把责任承担到底"这样的问
题。正如作品中所写：

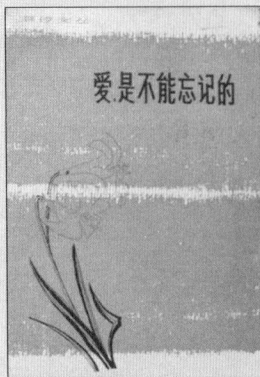

《爱，是不能忘记的》
（1980 年）

> 我不由得想：当他成为我的丈夫，我也成为他的妻子的
> 时候，我们能不能把妻子和丈夫的责任和义务承担到底呢？
> 也许能够。因为法律和道义已经紧紧地把我们拴在一起。而
> 如果我们仅仅是遵从着法律和道义来承担彼此的责任和义
> 务，那又是多么悲哀啊！那么，有没有比法律和道义更牢
> 固、更坚实的东西把我们联系在一起呢？[01]

这一大段真诚的自我情感追问，明显地展示出一个认真对待爱情
的"我"，而这一对待爱情的执着和不懈的追求的精神恰来自"我"
的母亲。小说在叙事情节上即以"我"的情感为导引，展开了对母亲
钟雨的情感的叙述。钟雨与那位老干部二十年来倾心相爱，虽然因为
各自现实生活中必须承担的道义，他们无法在一起，然而，他们的心
灵是一直相映的，爱恋是相通的。作品以无比细腻的手法书写了两个
相爱的灵魂的相思之苦：

> 她那么迷恋他，却又得不到他的心情有多么苦呀！为了
> 看一眼他乘的那辆小车，以及从汽车的后窗里看一眼他的后
> 脑勺，她怎样煞费苦心地计算过他上下班可能经过那条马路
> 的时间；每当他在台上做报告，她坐在台下，隔着距离、烟
> 雾、昏暗的灯光、窜动的人头，看着他那模糊不清的面孔，

---

[01]　张洁：《爱，是不能忘记的》，《北京文艺》1979 年第 11 期。

　　她便觉得心里好像有什么东西凝固了，泪水会不由得充满她的眼眶。为了把自己的泪水瞒住别人，她使劲地咽下它们。逢到他咳嗽得讲不下去，她就会揪心地想到为什么没有人阻止他吸烟？担心他又会犯了气管炎。她不明白为什么？他离她那么近又那么遥远？

　　他呢，为了看她一眼，天天，从小车的车窗里，眼巴巴地瞧着自行车道上流水一样的自行车，闹得眼花缭乱，担心着她那辆自行车的闸灵不灵，会不会出车祸；逢到万一有个不开会的夜晚，他会不乘小车，自己费了许多周折来到我们家的附近，不过是为了从我们家的大院门口走这么一趟；他在百忙中也不会忘记注意着各种报刊，为的是看一看有没有我母亲发表的作品。[01]

　　小说在认真地展示着彼此的执着的无法实现的爱情的时候，也在认真地反思着自己的爱情，"我"显然不要重复母亲的道路——当初草率地结婚，后来追求到了理想的爱情却无法实现。"我"也不要重复老干部的爱情，以道义和情谊来维持自己的婚姻，却无法与真正相爱的人生活在一起。作者要追求以爱情为基础的婚姻，"即使等不到也不要糊里糊涂地结婚！不要担心这么一来独身生活会成为一种可怕的灾难"[02]。小说通过两代人的爱情追求，完成了一个女性主体关于爱情与婚姻的价值建构，即从一种女性主义的立场完成了人道主义的叙说。

　　值得一提的是，关于人道主义的思考及讨论是 20 世纪 80 年代重要的议题，并在文艺界成为一场争论持久的论争，当然，对何谓人道主义的探讨，包含着在政治意识形态规约下，人们对马克思主义人道主义观、人性观的理解等诸多内容，其中的许多观点在现在看来，并没有太大的争论价值，但在当时，却代表了思想观念的震动。在文学作品中，这一议题伴随着对"文学是人学"的命题的重新发现与书写。像"伤痕——反思"文学这一脉动流中，明显体现出作家们用人道主义的眼光看到的伤痕和泪痕的书写，包含着对美好的人性、人情

---

[01] 张洁：《爱，是不能忘记的》，《北京文艺》1979 年第 11 期。
[02] 张洁：《爱，是不能忘记的》，《北京文艺》1979 年第 11 期。

的向往。作品通过人物形象的塑造、人生苦难的书写及人性关怀来树立对"人"书写的可能性及必要性。当时，有评论家如此兴奋地说："人的重新发现，是说人的尊严、人的价值、人的权利、人性、人情、人道主义，在遭到长期的压制、摧残和践踏以后，在差不多已经从理论家的视野中和艺术家的创作中消失以后，又开始重新被提起，被发现，不仅逐渐活跃在艺术家的笔底，而且成为理论界探讨的重要课题。说重新发现，乃是因为在历史上曾经发现过。文学上人的发现，常常和现实生活中人的解放紧密相关。"[01] 所以，在"新时期文学"的建构中，"反思文学"对人的书写产生了很大的影响。

　　因而，从对历史的反思，到对受伤害的心灵的抚慰，再到对人道主义主题的直接呼唤等主题，"反思文学"以反思为手段，体现了一代知识分子的价值建构。这一价值建构表现出 20 世纪 80 年代知识分子的群体性特征，也彰显了知识分子的主体性。比如，沉痛地反思历史的巴金，以及作家们笔下的罗群、张思远、钟亦成、孙悦、何荆夫、李铜钟、许灵均等等，他们都有一个共同的特征，即作为一名知识分子，并且是一名经历及承担了民族、国家苦难的知识分子，在"新时期"到来的时候，以一种肩负历史、民族、国家责任的使命感，控诉着历史的错误，彰显着知识分子参与新时代建设的主体性和积极性。正如经历了迫害的钟亦成说：

　　　　二十多年的时间并没有白过，二十多年的学费并没有白交。当我们再次理直气壮地向党的战士致以布尔什维克的敬礼的时候，我们已经不是孩子了，我们已经深沉得多、老练得多了，我们懂得了忧患和艰难，我们更懂得了战胜这种忧患和艰难的喜悦和价值。[02]

　　在这里，人物对苦难的感谢，不仅是因为经历磨砺后心智变得成熟了，更是因为重新参与社会建设，并拥有了存在主体的身份确认后的激动与热情。那么，这种建构自然而然地结合了国家、政策的期冀，"反思文学"的言说也自然地被纳入政治意识形态的框架之中。

---

[01]　何西来：《人的重新发现——论新时期文学的潮流》，《红岩》1980 年第 3 期。

[02]　王蒙：《布礼》，《当代》1979 年第 3 期。

想象、建构及限制——20世纪80年代中国文学史论

第三节 对"反思"的反思：文学史建构的另一层面

　　"反思文学"体现出知识分子对个人经历的历史及"新时期文学"的建构性想象。知识分子一直在通过"反思"的话语表达方式，极力地寻找自己曾经失去的作为人的尊严，并且积极地建构自己在新的时期应该发挥的作用和价值。有意思的是，对于20世纪80年代的此类叙事，到了80年代后期，众多批评家再次做出了"反思"。比如，发表于1988年的李新宇的《对"反思文学"的反思》一文，分别从"缺乏历史目光的历史回顾""武器的陈旧与批判的乏力""缺乏现代意识的理想人格"三个方面，论述了"反思文学"的局限性。他认为：

> "反思文学"孤立地割取了从战争年代到拨乱反正时期的这段历史，进行各个侧面的反映，因而将历史写成了一个马鞍形：两端是光明的，中间是极左思潮泛滥的黑暗时期。[01]
>
> "反思文学"中的"人民"和"人"是重叠在一起大写

---

[01] 李新宇：《对"反思文学"的反思》，《齐鲁学刊》1988年第6期。

的。这种批判显示了威力，使我们看到了极左思潮和当代封建主义的累累罪恶……但是，认真考察，我们不难发现，当时的绝大多数作品血泪控诉有余而理性批判不足，道德评判有余而政治剖析不足，对个人的品质关注过多而对周围制约机制揭示太少，总之，武器陈旧而贫乏，批判缺乏应有的力度。[01]

在"反思文学"中，有两类形象值得注意。一类是作为受难的圣者的知识分子和干部形象；一类是作为大地母亲的人民群众形象。这两类形象大都带有理想化与神圣化的倾向，体现着一种人格理想。而这人格理想却是陈旧的，缺乏应有的现代意识。[02]

之所以大量引用这一 20 世纪 80 年代写的反思"反思文学"的文章的内容，是因为这一反思与"反思文学"共同构成我们今天重新认识"反思文学"的重要材料。在今天看来，李新宇在反思思维中指出的"反思文学"局限，较准确地指出了"反思文学"思想的特征，这些特征正是"反思文学"的创作者们积极建构自身主体性的努力；而反思"反思文学"思维本身则代表了 80 年代中期以来对这种建构方式的不满，这种不满的实质不仅指向了文学的创新性问题，更指向了文学作品的功能。

对"反思文学"作家们而言，他们显然看重文学作品参与社会建设的可能性，力图通过直接否定错误的政治路线来完成对新的政策的肯定，而且以一种启蒙式的姿态完成对受迫害的人的伤痕的揭示，以及完成对人性的重新呼唤。对反思"反思文学"的批评家而言，他们既不满于"反思文学"否定历史的不彻底，又不满于"反思文学"对新的人物形象建构的不完全。实际上，这两者都对"反思文学"参与社会建设、人性建构的可能性做了过高的估计，这两种思维在力图通过文学作品来反思"历史"及"人性"方面都寄予厚望，而这恰恰是 20 世纪 80 年代知识群体参与社会活动的共同特征。对于 20 世纪中国知识分子而言，自五四时期背负启蒙与拯救普通民众的重任以来，

---

[01]　李新宇：《对"反思文学"的反思》，《齐鲁学刊》1988 年第 6 期。
[02]　李新宇：《对"反思文学"的反思》，《齐鲁学刊》1988 年第 6 期。

在 20 世纪这个战火纷飞的时期，从来不曾缺失启蒙的豪情、壮志及参与民族与国家的建设的激情，然而，历史和政治带给他们的伤痛和困顿，又使他们成为 20 世纪中后期以来在心灵上最受打击的一群人；到了 80 年代，当知识分子的身份有了新的阐释的时候，他们依然迫不及待地思考着自己在国家、社会中的角色和地位。比如，周扬在 1984 年为《邓拓文集》写的序言中曾说："一个作家发现自己在思想认识上同党的观点有某些距离，这是一件痛苦的事。任何一个热爱祖国，拥护社会主义的作家，在根本政治立场上都应力求和党中央保持一致。但在特殊情况下，或者由于党的政策和工作上发生了偏差，或者作家本身存在着错误的、不健康的观点和情绪，出现两者之间不一致或不协调都是可能的。"[01] 在中国当代历史上，周扬融知识分子、文艺家、政治家等身份为一体，其经受的这种痛苦及渴望极富有代表意义。可以说，在 80 年代，知识分子们虽然经历着痛苦，但是渴望得到国家意识形态的认同，并且实现知识分子的启蒙与抱负的心思也是异常鲜明的。

所以，从另一个角度说，"反思文学"进行的文化表述与历史意识，是 20 世纪 80 年代中国知识分子的普遍社会意识，它力图积极建构出知识分子、大众与国家意识形态间的良好关系。因而，80 年代对"反思文学"的历史反思和心灵抚慰的认同、对知识分子地位的重视、对知识分子自身主体性发挥功能的充分想象，成为一种广泛而普遍的社会共识，并进一步推动了 80 年代中国文学文化反思、寻根思潮的涌动。从这一意义上说，"反思文学"不是简单地对"伤痕文学"的深化，而是 80 年代中国知识分子为其参与社会变革并提供意识形态合法性表述的重要组成部分。

[01]　叶凯：《作为知识分子的周扬》，《读书》2001 年第 4 期。

第三章 "改革文学"：
价值偏向中的现代化憧憬

第一节 "改革文学"的范畴及关注视角

一般而言，我们将"改革文学"的涌现视作对十一届三中全会后中央将工作重点转移到社会主义现代化建设轨道上来的决定的一次呼应。在《新时期文学六年：1976.10—1982.9》中，就有如此描述：

> 早在粉碎"四人帮"之初和稍后出现的许多揭批林彪、"四人帮"和"反思"建国三十年历史的作品里，作家们就表现了对于历尽磨难之后的祖国必然要出现一个四化建设新局面的热烈憧憬……但是，要说短篇小说广泛地、深入地揭示了历史转变时期生活中的新的矛盾斗争，表现出我国人民踏上四化建设的新征途的时代风貌，那还是在党的十一届三中全会以后。[01]

可见，当时的文坛对"改革文学"的出现充满对反映新的社会现实的期待。然而，如果说"改革文学"最初对工业农业体制改革的描述明显体现出对改革政策的呼应的话，那么，作为这场在中国大地上

---

[01] 中国社会科学院文学研究所当代文学研究室编：《新时期文学六年：1976.10—1982.9》，中国社会科学出版社 1985 年版，第 168 页。

贾平凹　　　　　　　　　　　张炜

引发的旷日持久的变革的改革，它带来的结果是，无论是人们的物质生活还是精神生活都发生了变化，而当现实主义文学作品面对这种种变化进行各种各样的书写时，似乎多多少少都与"改革"沾上了边，这就使得我们在"改革文学"范畴的界定上，面临着是否应该将描写工业农业体制改革题材之外的作品纳进来的问题。

就现有的文学史资料来看，金汉主编的《中国当代文学发展史》对"改革文学"的论述篇幅最长。在"'改革文学'的崛起与现实主义的开放性发展"一章中，著者以现实主义创作的发展为视角，分别从"崛起"和"深入"的层面进行详细的阐释，将贾平凹、张炜、路遥等人的创作视作"改革文学"作品从社会层面深入文化层面的体现。因而，"改革文学"的范畴自然从20世纪80年代延续到了90年代。并且，著者认为"改革文学"体现了现实主义创作的开放性，因而在文学史上赋予它十分重要的地位并做了如下定义：

> 凡是正面、直接反映我国各个领域政治经济体制改革进程及其矛盾斗争的作品都属改革文学范畴。但随着改革开放的深入，改革文学也逐步深化，凡是反映我国政治体制改革进程以及由此而引起的民族整体生活方式变化（包括政治、经济、文化、社会心理、伦理道德、意识形态和价值观念乃至风习时尚等）的作品都可称为"改革文学"。[01]

而在董健、丁帆、王彬彬主编的《中国当代文学史新稿》（2005

---

[01] 金汉主编：《中国当代文学发展史》，上海文艺出版社2002年版，第438页。

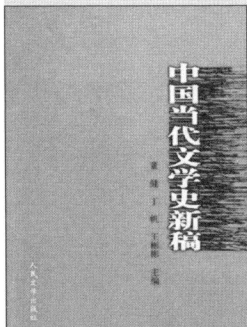

《中国当代文学史新稿》　　　　蒋子龙　　　　　　　　　路遥
　（2005 年版）

年）一书中，认为这一潮流"以 1979 年蒋子龙的《乔厂长上任记》
为开端"，"到 80 年代初，随着现实改革步伐的进一步加快，改革题
材的作品则大量涌现逐渐形成一个高潮"，"80 年代中期以后，这些
反映社会变革的作品无论在思想意蕴还是在叙事方式上都产生了很大
的变化，已不能再纳入这一创作潮流的现有框架中"。[01] 被纳入的作
品有两类，分别是以蒋子龙为代表的作品和以高晓声、何士光为代表
的作品。这里，我们看到著者对"改革文学"的范畴充满着困惑，因
而不得不对其做出时间上的限制以明确范畴。

　　若将这两部文学史做比较，可以看出，问题的焦点似乎集中在贾
平凹、张炜、路遥等作家在 20 世纪 80 年代创作的作品能否纳入"改
革文学"范畴。於可训在《中国当代文学概论》中则试图给范畴问题
一个尽量"完备"的意见，并对各类改革文学题材做了分类。著者将
改革小说的中短篇创作分为直接反映改革和间接反映改革两种类型，
前者包括蒋子龙的作品和柯云路的《三千万》（1980 年）、水运宪的
《祸起萧墙》（1981 年）等；间接反映改革的作品又分为三类："其一
是反映改革所引起的现实关系的变动和人的精神面貌的变化"[02]，最
有代表性的作家是高晓声和何士光，还有王润滋的《内当家》（1981
年）、赵本夫的《卖驴》（1981 年）、张一弓的《黑娃照相》（1981
年）、邓刚的《阵痛》（1983 年）、矫健的《老人仓》（1984 年）、王
兆军的《拂晓前的葬礼》（1984 年）等作品；"其二是反映改革对传

[01]　董健、丁帆、王彬彬主编：《中国当代文学史新稿》，人民文学出版社 2005 年版，第
　　　413 页。
[02]　於可训：《中国当代文学概论》，武汉大学出版社 2009 年版，第 159 页。

想象、建构及限制——20世纪80年代中国文学史论

《拂晓前的葬礼》
（1985年版）

铁凝

路遥于1985年在煤矿体验生活

统的生活方式和思想观念的冲击及其由此所引起的社会文化和民情风习的深刻变化"[01]，最有代表性的作品是贾平凹的《腊月·正月》（1984年），还有王润滋的《鲁班的子孙》（1983年）等；"其三是表现改革所激起的新的生活向往和人生追求"[02]，最有代表性的作品是铁凝的短篇《哦，香雪》（1982年）和路遥的中篇《人生》（1982年）。另外，还有陆文夫的《围墙》（1983年）、邓刚的《迷人的海》（1983年）、航鹰的《金鹿儿》（1981年）等。

在笔者看来，每一种定义都有其自身的出发点及盲点，对"改革文学"的范畴做出完全的规范是很困难的，像贾平凹的商州系列，我们既可以看到"改革文学"的特质，也能看到"寻根文学"的特质。选择研究对象时，研究者最重要的是要将其放置于独特的历史语境及恰当的学理层面上，保持整个逻辑的合理性。从现有文学史资料来看，值得确定的是，新时期以来，我们对"改革文学"的认识是被纳入对"伤痕""反思"文学潮流的发展历程中的。比如，陈思和主编的《中国当代文学史教程》中说："于是，在文学走出'伤痕'之后，几乎在'反思文学'的同时，被称为'改革文学'的思潮勃然兴起，1983—1984年间描写社会改革的作品大量涌现，形成了一个小小的创作高峰。"[03]洪子诚在《中国当代文学史》中并没有为"改革文学"单列章节，而是将其放在第十章"历史创伤的记忆"中进行介绍："'反思文学'揭示'文革'对'现代化'（尤其是人的'现代

[01] 於可训：《中国当代文学概论》，武汉大学出版社2009年版，第160页。

[02] 於可训：《中国当代文学概论》，武汉大学出版社2009年版，第160页。

[03] 陈思和主编：《中国当代文学史教程》，复旦大学出版社1999年版，第231页。

化')的阻滞和压抑，'改革文学'则面对'文革'的'伤痕'和'废墟'，呼唤城市、乡村的'现代化'目标。蒋子龙等是这个时期特别关注'改革'这一题材的作家。写主动要求到濒于破产的重型机电厂任厂长，以铁腕手段进行改革的人物的《乔长厂上任记》，被看作是开风气之作"，"被列入'改革文学'的作品，还有《沉重的翅膀》（张洁）、《龙种》（张贤亮）、《花园街五号》（李国文）等。有的批评家，还把《人生》（路遥）、《鲁班的子孙》（王润滋）、《老人仓》（矫健），以及贾平凹、张炜的一些小说，也归入这一列"。[01] 可见，"改革文学"命名本身是与"伤痕""反思"文学这一命名分不开的。

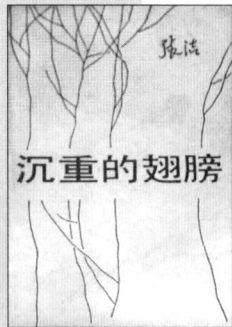

《沉重的翅膀》（1981 年版）

《花园街五号》（1984 年版）

　　因而，以此类文学史经验为依据，对"改革文学"的认识便集中到"新时期文学"范畴中。"改革文学"与中国社会的变革分不开，它的代表作就不仅仅是 20 世纪 80 年代初期那些简单、直接地描写了"改革"的作品，也包含着那些反映了因 80 年代的那场改革而使人们的物质、精神生活发生了变化的作品，它所涉及的题材，既包括工业、城市改革的题材，也包括农村的改革的题材，以及包括从社会层面改革深入文化层面的改革主题。当然，依据"改革文学"与现实主义创作手法相联这一逻辑，我们以现实主义文本为中心而对其范畴有所限制，并且，因为其题材上体现出的强烈的时代特征感，而将 90 年代中后期出现的现实主义文本排除在外。所以，本文选择的"改革文学"的范畴，更接近於可训的观点，同时，也正如洪子诚所论述的呼唤城市、乡村的"现代化"目标一样，我们所要讨论的问题的中心在于进一步思考"改革文学"在选取与社会变革密切相关的题材进行叙述时，如何借助文学这一方式完成对国家、民族及个人生活的现代化想象。

　　完成了范畴的界定后，我们就可以发现，在进行"新时期文学"建构的范畴中，若将"改革文学"与同时期或稍早时期的"伤痕""反思"文学相比较，在题材上，"改革文学"已明显从叙述历史的伤痛

[01]　洪子诚主编：《中国当代文学史》，北京大学出版社 2007 年版，第 259 页。

转向了叙述现实的新变，但它所包含的这种"期待"与"伤痕""反思"文学包含的现实期待有着内在思维的一致性。实际上，在那个时期，无论是写"历史"还是写"现实"，无论是写"历史的阴暗"还是写"现实的光明"，作家的创作中都有种明显的书写新的时代到来的趋向，有种面向过往岁月的断裂感和批判感，面向新的时代的欣欣向荣感。因而，作为新时期初期涌现于文坛的"改革文学"，它所包含的"新时期""新时代""新生活"已经到来的文学想象异常鲜明。而且，如果说，"伤痕""反思"文学更多地强调了对"文革"历史的想象性批判的话，"改革文学"则对未来现代化建设进行了想象，其间包含着中国社会现实的改革期待，也包含着现代化价值取向。因而，我们的研究真正面对的问题是："改革文学"作品在叙述改革这一事件时，它们是怀抱着怎样的现代化理想的？也就是说，"改革文学"的书写不仅是对已有现实的简单记录、描述，或呼应，还包含着对即将到来的现实的想象和价值判断。因而，面对"改革文学"的时候，本文的研究也面临着几个问题：如何发掘及看待作家作品中包含的与国家意识形态倡导的改革政策保持意识形态上的一致性的问题？改革带来的物质和精神生活的变化成为新的社会现象的时候，如何看待作家作品对这种新的社会现象做出的价值判断？说到底，改革本身就是20世纪80年代中华民族进行的一场大规模的充满现代化想象激情的运动，作家以此为题材的时候，自然而然涉及如何规约心目中的现代化及价值取向的问题。

第二节　英雄的时代与政策的呼应

　　作为"新时期文学"进程中现实主义创作的代表，"改革文学"中叙述工业体制改革的作品最先呼应了改革政策，其最初产生深刻影响力的代表作当推蒋子龙的《乔厂长上任记》。现有绝大部分文学史将蒋子龙视为"改革文学"作品的领率者，像在《中国新时期文学六年：1976.10—1982.9》，於可训的《中国当代文学概论》，董健、丁帆、王彬彬主编的《中国当代文学史新稿》，洪子诚的《中国当代文学史》，陈思和的《中国当代文学史教程》，金汉主编的《中国当代文学发展史》，等等著作中，都有类似于此的观点："自 1979 年夏蒋子龙的短篇小说《乔厂长上任记》的脱颖而出，'改革文学'开始了它的发轫期。"[01]

　　《乔厂长上任记》通过在机电厂发生的改革事件，塑造了一位积极推进改革运动的英雄人物——乔光朴，《新时期文学六年：1976.10—1982.9》中有如此评述：

　　　　一九七九年七月，也就是三中全会闭幕后仅半年时间，

---

[01]　陈思和：《中国当代文学史教程》，复旦大学出版社 1999 版，第 231 页。

想象、建构及限制——20世纪80年代中国文学史论

蒋子龙的《乔厂长上任记》以其震撼人心的思想和艺术力量脱颖而出。作品的主人公乔光朴，作为"四化"建设的一员闯将，其典型性是十分深刻的。人们从他那刚直、果断性格中不仅看到了社会主义新人那种思想解放、眼界开阔、通晓经济规律和专门技术，怀着刻不容缓的时代紧迫感，知难而上，锐意改革，具有管理社会主义现代化大企业的气魄和才干的崭新的精神风貌，同时，也看到了他是如何面对粉碎"四人帮"之初我国工业战线上那种制度混乱、纪律废弛、关系复杂、人心涣散的艰难局面的。[01]

在这里，我们看到诸如"其震撼人心的思想和艺术力量""四化建设的一员闯将""社会主义新人""社会主义现代化大企业的气魄和才干"这样的评语，充满了英雄出世的兴奋感与认同感。事实上，乔光朴的英雄形象的书写是建立在国家提倡改革以后对出现的各种矛盾及采取合理的解决策略的想象之上的。小说中的乔光朴正直、办事有魄力、有种铁肩担道义的历史使命感。从"出山"到"上任"到成为改革的"主角"，乔光朴对改革中遇到的种种问题总能轻松化解。他在对待阻挠改革的人群、落后的生产技术、复杂的人事关系及自身的爱情婚姻等问题上，都充满了敢作敢为的"力量"，并且最终都取得了胜利。显然，作品给我们描绘了一幅改革虽然艰难，却正在以一种不可阻挡的趋势大步向前的图景。

这样的图景及英雄人物形象的书写，同样出现在其他一些作品中，如柯云路的《三千万》（190年）、《新星》（1984年），何士光的《乡场上》（1980年），张洁的《沉重的翅膀》（1981年），李国文的《花园街五号》（1983年），张贤亮的《男人的风格》（1983年），蒋子龙的《燕赵悲歌》（1985年）等。《沉重的翅膀》因人物形象的丰富性、故事情节的生动性等而比其他的"改革文学"作品拥有更强的审美意蕴。小说以20世纪七八十年代的中国社会为背景，以描写重工业部和它所辖的曙光汽车制造厂的经济体制改革为中心，展示了改革中上上下下的各种人物和政治斗争、经济管理、历史问题、人事关

---

[01] 中国社会科学院文学研究所当代文学研究室编：《新时期文学六年：1976.10—1982.9》，中国社会科学出版社1985年版，第169页。

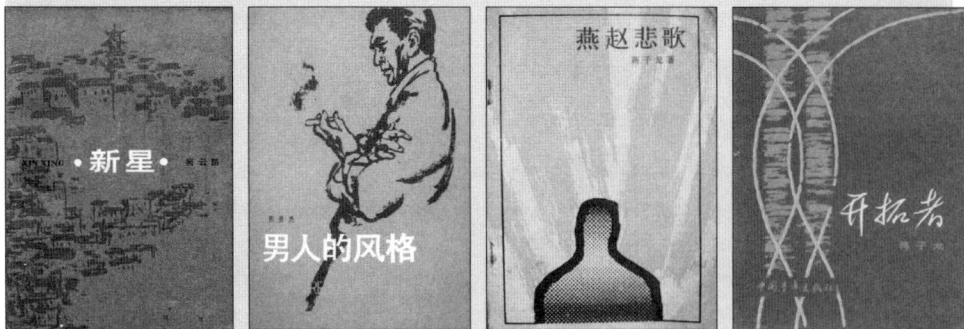

《新星》（1984 年版）　《男人的风格》（1983 年版）　《燕赵悲歌》（1985 年版）　《开拓者》（1981 年版）

系、道德伦理等各方面的冲突，塑造了副部长郑子云、厂长陈咏明等改革中的英雄形象，以及田守诚、孔祥等阻挠改革的人物形象。"改革文学"中这些英雄形象无论是在外形气质还是行事风格上，都给读者留下了一个果敢、坚毅的印象。比如，《乔厂长上任记》是如此描述乔光朴的：

> 有一张脸渐渐吸引住霍大道的目光。这是一张有着矿石般颜色和猎人般粗犷特征的脸：石岸般突出的眉弓，饿虎般深藏的双睛；颧骨略高的双颊，肌厚肉重的润脸；这一切简直就是力量的化身。他是机电局电器公司经理乔光朴，正从副局长徐进亭的烟盒里抽出一支香烟在手里摆弄着。[01]

这里，我们清晰地看到了一位可以从外形透视出内容的英雄形象，乔光朴的脸上明摆着"正直"和"力量"。从这样的描述中，读者不难看到中国当代文学中人物塑造中的"连环画""脸谱化"传统。因而，早在 20 世纪 80 年代中期，一些研究者就对"改革文学"中的形象缺陷做出了批评。比如，有评论家曾说："改革者形象的性格特征存在着明显的雷同"，"在雷同化的背后是理想化"，"而在这些理想化的改革者形象背后，却是清官主义——一个陈旧的理想模式"。[02]

然而，当"改革文学"急切地推出"改革英雄""铁腕人物"的时候，这不仅仅只是形象特征的明显雷同，而且影射了在 20 世纪 80

---

[01]　蒋子龙：《乔厂长上任记》，《人民文学》1979 年第 7 期。

[02]　李新宇：《改革者形象塑造的危机》，《当代文艺思潮》1986 年第 6 期。

年代文学语境中，"改革文学"正在进行的一次集体性想象。这种想象无疑有着经历了"文革"的历史劫难之后，对我们的社会和民族发展的美好期待，这些"改革英雄"是时代寄寓着巨大希望和责任感的。张贤亮在《中国大陆的改革文学》一文中说道："中国大陆的所谓改革文学，是蒋子龙在 1979 年发表《乔厂长上任记》肇始的。改革文学实际上是先于社会的改革腾飞起来的。当社会的改革尚在泥淖中艰难地爬行时，改革文学因它投合了读者强烈要求社会改革的愿望而在一片泥淖的上空翱翔。"[01] 当然，到底是改革的愿望先于改革的政策，还是改革的政策激发了改革的愿望，并不是我们关注的重点，但我们确确实实看到了"改革"及"改革文学"之于一个历史时代的重要性。

同样，张洁的长篇小说《沉重的翅膀》，围绕曙光汽车制造厂的经济体制改革，刻画了郑子云、陈咏明等勇于改革者的形象，也刻画了田守诚、孔祥等阻挠改革的人物。小说的最大特点是不回避现实社会中的各类问题，包括政治斗争、经济管理、人事关系，也包括道德伦理、婚姻爱情等。郑子云就是一位理论修养高，又有实干精神的知识分子，在改革的浪潮中，他敬业奉献，虽年过六旬，身患重病，依然心系改革。然而，他也是一位感情生活相当不幸的人物，他在感情上处处退让，导致了痛苦的情感生活。小说以尖锐的手法叙述了改革者生活上和心灵深处的疼痛，还读者一个完整的人物形象。小说将田守诚、孔祥等反面人物形象刻画得入木三分。像风派部长田守诚圆滑刁毒，不断地制造着改革中的人事矛盾和障碍，副部长孔祥顽固粗劣，等等。这些人物的种种行为，既与他们的个人素质相关，实际上，也与长期以来僵化体制下形成的利益分配及极"左"思潮有关。小说通过一个个生动的人物形象的塑造，设计了曲折复杂的故事情节，通过复杂的人际关系、人物隐秘心理的揭示，展示了改革的复杂性和广阔性，也表现了改革的紧迫性和艰巨性。然而，改革的热情和信念是不变的，作者对那些有理想、有魄力为中华振兴而奋斗的改革者做了由衷的赞美，并寄以最热切的希望。

进一步而言，作品中对改革者形象的热情歌颂和高扬，与 20 世

---

[01]　张贤亮：《中国大陆的改革文学》，《文艺报》1988 年第 3 期。

纪 80 年代初期集体性话语中建构的"新时期"到来的合法性有关。在 1979 年北京召开的第四次全国文代会的开幕式上，邓小平在《在中国文学艺术工作者第四次代表大会上的祝辞》中说道："我们的文艺，应当在描写和培养社会主义新人方面，付出更大的努力，取得更丰硕的成果……要通过这些新人形象，来激发广大群众的社会主义积极性，推动他们从事四个现代化建设的历史性创造活动。"[01] 新人新形象的塑造不仅是现实改革中出现的新人新事，更是国家政策及建设过程中的一项重要内容，因为改革本身作为一项重要的社会主义事业，在 20 世纪 80 年代的历史舞台上，正在否定"文化大革命"的基础上，积极寻找着合法性及实践的可行性。正如邓小平所说，"文化大革命"结束时，"就整个政治局面来说，是一个混乱状态；就整个经济情况来说，实际上是处于缓慢发展和停滞状态"。我们必须通过改革开放，增强我国社会主义的生机活力，解放和发展社会生产力，改善人民生活。[02] 可见，改革的合法性是建立在对"文化大革命"的批判及社会主义现实发展的认定基础之上的，而且，当改革最终以政策的方式存在下来之后，它实际上已经包含着"人民""人民生活""经济生活""进步""四个现代化"这样鲜明的集体话语。那么，当我们的"改革文学"出现的时候，就不仅仅是对政策的一种宣扬或图解，而是有了深入现实和描述生活的重大责任感。这也使得我们的"改革文学"代表作中，虽然有《新星》这样因过分关注政策而缺失了真实性的文本，虽然有英雄的脸谱化的特征，但是"改革文学"所塑造的这些"英雄"身上体现出的那种敢作敢为、不畏艰难的优秀品格的期待是值得肯定的，也包含着知识分子重大的责任感，以及对美好未来的希望。

---

[01]   邓小平：《在中国文学艺术工作者第四次代表大会上的祝辞》，《邓小平论文艺》，人民文学出版社 1989 年版，第 6 页。

[02]   转引自胡锦涛：《继续把改革开放伟大事业推向前进》，《求是》2008 年第 1 期。

想象、建构及限制——20世纪80年代中国文学史论

　　一部分直接反映工业和城市体制改革的文本成为"改革文学"的显著标志，代表了文学主题对制度的响应。不过，在中国大地上进行的如火如荼的这场以经济体制改革为中心的革命，的确给社会和文化价值带来了无限大的影响。因此，一部分虽然不直接反映工业、农业经济改革，却深刻地反映了改革直接带来的社会、文化观念变动的作品涌现文坛，代表作有路遥的《人生》（1982）、《平凡的世界》（1986—1989 年），张炜的《古船》（1986 年），贾平凹的《小月前本》（1983 年）、《鸡窝洼人家》（1983 年）、《腊月·正月》（1985）、

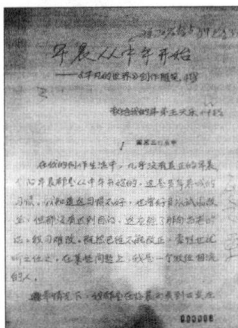

路遥手稿　　　　《平凡的世界》（1986 年版）　　　《浮躁》（1987 年版）

《浮躁》（1987年），等等。从整体上看，这些作品主要从政治、经济、文化、社会等多重视角来展示改革浪潮中人们的生活方式及价值观念的变化，能够突破一些直接塑造工业改革中的英雄形象的视角。而将"改革文学"的主题深入民族文化积淀和历史变革的进程中，不仅增加了"改革文学"的丰富性，也对中国的现实主义写作起了巨大的促进作用。而且，更有意思的是，相对于直接写工业题材或城市改革的小说，这些作品都以农村为背景，展现的是改革时代农村生活的震荡。

　　张炜的《古船》和贾平凹的《浮躁》都是较早地反映改革给中国北方城乡交叉地带带来的农村生活震荡的作品。这两部作品都将初期经济改革的困境与中国的历史变动和农村深层的文化统治相结合，将社会现实的笔触伸向了历史文化的层面，且都塑造了积极参与改革进程的、有着矛盾性格的人物形象。《古船》中的隋抱朴，《浮躁》中的金狗等人物都是改革浪潮涌来之时的弄潮儿，但他们不是简单的风风火火的改革人物，而是背负着历史、文化的沉重因袭的人物，他们面对的改革不是简单的生产力的变革，而是文化的变革、传统社会结构的变革。

　　比如《古船》给隋抱朴安排了异常跌宕起伏的人生，作为隋家的长子，如果没有公有制之类的运动，本可以安安稳稳地守着自家的粉丝作坊，子承父业，操着祖辈的手艺过活。然而，历史却给这个家族带来了巨大的震动。从土改到合作化到"文化大革命"，直到改革开放，在历史的风云中，隋抱朴经历了父亲血尽而亡，继母服毒自焚，自家弟妹在封建家族统治下的苟活，以及自己爱情生活的失落。然而，隋抱朴却从未停止过对洼狸镇的现状和

《古船》（1987年版）

未来的思索，甚至紧紧地将自己的生存之痛与洼狸镇的苦难相联系，就像他所感叹的"人啊，人要好好寻思人"[01]，在他的灵魂深处，他一直思索着人性、人活着的问题。他也从来没有放弃过粉丝厂的发展，甚至没有产生过离开它的想法，仿佛他的血液天生

<hr>

[01]　张炜：《古船》，《当代》1986年第5期。

就是与粉丝厂的存在和发展联系在一起的。所以，在数次艰难时刻，他愿意去承担责任；到了改革春风来临的时候，他理所当然地以改革者的身份站了出来。而且，在思想深处，他将粉丝厂的振兴与洼狸镇从苦难中的突围相联系，甚至与民族的突围相联系。然而，隋抱朴并不是通常意义上的一个理想的、充满实践能力的改革者，他虽然意识到变革的重要性，也有勇于承担的责任感，但是，始终背负着家族的原罪感及狭隘的家族观念，坐等事态的进展。就像他对待自己当年与小葵的爱情一样，他是如此的热爱，可以半夜越窗去约会，却轻易地接受了小葵被赵炳安排的婚姻。所以，小说将笔触从改革引申向了历史，在书写土改以来 40 年的历史中，书写了一个小镇、一个民族因袭的矛盾和困境，在历史的拷问中，逼向人性的异化的拷问。隋抱朴也就不是一个简单的要将粉丝厂的生产力进行提高的改革者，而是一个经历了极度的大恐惧、大哀伤、大忏悔的变革者。如果没有改革开放的浪潮，隋家兄妹或许一辈子也无法找到撼动赵多多、赵炳等人的权势的机会，洼狸镇也不会有摆脱历史苦难和惰性的枷锁的机会。同样，也是因为改革，小说将历史的矛盾再次表现了出来。有时，我们感觉小说与其说是写改革的，不如说是写文化的、民族的沉重的。小说中的赵炳就是一个如此生动又令人难以捉摸的人物，也是小说着力相当精准的一个人物。自土改以来，赵炳一直立于一种不倒的状态，在家族中，他是"辈分最高"的，在政治上，他是"最老的党员"，他善恶兼备、神色肃穆、道貌岸然，表面上帮助失去了双亲的隋家兄妹，实质上却一直霸占着渐渐长大成人的含章。然而，他的周围已经无形中形成了一个代表乡村的传统文化生态的稳定结构，无论是张王氏、郭运，还是赵多多，甚至是隋抱朴、见素、含章，他们的存在都成为他行使权力和维持乡村的权力模式的有力佐证，而这种稳定结构恰恰是封建家族制最稳定的结构。在历次的运动中，我们看到赵炳受到了极"左"政治路线的保护，但实际上，包括他自己在内也不稀罕权力物质符号的"印把子"。他自己也很清楚，决定他的地位的真正根基在于他所建构的家长制，而这种家长制却是处处充满"毒素"的，正像张王氏亦疯亦嗔地说他的肚子里盘着一条巨蛇。赵炳就像难以挣脱的无处不在的空气一样，弥漫在洼狸镇的上空，他才是作恶多端的赵多多的实际幕后操纵者，这也说明了这种结构稳固到无可突围的地步，甚至在隋抱朴自我的思想中也有了难以突破的积袭。而唯有改革才让赵炳有了从未有过的恐惧，这是否意味着改革的震荡的力量呢？！所以，封建势力或余威的突围成为《古船》书写改革之外又一个深刻主题。并且，这一主题成为小说指向传统文化审思的重要维度，将改革主题推向了另一个深度和高度。比如，雷达就曾激动地评价此小说："《古船》（载《当代》一九八六年第五期）的出现是一个奇迹，它几乎是在人们缺乏心理准备和预感的情势下骤然出世的。就像从芦青河中捞出那条伤痕斑驳的古船一样，小说陡然撕开并不久远的历史幕布，挖掘着人们貌似熟悉其实陌生的沉埋的真实——人的真实；同时，又像那个神秘可怕的'铅桶'下落不明一样，小说揭示了隐伏在当代生活中的精神魔障；当然，小说也有自己的理想之光，它要骑上那匹象征人性和人道光辉的大红马，尝试寻求当代人和民族振兴的出路。由于它是一部如此奇异的作品，读者和评论者在片刻的惶惑后无不为之轻轻战栗继而陷入绵长的深思。"[01] 评论中提到了"揭示了隐伏在当代生活中的精神魔障"，可谓一语言中《古船》的深刻内涵。

如果说，《古船》是以古老的船只为见证从改革时代伸向历史风云和民族积袭的叙述，《浮躁》则更多地将笔触从历史文化伸向了改革的时代，切入改革这一关键词，以一个小商州的风云际遇为叙述中心，展示了 20 世纪十余年间真实的社会画面，展示了中国普通老百姓在改革到来之际的一切都在蠢蠢欲动的"浮躁"。小说主人公金狗便是"浮躁"的承载者，他的出生便被赋予了传奇的色彩，寓意着时代浪潮中注定不会安定的人生，小说中写道：

> 金狗，不静岗的土著，在州河里独立撑排时十六岁，将三张排用葛条连了过青泥涡滩漂忽如蛟龙。其祖天彪，清末白石寨船帮会馆主，因与朝廷驻寨厘金局作对，被五马分尸在两岔镇。自此代代不在州河弄船。金狗母身孕时，在州河板桥上淘米，传说被水鬼拉入水中，村人闻讯赶来，母已死，米筛里有一婴儿，随母尸在桥墩下回水区漂浮，人将婴

---

[01]   雷达：《民族心史的一块厚重石碑——论〈古船〉》，《当代》1987 年第 5 期。

儿捞起，母尸沉，打捞四十里未见踪影。

金狗生世奇特，其父以为有鬼祟，欲送寺里做佛徒，一生赎罪修行。韩文举跑来，察看婴儿前胸有一青痣，形如他胸前墨针的"看山狗"图案，遂大叫此生命是"看山狗"所变，自有抗邪之气，不必送到寺里，又提议孩子起名一定要用"狗"字。结果查阅家谱，这一辈是金字号，便从此叫了金狗。[01]

的确，金狗的人生也充满了传奇，他成为搅动宁静的乡土的第一人，他先后经历了务农、参军、复员回乡、弄船、做州报记者、被诬陷关押、辞职跑河上运输，在大起大落中，他挑起了古老的乡镇沿袭已久的矛盾，触发了人们对刚刚到来的改革气息的敏感的神经。小说又以金狗为线索，描写了从他最初出发的那个小村仙游川，到两岔乡，再到白石寨县，乃至整个商州前所未有的亢奋与躁动。金狗虽是穷苦画匠家的儿子，却胆子大，志气也大，对于两岔镇上向来掌权的巩家和田家敢于生发抗争的念头，金狗的这种抗争裹挟在改革初期的社会现实中：一方面是因为对田家势力的报复情绪，一方面是为了获取到州城报社当记者的机会，加上年轻人想摆脱家族贫困的命运，金狗放弃了爱慕的恋人小水，而和英英结婚。虽然其间不乏金狗的徘徊和英英的诱惑与威逼，甚至包含金狗对抗家族势力、为百姓打抱不平的念想，然而，金狗终究还是以背叛自己心灵的方式踏上了去州城的路。有意思的是，小说却给我们一个更有意味的结局：金狗在当记者期间受了诬陷，虽最终得以洗清罪名，却做出了回归故土的选择，似乎要在浮躁的世界中，再次回归乡土的宁静。然而，"动荡"既已到来，"浮躁"便会不止，文中结尾那段即将到来的洪水，似乎预示着更大的浪潮的冲击即将来临。小说以一种真实、细腻的感受书写了数百年来不变的商州大地正在酝酿的那种说不尽道不明的变动，商州大地恰恰是整个作品所真正要建构的浮躁的中心，正如同开篇，小说便缓缓地将读者的情绪拉向那个遥远的、似乎是恒定的世界一样：

---

[01]　贾平凹：《浮躁》，作家出版社 1987 年版，第 8 页。

州河流至两岔镇，两岸多山；山曲水亦曲，曲到极处，便窝出了一块不大不小的盆地。镇街在河的北岸，长虫的尻子，没深没浅地，长，且七折八折全乱了规矩。屋舍皆高瘦，却讲究黑漆门面，吊两柄铁打的门环，二道接檐，滚槽瓦当，脊顶耸起白灰勾勒而两角斜斜飞翘，俨然是翼于水上的形势。沿山的那面街房，后墙就蹬在石坎上，低于前墙一丈两丈，甚至就没有了墙，门是嵌在石壁上凿穴而居的，那铁爪草、爬壁藤就缘门脑繁衍，如同雕饰。山崖的某一处，清水沁出，聚坑为潭，镇民们就以打通节关的长竹接流，直穿墙到达锅上，用时将竹竿向里捅捅，不用则抽抽，是山地用自来水最早的地方。背河的这面街房，却故意不连贯，三家五家了隔有一巷，黑幽幽的，将一阶石级直垂河边，日里月里水的波光闪现其上，恍忽间如是铁的环链。……静夜子时，墨气沉重，远远的沟脑处的巫岭主峰似乎一直移压河面，流水也黏糊一片，那两个石崖之间的石台上就要常出现两团红光。这是灯笼，忽高忽低往复游动如磷火，前呼一声"回来了——？"后应一声"回来了——！"招领魂魄，乞求幸运，声声森然可惧。接着就是狗咬，声巨如豹的，彼起此伏，久而不息。这其实不是狗咬，是山上的一种鸟叫；州河上下千百里，这鸟叫"看山狗"，别的地方没有，单这儿有，便被视若熊猫一样珍贵又比熊猫神圣，作各种图案画在门脑上，屋脊上，"天地神君亲"牌位的左右。[01]

这是作者自己真真切切生活、感受过的商州大地，然而，落笔之时，大地已在改革之风的吹动下开始变动，就如同小说中金狗的不安分和躁动一样，冲击着作者的情绪。在改革的初期，人们辨不出是非，甚至辨不出未来的走向，但是传统的乡土正在不安分中真真切切地变动着，小说便出神入化地写出了这种躁动不安之气。

无独有偶，路遥的小说《人生》《平凡的世界》中亦有如此在改革中感受时代气息的躁动不安的灵魂，从高加林到孙少平，他们无不

---

[01] 贾平凹：《浮躁》，作家出版社 1987 年版，第 3—4 页。

像金狗那样，因有点文化及走出乡村的渴望而背叛了自己的恋人，走向了城市生活，却又因为与城市的距离和对乡土的怀恋而回归乡土。当然，这里的回归不是简单意义上的回归，而是一种心灵的自省和前行。

可见，在这些作品中，改革成了震荡人的心灵的要素，作品中体现的不再是扬起改革之帆或掌控改革方向的舵手或英雄，而是通过书写有着历史积重的人物来书写文化间的冲撞和现实的矛盾。这样的"改革文学"也大大地沾上了书写文化的意味，而使改革的主题有了更深入的体现。

第四节 现代化憧憬与个人的奋斗

《乔厂长上任记》的开篇如下：

"时间和数字是冷酷无情的，像两条鞭子，悬在我们的背上。

"先讲时间。如果说国家实现现代化的时间是二十三年，那么咱们这个给国家提供机电设备的厂子，自身的现代化必须在八到十年内完成。否则，炊事员和职工一同进食堂，是不能按时开饭的。

"再看数字。日本日立公司电机厂，五千五百人，年产一千二百万千瓦；咱们厂，八千九百人，年产一百二十万千瓦。这说明什么？要求我们干什么？

"前天有个叫高岛的日本人，听我讲咱们厂的年产量，他晃脑袋，说我保密！当时我的脸臊成了猴腚，两只拳头攥出了水。不是要揍人家，而是想揍自己。你们还有脸笑！当时要看见你们笑，我就揍你们。

"其实，时间和数字是有生命、有感情的，只要你掏出心来追求它，它就属于你。"

——摘自厂长乔光朴的发言记录 [01]

　　这里列举了一组关于时间和生产力的差距的数据，这是将中国电机厂的生产力与日本电机厂的生产力进行对比的结果。这种对比明显地突出了两者间的巨大差距，以及乔光朴对此的敏感性，而乔光朴对这种差距如此敏感的根本原因是要实现中国国家的现代化。当乔光朴说机电局的现代化必须在八到十年内完成的时候，其依据就在于国家的现代化要在二十三年内完成。这一组数据，向我们表明乔光朴改革时怀抱的现代化理想。在今天看来，这样的现代化追求无疑是不切实际的，但我们可以想象在那个积极响应国家政策号召的改革初期，这目标寄寓了人们对物质进步、社会进步的大希望，而这种大希望的热情往往也会遮蔽人们直视现实的眼睛。

　　有时，在"改革文学"的代表作中，这种因高扬理想而忽视现实的可能性的情况会导致作品细节处理上的失实，柯云路的《新星》就是显例。作品在塑造改革英雄李向南时，以充满激情的笔调叙述了他为古陵县做的"改革规划"，这份"规划"的内容包括让古陵县成为大富户，完善农村生产责任制，发展养猪、养羊、养鹿等"二十养"，发展各方面的建设，立即搞好五件事情的建设，敲山震虎式地整治不正之风，等等。"规划"的内容涉及政治与经济、城市与乡村、现状与未来等方方面面，可以说是一份相当完备的美好蓝图。然而，正是这一份明显响应国家"让一部分人先富起来""农村实行生产责任制""农林牧副渔同时并举"等改革政策的现代化的美好蓝图，却体现了"非现代化"的特色。首先，李向南做出的这个看似气势磅礴的"规划"完全是国家政策的翻版，他并没有真正的"个体"认识的自觉；其次，李向南极力推行的各种政策并没有考虑到地区实际，比如他提出的养鹿政策，实际上是违背自然规律的，鹿根本不适合在古陵县生存。最后，在铁腕英雄李向南身上充满了革命式的政治话语，他的"铁腕性"包含着价值的一元化，以及对自由的限制和不尊重。比如，李向南在处理与林虹的关系时，总是以一种家长式的姿态对待林

[01]　蒋子龙：《乔厂长上任记》，《人民文学》1979 年第 7 期。

虹并且试图"改造"林虹。所以在一定意义上，像《乔厂长上任记》《新星》之类的作品，进行改革叙事时，虽然充满了维护国家政策的宏大性，但并没有真正认识到现代性之于个体、之于人性的重要性。所以，有学者曾经这样做评价："'改革文学'从本质上来说，是把本来可以深入探索的启蒙话语引入了一条'铺花的歧路'，它之所以很快就走到了尽头，就是从《改革者》《三千万》到柯云路的《夜与昼》《新星》的价值观念又重新回到了造神的怪圈中，在皇权意识统摄下寻觅'清官'的形象成为'改革文学'重回封建意识的表征……可见我们的作家的主体意识中'人的觉醒'是没有根基的，无论是知识体系，还是理论素养，都缺乏五四一代作家那种自觉的人文修养。"[01]虽然，这段话对"改革文学"范畴的认识尚比较狭隘，但他对《改革者》之类作品做出的批评是深刻的。因而，如果将"改革文学"纳入现代性的价值观念建构这一维度的话，这类作品中"改革叙事"体现出的现代性追求恰恰是违背了真正意义上的现代性的。

　　而在那些不是直接描述工业改革，而是间接反映改革的作品中，它们又体现了怎样的现代化的憧憬呢？比如，高晓声的《李顺大造屋》（1979 年）、"陈奂生系列小说"（1980—1991 年），张一弓的《黑娃照相》，铁凝的《哦，香雪》，贾平凹的《小月前本》《鸡窝洼人家》《腊月·正月》《浮躁》，路遥的《人生》《平凡的世界》，等等作品表现了改革引起的现实生活及人的精神面貌的改变。这些作品体现出的对改革中出现的新事物的选择性认同恰恰折射出了现代性的精神价值取向。

　　高晓声的"陈奂生系列小说"写了在历史的变迁中农民的生活变动，其中的《陈奂生上城》《陈奂生出国》也恰恰构成了"改革文学"中反映农民生活和思想变化的重要篇章。在改革的春风中，陈奂生初步摆脱了经济的困顿，可以上城卖油绳、卖帽子来改善生活，也成为改革道路上的前进者。然而，生活的改变并没有带来思想上的改变，作者通过"招待所"这一空间的设置，展示了一个活灵活现的农民陈奂生：开始的时候，他不敢坐皮椅子，不敢碰房间中的物品，当知道住了一夜得付五元钱之后，他又心痛得"忿忿然"，使劲坐皮椅

[01]　丁帆：《八十年代：文学思潮中启蒙与反启蒙的再思考》，《当代作家评论》2010 年第 1 期。

子，并用提花枕巾洗脸，仿佛要把花的钱给蹭回来。特别是在回家的路上，他突然感悟到"这五元钱花得值透"，一语展现了阿 Q 式的精神胜利法。到了《陈奂生出国》，陈奂生比起住"招待所"时有了更强的适应能力，参观农场、养鸡场都有了自己的见解。然而，当一个传统的中国农民去接触西方的现代化生活时，依然发生了许多啼笑皆非的故事，比如，陈奂生听说在美国打工一个小时就可以赚四美元，就萌生了打工的念头，经人介绍到中国餐馆去打工，却因牙痛缺勤而被辞退。去艾教授家帮工，觉得那么大的地方种草实在可惜，不如整块菜地，就自作主张地用珍贵的文物当工具铲草皮，当得知一方草皮值几十美元时，既震惊又内疚。"陈奂生系列小说"所塑造的改革浪潮中的农民形象是异常生动的，提示了作者对中国农民的现代化的深刻思考：农民的思想与现代性的生活之间的差异是鲜明的，改革的路程中还有许多路要走，中国的农民思想也需要现代化。不过，我们也从作者所设定的价值标准中看到，农民需要被改造才能走向现代化或现代文明的历程。

又如，在贾平凹的《小月前本》和《鸡窝洼人家》等作品中，都出现了作品中人物对爱情生活的选择，而对不同的爱情对象的选择意味着面对改革时的不同人生态度的选择，在这些人物的人生价值观的书写中，也体现出处于改革浪潮中的作者对于改革的热切期待和新价值观的拥抱。门门（《小月前本》）和禾禾（《鸡窝洼人家》）是改革开放初期社会上普遍存在的"不安分"的农民形象，他们已经不喜欢传统的把所有汗水和人生理想都寄托在土地上的生活方式，他们渴望到外面的世界去开创新的事业，渴望过一种与父辈农民不一样的生活。而才才（《小月前本》）和灰灰（《鸡窝洼人家》固守着传统农民勤劳、本分的优良品质，追求土地和粮食给人带来的喜悦，甚至把门门、禾禾这样喜欢"折腾"的人视作"坏人"。在叙述过程中，我们可以明显看出作者极力地想避免给阅读者一种有喜好判断的叙述姿态，无论是讲才才和灰灰，还是讲门门和禾禾，他都全面尽力要把他们的优点展示出来。但实际上，当作者选择门门、禾禾之类这种在当时社会上所称的"不安分"人物进行讲述时，已经暴露了作者的价值取向。

比如在《小月前本》中，小月看到了不同的门门和才才：

小月坐起来，她把窗纸戳了一个大窟窿，看着这两个年轻人站在院子里说话。两个人个头差不多一般高，却是多么不同呀！门门收拾得干干净净，嘴里叼着香烟；才才却一身粪泥，那件白衫子因汗和土的浸蚀，已变得灰不溜秋，皱皱巴巴，有些像抹布了。人怕相比：才才无论如何是没有门门体面的。[01]

我们可以明显感受到小月对门门的认同感要强烈些。这与《鸡窝洼人家》中烟峰最终选择了禾禾是一样的。可以说，小月和烟峰做的不仅是对爱情的选择，也是对积极参与改革进程的人生价值观念的选择。作者也在这样的情节设置中，表明了自己的认同态度。然而，如果我们从小月和烟峰的爱情选择这一角度推究，到底是什么吸引她们做出了选择时，我们会发现，不是作者在叙述中极力彰显的男性身上那种或勤劳，或本分，或敢作敢为的优秀品质，而是一些深山里很少见的时髦的物品。《小月前本》中的代表性物件是门门送给小月的那件高领白色尼龙衣，《鸡窝洼人家》中的代表性物件是禾禾送给烟峰的镜子和塑料凉鞋。这些物品直接吸引了女性的情感偏向，在那个刚刚经历过物质及思想禁锢的年代里，是真实而又可靠的。这一小小的物件，不仅让女性感受到了男性对自己的体贴，更让女性感受到了一种出离于土地、山村之外的新的生命气象。

在《哦，香雪》这篇短篇小说中，"物"的关键性价值同样鲜明。台儿沟因为一个火车站的设立而发生了变化，姑娘们胡乱地吃完晚饭，把自己刻意打扮了一番后，就奔着去看火车，并且与火车上的人有了交往：她们用山里的核桃、鸡蛋、大枣换回了挂面、火柴、发卡、香皂，甚至还会冒着回家挨骂的风险换回纱巾和能松能紧的尼龙袜等。当然，除了这些物品，姑娘们也抱着看"人"的美好愿望，她们喜欢上了那位白白净净、说一口漂亮的北京话的男性乘务员。这些看似简单的火柴、发卡、香皂、

电影《哦，香雪》剧照

---

[01] 贾平凹：《小月前本》，《贾平凹小说精粹中篇卷·古堡》，人民文学出版社 2006 年版，第 23 页。

纱巾、尼龙袜等物品是人们生活的必需品，更是那个时代进步的表征。对农村姑娘来说，这些东西都是"难得的"，而且，代表着精彩与丰富的山外面的世界。那位年轻的乘务员之所以成为姑娘们示好的对象及谈论的话题，同样也承载了姑娘们对外面世界的向往和想象。作品中，香雪的独特之处在于，她没有看上这些女孩子喜欢的发卡、纱巾、手表之类的东西，她看上了"皮包书"和铅笔盒。在香雪的眼中，铅笔盒就是一个宝盒子，相对于她自己的木盒子，铅笔盒是如此光彩耀人。当香雪因为用了一个木盒子而被同学们嘲笑之后，作品中如此写道：

> 香雪的心再也不能平静了，她好像忽然明白了同学对她的再三盘问，明白了台儿沟是多么贫穷。她第一次意识到这是不光彩的，因为贫穷，同学们才敢一遍又一遍地盘问她。她盯住同桌那只铅笔盒，猜测它来自遥远的大城市，猜测它的价值肯定非同寻常。三十个鸡蛋换得来吗？还是四十个、五十个？这时她的心又忽地一沉：怎么想起这些了？娘攒下鸡蛋，不是为了叫她乱打主意啊！可是，为什么那诱人的哒哒声老是在耳边响个没完？[01]

铅笔盒的召唤是如此的强烈，这不仅在于它是个铅笔盒，是个学习用品，还在于它代表着城市，代表着离开贫穷，代表着摆脱同学们的嘲笑。当她终于用鸡蛋换得那个"闪闪发光的小盒子"后，她想道：

> 她要告诉娘，这是一个宝盒子，谁用上它，就能一切顺心如意，就能上大学、坐上火车到处跑，就能要什么有什么，就再也不会被人盘问她们每天吃几顿饭了……[02]

正是内心深处这种"再也不会叫人瞧不起"的需求，才真正构成了香雪的需求动力。拿到铅笔盒后的香雪感到了无比的满意，黑

[01] 铁凝：《哦，香雪》，《青年文学》1982年第5期。
[02] 铁凝：《哦，香雪》，《青年文学》1982年第5期。

暗中山林的风景也变得新奇起来："她站起来，忽然感到心里很满意，风也柔和了许多。她发现月亮是这样的明净。群山被月光笼罩着……""台儿沟呢？不知怎的，她加快了脚步。她着急着要见到它，就像从来没有见过它那样觉得新奇。"这个香雪生活了很久的山村，在香雪拿到铅笔盒以后的美妙心情中，展示出了不一样的风景。实际上，香雪的这种"风景的发现"已经超越了山里人的眼光，而有了"外面的人"看山村风景的意味。读者可以推断出香雪之所以独特，就在于她对物的向往超越了其他姑娘的对物的向往层面，其他姑娘只是喜欢一些发卡、尼龙袜之类，而香雪却开始喜欢上了象征着知识的铅笔盒，即转向了对更高层次的知识及"要什么有什么"的向往。当其他姑娘纷纷嫁人重复着农村姑娘千篇一律的人生经历时，香雪或许正走上一条读书、上大学、生活在物质丰厚的大城市中的人生道路。

在这些作品中，我们可以看到"物"成为展示生命存在的生动性的一个重要维度，而"物"的创造者及追求者也自然而然地成为改革叙事中被赋予了积极意义的人物形象。像黑娃（《黑娃照相》）、香雪（《哦，香雪》）、门门（《小月前本》）、禾禾（《鸡窝洼人家》）、金狗（《浮躁》）、高加林（《人生》）、孙少平（《平凡的世界》）等人物，都有种追求更好的物质生活和突破现有生活方式的创造力，而这种创造力背后是对一种新的生活方式的向往。正如以经济建设为中心的改革政策所提倡的，让一部分人先富起来，是我国走向现代化的必然步骤。那么，如果借用安德森所说的"想象的共同体"[01]这一概念的话，在 20 世纪 70 年代末至 80 年代这一共同的时代中，"改革文学"深陷在经济建设和物质进步的全民性现代化的理想规约中。

有意思的是，文学的现代性想象到底不是政策化的语言，审美叙事空间展示出的人性情感要复杂得多，却也更能体现社会改革及现代化进程中人的现代化憧憬的价值偏向。香雪和孙少平是"改革文学"中个体奋斗者中的独特人物。因为与其他人物比起来，他们身上表现出了更强烈的对知识的渴求。正如前文我们所看到的香雪因为换的是一个铅笔盒而有别于其他乡村女孩一样，在孙少平身上，读者更强烈地感受到了作者极力想赋予其出离于物质之外的追求人生理想的精神

---

[01]　［美］本尼迪克特·安德森：《想象的共同体》，吴睿人译，上海人民出版社 2003 年版。

品格。知识是这两位青年身上闪闪发光的关键词汇，这与20世纪80年代知识分子重新"正名"后彰显的启蒙姿态有着内在的契合性，同时，也为80年代以来一直存在的城乡差距及农村人消除差距的渴望找到了合法性的表述方式。然而，在城市建设并不成熟的80年代，在农村走向城市为思想基础的现代化想象中，必然隐含着乡村的影子及文化结构。

比如，在《哦，香雪》中，香雪虽然获得了铅笔盒，有了追求知识的美好理想，然而仍然没有脱离"就能要什么有什么"的物质期盼。《平凡的世界》则更深刻地展示了乡村文化结构的价值偏向。小说第一部开篇时，写到了孙少平到城里读书，对城市充满了好奇，"没事就往城里各地方转"。然而，作品并没有详细地描述城市面貌和生活的细节，却强调了一个十分独特的地方——机关。当机关进入孙少平的视野的时候，也代表着作品将城市的叙事集中在了这里。作品中展示的孙少平、金波等人与城市的联系，不是我们通常意义上所认为的"消费""物质的丰富""上班"等关键词汇，而是"公家人""机关""干部""铁饭碗"等词汇。不管是食物、友谊，还是开创自己的人生道路，都脱离不了"干部"这层关系。而诸如"公家人""机关""干部"这一套话语充满了权利结构性，这种结构关系在乡村中表现得更明显，在一定意义上，它不仅反映了特定历史时期中国政权建构的权威话语，也是几千年农耕时代中蕴结于中国百姓心中的权威话语。在故事的结尾，孙少安选择了在矿上生活。这是一个独特的城乡结合地带，孙少安对煤矿的亲近，自有其来自情感深处的合理性，因为虽然煤矿赋予了孙少安一个"城里人"式的身份，但他仍然保留了乡村式的生活方式。值得注意的是，这里的乡村已不是简单意义上生活方式的乡村，而是心理价值追求上的稳妥性，只有在这样的空间中，孙少安这位实质上疏离于城市生活的青年，才真正找到了其存在的自信。以此，我们也看到，在人生奋斗的历程中，所谓的城市并不是真正现代化意义上的城市，而是巨大的乡村隐喻。如果说，乡村走向城市，本是作为实现现代化的重要方式的话，那么，实际上城市经验疏离使这种现代化方式变得含糊不明。

可见，在这些反映改革带来人的生存价值观及思想道德情感的变革的"改革文学"作品中，我们与其说它们反映了社会的变革，不如说作品深刻地暴露了 20 世纪 80 年代社会对现代性理解的价值偏向。在这些价值观中，我们看到更多的是集体想象欲、物欲，或改变现实人生的理想欲，而不是追求个体的自由或个性理想的、实现个人价值的现代性。在 80 年代的"改革文学"中，我们更多地看到了人们在追求物质进步与改变乡土式生存方式中，实现着所谓的"现代"。正如孙少平、孙少安兄弟那样，他们放弃心爱的爱人、放弃在他们看来不切实际的理想，选择了或在乡村致富，或在煤矿上的"踏实"人生，实际上，他们的改变只是一种物质生活的改变，隐含在他们内心深处的对乡土的依恋乃至对千百年不变的乡土权力结构模式的依恋根深蒂固。在社会现代化进程中，我们不得不反思，失去了个体性的追求，以及用压抑个人美好情感换来的人生，是不是一种真正的现代性？在笔者看来，这顶多只是一种国家所要求的社会改革的集体式现代性，并没有脱离封建社会根深蒂固的权力观、等级观。而且，在这种隐性的价值框架中，所谓的现代性的弊病也必将一步步地暴露出来，比如，80 年代"改革文学"所建构的价值观念影响到了 90 年代乃至今天人们的价值观。40 年改革的成果，让我们在看到了物质越来越丰厚的进步的时候，也看到了社会价值观、道德观的混乱，人们为了物质和欲望丧失道德底线的行为比比皆是。所以，对于今天的研究者而言，如何反思"改革"本身隐含的价值偏向，不仅是一个文学问题，更是一个社会价值观的建构的问题。

第四章 "朦胧诗派"：
被"崛起"的震动

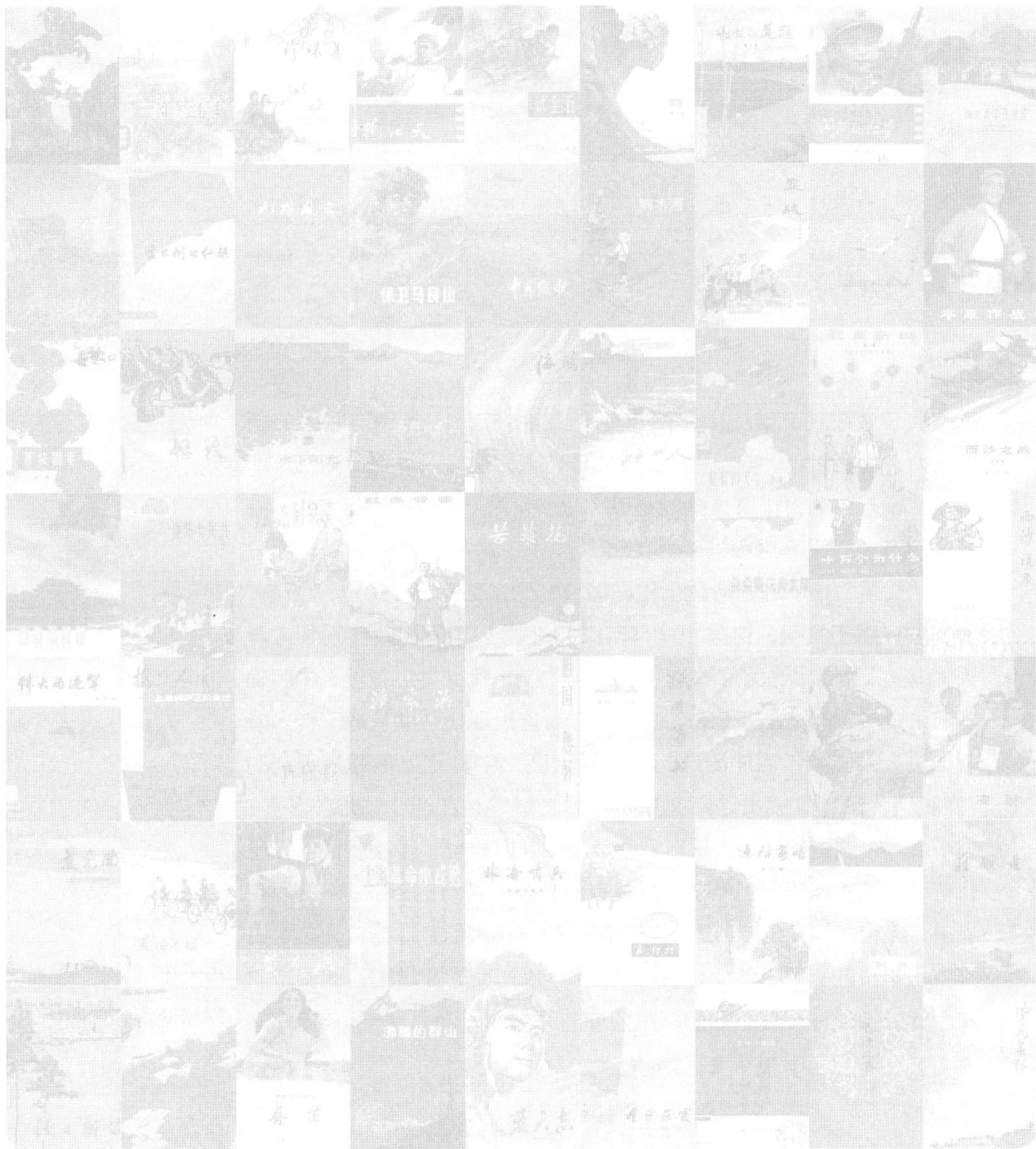

第一节　从《今天》走进论争的声浪

　　洪子诚在其文学史中，如此写道："80 年代，当代诗歌中的创新活力，主要来自'崛起'的，以青年诗人为主体的'新诗潮'。"[01] 这些"崛起"的青年诗人指的是以北岛、舒婷、顾城、江河、杨炼、芒克、多多、梁小斌等为中心的诗人群体。这些诗人中的大多数已经在"文革"期间开始诗歌创作，但只有到了 20 世纪 70 年代末期，他们才显露于文坛，这与 1978 年 12 月北京创刊的民间性刊物《今天》有关。比如，陈思和在其主编的《中国当代文学史教程》中明确写道："1978 年《今天》的创刊，标志着这股现代诗潮从地下转入公开，进入'文革'后波澜迭起的文学大潮之中。这就是通常所谓的'朦胧诗'派，其成员包括北岛、顾城、舒婷、江河、杨炼、多多、梁小斌等，这些年轻诗人从自我心灵出发，以象征、隐喻、通感等现代诗歌的艺术技巧，创作了一批具有新的美学特点的诗歌。"[02] 现在看来，无论从何种角度，这批年轻诗人的创作都给我们的诗歌艺术史提供了丰富的资源；然而，若回到 80 年代初期的文学史，他们走向文坛的方式或许超越了他们艺术精神的深刻性，而呈现出 80 年代文

---

[01]　洪子诚：《中国当代文学史》，北京大学出版社 2007 年版，第 234 页。

[02]　陈思和主编：《中国当代文学史教程》，复旦大学出版社 1999 年版，第 263 页。

多多（左）　　　　　　　　《今天》创刊号

学的复杂性。它们被称作"朦胧诗"派的命名本身就是一种有意思的文学景观。

　　《今天》是 1978 年 12 月在北京创刊的民间刊物，至 1980 年 9月停刊，共出版了 9 期。除刊物外，还出版了内部交流的文学资料 3期，以及丛书 4 种。作为一个"文革"结束以后由一群充满激情的年轻人自办的民间刊物，与当时的"正式"刊物相比，它在存在方式及精神追求上有明显的激进性。创刊号上的发刊词《致读者》就强烈地表达了革新者们充满期冀和激情的主张："'五四'运动标志着一个新时代的开始。这一时代必将确立每个人生存的意义，并进一步加深人们对自由精神的理解；我们文明古国的现代更新，也必将重新确立中华民族在世界民族中的地位。我们的文学艺术，则必须反映出这一深刻的本质来。"[01] 在此，我们从诸如"新时代""自由精神""现代更新"等词汇中明显感觉到发言者面向未来的激情。"今天"这一命名本身喻义着与过去黑暗的二元对立，正如《致读者》中所概括的"在血泊中升起黎明的今天"。[02]

　　《今天》上发表的作品广泛流传，一些正式刊物也开始发表在《今天》上发表过的诗歌。比如，《诗刊》自 1979 年 3 月始，先后发表了北岛的《回答》，舒婷的《致橡树》《祖国啊，我亲爱的祖国》等诗歌；《星星》也发表了顾城的《抒情诗 19 首》（1979 年）等；《诗刊》及诗歌理论刊物《诗探索》等，还推出了舒婷、顾城、梁小斌、

[01]《今天》编辑部（北岛执笔）：《致读者》，《今天》1978 年第 1 期。
[02]《今天》编辑部（北岛执笔）：《致读者》，《今天》1978 年第 1 期。

徐敬亚等新人的专栏。值得说明的是，当时得以进入讨论者与大众读者视野的正是被《星星》《福建文学》《诗刊》等这些主流刊物所发表的作品，而《今天》杂志并没有完整地进入大众的视野。在一定意义上，《今天》更像是作家们的发祥之地，而不是成名的寓所。然而，一股新的诗歌潮流已成为文坛不得不正视的现象。对这些"新诗潮"的评价也很快成为诗界所关心的问题，一场旷日持久的争论逐渐展开，其争论本身也是构成 20 世纪 80 年代新诗发展现状的不可缺失的部分，其争论的理由、内容及话语特征都是值得探讨的问题。

　　1980 年 4 月于南宁召开的"全国诗歌讨论会"是一次以新诗的探讨及展望为主题的讨论会，会上，北岛、舒婷、顾城等人的诗歌成为讨论的重点。在会议接近尾声时，谢冕发表了支持"新诗潮"，讽刺持批评态度的人士的言论。会后，谢冕的发言被整理成《在新的崛起面前》，刊发于 1980 年 5 月 7 日的《光明日报》上。文章对一批新诗人给予了支持，视其为"崛起"，并吁请诗界宽容对待。这标示着文坛已经开始了大规模的诗歌论争。1980 年第 8 期《诗刊》刊登了章明的《令人气闷的"朦胧"》，文章提到了当时诗

谢冕（左）

坛的一种创作现象，认为少数作者"大概是受了'矫枉必须过正'和某些外国诗歌的影响，有意无意地把诗写得十分晦涩、怪僻，叫人读了几遍也得不到一个明确的印象，似懂非懂，半懂不懂，甚至完全不懂，百思不得其解……为了避免'粗暴'的嫌疑，我对上述一类的诗不用别的形容词，只用'朦胧'二字；这种诗体，也就姑且名之为'朦胧体'吧"[01]。以此，在一种贬义的语意下，对新出现的诗歌的批评声音不断地发酵，以至于北岛、舒婷、顾城等新人创作的新诗有了"朦胧诗"的称谓。可以说，在 1980 年，关于这些青年的诗歌的论争已经在较宽的范围内展开。比如，1980 年《福建文学》在长达一

---

[01]　章明：《令人气闷的"朦胧"》，《诗刊》1980 年第 8 期。

年的"新诗创作问题"的讨论中，以本省诗人舒婷的诗为对象，内容涉及对诗潮的分析和新诗六十年来的经验和问题。而关于"朦胧诗"的称谓问题，本身也反映出整个文坛在文学观念和方法上的态度和意见。从章明这篇文章来看，最初的"朦胧"之意，显然是带着贬义色彩的。在今天看来，所谓的"朦胧诗"也并没有太多的朦胧色彩，然而，"朦胧"之谓，更多的是反映了当时文坛的审美取向，以及整个诗界在思想观念和情绪上的复杂性，其背后隐含着一次重大的文学转型。而且，这次转型并不纯粹是文学性的，也包含着社会意识形态对文学探讨的渗透，这也是 80 年代前期所有论争的特点。

　　因而，在一种独特的社会语境中，论争似乎必须以一种非此即彼的立场出现才能罢休，而这场关于"朦胧诗"的论争也迅速地被分为支持与反对两派。谢冕、孙绍振、徐敬亚、刘登翰、洪子诚等人支持

孙绍振　　　　　　　　　徐敬亚（左）

"朦胧诗"，肯定其存在的价值，也被称为"崛起派"。章明、周良沛、丁力、柯岩、程代熙、吕进、艾青等人则对"朦胧诗"持批评或反对态度。

　　"崛起派"的核心论争文章除了谢冕的《在新的崛起面前》，还有谢冕的《失去了平静之后》[01]、孙绍振的《新的美学原则在崛起》[02]、徐敬亚的《崛起的诗群》[03] 等。这些文章普遍建构了一种"朦胧诗"对抗刚过去的诗歌传统规范的合理性。其中，谢冕的论述是比较充分的，他在《在新的崛起面前》一文中，开篇便对这些新诗的出现做了

[01]　谢冕：《失去了平静以后》，《诗刊》1980 年第 12 期。
[02]　孙绍振：《新的美学原则在崛起》，《诗刊》1981 年第 3 期。
[03]　徐敬亚：《崛起的诗群》，《当代文艺思潮》1983 年第 1 期。

充分肯定，他认为："新诗面临着挑战，这是不可否认的事实。人们由鄙弃帮腔帮调的伪善的诗，进而不满足于内容平庸形式呆板的诗。诗集的印数在猛跌，诗人在苦闷。与此同时，一些老诗人试图做出从内容到形式的新的突破，一批新诗人在崛起，他们不拘一格，大胆吸收西方现代诗歌的某些表现方式，写出了一些'古怪'的诗篇。越来越多的'背离'诗歌传统的迹象的出现，迫使我们做出切乎实际的判断和抉择。我们不必为此不安，我们应当学会适应这一状况，并把它引向促进新诗健康发展的路上去。"[01] 接下来，论者又回顾了我国的诗歌发展传统，将当时那些新的诗歌的出现与五四新诗运动相联系，从精神上肯定了新诗的变革和革命意义："在重获解放的今天，人们理所当然地要求新诗恢复它与世界诗歌的联系，以求获得更多的营养发展自己。因此有一大批诗人（其中更多的是青年人），开始在更广泛的道路上探索——特别是寻求诗适应社会主义现代化生活的适当方式。他们是新的探索者。这情况之所以让人兴奋，因为在某些方面它的气氛与五四当年的气氛酷似。它带来了万象纷呈的新气象，也带来了令人瞠目的'怪'现象。的确，有的诗写得很朦胧，有的诗有过多的哀愁（不仅是淡淡的），有的诗有不无偏颇的激愤，有的诗则让人不懂。总之，对于习惯了新诗'传统'模样的人，当前这些虽然为数不算太多的诗，是'古怪'的。"[02] 最后，论者再次肯定探索的意义，认为："我们一时不习惯的东西，未必就是坏东西，我们读得不很懂的诗，未必就是坏诗。""接受挑战吧，新诗。也许它被一些'怪'东西扰乱了平静，但一潭死水并不是发展，有风，有浪，有骚动，才是运动的正常规律。当前的诗歌形势是非常合理的。鉴于历史的教训，适当容忍和宽宏，我以为是有利于新诗的发展的。"[03] 当年年底，谢冕又发表了《失去了平静以后》一文，再次明确地肯定北岛、舒婷、江河的诗，认为他们"对于统治了十年的'帮诗风'，不能不是一种具有叛逆性质的挑战"[04]。孙绍振也认为："他们不屑于做时代精神的号筒，也不屑于表现自我感情世界以外的丰功伟绩。他们甚至于回避

---

[01]　谢冕：《在新的崛起面前》，《诗探索》1980 年第 1 期。
[02]　谢冕：《在新的崛起面前》，《诗探索》1980 年第 1 期。
[03]　谢冕：《在新的崛起面前》，《诗探索》1980 年第 1 期。
[04]　谢冕：《失去了平静以后》，《诗刊》1980 年第 12 期。

去写那些我们习惯了的人物的经历、英勇的斗争和忘我的劳动的场景。他们和我们50年代的颂歌传统和60年代的战歌传统有所不同，不是直接去赞美生活，而是追求生活溶解在心灵中的秘密。"[01] 同时，充分肯定了"朦胧诗"对个人的情感及人性的自由表现。孙绍振说："我们的民族在十年浩劫中恢复了理性，这种恢复在起初的阶段是自发的，是以个体的人的觉醒为前提的。当个人在社会、国家中地位提高，权利逐步得以恢复，当社会、阶级、时代，逐渐不再成为个人的统治力量的时候，在诗歌中所谓个人的感情、个人的悲欢、个人的心灵世界便自然会提高其存在价值。社会战胜野蛮，使人性复归，自然会导致艺术中的人性复归，而这种复归是社会文明程度提高的一种标志。在艺术上反映这种进步，自然有其社会价值，不过这种社会价值与传统的社会价值有很大的不同罢了。"[02] 对人的情感的肯定的这种观点，与新时期以来强调的人道主义关怀密切相关，然而，"朦胧诗"对个人情感、悲欢与心灵世界的强调，又显示了现代性意义上对人的个体性的关注。

　　然而，"崛起派"所进行的精神肯定及从新诗史传统上做的阐释的努力，并没有减少反对派的声音。"朦胧诗"的反对者或批评者们所持的观点主要有两类，一类认为诗歌"朦胧""晦涩""费解""难懂"等。比如，章明的《令人气闷的"朦胧"》（1980年），丁力的《新诗的发展和古怪诗》（1981年）等。章明在文章中认为："'朦胧'并不是含蓄，而只是含混；费解也不等于深刻，而只能叫人觉得'高深莫测'。我猜想，这些诗之所以写得'朦胧'，其原因可能是作者本来就没有想得清楚。""有的诗，读了令人神往；有的诗，读了发人深思；有的诗，读了让人得到美的享受。而'朦胧体'的诗呢？读了只能使人产生一种说不出的气闷。——所以我这篇短文的题目就叫作'令人气闷的'朦胧''。"[03] 另一类认为这些诗歌的诗风受到西方某些不良主义的影响，应该引起警惕。比如，有评论就认为："我们还得擦亮眼睛，提防把人家扔掉的破烂也当宝贝抱在怀里！外国那些'主

---

[01]　孙绍振：《新的美学原则在崛起》，《诗刊》1981年第3期。

[02]　孙绍振：《新的美学原则在崛起》，《诗刊》1981年第3期。

[03]　章明：《令人气闷的"朦胧"》，《诗刊》1980年第8期。

义''流''派'里，恐怕也有在外国已经不时兴的滞销货呢！"[01] 而且，有些批评家则将批评上升至国家意识形态选择的高度进行探讨，从是否危害到了民族、社会主义利益的层面进行批判。甚至一些评论家站在社会价值观的角度指责"朦胧诗"所受的西方现代主义的影响。比如，著名诗歌评论家吕进就在一文中持此种批评观，他说："徐敬亚同志的《崛起的诗群》说，'时代的指针告诉我们，艺术总要发展，不仅数量上！'这话是对的"，"可是，我们正处在怎样的'时代'呢？在这个时代，诗歌沿着什么道路才会'发展'呢？分歧正在这里"，"徐敬亚同志说，'几亿人走向现代化的脚步，决定了中国必然产生与之适应的现代主义。'他这里说的，显然是西方资本主义的现代化。在西方，物质生活有较大发展，但与此同时，精神生活却充满危机。'与之适应'，现代主义'产生'了。西方现代主义诗歌正反映了人们的危机意识：冷漠、苦闷、绝望、反社会倾向等等。可是，我们的祖国并没有走向西方资本主义的现代化，而是走向中国式的社会主义现代化，这两个'现代化'是不能混淆的。因此，'中国必然产生与之适应的现代主义'之说就'必然'地失去了依据。"[02] 这样的观点显然与 20 世纪 80 年代关于如何对待西方现代主义、后现代主义等思潮的争论一脉相承，这也从一个侧面说明了"朦胧诗"的创作手法在当时文坛一些批评家眼中是陌生的，以及整个文化语境对西方保持的那种警惕性。这种警惕性是"十七年文学"的一种延续，这不得不说是一种历史因袭使然。

　　因而，双方的论争各执一词，都有着自己坚定的立场和话语展开的逻辑出发点，一时间内，批评这些诗作的评论借助了诸多社会学层面的术语和力量，似乎在发言的声音上更加的响亮，以及有更强大的理论支持，并且在"清污运动"中取得了一定的优势。这也从另一个角度说明论争过程中不乏斗争的气焰，孙绍振曾提及的自己发表《新的美学原则在崛起》一文时的一些细节，便是最好的证明。他说："后来，《诗刊》在北京召开了一次诗会，邀请我参加，会后约我写稿。我写了《新的美学原则在崛起》一文，但不久便被退了回来。可没过几个月，《诗刊》再次向我要稿子。此时，我也说不好自己是傻

---

[01]　峭石：《从〈两代人〉谈起》，《诗刊》1981 年第 4 期。

[02]　吕进：《社会主义诗歌与现代主义》，《诗刊》1984 年第 3 期。

还是聪明，感觉气氛有些不对劲，把自己稿子里最露骨的话都删了，但还是把稿子给了《诗刊》。后来，才知有人授意《诗刊》要回我的稿子，目的是要对此进行批判。我得知此事时，立即要求撤回，但是《诗刊》没有答应。"[01] 从中可见当时论争的方式的复杂性。又如，当时徐敬亚也因《崛起的诗群》《圭臬之死》等文章大受批判，还导致发表这两篇作品的期刊《当代文艺思潮》停刊。1984 年 3 月 5 日《人民日报》上登载了徐敬亚的《时刻牢记社会主义文艺方向——关于〈崛起的诗群〉的自我批评》一文，随后《诗刊》转载，并且也登载了《人民日报》编者按，批评得相当激烈："《人民日报》：徐敬亚同志是近年来引起诗坛注目的所谓三个'崛起'论者之一。他发表在《当代文艺思潮》(1983 年第 1 期) 上的长篇文章《崛起的诗群》，在文艺与政治、诗与生活、诗与人民以及如何对待我国古典诗歌、民歌和'五四'以来新诗的革命传统，如何对待欧美文学的现代派等等根本原则问题上，宣扬了一系列背离社会主义文艺方向的错误主张，引起了广大读者和文艺界不少同志的尖锐批评。中共吉林省委和吉林省文艺界的同志们也对他进行了多次严肃批评和耐心帮助。最近，徐敬亚同志对他所宣扬的错误观点已有了一定的认识，并写了这篇自我批评文章，对此我们表示欢迎。现将他的文章发表于下。"[02]

从文学史的角度来看，"崛起派"显然能够引起更多的历史同情感，因为 20 世纪 80 年代以来时代的巨大变动及文学观念的变动，迅速地消解了批评派话语存在的文化语境，诸如"朦胧诗"是资本主义的产物之类的话语再也无法造成如 50—70 年代那种威慑力了，而且，对文学思潮或文学创作者的批评也不会再演变成以往那种政治运动了。同时，随着时代价值观念的变动，人们对新鲜事物的接纳，以及对变革文学创作手法的渴望，越来越成为众多年轻作家和批评家的追求，甚至，反对的声音越大，支持的声音也越大。所以，从此场论争的各种活动结果来看，"崛起派"取得了大获全胜，有评论家如此说道："虽然在一段时间里，还有一些反复，一些折腾，但'崛起派'最终在诗坛'大获全胜'。1984 年以后的诗歌界，到处都是'崛起'

[01] 新京报编：《追寻 80 年代》，中信出版社 2006 年版，第 172 页。
[02] 徐敬亚：《时刻牢记社会主义文艺方向——关于〈崛起的诗群〉的自我批评》，《诗刊》1984 年第 4 期。

的腔调，它逐渐成为评价作品和认定经典的支配性'艺术标准'，就是一个证明。"[01]

因而，从一定意义上说，历史选择了"朦胧诗"的"崛起"，历史也将这帮在个性、诗风、人生境遇上各不相同的年轻诗人归类在一起，希望以一种集体式的亮相来壮大声势，在历史潮流中发出自己的声音。

---

[01]　程光炜：《批评对立面的确立——我观十年朦胧诗论争》，《文学讲稿："八十年代"作为方法》，北京大学出版社 2009 年版，第 175 页。

第二节 集体经验的"自我"展现

如同论争将"朦胧诗"推向了文坛一样，"朦胧诗"自身的美学气质也充满了"崛起"的激情和气势。从食指的诗句"相信未来、热爱生命"[01]，北岛的诗句"我不相信"[02]，到顾城的诗句"黑夜给了我黑色的眼睛，我却用它寻找光明"[03] 等，这一批诗人对一个独特的时

芒克（左）、北岛（右）　　　　　　顾城

[01]　食指的《相信未来》中的诗句，据说创作于 1968 年，"文革"期间初传抄、流传。
[02]　北岛的《回答》中的诗句，此诗最初刊登于《今天》的创刊号上，后收录《北岛诗选》，新世纪出版社 1986 年版，第 25 页。
[03]　顾城的《一代人》中的诗句，写于 1979 年，收入《顾城诗全编》，生活·读书·新知三联书店 1995 年版，第 121 页。

代拥有自身的理解和体悟。他们从自我心灵感受出发，借助隐喻、象征、通感等艺术手法，以一种反叛的姿态来面对那个时代，书写着经历过那个时代的年轻人的共同心声。在诗中，他们用"我"来取代集体式的"我们"，彰显着个体化的形态，追寻着现代诗性的情感。

以下是广泛流传的北岛的诗歌《回答》（1979 年）[01]：

卑鄙是卑鄙者的通行证，

高尚是高尚者的墓志铭。

看吧，在镀金的天空中，

飘满了死者弯曲的倒影。

冰川纪过去了，

为什么到处都是冰凌？

好望角发现了，

为什么死海里千帆相竞？

我来到这个世界上，

只带着纸、绳索和身影。

为了在审判之前，

宣读那些被判决的声音：

告诉你吧，世界，

我—不—相—信！

纵使你脚下有一千名挑战者，

那就把我算做第一千零一名。

我不相信天是蓝的；

我不相信雷的回声；

我不相信梦是假的；

我不相信死无报应。

如果海洋注定要决堤，

就让所有的苦水都注入我心中；

如果陆地注定要上升，

《北岛诗选》（油印版）

---

[01]　关于此诗的创作时间，在 1978 年《今天》第 1 期上公开发表时，标示的时间是 1976 年 4 月，显然，作者想将此诗的写作与"四五运动"结合起来。但实际上，此诗写于 1973 年，并早已经开始流传，1978 年作者对此诗是做了修改后发表的，目前通行的版本是修改后的版本。

就让人类重新选择生存的峰顶。

新的转机和闪闪的星斗，

正在缀满没有遮拦的天空，

那是五千年的象形文字，

那是未来人们凝视的眼睛。[01]

作者以一连串的"我不相信"建构了一种充满预言性、判断性、宣告性的语式，完成了一次充满庄严的仪式感的情感表达。其诗意中体现的对暴力世界的怀疑和决不妥协的姿态，宣告了作为一个世界的叛逆者的抗争，充满了否定者的悲愤和冷峻。开篇的"卑鄙是卑鄙者的通行证，高尚是高尚者的墓志铭"，以一种决断式的从容口吻，宣告了诗人对世界的判断和自己应对的姿态。"死者的倒影""冰凌""千帆相竞"描述了一个必须被改造的世界，而"我"就成了这个世界的挑战者，一连串的"不相信"宣告着勇气和否定。然而，否定并不是北岛诗歌的全部，在否定的意象之中还叠加着"转机""星斗""五千年""未来"等意象。这也意味着，这个被作者指定为"我不相信"的世界却又包含着"相信的"或称之为"建构的"世界，同时，作者所"不相信"的不仅是别人相信的，也包括别人所不相信的，在此，意象与意象间的叠加及转换也构成了作品充满多义性及悖论性的主题。这种多义与悖论本身更能说明诗人面对世界时的复杂情绪，以及自我意识确认的真诚性和复杂性。

"朦胧诗"的另一位代表作家舒婷则通过女性人格的塑造和人性理想的张扬，将这种自我意识的确认进一步明晰化，她以女性独有的情感体验和自我形象塑造，展示了一代人的心理情绪，其代表作《致橡树》（1979 年）常常被视作女性个体独立意识的宣言而倍

舒婷（左一）、北岛（右）

---

[01] 北岛：《回答》，《诗刊》1979 年第 3 期。

受关注。诗中写道：

> 我如果爱你——
> 绝不像攀缘的凌霄花
> 借你的高枝炫耀自己；
> 我如果爱你——
> 绝不学痴情的鸟儿
> 为绿荫重复单调的歌曲；
> 也不止像泉源
> 长年送来清凉的慰藉；
> 也不止像险峰
> 增加你的高度，衬托你的威仪。
> 甚至日光，
> 甚至春雨。
> 不，这些都还不够！
> 我必须是你近旁的一株木棉，
> 作为树的形象和你站在一起。
> 根，紧握在地下，
> 叶，相触在云里。
> 每一阵风过，
> 我们都互相致意，
> 但没有人
> 听懂我们的言语。
> 你有你的桐枝铁干，
> 像刀，像剑，
> 也像戟；
> 我有我的红硕花朵，
> 像沉重的叹息，
> 又像英勇的火炬。
> 我们分担寒潮、风雷、霹雳，
> 我们共享雾霭、云霞、虹霓。
> 仿佛永远分离，

却又终身相依。
这才是伟大的爱情，
坚贞就在这里：
不仅爱你伟岸的身躯，
也爱你坚持的位置，脚下的土地！ [01]

　　诗人以木棉和橡树作为象征，来表达一种女性精神的独立性。而女性与男性的相处，更是相互独立、相互尊重又相互联系的，是一处"仿佛永远分离，却又终身相依"的关系，这既打破了传统的女性对男性的依附关系，又体现了女性追求两性间的平等和相互尊重。在舒婷的诗作中，对女性自我价值及精神追求的认定，充分展示了女性独立的人格、尊严、理想和追求，这常常被认为是新时期展示女性独立意识的代表之一。同样，木棉和橡树的象征意义也可以被指认为人的个体独立精神的象征，是对人的觉醒、自由和尊严的一种确认。又如其诗作《神女峰》（1981 年）中，将女性化身为神女峰，那句"与其在悬崖上展览千年 / 不如在爱人肩头痛哭一晚"[02] 是本诗的主旨，明确表达了作为一位女性对真实的生命过程和生命体验的热烈追求，也体现了对传统的非人性的道德规训的背叛。舒婷说："我通过我自己深深意识到：今天，人们迫切需要尊重、信任和温暖。我愿意尽可能地用诗来表现我对'人'的一种关切。障碍必须拆除，面具应当解下。我相信：人和人是能够互相理解的，因为通往心灵的道路总可以找到。"[03] 这是刚刚告别"文化大革命"时代的知识分子对于个体尊严和人格独立的普遍追求，这种追求成了新时期知识分子寻找自我主体性地位的有效发言方式。在其后的诗歌《祖国呵，我亲爱的祖国》（1979 年）等诗作中，作者更将这种个人的悲欢及独立性的追求与民族的、国家的、历史的使命直接结合起来，营造出某种集体精神诉求的呼唤性。比如，诗中写道：

　　　　那就从我的血肉之躯上

---

[01]　舒婷：《致橡树》，《诗刊》1979 年第 4 期。

[02]　舒婷：《神女峰》（外一首），《星星诗刊》1982 年第 4 期。

[03]　舒婷：《"青春诗会"》，《诗刊》1980 年第 10 期。

　　去取得

　　你的富饶、你的荣光、你的自由；

　　——祖国呵，

　　我亲爱的祖国！[01]

　　这完全是超越了小我情感的一种宏大叙事，明显带有将个人融入时代、民族国家中的情绪，把自我的情感与时代、民族国家的情感相结合，以实现自我价值。

　　可以说，众多"朦胧诗"明确地表达了对作为个体的人的尊严和思考，以此与当时极为流行的代表国家政治意识形态的颂歌形成了鲜明的对比，并以一种直抒胸臆的方式，表达了"人"的力量。比如，北岛在《宣告》（1980 年）中写道：

　　我并不是英雄

　　在没有英雄的年代里

　　我只想做一个人[02]

　　这里表达了一种反叛的情绪，也包含了对于个体性的人的尊重。有意思的是，被赞成者们极力鼓吹传达了个体情感的"朦胧诗人们"从来就不曾缺失面向国家与民族命运的宏大叙事，他们在表达个体情绪时，普遍将主题超越了个体意义上的体验，而融合了国家、民族的想象。即他们毫不回避，甚至大肆宣扬他们笔下的"人"是一个背负着祖国和民族命运的"人"，像江河与杨炼的诗歌就表现得特别明显。

　　江河以其雄浑深厚的历史感和悲壮澎湃的忧患感，创作了一组体现民族、历史凝重性的长诗。以下是他写于 1977 年的《纪念碑》中的诗句：

　　我常常想

　　生活应该有一个支点

　　这支点

---

[01]　舒婷：《祖国呵，我亲爱的祖国》（外一首），《诗刊》1979 年第 7 期。

[02]　北岛：《宣告》，《人民文学》1980 年第 10 期。

是一座纪念碑
…………

纪念碑默默地站在那里
像胜利者那样站着
像经历过许多次失败的英雄
在沉思
整个民族的骨骼是他的结构
人民巨大的牺牲给了他生命
他从东方古老的黑暗中醒来
把不能忘记的一切都刻在身上
从此
他的眼睛关注着世界和革命
他的名字叫人民
我想
我就是纪念碑
我的身体里垒满了石头
中华民族的历史有多么沉重
我就有多少重量
中华民族有多少伤口
我就流出过多少血液
…………

我把我的诗和我的生命
献给了纪念碑[01]

在这首诗中，诗人以饱含深情的口吻，把自我献给了伟大的纪念碑。"纪念碑""人民""我"三者构成了同体关系，共同完成了对于民族、历史灾难的承担，这里的"我"就不仅是追求个性独立或沉浸于自我情感的"我"，还是与民族、历史相联的"我"；而民族与历史的灾难也通过"我"得以找到生命的血液。

至 20 世纪 80 年代中后期，江河又将诗的笔触转向对民族文化之根的探寻，如他的组诗《太阳和它的反光》（1985 年），将中国远古的神话故事及人物，进行了现代性的书写，展示了人与自然的融合和共生。比如，《追日》（1985 年）中的夸父不再是一个追求不得的悲剧形象，而是一个与日同行的圣者："传说他渴得喝干了渭水黄河 / 其实他把自己斟满了递给太阳 / 其实他和太阳彼此早有醉意 / 他把自己在阳光中洗过了又晒干 / 他把自己坎坎坷坷地铺在地上。"[01] 这样的书写，为神话故事及人物寻找到了新的生命和理解力。在江河的诗作中，我们看到，无论是浓郁悲壮的抒情基调，还是宁静平和的审美，都体现了诗人的自我与祖国、与自然的一种交融。

杨炼的诗歌则通过强烈的史诗意识完成个体与民族、国家间的相联性。他在代表作《大雁塔》（1981 年）中如此写道：

> 我被固定在这里
> 已经千年
> 在中国
> 古老的都城
> 我像一个人那样站立着
> 粗壮的肩膀，昂起的头颅
> 面对无边无际的金黄色土地
> 我被固定在这里
> 山峰似的一动不动
> 墓碑似的一动不动
> 记录下民族的痛苦和生命 [02]

杨炼

这里，诗人将大雁塔进行拟人化的书写，既赋予了塔以生命和痛苦，又很好地将诗人自我的情绪化入历史的长河中。其组诗《礼魂》（1982—1984 年）、《西藏》（1984 年）等，将诗意及情感伸向了充满宗教及远古生活想象色彩的意向，散发出浓浓的宗教哲学、生

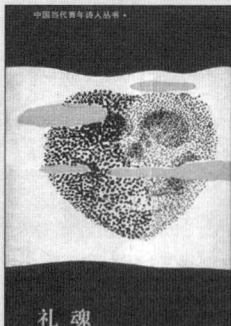

《礼魂》（1985 年版）

---

[01] 江河：《追日》，《黄河》1985 年第 1 期。

[02] 杨炼：《大雁塔》，《花城》1981 年增刊 5。

命哲学的色彩，体现出诗人的史诗意识和英雄气质，同时，因为这些诗作中体现出的那种传统文化色彩，当时也被纳入"寻根文学"的潮流中。

另外，"朦胧诗"的代表诗人梁小斌的《雪白的墙》（1972 年）、《中国，我的钥匙丢了》（1980 年）也以一种强烈的抒情方式表达了一代人的思绪和与祖国命运的休戚相关。"雪白的墙"的意象承载了历史岁月的痕迹，它由肮脏变为洁白，正象征着一代人受过的心灵伤害以及对美好未来的信仰。《中国，我的钥匙丢了》则通过钥匙来象征理想失落的一代人积极寻找的爱国主义情怀，诗中如此写道：

梁小斌

中国，我的钥匙丢了。
那是十多年前，
我沿着红色大街疯狂地奔跑
我跑到了郊外的荒野上欢叫，
后来，
我的钥匙丢了。
心灵，苦难的心灵
不愿再流浪了
我想回家，
打开抽屉，翻一翻我儿童时代的画片，
还看一看那夹在书页里的
翠绿的三叶草。
而且，
我还想打开书橱，
取出一本《海涅歌谣》，
我要去约会，
我向她举起这本书，
作为我向蓝天发出的
爱情的信号。

这一切，

这美好的一切都无法办到，

中国，我的钥匙丢了。

天，又开始下雨，

我的钥匙啊，

你躺在哪里？

我想风雨腐蚀了你，

你已经锈迹斑斑了；

不，我不那样认为，

我要顽强地寻找，

希望能把你重新找到。

太阳啊，

你看见了我的钥匙了吗？

愿你的光芒，

为它热烈地照耀。

我在这广大的田野上行走，

我沿着心灵的足迹寻找，

那一切丢失了的，

我都在认真思考。[01]

　　钥匙在诗中是家园、心灵的象征，而这个家园不仅仅是自我内心的，还是与祖国相连的，诗人对其充满坚定信念的寻找，则表明了一代人重建精神家园的渴望。诗人深情地呼喊着"钥匙丢了"，代表着过去十年国家与民族的劫难，代表着失去了青春和前进的机遇的十年，然而，诗人对祖国、对未来怀抱着希望，他要"顽强地寻找"，并借喻太阳光芒的照耀来表达这种寻找的可靠性。这里诗作中的主体与其说是抒发个人的情感，不如说是抒发着一代人关于民族苦难的情感。

　　所以，在这些诗作中，我们看到的与其说是诗人对个人情绪的书写，不如说是诗人们在积极地建构自身对时代、民族的思考，这

---

[01]　梁小斌：《中国，我的钥匙丢了》，《诗刊》1980 年第 10 期。

种思考无疑带着厚重性与宏大主题的象征性。像顾城写的《一代人》（1980 年），直接呈现了对刚刚过去的"文革"岁月的隐喻，"黑夜给了我黑色的眼睛，／我却用它寻找光明"[01]。"黑夜"与"光明"两个意象的对比，包含的就是一代人对刚刚逝去的那个时代的反击和对未来的希望。这样的表达与食指写于 20 世纪 60 年代末期的那首《相信未来》有着精神上的相通性，正如诗中所言：

> 当蛛网无情地查封了我的炉台，
> 当灰烬的余烟叹息着贫困的悲哀，
> 我依然固执地铺平失望的灰烬，
> 用美丽的雪花写下：相信未来。[02]

这些诗歌传达了诗人们经历磨难之后对美好的向往，体现了他们坚定的独立精神及高涨的理想主义，这几乎也是 20 世纪 80 年代走向文坛的"朦胧诗"的共同特征。

食指（肖全 摄）

当然，作为追求诗的艺术精神的独特性的朦胧诗人们，其创作风格也是各不相同的，这种相异不仅是作家与作家间创作风格的不同，也包括同一作家诗作间的差异。比如，顾城大部分诗歌区别于《一代人》，因其充满孩童式的细腻与敏感而使其诗歌世界偏向对日常生活的"纯净之美"的追求，在他的诗的世界中，更多表现的是对"雨露""河流""石头"之类的自然之物的想象，以及对于生命中最纯净的情感的梦幻般的幻想，因此，顾城被称为"童话诗人"[03]。

---

[01] 顾城：《一代人》，《星星》1980 年第 3 期。

[02] 食指：《食指诗选》，人民文学出版社 2009 年版，第 29 页。

[03] 此称号最初是舒婷赋予他的，舒婷写给顾城的诗《童话诗人——给 G·C》："你相信了你编写的童话／自己就成了童话中幽蓝的花／你的眼睛省略过／病树、颓墙／锈崩的铁栅／只凭一个简单的信号／集合起星星、紫云英和蝈蝈的队伍／向没有被污染的远方／出发／心也许很小很小／世界却很大很大／于是，人们相信了你／相信了雨后的塔松／有千万颗小太阳悬挂／桑椹、钓鱼竿弯弯绷住河面／云儿缠住风筝的尾巴／无数被摇撼的记忆／抖落岁月的尘沙／以纯银一样的声音／和你的梦对话／世界也许很小很小／心的领域很大很大。"

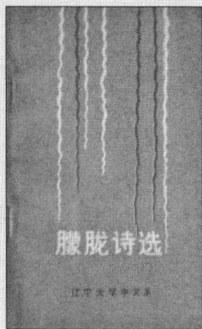  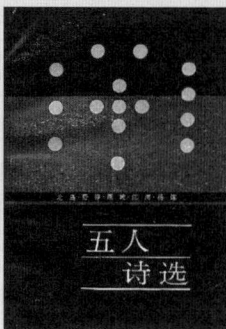

《朦胧诗选》　　　　《朦胧诗选》　　　　《五人诗选》
（2002 年版）　　　　（1985 年版）　　　　（1986 年版）

　　对于"文革"后震动文坛的"朦胧诗派"的诗人们而言，他们在反叛过往黑暗的历史、热烈追求人的情感和尊严的实现，以及在诗歌语言上采用象征、隐喻等手法方面，都有着共同的特征。孙绍振就曾在《新的美学原则在崛起》一文中说过，"他们不屑于作时代精神的号筒，也不屑于表现自我感情世界以外的丰功伟绩。他们甚至于回避去写那些我们习惯了的人物的经历、英勇的斗争和忘我的劳动的场景。他们和我们五十年代的颂歌传统和六十年代的战歌传统有所不同，不是直接去赞美生活，而是追求生活溶解在心灵中的秘密"[01]，"既然是人创造了社会，就不应该以社会的利益否定个人的利益，既然是人创造了社会的精神文明，就不应该把社会的（时代的）精神作为个人的精神的敌对力量"[02]，"艺术革新，首先就是与传统的艺术习惯作斗争"[03] 等。在这些概述中，实际上明确提出了"朦胧诗"对传统的诗歌特别是 20 世纪 50—70 年代的诗歌的反叛，同时，它将"人"列为书写的中心，并在传达自我的情感上做出了贡献。这样的判断显然是建立在与 50—70 年代的审美原则的比较基础之上的。有意思的是，对"人"的关注，树立"人"的主体性是 80 年代初期文学的普遍诉求，这种思想情感也恰恰符合社会转折期政治批判、历史反思和人文价值重建的需要。因而，处于论争声浪中的"朦胧诗"与 80 年代文化精神建构有着内在的息息相关性。

---

[01]　孙绍振：《新的美学原则在崛起》，《诗刊》1981 年第 3 期。
[02]　孙绍振：《新的美学原则在崛起》，《诗刊》1981 年第 3 期。
[03]　孙绍振：《新的美学原则在崛起》，《诗刊》1981 年第 3 期。

想象、建构及限制——20 世纪 80 年代中国文学史论

第三节 "朦胧诗"与 80 年代诗歌格局

　　关于"朦胧诗"的论争是 20 世纪 80 年代一场旷日持久的争论，"朦胧诗派"不仅在初登文坛之时要进行"正名"，而且，"朦胧诗"本身与 80 年代诗歌其他流派构成了复杂的关系。探讨这种关系，能够使我们进一步明晰 80 年代的诗歌格局，又能够对"朦胧诗派"的处境有更深的了解。

　　若从整个 80 年代诗歌流变史来看，占据 80 年代诗坛的主要诗歌流派有："归来者"的诗歌、"朦胧诗"和"新生代"诗歌。

　　关于"归来者"的诗歌。这是一个特殊的诗歌群体，这一派作家的命名源自 1980 年艾青将其复出后的第一个诗集命名为《归来的歌》。实际上，这一批诗人由于其独特的历史际遇，在 20 世纪 80 年代对历史上的新诗进行了一次重新发掘。其中有两个诗歌选本影响很大，其一是江苏人民出版社于 1981 年出版的《九叶集——四十年代九人诗选》，其二是人民文学出版社于 1981 年出版的《白色花》。前者收录的主要是 40 年代活跃于国统区的杜运燮、

艾青

绿原　　　　　　　　　　　　牛汉

杭约赫、辛迪、郑敏、唐祈、袁可嘉等人的诗作，后者主要是阿垅、鲁藜、绿原、牛汉等人的诗作。这些诗人在 40 年代、50 年代的中国文坛上已经普遍享有盛名，然而，历史的动荡使这些诗人生活遭受不幸，也不得不停止公开创作，有些人甚至成了文学史上"消失的人"；直至 70 年代末的历史变革，才使这些人重新恢复了创作的生命，成为 80 年代前期活跃于中国文坛的重要诗人。这批诗人历经磨难的命运及饱含深情的爱国热情，使他们的诗歌虽然创作风格不尽相同，但普遍有种历史反思的沉重感、承受命运的坚韧性，以及呼唤新生活到来的真诚感。从某种意义上讲，这一批诗人最初复活了 80 年代中国诗歌的生命力，他们心系国家、民族，以对自己苦难的命运的承担，充当人民大众或苦难知识分子的代言人，从精神追求上，延承了五四知识分子关怀现实的精神，同时，他们坚定地将自身的命运与国家、民族的变革相结合，毫无保留地支持着中国的改革开放和国家新政策。比如，此时期艾青的诗歌，充满了对过往时代的罪恶的控诉，并密切关注新时代生活，在一种议论与抒情相整合、批判与沉思相映照、象征与抒情相结合的诗情中，表达了一位刚刚经历了命名的沉重的诗人的博大情怀。正如他在《鱼化石》（1978 年）中写道的：

> 动作多么活泼，
> 精力多么旺盛，
> 在浪花里跳跃，
> 在大海里浮沉；
> 不幸遇到火山爆发，

也可能是地震，
你失去了自由，
被埋进了灰尘；
过了多少亿年，
地质勘察队员，
在岩层里发现你，
依然栩栩如生。
但你是沉默的，
连叹息也没有，
鳞和鳍都完整，
却不能动弹；
你绝对的静止，
对外界毫无反应，
看不见天和水，
听不见浪花的声音。
凝视着一片化石，
傻瓜也得到教训；
离开了运动，
就没有生命。
活着就要斗争，
在斗争中前进，
当死亡没有来临，
把能量发挥干净。[01]

　　诗中一条鱼成为鱼化石的意象是经历了"反右派"和"文化大革命"的一代知识分子经历的象征。作者在诗作中表达的对斗争及生命的渴望，也正是一代人的渴望，作品中所阐发的"斗争"精神，既是生命存在力量的确认，也是抗争精神的象征。

　　从诗歌的精神诉求来看，"归来的诗歌"和"朦胧诗"在体现"伤痕"和"反思"的时代情绪方面有着惊人的相似性，这是刚刚经

_____

[01]　艾青：《鱼化石》，《文汇报副刊·笔会》，1978年8月27日。

想象、建构及限制——二十世纪80年代中国文学史论

历了"反右"运动、"文化大革命"的中国作家们新的时代的"人"急急地做出的阐释。两者侧重点的不同是："归来的"诗人普遍以一种感怀民族的沉重感来抒写内心的渴望，而"朦胧诗"在批判现实及书写民族情怀时，充满着将个体的命运与民族、国家命运紧紧相连的理想主义，在自我意识的探索中，有着强烈的关怀民族未来的情怀，这正应和了 20 世纪 80 年代初期文学批判现实的主题，以及新时代到来后的全国上下对现实充满期待的情感。当然，"朦胧诗"的这群作者更多地是以一种决绝的、反叛的、张扬个体自我的姿态出现在文坛的，这不但掀起了与他们的反对者之间的论争，甚至也掀起了与任何有异议的声音间的论争。作为"归来者"诗人代表的艾青，就被卷入了与"朦胧诗"的论争中。

这次论争原因包括两代诗人间的误会及一些人际关系矛盾的影响，事情也并没有像"崛起派"与反对者那样激烈，不过，论争中体现出的关于诗歌艺术标准上的分歧依然值得我们今天的研究者重视。在《诗刊》编辑部于 1980 年 7 月 23 日举办的"青年诗作者创作学习会"上，艾青以《生活》为例批评了"写得难懂的诗"。他说："有些人写的诗为什么使人难懂？他只是写他个人的一个观念，一个感受，一种想法；而只是属于他自己的，只有他才能领会，别人感不到的，这样的诗别人就难懂了。例如有一首诗，题目叫《生活》，诗的内容就是一个字，叫'网'。这样的诗很难理解。网是什么呢？网是张开的吧，也可以说爱情是网，什么都是网，生活是网，为什么是网，这里面要有个使你产生是网而不是别的什么的东西，有一种引起你想到网的媒介，这些东西被作者忽略了，作者没有交代清楚，读者就很难理解。"[01]并且，艾青还把这种"很难理解"直接归咎于诗人："出现这种现象，到底怪诗人还是怪别人？我看怪诗人，不能怪别人。"[02]这次发言以后，引起了一些青年诗人的激烈声讨，并引发了艾青对他们的更尖锐的批评。至 1981 年 5 月，《文汇报》发表了艾青的文章《从"朦胧诗"谈起》，进一步明确反对诗歌的"晦涩"与"难懂"。随后，《文汇报》又发表了李黎的《"朦胧诗"与"一代人"——兼与艾青同志商榷》一文，引发了文坛进一步的争论。

[01] 艾青：《与青年诗人谈诗》，《艾青全集》第 3 卷，花山文艺出版社 1991 年版，第 462 页。
[02] 艾青：《与青年诗人谈诗》，《艾青全集》第 3 卷，花山文艺出版社 1991 年版，第 463 页。

从如今理性的立场来看，艾青与"朦胧诗"的分歧不在于青年人是否该追求诗歌的创新性，艾青本身就是一位从先锋艺术反叛精神的坚守中走来的作家，他之所以对"朦胧诗"做出批评，这与其坚持诗的含蓄而警惕晦涩的观念有关。并且，对跟随着中国新诗发展史一路走来的艾青来讲，他非常明白，"文革"后的诗坛对长期以来政治意识形态要求之下的那种"明白"、简单的价值判断的诗歌有种强烈的反感情绪，他对这种反感情绪有着深切的体验，也保持着作为一个老诗人对矫枉过正的警惕。比如，他在《从"朦胧诗"谈起》一文中指出："现在写朦胧诗的人和提倡写朦胧诗的人，提出的理由是为了突破，为了探索；要求把诗写得深刻一点，写得含蓄一些，写得有意境，写得有形象；反对把诗写得一望无遗，反对把诗写得一目了然，反对把诗写成满篇大白话。这些主张都是正确的。"[01] 可见，艾青对"朦胧诗"的批判，不是简单的诗学趣味的差异，而是对其诗学理念的声明。有评论家也直接指出，艾青的批评也是对于诗歌发展的一种觉悟："我觉得应该就如同诗人决心跨越'流派'与'主义'提出属于自己的现代'诗论'一样，他对新诗潮的批评也主要是基于一种历史的观察，或者说是出于对中国诗歌曾经有过的创作问题的觉悟。"[02] 只可惜，在一代对现实、对任何反对声音都充满高度紧张感的"朦胧诗"及其支持者们那里，艾青的警惕并没有引发他们对诗歌的深入思考，而"朦胧诗"之后的第三代诗人的创作更是在一种反对"朦胧诗"的声浪中越来越将诗歌的形态推向晦涩难懂的审美范畴。

从"朦胧诗"与艾青的论争过程中，我们可以看到，"朦胧诗"的大多数作者对待任何反对或批评的声音都是极其敏感甚至反应过激的，他们坚持"自我"及艺术创新的立场，坚定地树立起发声的姿态，而要求打破一切追求又使他们陷于以自我为中心、排除一切不利于张扬自我因素的急躁情绪中。不过，正如有评论者指出的"其实，不光在朦胧诗论争中，在 20 世纪 80 年代几乎所有的论争、批评活动中，这种以一方的立场、本质来排斥、贬低对方的立场和本质

---

[01] 艾青：《从"朦胧诗"谈起》，《艾青全集》第 3 卷，花山文艺出版社 1991 年版，第 535 页。

[02] 李怡：《艾青的警戒与中国新诗的隐忧——重新审视艾青在"朦胧诗论争"中的姿态》，《北京师范大学学报》（社会科学版）2011 年第 3 期，第 61—62 页。

的做法，实际上都相当普遍地存在着。某种程度上，80 年代文学批评，可以说是一种典型的立场化和本质化的批评"。[01] 以此反观"朦胧诗"走向文坛的历程及其艺术追求，其实质与 80 年代初期文学变革的普遍追求有着千丝万缕的联系。而事实的另一方面是，"朦胧诗"论争以来留下的缺乏宽容性的对立性批判立场，或者说"非诗性"的批评，同样干扰了"朦胧诗"以后的诗歌的发展。这一点，从 80 年代中后期以来的另一个重要诗歌群体"新生代"诗歌那里也可略见一二。

关于"新生代"诗歌，这一代作家的出场与"朦胧诗"派有着更紧密的联系。20 世纪 80 年代中期，由于一些"归来"的诗人的创作日趋沉寂，"朦胧诗人"已逐渐成为当时诗歌文坛的主力，到了 1983 年左右，却有一股"打倒北岛""北岛 PASS"的思潮在一些更年轻的作家那里酝酿而出。同时，诗歌创作也成为一批年轻人的追求，这批诗人快速成为"朦胧诗"新锐势头衰减之时的诗坛新生力量，制造了大规模的"断裂""哗变"的景象。理论界将他们命名为"新生代""第三代""后崛起""后新诗潮""实验诗"等等。其代表主要包括：以韩东、于坚、朱文、于小韦、陆忆敏、丁当等为代表的，于 1984 年在南京成立的"他们派"，以四川的诗人周伦佑、蓝马、杨黎等为代表的，于 1986 年 5 月成立的"非非派"，以西川、王家新、欧阳江河等为代表的"知识分子写作"，以于坚、伊沙为代表的"民间写作"，以及 80 年代中期以后，涌现于文坛的一批女性诗人，包括翟永明、伊蕾、唐亚平等。这些诗人派别众多，山头林立，各个小派别间艺术追求不尽相同，也是 90 年代诗坛的主力。据统计，1986 年 10 月，《深圳青年报》和《诗歌报》(安徽合肥) 联手举办的"中国诗坛 1986 年现代诗群体大展"，陈列了"朦胧诗"后自称的"诗派" 60 余家。[02] 从文学史面貌的整体情况来看，这些诗人采取组织诗歌社团、发表宣言的方式开展活动，比如，倡导"非非主义""莽汉主义""新传统主义""知识分子写作"等等。在主题和诗歌语言的探求上，极力摆脱他们前几代诗人那种承担历史责任、政治主题的影

---

[01]　程光炜：《批评对立面的确立——我观十年朦胧诗论争》，选自《文学讲稿："八十年代"作为方法》，北京大学出版社 2009 年版，第 185 页。

[02]　转引自洪子诚：《中国当代文学史》(修订版)，北京大学出版社 1997 年版，第 240 页。

响，而极力彰显自我的独特性，追求诗歌话语的自觉意识。唐晓渡曾如此论述："无论经历了怎样的曲折坎坷，'朦胧诗'还是实现了对当代新诗的有力变构。1980 年左右，一种二元分立的局面事实上已经形成。随后围绕'朦胧诗'爆发的论争只是把这一局面凸现了出来。然而这一局面很快就受到了新的冲击——快得甚至有点令人不知所措。冲击来自更年青的一代诗人，他们被集体命名为'第三代'诗人。无论如何这是当代新诗的又一件大事。这不仅因为其人数之多、声势之大，冲击之激烈广泛，足以造成某种'全方位的喧哗与骚动'，而且因为它的介入——这种介入完全称得上是一次'入侵'——带来了当代诗坛一系列新的、某种程度上更为深刻的变化，从而同时发展了其困境和生机。"[01] 无论是关于"朦胧诗"的论争，还是关于"朦胧诗"后的诗歌的论争，在 80 年代中后期的文坛上，一股与"朦胧诗"不无关系的诗歌浪潮到来了。

"新生代"诗歌似乎是有准备地为反叛传统的（或他们之前的）一切诗歌原则而来的。在语言的表述方式和意象的营造上，他们就极力消解着"朦胧诗派"建构的语言的抒情性、象征性等。谢冕曾将他们对"朦胧诗"的反叛归结为："潮流对于岩石的冲撞，乃是持续不断的无情。中国新诗当前承受的新潮的袭击，简直令包括创作者、欣赏者、批评者在内的几乎所有的人疲惫不堪。一个衡定的秩序被破坏了，另一新秩序尚未建立，接着几乎是不顾一切的'粗暴'的侵入。后新诗潮最令人震惊的后果，是新诗突然变得不美丽，甚至变得很不美丽了。这情景令人怅惘，并连连发出质问：它到底还要走多远？"[02] 作为曾经极力地支持过"朦胧诗派"的评论者，谢冕除了敏感地意识到一股相异于"朦胧诗"的诗歌美学浪潮的涌动之外，他也对这股浪潮制造的现象感到困惑和不安。他说："当今诗学最为令人不解的现象是它的不可捉摸的秩序的混乱：一方面，许多有志之士在着力倡导诗的崇高与美，另一方面，一批诗的新生代却确定以非崇高倾向作为追逐的目标；一方面由于纠正毁灭文化的恶行而对文化产生广泛兴趣

[01] 唐晓渡：《朦胧诗之后：二次变构和第三代诗》，谢冕、唐晓渡主编：《磁场与魔方——新潮诗论卷》，北京师范大学出版社 1993 年版，第 241—242 页。
[02] 谢冕：《美丽的遁逸——论中国后新诗潮》，谢冕、唐晓渡主编：《磁场与魔方——新潮诗论卷》，北京师范大学出版社 1993 年版，第 211 页。

（这种兴趣改造了诗的素质并形成博学、宏大的夸饰追求，加上全民反思导致文化寻根潮流的兴起），文化氛围的浓重形成诗的贵族倾向，另一方面由于人对自身存在的醒悟与怀疑，正在产生对于文化的'嫌弃'；一方面，人们在惊呼诗对于现实生活的漠不关心的远离，另一方面，诗人却对此种惊呼表示冷淡，他们潜入内心的隐秘，对生命的神秘产生兴趣；一方面诗歌在追求语言的高雅乃至深奥，一方面却有意地使诗的语言俚俗化……"[01] 在 1986 年上海的"中国当代文学国际讨论会"上，舒婷说道："这两年朦胧诗刚绣球在手，不防一阵骚乱，又是两手空空，第三代诗人的出现是对朦胧诗鼎盛时期的反动。所有新生事物都要面对选择，或者与已有的权威妥协，或者与其决裂。去年提出的'北岛，舒婷的时代已经 pass'还算比较温和，今年开始就毫不客气地亮出了手术刀。"[02] 这就是"朦胧诗"刚刚结束了与上一代诗人的论争而在诗坛立稳脚步，却又马上遭遇到的被反叛的场景，这也是 80 年代中后期中国诗坛的场景。

如果我们将"新生代诗歌"的代表《有关大雁塔》（1983 年）与"朦胧诗"代表《大雁塔》做比较，"朦胧诗"遇到的美学上的反叛显而易见。韩东的《有关大雁塔》，就是为反"朦胧诗人"杨炼的《大雁塔》之义而作的，作为有意识地彰显诗歌观念的作品，这首诗与杨炼的《大雁塔》正好形成了鲜明的意蕴对比。韩东在诗中这样写道：

杨炼、顾城、西川、唐晓渡、钟文、北岛（从左至右）

　　有关大雁塔
　　我们又能知道些什么
　　有很多人从远方赶来
　　为了爬上去
　　做一次英雄
　　也有的还来做第二次
　　或者更多

[01]　谢冕：《美丽的遁逸——论中国后新诗潮》，谢冕、唐晓渡主编：《磁场与魔方——新潮诗论卷》，北京师范大学出版社 1993 年版，第 211 页。

[02]　舒舒：《潮水已漫到脚下》，《当代文艺探索》1987 年第 2 期。

那些不得意的人们

那些发福的人们

统统爬上去

做一做英雄

然后下来

走进这条大街

转眼不见了

也有有种的往下跳

在台阶上开一朵红花

那就真的成了英雄——

当代英雄

有关大雁塔

我们又能知道些什么

我们爬上去

看看四周的风景

然后下来 [01]

　　大雁塔作为西安历史文化传承的标志，曾经受过一代又一代人的追怀，但在韩东这里，却只是说"我们又能知道些什么"，以这样的一句定论，消解了以往所有崇高的、深远的、厚实的意义。其后，诗人对爬上去的人的描述则进一步消解了其历史文化意味，他把爬上去的人描述为"不得意的人""发福的人"乃至成了自杀的"英雄式"的人，这些人物完全是一个庸碌者的形象，以此与之前消解的历史意味相切合，对大雁塔承担的历史地标、文化地标的意味进行了消解，字里行间透出一种面对历史文物的把玩性、散漫性。

　　然而，在杨炼的《大雁塔》中，杨炼把大雁塔比拟成一个人，一个士兵，"他"的身躯上铭刻着"千百年的苦难、不屈和尊严"。而大雁塔与"我"这一主体意象紧密相联，正如诗中所写："我被固定在这里／已经千年。"[02] 大雁塔更是在"我"的深思和体验中，走过了历

[01]　韩东：《有关大雁塔》，唐晓渡、王家新编选：《中国当代实验诗选》，春风文艺出版社1987年版，第204—205页。

[02]　杨炼：《大雁塔》，《花城》1981年增刊5。

史的千年沧桑，承载了民族的沉痛和悲伤，并以一种更坚强的姿态面向未来，"我像一个人那样站在这里，一个 / 经历过无数痛苦、死亡而依然倔强挺立的人 / 粗壮的肩膀，昂起的头颅 / 就让我最终把这铸造噩梦的牢笼摧毁吧 / 把历史的阴影，战斗者的姿态 / 像夜晚和黎明那样连接在一起"[01]，"我的青春将这样重新发芽 / 我的兄弟们呵，让代表死亡的沉默永久消失吧 / 像覆盖大地的雪——我的歌声 / 将和排成'人'字的大雁并肩飞回，和所有的人一起，走向光明"[02]。在杨炼的诗歌中，主体从历史走来，并向未来延伸，而当下也充满了崇高的意味，大雁塔被赋予净化人的灵魂的强大功能。韩东的诗歌恰恰与此相反，在《有关大雁塔》中，我们根本找不到"我"的主体性，更谈不上将"我"与历史的承担相结合，而那些上上下下的人，也并非什么英雄好汉，只是一些普通人，无论如何，大雁塔只是一个普通的建筑物。

这两首诗的差异正好体现出"朦胧诗"与"新生代诗"之间的巨大差异。对大多数出生于 20 世纪 60 年代的"新生代诗人"而言，他们成长的时代，正好是信仰遭遇实用主义、虚无主义及散漫情绪挤压的时代，政治伦理或历史责任对他们来讲，更多地表现了一种公众的狂欢气质，所以，他们的叙事不可能接受那种雄辩式的、崇高式的、宣告式的语言模式，此时，"朦胧诗"那种"主体性"以及对国家、历史的"集体经验"的叙事方式，自然成了他们反叛的对象。韩东的《有关大雁塔》不光消解了杨炼的《大雁塔》的意义，还消解了"朦胧诗派"所着意渲染的诗要肩负的改造社会的崇高使命，甚至消解了诗的意义。因为在他们看来，诗就是诗，它没有什么意义。否则，它就不配称为诗。

与"朦胧诗"所遭遇到的崇高精神、社会使命的消解相生的，便是其语言表述方式上遭遇的消解。"新生代诗"大多习惯于从平淡的日常生活中建构诗意。比如，像韩东就在《我们的朋友》（1985 年）中写道：

　　我的好妻子

---

[01]　杨炼：《大雁塔》，《花城》1981 年增刊 5。
[02]　杨炼：《大雁塔》，《花城》1981 年增刊 5。

我们的朋友都会回来

朋友们还会带来更多没见过面的朋友

我们的小屋子连坐都坐不下

我的好妻子

只要我们在一起

我们的朋友就会回来

他们很多人都是单身汉

他们不愿去另一个单身汉的小屋

他们到我们家来

只因为我们是非常亲爱的夫妻

因为我们有一个漂亮的儿子

他们要用胡子扎我们儿子的小脸

他们拥到厨房里

瞧年轻的主妇给他们烧鱼

他们和我没碰三杯就醉了

在鸡汤面前痛哭流涕

然后摇摇晃晃去找多年不见的女友

说是连夜就要成亲

得到的却是一个痛快的大嘴巴

我的好妻子

我们的朋友都会回来

我们看到他们风尘仆仆的面容

看到他们混浊的眼泪

我们听见屋后一记响亮的耳光

就原谅了他们 [01]

作者以一种不动声色的"冷静的""平铺直叙的"语调，拉拉杂杂地向妻子叙述了生活，叙述了那群朋友，在妻子这里找到了生活的可爱和温柔。在这些诗歌中，诗人们消解崇高的背后，是还原某种本相，拒绝象征，从日常生活中去发现诗意的诗情。

---

[01] 韩东：《我们的朋友》，唐晓渡、王家新编选：《中国当代实验诗选》，春风文艺出版社1987年版，第206页。

　　于坚和伊沙等人则明确摆出了民间立场，倡导平民意识，以激进的方式与传统抒情言志诗歌决裂，他们以一种直白的口语化的方式书写关于日常生活经验的诗歌。比如，于坚在其《尚义街六号》（1986 年）中直接呈现了这样的生活场景：

　　　　尚义街六号
　　　　法国式的黄房子
　　　　老吴的裤子晾在二楼
　　　　喊一声　胯下就钻出戴眼镜的脑袋
　　　　隔壁的大厕所
　　　　天天清早排着长队
　　　　我们往往在黄昏光临 [01]

　　从房子、裤子到脑袋、厕所，诗选取了种种日常生活意象，甚至是一些日常生活中很不雅的意象，一点点地展示了凡俗的人生。这样的诗风追求，正如于坚自己所说："诗歌已经到达那片隐藏在普通人平淡无奇的日常生活底下的个人心灵的大海。" [02]

　　西川、王家新、欧阳江河等人则以"词语"为手段，通过关注社会生活过程，来切入世界的本质。比如，欧阳江河在其诗歌《手枪》（1985 年）中与读者玩起了文字游戏：

　　　　手枪可以拆开
　　　　拆作两件不相关的东西
　　　　一件是手；一件是枪
　　　　枪变长可以成为一个党
　　　　手涂黑可以成为另一个党
　　　　而东西本身可以再拆
　　　　直到成为相反的向度

---

[01]　于坚：《尚义街六号》，《诗刊》1986 年 11 月。
[02]　于坚：《诗歌精神的重建———一份提纲》，陈旭光编：《快餐馆里的冷风景——诗歌诗论卷》，北京大学出版社 1994 年版，第 260 页。

世界在无穷的拆字法中分离。[01]

　　看似一段充满游戏意味的语言，却以枪为拆解口，指向世界本相的充满哲理性的思考，枪的背后包含的是暴力，是世界的破坏和组合，而这样的一种表达方式，是之前众多诗人和诗歌不曾有过的。

　　此外，以翟永明、伊蕾、唐亚平等为代表的一群女性诗人，她们的作品明显地体现出她们的女性气质及个体生命体验。与舒婷等作家相比，她们在女性经验和女性意识的表达上，更注重展示女性的身体和心理的隐秘。翟永明以《女人》组诗（1985 年）等作品，展开了女性丰富而又充满原始感的生命体验，揭示了女性的令人窒息的生存真相。伊蕾则通过《独身女人的卧室》（1987 年），大胆又直白，甚至有点惊世骇俗地表达女性对男权社会的反抗。比如，她在《独舞者》（1988 年）中如此描述："每一块肌肉都张开口／发出尖锐的嚎叫／把你屈辱的历史对着天空说"[02]，"挣扎着的肉体／要把心灵和皮肤撕裂的肉体／把空气撕裂的肉体／落入了噩梦"[03]。这群女诗人充满"极端"气质的抒写，不断将女人推向个体自我的小小内心世界，去展示肉体和内心所有的疼痛和渴望，以表明女人之为女人的独特经验。

　　可以说，"朦胧诗"因不满统一的诗歌现状而发出了艺术变革的呼声，并以努力寻求具有个体特征的表达方式来建构其独特的艺术世界。"新生代诗"则同样以不满文坛诗歌现状为由，力图打破文学的惯例以及"北岛们"造成的"影响的焦虑"，极力彰显其"反叛"的姿态，以一种散乱又集群式的方式向文坛发出声音。这是由"新生代诗人"独特的历史经历决定的，他们不仅较少受政治意识形态主导的政治、伦理、文化等观念的束缚，同时，他们置身于一个有多元文化景观和多种选择的文学环境之中，市场经济带来的价值观念的冲击，以及西方文化、哲学、艺术观念的影响力在他们身上都有更强的表现。在诗歌表达自由的心声上，他们拥有更强的主体意识和自由度；在诗歌语言上，他们追求在诗歌语言形式与生存或自我生命本质间建立更直接的关系。

诗歌理论家唐晓渡曾说："时过境迁回头看，再不怀旧的人大概都会认可，80 年代是一个诗的黄金年代，也许是新诗最好的年代。一位老诗人曾经断言，迄今为止的新诗人，将来能站得住的恐怕也就三四十个，而 80 年代出来的会占到半数左右。" [01] 在一个内心追求诗性的年代里，以诗歌的方式表达内在的情绪，已成为时代的一种流行方式。"朦胧诗"是批评界对其中一类诗人的命名，它的出现不仅代表着一种新的诗歌表达方式的出现，更代表着 20 世纪 80 年代人们对文坛新诗的一种呼唤，这种呼唤也持续到了其他更年轻的诗人身上。所以，尽管以归类的方式总结 80 年代的诗歌是理论界为了梳理门派林立的 80 年代诗歌的权宜之计，但它足以说明 80 年诗的繁盛之景。或许，历史将最终选择出哪些诗人能在文学的星河中发出璀璨光芒，但是在 80 年代，一个诗人无论以什么样的语言、什么样的方式发声，都充满了诗性的激情，这是一个值得怀念的诗情岁月。

---

[01]　新京报编：《追寻 80 年代》，中信出版社 2006 年版，第 98 页。

第五章 "人道主义"思潮：
历史羁绊中的"人学"想象

第一节　交错于文学与道德层面的议题

　　70 年代末期开始，影响了整个 80 年代乃至持续到 90 年代的关于"人道主义"话题的讨论，无疑是研究者思考 80 年代文学不可回避的问题。现在看来，虽然这场论争的激烈程度让人匪夷所思，但大量论争的材料，却实实在在地表明当时文艺界乃至非文艺界人士参与讨论的热情。比如，余世谦、李玉珍等编著的《新时期文艺学论争资料》一书"关于异化论、人性论、人道主义、异化问题"一章中，列举的文章索引目录有千余篇。有评论者也直接做出了这样的统计："1980 年讨论文章大量出现，到 1983 年，发表的有关人性、人道主义和异化的文章有 700 多篇。1984 年达到高潮，一年之中约有 500 余篇，这类文章见诸全国大大小小的报刊。经过一个短期的平静，到 1986 年之后，这场讨论重又'升温'，至今仍然吸引着许多研究者和社会的关注。"[01] 同时，人民出版社汇集一批具有代表性的讨论文章，先后出版了《人是马克思主义的出发点》(1981 年)、《关于人的学说的哲学探讨》(1982 年)、《人性、人道主义问题讨论集》(1983 年)等专集。有意思的是，现在看来，当时争论不休的诸多话题，缺少理

---

[01]　虞祖海：《关于文学与人性、人道主义的讨论综述》，《文艺理论与批评》1991 年第 3 期。

想象、建构及限制——20世纪80年代中国文学史论

《人是马克思主义的出发点》（1981年版）　《关于人的学说的哲学探讨》（1981年版）　《人性、人道主义问题讨论集》（1983年版）

论的深度和新鲜感，甚至有种已经随着社会的变迁而丧失了意义的消解感，但是，我们依然无法抹除这一话题已成为"新时期文学"想象的重要的一部分的事实。因而，我们面临的问题不是延续 80 年代的讨论继续完备"人道主义"这一概念，而是试图通过这些纷繁复杂的争论，梳理这一场讨论到底怎样参与了 80 年代文学史的建构进程，以及它如何影响了文学的表述方式。

程光炜在反思 80 年代文学的过程中，将人道主义讨论视作"一个未完成的文学预案"加以论述，他说："由于时代的'局限'，多数围绕其展开的探讨最后都因政治因素的干扰而被迫搁浅，无法深入下去。特别是当问题一旦触及某些根本性的命题，而这一推进又将使学术界对人道主义探索的历史困境和现实意义有整体性的反思，并因此而产生一批突破性的、高水平的研究成果时，另外因素就会做出特别强烈的反应，迫使其偏离正常的轨道。因此可以认为，人道主义讨论实际是一个最终流产的未完成的'文学预案'。"[01] 这段论述表明论者站在历史发展的脉络中对学界所进行的人道主义讨论做出审视时，看到了讨论中诸多非文学性的因素，特别是政治因素的干扰，并对人道主义这一问题的讨论偏离了正常的轨道而无法深入地展开表示遗憾。这一论述也明确了 80 年代人道主义讨论所具有的非文学性议题的存在要素，而这些因素的存在是 80 年代"新时期文学"想象的重要特征，与文学发展构成了不可分割的紧密性，可以说，80 年代的人道主义议题的出场本身就具有很强的"非文学性"，这与中国文学历史

[01] 程光炜：《人道主义讨论：一个未完成的文学预案》，《文学讲稿："八十年代"作为方法》，北京大学出版社 2009 年版，第 149 页。

处境有关，也注定了关于人道主义讨论本身就背负了沉重的包袱。

在 1979 年《文艺研究》第 3 期上发表的朱光潜的《关于人性、人道主义、人情味和共同美问题》一文作为人道主义问题讨论发生的背景及重要因素备受研究者的关注。在此文中，作者以当前文艺界要解放思想、突破历史禁区为出发点，认为"人性""人道主义""人情味""共同美感""人物性格"等都是当前所要突破的禁区。作者将人性定义为"人类的自然本性"。他说："什么叫作'人性'？它就是人类的自然本性。古希腊有一句流行的文艺信条，说'艺术摹仿自然'，这个'自然'主要就指'人性'。西方从古希腊一直到现代还有一句流行的信条，说文艺作品的价值高低取决于它摹仿（表现、反映）自然是否真实。我想不出一个伟大作家或理论家曾经否定过这两个基本信条，或否定这两个信条的出发点'人性论'。"[01] 另外，在人性与阶级性的关系上，作者认为："马克思正是从人性论出发来论证无产阶级革命的必要性和必然性，论证要使人的本质力量得到充分的自由发展，就必须消除私有制。因此，人性论和阶级观点并不矛盾，它的最终目的还是为无产阶级服务。"[02] 因而，实际上，作者是将人性作为与阶级性相对立的层面提出来的。朱光潜的文章对阶级性为至高原则的理论的反思在当时看来是重要而正合时宜的。但是，也正是这个与"阶级性"相对的"人性"以及与此相关的"人道主义""共同美感"等话题，引发了许多人的尖锐批评，而批评的重心也主要集中于这一观点是否忽视了马克思主义所认为的阶级性。其中，比较有代表意义的是计永佑的文章，他说："在阶级社会中，人性有两个方面，一是阶级的人性……另一是共同的人性，即各个阶级的人们共有的属性……"[03] 借助马克思主义的资源，计永佑批评了朱光潜的观点，认为："朱光潜同志认为人性论与阶级论不矛盾。这似乎全面了些。可是如果按照朱光潜同志的说法，那就只能理解为调和论，而实质上是把人性论与阶级论对立起来了。"[04] 并且，他认为："我们知道，'人道主义'和'人性论'一样，都是阶级的思想体系。就拿古今中

[01]　朱光潜：《关于人性、人道主义、人情味和共同美感问题》，《文艺研究》1979 年第 3 期。

[02]　朱光潜：《关于人性、人道主义、人情味和共同美感问题》，《文艺研究》1979 年第 3 期。

[03]　计永佑：《两种对立的人性观——与朱光潜同志商榷》，《文艺研究》1980 年第 3 期。

[04]　计永佑：《两种对立的人性观——与朱光潜同志商榷》，《文艺研究》1980 年第 3 期。

外的伟大的文艺作品来说，之所以伟大，绝不是由于体现出了'人'的'尊严'，而是表现出了进步的人民性或进步阶级的要求。"[01] 计永佑的论述显然强调阶级性的重要性，在"人性"与"阶级性"的概念中，始终不曾放弃"阶级性"的重要地位。从朱光潜和计永佑的不同论述中，我们也可以看出，在"人道主义"这个问题上，大家所纠结不清的一个问题是"人性""人道主义"这样的概念相较于"阶级性"的概念，应该如何放置自己的位置，或者说，如何给社会主义的阶级性寻找一个位置。

这样的议题，现在看来并不新奇，也并不具有尖锐性，然而，在70年代末80年代初的中国文坛却反响强烈，这是由当时的中国社会背景以及意识形态转变的复杂性所决定的。尽管刚刚过去的"文化大革命"已经作为批判和否认的对象被文艺界所叙述，但实际上，自40年代以来形成的阶级论的观点一直占据着十分牢固的位置，因为它始终被放置在一个是否认同国家性质及体制的高度来看待。因而，这注定了80年代关于人道主义的讨论是一场事关"主义""道德""政治"话语的讨论，这也是中国长期以来的文学语境所必然带来的结果。

1983年，在马克思逝世一百周年纪念活动中，周扬发表长文《关于马克思主义几个理论问题的探讨》而引发了激烈讨论。这次讨论将"人道主义"问题推向了有政治高层人物参与进来，涉及思想是否正确、是否会产生严重的政治后果等问题上来。在周扬看来，社会主义存在着"异化"，社会主义"异化"与资本主义"异化"根本不同，社会主义制度本身存在克服"异化"的条件，"改革"是克服社会"异化"之途等。[02] 据一些人回忆，周扬做此探讨确实是"想对马克思主义的研究做些科学探索，力求在理论上有点新意"。[03] 然而，虽然是力求理论探索上有新意，但问题本身在那个时代具有的特殊性，使其并未摆脱受批评的命运。到了1984年1月3日，在中

---

[01] 计永佑：《两种对立的人性观——与朱光潜同志商榷》，《文艺研究》1980年第3期。

[02] 王若水在《周扬对马克思主义的最后探索》一文回忆了报告情况，认为报告将框架分为四个部分，其中只是第四部分"马克思主义与人道主义的关系"突出了"异化"的问题。参见袁鹰、王蒙编：《忆周扬》，内蒙古人民出版社1998年版。

[03] 顾骧：《此情可待成追忆——我与晚年周扬师》，参见袁鹰、王蒙编：《忆周扬》，内蒙古人民出版社1998年版。

央党校的一次讲话上，胡乔木直接批评了异化论的观点，并且，以长文的形式发表，题目为《关于人道主义和异化问题》，认为"在谈论社会主义异化的文章中，有的实际上已经根据这个概念的逻辑，引出了结论，说社会主义的政治、经济、思想领域处处都在异化，说产生这些异域化的根本原因不在别处，恰恰就在社会主义制度本身"[01]。显然，这里明确将社会主义异化问题视为一个是否坚持社会主义制度的问题。如果结合在此之前刚刚开展过的"清除精神污染运动"，这是对文化思潮中出现的

《关于人道主义和异化问题》（1984 年版）

"自由化"倾向的敏感性的延续，而这种敏感性也自然而然地将问题引向了理论探索之外的政治敏感性的层面。实际上，在胡乔木对周扬的文章进行批评之前的种种关于"人道主义"与"异化"问题的探讨中，已经表现出了"异化"为一个关涉思想立场正误、道德观念是非的理论问题的特征。

从上述论争中，我们不难发现，在 80 年代人道主义探讨的历程中，借用马克思主义的观点来支撑自己关于人道主义的认识，乃至于探讨马克思主义是否存在人道主义等问题，一直是 80 年代初期人道主义探讨的重要部分。比如，汝信的《人道主义就是修正主义吗？——对人道主义的再认识》[02]、王若水的《为人道主义辩护》[03]、邢贲思的《关于人道主义的若干问题》[04] 等具有代表性的文章，无不是以马克思探讨阶级性这一问题为出发点来定义人道主义的。汝信在文章中明确指出："马克思主义应该包含人道主义的原则于自身之中，如果缺少了这个内容，那么它就可能会走向反面，变成目中无人的冷冰冰的僵死教条，甚至可能会成为统治人的一种新的异化形式。"[05] 反对者持马克思主义与人道主义相互对立的观点，反对将马克思主义归属于人道主义的范畴，认为："这就是西方资产阶级企图通过这种途

---

[01] 胡乔木：《关于人道主义和异化问题》，《理论月刊》1984 年第 2 期。

[02] 汝信：《人道主义就是修正主义吗？——对人道主义的再认识》，《人民日报》1980 年 8 月 15 日。

[03] 王若水：《为人道主义辩护》，《文汇报》1983 年 1 月 17 日。

[04] 邢贲思：《关于人道主义的若干问题》，《世界历史》1987 年第 5 期。

[05] 汝信：《人道主义就是修正主义吗？——对人道主义的再认识》，《人民日报》1980 年 8 月 15 日。

径，抹煞马克思主义同资产阶级意识形态之间的根本差别，阉割马克思主义的革命的灵魂。"[01] 就当时的许多论述而言，关于马克思主义与人道主义的认识还停留在较肤浅的层次，因为大多数评论者，他们更多的是想从马克思主义的理论阐释中去确立人道主义的可能性，找到社会主义提倡人道主义的可靠性。实际上，"二战"结束以后，关于马克思主义与人道主义的关系问题成了国际性问题，经历了战争的残酷、法西斯暴行及斯大林主义之后，许多知识分子开始思考人类生存中的人道主义问题，他们开始特别关注马克思主义中关于人的异化等问题。当然，这些西方的研究成果对我国人道主义的研究也是有影响的，只是囿于特殊的政治立场或视角，而使得我们的论题始终纠缠于一些与社会性质有关的内容上。

纵观中国的文学史，这样的探讨与时代语境密切相关，并且，在中国当代社会语境中，关于此问题的探讨实际上一直处在一种范畴界定不清晰的状态中，人们常常将哲学层面的问题与社会制度层面的问题相互混淆，这一点实际上早已有研究者指出。比如，钱谷融先生在20世纪50年代发表的《论"文学是人学"》（1980年）一文中论述人道主义时，曾将其区分为历史思潮的人道主义和人类普遍精神的人道主义，他说："人道主义，作为一种思潮来说，虽是十六、十七世纪时在欧洲为了反对中世纪的专制主义而兴起的，但人道主义精神、人道主义理想，却是从古以来一直活在人们的心里，一直流行、传播在人们的口头、笔下的。"[02] 在这里，论者明确指出作为人类普遍精神的人道主义是另一个概念，然而，在中国的历史进程中，并没有让我们充分认识到这一点，以致讲到人道主义就将其简单地与反对阶级论相互联系在一起，久而久之，反而丧失了对人道主义精神的关怀。

如果由五四时期所建构的"人道主义"话语流变来看，中国"人道主义"话语的产生本身就是20世纪中国启蒙知识分子之启蒙话语的重要组成部分，在20世纪知识分子追求自由和民族富强的时代，它是知识分子确立自我的主体地位的重要组成部分。比如，在胡适的小诗《人力车夫》（1918年）中，以乘客与车夫对话的形式，表达了

[01] 邢贲思：《关于人道主义的若干问题》，《世界历史》1987年第5期。
[02] 钱谷融：《论"文学是人学"》，参见《钱谷融文论选》，上海文艺出版社2009年版，第41页。

车夫的凄苦生活，也表达了乘客对车夫的怜悯，小诗以直白的方式，体现了知识分子对劳苦大众的最朴素、简单的人道主义关怀。周作人的《人的文学》（1918 年）则对人道主义观念有了更深入的解释，他认为人道主义是个人主义的"人间本位主义"，强调中国新文学必须以人道主义为本，观察、研究、分析社会诸问题，强调文学是人性的，是人类的也是个人的。中国的新文学也以此奠定了包含"个人"内核的人道主义思想，然而，随着无产阶级革命和民族解放斗争的开展，这种"个人"内核的人道主义与"革命人道主义"发生了越来越激烈的冲突。有评论者这样论述："随着无产阶级革命和民族解放斗争的不断展开以及最终胜利，'革命人道主义'中的'阶级'话语和'民族'话语自然取得了绝对优势并且不断地走向'偏至'，最后仅仅剩下了'救死扶伤'和'优待俘虏'之类的'超阶级'话语。而在 1949 年以后的'左'倾时期，特别是'文化大革命'中，'革命人道主义'中的'人道'内容横遭践踏，'人道'完全为偏执发展的'阶级'之道和'政治'之道所取代，'人'也变成了彻底的'突出无产阶级政治'的'政治动物'。"[01] 尽管中华人民共和国成立以后，我们的知识分子们也不曾缺失过对人道主义精神的坚守，但实际上，中国历史的流变和政治环境，总是让人们谈论它时带上了某种强势的政治意味。新时期之初的作品中体现出的人道主义关怀，也正是经历了历史苦难之后的知识分子力图建构自己的主体性，并以此对政治意识形态话语进行突围的表现。也就是说，人道主义话语正是知识分子建构自身的身份及存在感的话语，是经历了历史重大灾难之后的一种需求，一方面，知识分子通过人道主义的话语安抚着这代人曾经受过伤害的心灵，另一方面，通过人道主义话语展示知识分子在历史伤痛过后发言的可靠性和可为性。正所谓："我们认为'新时期'之初的'伤痕''反思'小说中的人道主义话语，正是知识分子在巨大的历史灾变之后的新的历史时期又一次力图建构自身话语体系的顽强努力，是知识分子话语试图超越极'左'的甚至是'新时期'的政治意识形态话语的'话语突围'，它既是对中国现代知识分子话语传统的历史性承续，也是'文革'后知识分子话语的最初源起，也正因此，它

---

[01] 许志英、丁帆主编：《中国新时期小说主潮（上卷）》，人民文学出版社 2002 年版，第 144 页。

才具有着不容忽视的历史意义以及不可避免的历史局限。"[01] 在这里，论者所指的局限性指的是此时期人道主义话语具有的反"左"的功能性或任务性，使其与"革命人道主义"话语间又构成了很大的联系，甚至是仍属于"革命人道主义"话语，这样的观点也是不无道理的。

因此，作为历史的反思，我们如何看待 80 年代人道主义的讨论就成为一个很重要的问题。无论是许志英他们所说的"革命人道主义话语"，还是钱谷融所说的"思潮"与"人道主义精神"的区分，一定意义上，七八十年代之交的这场论争，重心不是关于人类普遍精神的人道主义精神的论争，更多地体现了中国独特的历史思维的延续性及时代思潮的特色。也就是说，这场将人道主义问题纠葛于社会主义制度问题的探讨，展开对"文化大革命"的极"左"路线的历史批判时，实际上也限制了自己的视界。历史虽然没有延续当年钱谷融先生因提出"文学是人学"而遭受漫长批判的事件，然而，70 年代末 80 年代初这一时期的争论依然没有跳出历史的限制，未能将人道主义作为一种普遍的精神来探讨。这场讨论所关心的主题与其说是作家们应该抱着怎样的人道主义精神关怀现实，不如说是批评家们深陷道德与制度的限制中不能自拔。从这一层面而言，历史的语境再次决定了当时的人道主义话题的探讨具有强烈的"历史思潮性"，当然，时代毕竟已发生了变化，人道主义的存在形态已发生了变化，特别是在一些文学作品中，在叙事的层面体现出了人道主义精神的回归。

---

[01] 许志英、丁帆主编：《中国新时期小说主潮（上卷）》，人民文学出版社 2002 年版，第 145 页。

第二节　文学作品中的人道主义情怀

　　在一个正常的、充满理性精神的社会中，"文学"与"人学"之间的关系会以一种极为自然的方式呈现出来，正如钱谷融先生所说："在文学领域内，既然一切都是为了人，一切都是从人出发的，既然一切都决定于作家怎样描写人、怎样对待人，那么，作家的美学理想和人道主义精神，就应该是其世界观中对创作起决定作用的部分了。"[01] 这样的一个命题，在刚刚过去的 50—70 年代的文学语境中，曾经作为一个关涉政治立场正误的敏感性问题而受到压抑，然而到了 80 年代的中国文坛，问题的处境迅速反转，"文学是人学"成为一个不证自明的认知。比如，刘再复曾说："聪慧的作家意识到文学的命运与人的命运是息息相关的，因此，便有'文学是人学'的不朽命题产生。这个命题的重要性和正确性几乎是不待论证的。"[02] 七八十年代之交，文学作品中表现出的人道主义情怀是"文学是人学"成为"不待论证"的问题的推动力。可以说，当时的文坛，不管如何热烈地纠缠于马克思主义如何论述人道主义或社会主义是否有"异化"这样的问题，不得不承认的一点是，对于刚刚过去的那段苦难历史的叙

---

[01]　钱谷融：《〈论"文学是人学"〉一文的自我批判提纲》，《文艺研究》1980 年第 3 期。

[02]　刘再复：《论文学的主体性》，《文学评论》1985 年第 6 期。

述，文学作品多多少少体现出人道主义的关怀。当然，必须补充说明的是，因中国独特的历史原因使我们关于人道主义的认识并没有脱离中国的历史羁绊。比如，像"伤痕文学""反思文学"思潮，人们试图通过人道主义的关怀来阐释和关注人们在历史事件中所受的伤害。许多作家也明确提出了以人为中心、以人为目的的观点，呼唤人的尊严和价值，这样的作品给我们的"人学"探讨开辟了新的空间，但整体上看，作家们在书写人的价值时，始终没有脱离政治意识形态所认定的"伤害"和"人的价值"，在试图延续五四新文化运动提出的关于人的解放传统时，很少将人的个体性或人的个体价值放在中心位置，在理论上的探讨更忽略了这一点，或者说规避了这一点。所以，对 80 年代的人道主义的提倡者们而言，他们所处的环境使他们在理论的探讨上，更试图从宏观上去反对阶级斗争学说，而不是关注个体性的人的价值。不过，尽管从现代性的角度来讲，此时期大部分作品对刚刚过去的苦难历史和人生的关怀的视野和立场有历史的局限性，然而，存在本身已经体现了七八十年代之交文学艺术作品的"人学"叙事。

"伤痕""反思"文学的代表作是"人道主义"关怀的集中体现者。这些作品普遍以"文化大革命"中的知识分子、官员、知青的受迫害经历为表述对象，以揭露这场政治斗争对人的身体和尊严的伤害、对人的生命的残害，借助人道主义的关怀体现出作者对这场历史灾难的批判、反思意识，以及对人的主体性的呼唤意识。其中，《人啊，人！》（1980 年）是典型的代表作，作者在后记中如此写道："原来，我是一个有血有肉、有爱有憎、有七情六欲和思维能力的人。我应该有自己的人的价值，而不应该被贬抑为或自甘堕落为'驯服的工具'。"[01] 像戴厚英这样在"文革"中当过批判运动的执行者和"时代先锋"的作家，普遍以重新发现"人的价值"并摆脱"驯服的工具"为思想的根本出发点，重新找

《人啊，人！》（1980 年版）

[01] 戴厚英：《人啊，人！》，花城出版社 1980 年版，第 357 页。

到了生存的价值以及忏悔的可靠性。这里的"人"既反对"文革"中不尊重生命的行为，又建构了爱憎、七情六欲等感性体验的可靠性，从而彰显了人的意义和价值。在小说中，作者在叙述各个人物的经历时，也无不体现出这种深切的关怀，不管是对受迫害者还是对施害者，作者都给予了深切的同情。这部作品的创作动机中便包含了强烈的呼唤人道主义的意识。

张贤亮的作品因为集中于人性需求的描述而充满了人道情怀。比如，《邢老汉和狗的故事》（1980 年）写了一位老人的孤苦人生。作为普通农民的邢老汉对生活只有最基本的要求，即希望有个伴，但是生活给了他无尽的伤害，先是两任妻子相继离去使其无所依靠，只能与狗相依为命，最终连狗也被打死了，这折射出一个人充满悲剧的人生。有意思的是，这不仅是一个简单的写人的一生悲苦的作品。小说在故事情节的设置上，始终无法剥离与历史事件的联系，像邢老汉第一任妻子的死与第二任妻子的逃离，乃至狗的被捕杀，都与特定时代所发生的政治事件相关，体现了人与人之间的冷漠及人情的丧失。作品对邢老汉的悲苦人生充满了同情和人道主义的关怀，也使作品充满了一层动人的光彩。张贤亮写的那些明显有着作家本人经历的影子的作品，如《灵与肉》（1980 年）、《土牢情话》（1981 年）、《绿化树》（1984 年）、《男人的一半是女人》（1985 年）、《习惯死亡》（1989 年）等，则以创伤记忆为题材，通过正面描述苦难经历，使历史的创痛得以呈现，并体现出对苦难人生充满人道主义情怀的安抚感。像《绿化树》《男人的一半是女人》大胆展示食与性的饥饿，表现了畸形年代里人性的扭曲。主人公章永璘作为一位知识分子，在食物极其匮乏及生存环境极其恶劣的年月里，从马缨花、黄香久这样的乡村女性那里获得了食与性的满足，并且，在生理层面的需求满足之后，又重新感觉到了精神需求的饥渴。章永璘的人生需求的变动，可谓对马斯洛关于人的需求层次理论的生动解读。而作为阅读者及评论者，我们在小说中看到作者如此直面地展示一位知识分子的心路历程时，他所秉持的正是对人的需求层次变动的认同，这种认同带有显著的人道主义情怀。

关于爱情、亲情主题的叙述成为此时期文学作品中体现人道主义情怀的重要内容。张洁的《爱，是不能忘记的》（1979 年）、《方舟》

（1982年）、《祖母绿》（1984年）等关注女性生存境遇的作品，集中体现了这一特征。作品往往以过去的动荡年月为故事发生的背景，通过女性知识分子的经历，来执着地探索爱情婚姻生活的真谛。像《爱，是不能忘记的》中的女作家钟雨与老干部二十多年来的精神之爱，是一曲充满理想主义色彩的爱情悲歌。《方舟》中的主人公荆华、梁倩、柳泉等毅然地做出了自己的爱情选择，成为动荡社会中坚守自己人生价值取向、保持女性自身独立人格的代表。小说对知识女性的生存困境，特别是情感困境做出了自己的独特思考，显示出穿越世俗范本的爱情理想。《祖母绿》则塑造了一位重情重义，融理性、智慧、坚毅及牺牲精神于一体的知识女性曾令儿。她不仅以极大的牺牲精神为爱情付出了青春，并且在面对爱人的怯懦和自私时，能以一种博大的女性之爱消弥一己恩怨，从而使爱达到了净化灵魂的至高境界。张洁的作品散发着浓郁的理想主义气息，但也正是这些充满理想色彩的爱情，显著地传达出作家对爱情的理解及知识女性独立精神的追求，爱的觉醒成为传达"人"或者说"知识女性"的人道情怀的中心主题。

此外，除了倾诉苦难，一些作家也通过对美好人性、人情的赞美，来体现人道主义的情怀。比如，张承志的《骑手为什么歌颂母亲》（1978年）和史铁生的《我的遥远的清平湾》（作品初刊于《青年文学》1983年第1期，1985年北京十月文艺出版社出版）等作品，表达了隐含在普通老百姓身上那种人性中的坚强、温情和宽厚。《骑手为什么歌颂母亲》塑造了一位默默无闻的蒙古额吉（母亲）的形象，她质朴又无私的爱，传递出一种不是母子胜似母子的亲情。《我的遥远的清平湾》以情思绵长的温情之笔回忆了"我"在清平湾的插队生活，物质的贫困与农民的勤劳、纯朴、善良伴随着"我"度过了三年的插

《我的遥远的清平湾》（1985年版）

队生活，农民以关怀与理解接纳了知青，相应地，知青也向这群质朴的人袒露了自己的真心。小说以充满人道主义温情的情感叙说了一段清新而又充满辛酸的生活。可以说，在80年代初期的文坛上，当大量作品在叙述人道主义主题时，将叙述的重心转向历史的苦难或人性

的磨难的时候，史铁生却将其叙述的重心转向对美好人性的发掘，在物质和精神的困顿中寻找一种存在的温情，因而他的作品显得温厚而纯净，超越了典型意义上的"伤痕""反思"文学作品，有种淳厚的人性之美。

可见，在文学作品中，人道主义的主题作为作家们塑造"人"的形象的需要被呈现出来。作家们在批判阶级斗争以及寻找突破阶级性限制的人生的表述中，表达了对苦难人生的同情，对经历苦难的人群的坚毅品格的赞扬，同时，也探寻着人内心情感的丰富与坚守的意义，从而体现出深切的人道主义关怀。实际上，"新时期"之初，"伤痕文学""反思文学"作品中出现的这些人道主义话语，是经历了历史大灾难之后的知识分子确立自我主体意识的一次话语建构，他们试图寻找人道主义情怀来突围长期以来政治意识形态话语的规约，延续五四新文化运动所建构的知识分子的人道及理性传统。

想象、建构及限制——20世纪80年代中国文学史论

第三节 "文学主体性"话语与人道主义精神取向

在 80 年代文学作品的表述中，实际已经流露出了人道主义精神的某种精神取向，彰显人的主体性。无论是《班主任》（1977 年）式的发出救救孩子的呼声，还是《方舟》式的追求女性独立的人格，抑或《绿化树》式的毫不掩饰地表达人在食与性方面的需求，我们的人道主义在阐释人的内核的时候，有一个中心是：批判"文化大革命"及更早时期的政治意识形态对人的个体、个性的残害及压抑，突破集体化概念下的人性界定，寻找人之为人的价值和尊严，即寻找人的主体性。此时，文艺理论界由刘再复提出的"文学的主体性"问题以及引发的激烈的论战，正是这种人道主义追求人的主体性的显现，也显示了在文学研究上对以"人"为中心的文学主题的确证，有评论家甚至将其视为 80 年代人道主义思潮的转折性标志。比如，贺桂梅说："可以说，围绕着'文学的主体性'问题的论争，在两个层面上可以被视为 80 年代人道主义思潮的转折性标志。标志之一在于，它显示了人道主义话语与正统马克思主义话语在知识界的位置，与 80 年代初期相比，已经发生了结构性的转变；标志之二在于，它显示出人道主义话语已经取代了马克思主义的政治经济学话语，而成了逐渐成

形的新的人文学科知识体制的新范式。"[01] 如果将刘再复的"主体性"理论放回当时的历史语境中考察，则将再次确证 80 年代的人道主义精神取向。

刘再复在《文学研究应以人为思维中心》（1985 年）一文中，提出："现在文艺科学的变革有两个基本的内容，一是以社会主义人道主义的观念代替'以阶级斗争为纲'的观念，给人以主体性的地位；一是以科学的方法论代替独断论和机械决定论。"[02] 也就是说，在文学研究中，首先确立人的主体性观念，并具体至"所谓主体，对于整个文学创作过程来说，包括三种意义，一是作为创造主体的作家；二是作为对象主体的人物；三是作为接受主体的读者"[03]。可见，从文学生产至消费的任何层面都以人为中心，确立人在创作、消费乃至叙述对象上的中心地位。在《论文学的主体性》一文中，则将这种以人的主体性为中心的观点做进一步阐释。在"文学是人学"这一问题上，认为"文学不仅是某种个体的精神主体学，而且是以不同个性为基础的人类精神主体学。正是这样，文学无法摆脱最普遍的人道精神"[04]。并且，将主体性界定为人的主观能动性时，明确了文学创作中对人的内心的表达，并将人对内宇宙的认识视为人对自身认识深化的结果。比如，文中写道："现在，人类正在深化对自然的认识，而要深化对自然的认识，必须同时深化对人自身的认识。因此，人类认识能力的重心，正逐渐转移到对人的内宇宙的认识，研究人的主体性已成为历史性的文化要求，不管是自然科学还是社会科学，它们的求知欲和创造欲都正在投向人自身。"[05] 如果说，刘再复的人道主义在论述逻辑上只是重复了以人为中心的价值观，那么在对人的个体主体性的"内宇宙"上的认识，却拓宽了人的主体性的内涵，无论是发掘创作题材，还是认知自我的多层面性，都是有新意的。就刘再复关于"主体性"的论述过程而言，我们强烈地感受到论者要建构人的核心地位的意愿，现在看来，这样的建构中包含着人创造一切、可为一切的自信心，这种绝对的主体性，不乏认知事物的偏颇性，但也反映出 80 年

[01]　贺桂梅：《新启蒙知识档案：80 年代文化研究》，北京大学出版社 2010 年版，第 104 页。

[02]　刘再复：《文学研究应以人为思维中心》，《文汇报》1985 年 7 月 8 日。

[03]　刘再复：《文学研究应以人为思维中心》，《文汇报》1985 年 7 月 8 日。

[04]　刘再复：《论文学的主体性》，《文学评论》1985 年第 6 期。

[05]　刘再复：《论文学的主体性》，《文学评论》1985 年第 6 期。

代人道主义话语以及言说者特殊的历史语境，以及对"人"的生存的理解的特殊性。如果将刘再复的理论与当时在文艺理论界流行的系统论、接受美学、心理学等联系起来，可以看出 80 年代人道主义内涵对"人""主体""个体"的强调。这体现出中国知识分子对五四时期以启蒙主义为中心的人道主义思想的继承性，以及对中华人民共和国成立以后长期存在的以"阶级"之道为中心的话语的强烈对抗性。

实际上，80 年代王蒙、张贤亮、张承志、史铁生等作家创作的书写心灵世界的作品，都是对这一问题的确证。尽管中国当代作家并没有将这种对历史及自身心灵体验的思考一直进行下去，然而，不可否认 80 年代的创作曾经有过这样一段精神高昂的时期。面对历史与现实，做出一种沉静而又深刻的思考，依然是当下作家所要进行的精神追求。

张承志（中）

史铁生（左）

其中，史铁生的作品特别值得重视，作为一名亲历时代创伤的"知青作家"，史铁生在作品中体现的人道主义关怀，与当时其他大多数作家一样，首先表现在对"文化大革命"的罪恶的控诉和反思上。其中，《法学教授及其夫人》（1979 年）就是代表作品。在这篇小说中，我们可以看到人的尊严及说话的权利如何被剥夺，在解教授与陈谜夫妇的儿子因在"四五运动"中的"不当言论"被捕后，他们之间有过这样的对话：

> 解教授气愤地来回踱步："宪法规定，人民有言论的自由！有集会、游行的自由！这样抓人是违法的！"

陈谜坐在角落里："哎呀哎呀，啧啧啧……可言论自由、集会和游行的自由只给人民，不给敌人呀，你不是也这么说嘛。"

解教授一愣，马上说："我们的儿子不是人民吗？"

"可自从他在天安门自由言论了之后、自由集会了之后，人家就不承认他是人民了，还给不给他言论的自由、集会和游行的……也就难说了。"

"什么？"解教授完全愣住了。

"唉，这孩子真不听话！用自由的言论把言论的自由给弄丢了，要不自由言论，本来他可以永远言论自由，也就还是人民。可这自由言论了之后，之后，之后人家就有理了，你说人家这还违法吗？"陈谜巴望丈夫给她一个满意的回答。[01]

通过这样的对话，我们看到作者在质疑极"左"政治对"人"的自由的严重压迫，所谓自由只是政治话语规约的自由，而不是真正的人的自由。

到了《命若琴弦》（1985 年）、《我与地坛》（1991 年）等作品，史铁生则将对人的存在的思考进一步推进到生命的本体论的深度，散文以最朴素、动人的语言，以一种沉静而又敏思的情怀，思考着自己的命运，思考着人世间万物的存在。这也是史铁生经历了身体残疾之痛后，用文字做出的关于人的存在的思考。散文《我与地坛》是个人心境的沉思，诉说了从迷惘到感悟的过程。最初，他常常一个人推着轮椅出来逛，有一天无意中来到了地坛，竟然从内心对这荒园产生了某种契合："地坛离我家很近。或者说我家离地坛很近。总之，只好认为这是缘分。地坛在我出生前四百多年就坐落在那儿了，而自从我的祖母年轻时带着我父亲来到北京，就一直住在离它不远的地方——五十多年间搬过几次家，可搬来搬去总是在它周围，而且越搬离它越近了。我常觉得这中间有着宿命的味道：仿佛这古园就是为了等我，而历尽沧桑在那儿等待了四百多年。"[02] 自从无意中进了园子以后，园

---

[01] 史铁生：《法学教授及其夫人》，《当代》1979 年 5 月 1 日。

[02] 史铁生：《我与地坛》，《上海文学》1991 年第 1 期。

子便成了"我"每天都来的地方，思考着生命的难题，也突然在园子里听到和看到母亲焦急地寻找"我"的情景中，感受到母爱的伟大和母亲的不易，将自己残障的躯体与母亲的爱联系在了一起："我放下书，想，这么大一座园子，要在其中找到她的儿子，母亲走过了多少焦灼的路。多年来我头一次意识到，这园中不单是处处都有过我的车辙，有过我的车辙的地方也都有过母亲的脚印。"[01] 这体现出作者从自我的沉沦中找到生活下去的坚强和勇气的觉醒。接下来，散文又写到了园子里其他人和物的命运和活法，有园子里春夏秋冬的四季轮换，有一对老人，有一个热爱唱歌的小伙子，有一个算得上真正的隐者的老人，还有一个漂亮而不幸的小姑娘，等等。由此，我们看到，史铁生将对个人的命运的思考转变成对世间万事万物的思考，这是一种将自我从苦难和伤痛中抽离出来，寻找生命的存在意义的最佳途径，而作者也最终在这样一种将自我的生命与他者的融入中找到了生命存在的本相。正如文中最后所言：

> 但是太阳，他每时每刻都是夕阳也都是旭日。当他熄灭着走下山去收尽苍凉残照之际，正是他在另一面燃烧着爬上山巅布散烈烈朝辉之时。那一天，我也将沉静着走下山去，扶着我的拐杖。有一天，在某一处山洼里，势必会跑上来一个欢蹦的孩子，抱着他的玩具。
>
> 当然，那不是我。
>
> 但是，那不是我吗？
>
> 宇宙以其不息的欲望将一个歌舞炼为永恒。这欲望有怎样一个人间的姓名，大可忽略不计。[02]

从自然的变化和互动中，找到生命存在的本相，这应该算一种怎样深刻的生命感悟呢？这更应该是一种最深切的人道主义情怀，既是关于自己残障的身躯的，也是关于世间不断生长和死亡着的万物的。这样的作品，比起80年代初期限于政治或历史事件层面的人道主义关怀，显然要深刻得多，也体现出一种强烈的个体主体性的确认。

[01]　史铁生：《我与地坛》，《上海文学》1991年第1期。
[02]　史铁生：《我与地坛》，《上海文学》1991年第1期。

　　然而，不得不提的一点是，对 80 年代大多数文学作品而言，这种主体性更强烈地体现在知识分子对历史事件及自我身份的一种反思上，从而建构了 80 年代启蒙的知识话语体系。像巴金在《随想录》（1978—1986 年）中敞开内心进行反思，强烈地体现了一位知识分子的历史良知，也很好地为需要倾诉的心灵找到了有效的安抚途径。有意思的是，在 80 年代的文学作品中，这种主体性的确认因创作中叙述者与作者间建构的直接的代言关系，而成为作家们在作品中表达自我主体性的一种有效途径。作为研究者，我们也可以从作品的叙述者或主人公的表述中，感受到新时期知识分子建构自身形象的努力。在这一点上，王蒙的意识流小说很有代表性。在作品中，他通过传达内心世界的方式确认自我形象，并寻找自我在时代中的"合适"定位，因为对内心的细微情感变动的"意识流式"表达，而使得这一寻找的过程变得真实并且充满叙述的张力，体现出一位经历了历史沧桑的知识分子与周围环境间的特殊关系。比如，他的作品《布礼》（1979 年），从主题上讲，传达了一位充满共产主义激情的少年如何经历历史的重重打击，依然对党和国家的事业充满忠诚的情感。但是，在表达这一情感的过程中，小说运用了大量疑问句、反式疑问句。当他因一首小诗而突然被批判的时候，他的内心充满了困惑和不满：

　　　　钟亦成只看了几句，轰地一声，左一个嘴巴，右一个嘴巴，脸儿烫烫地发起烧来了，评论新星扭住了他的胳臂，正在叭、叭、叭、叭左右开弓地扇他的嘴巴。你怎么不问问我是什么人呢？怎么不了解了解我的政治历史和现实表现，就把我说成了这个样子呢？钟亦成想抗议，但是他发不出声音，新星已经扼住他的脖子。新星的原则性是那么强，提问题提得那么尖锐、大胆、高超，立论是那么势如破竹，不可阻挡，指责是那样严重，那样骇人听闻，具有一种摧毁一切防线的强大火力，具有一种不容讨论的性质。文艺批评是可以提出异议的，政治判决，而且是军事法庭似的从政治上处以死刑的判决，却只能立即执行，就地正法。[01]

这里借助疑问句的手法向历史事件发出质疑和辛辣的批判，传达出主人公在深受诬蔑时强烈的不满情绪。这种潜在的情绪正是作者在历史事件中的真实体验，而这一情绪与全文建构的致以"布礼"的忠诚，正好构成了一种震撼性的张力，使读者看到了新时期王蒙式的知识分子的隐秘内心。不过，就如同王蒙在其意识流小说中所最终传达的对党、民族及国家事业的忠诚及信心一样，新时期绝大部分作品在主体性的寻找上，始终围绕着国家意识所认同的范畴。值得强调的是，这不是国家意识或某种集体意识强加给作家的行为，更多的是来自作家们内心的一种选择和期冀，新时期的到来给作家们内心带来的兴奋感和震撼感是异常鲜明的，他们希望更快、更有力量地融入社会主义建设的洪流中，发挥自己的力量。

七八十年代之交的人道主义话语建构，正是知识分子在巨大的历史灾变之后，对自身地位和存在价值的重新建构。"伤痕""反思"小说中对伤害人的极"左"话语的控诉，对知识分子的反思的可靠性的确证，所尊崇的正是对抗历史话语的逻辑。所以说，七八十年代之交的人道主义话语场本身就带着强烈的历史使命感，这种使命感也成为进行"人学"想象时的历史羁绊。

---

[01] 王蒙：《布礼》，《当代》1979 年第 3 期。

第六章　现代派：
非新元素的新奇感

第一节　译介和论争

　　有学者在论及 80—90 年代中国"现代西方学术文库"的翻译时，曾经指出："我想，自近代中国社会开埠以来，翻译西方学术著作即成为打开门户、解放思想的一个重要途径。而几乎所有的翻译，包括对翻译的话题、思想、观念、流派、背景、国别等对象的选择，都是有'目的'的，并不是随意选择的，它们其实与当时的社会思潮和观念更新有极大关系。"[01] 的确，80 年代中国对西方现代派作品的译介和接受与"文革"后中国社会思潮和观念的更新有着极大关系，它所指涉的内涵和引发的接受问题，已不是单纯的西方价值世界和文艺观中的现代派概念，而是在新中国成立以来所理解的现代派以及对西方世界的独特意识形态判断影响下，在新的开放时代及接受世界文化的背景下，所形成的"中国式"的概念。

　　在文学艺术方面，其内在深层的逻辑体现出了对世界文化、文学以及中国文化、文学的地位、现状及未来走向的价值判断。有评论家甚至直接认为："不同于一般的第三世界国家，中国对西方'现代派'文艺的接受，是在一种中国式的后冷战文化空间中进行的，围绕

---

[01]　程光炜：《一个被重构的"西方"——从"现代西方学术文库"看 80 年代的知识立场》，《文学讲稿："八十年代"作为方法》，北京大学出版社 2009 年版，第 106—107 页。

《现代派论·英美诗论》 《现代派诗选》（1986 年版）《象征派诗选》（1986 年版）
（1985 年版）

着'现代派'发生的是资本主义（西方）/ 社会主义（中国）的冷战框架和先进 / 落后的启蒙现代性框架之间的转换。而这双重话语框架之间的对话、交错和重组，则正是 80 年代中国式现代主义的'主体性'构成的具体内容。"[01] 所以，其作品的译介是有目的性的，其引发的各种话题的论争体现出 80 年代的文化想象和意识形态特征，我们对 80 年代现代派作品或创作手法的发生以及文学史意义的重新考察也必将放在这样的背景中。

1978—1985 年间是翻译及评价西方现代派作品的重要时期，在这几年间，几乎所有西方现代主义作品都被译介成了中文。据不完全统计，仅 1978—1982 年间，在报刊上发表的介绍与讨论西方现代派的文章，就多达 400 余篇。有意思的是，实际上这个时候在许多人眼中现代主义作品并不限于完全意义上的现代主义手法的作品，而包括了现实主义、浪漫主义等流派的西方文学作品。比如，西方古典名著《悲惨世界》《安娜·卡列尼娜》等作品自 1978 年 5 月 1 日出售以来，几乎造成了万人空巷的抢购局面，可见，当时人们对所有外国文学作品都充满热烈的期待，这是经历了重大的历史"封闭期"之后人们对外界的渴望。

这一时期对西方作品的接受情况，也推进了中国现当代文学史历程中关于西方文学思潮或现代派文学作品译介和接受的第二个高潮。第一个高潮是新文化运动时期，当时，大量的文学青年接受西方文学思潮的影响，鲁迅、胡适、郭沫若、徐志摩、李金发和戴望舒等人，

[01] 贺桂梅：《后 / 冷战情境中的现代主义文化政治——西方现代派和 80 年代中国文学》，选自程光炜编：《重返八十年代》，北京大学出版社 2009 年版，第 104—105 页。

借鉴西方现代派文学艺术手法，推动了中国现代文学的发展。第二个高潮就是 80 年代，大量西方作品的译介，使中国的作家和评论家再次受到西方文艺思潮的影响，在创作方法和艺术观念方面有了很大的进步。不过，西方现代派文学对 80 年代以后中国文学的影响，并不是从 80 年代才开始的。早在政治观念和文化政策上排斥西方文学作品的毛泽东时代，就有一些西方现代派文艺和哲学著作以"内参"这样特定的方式被出版，至"文革"后期，这些"内参"读物产生了较广泛的社会效应，特别是对一些思想激进的青年来说，这些"被禁止"的书籍，成为他们的精神资源。"文革"时期"地下诗歌""手抄本"等创作者在回忆文章中就大量地提到了这些读物或思想资源对他们的影响。比如，"文革"时期地下诗歌的创作者多多就说："1970年初冬是北京青年精神上的一个早春。两本最时髦的书《麦田的守望者》《带星星的火车票》向北京青年吹来一股新风。随即，一批黄皮书传遍北京：《娘子谷及其他》、贝克特的《椅子》、萨特的《厌恶及其他》等，毕汝协的小说《九级浪》，甘恢里的小说《当芙蓉花开放的时候》以及郭路生的《相信未来》。"[01]"最时髦的书《麦田的守望者》……"这样的表述代表了一代青年人对于某类文化精神资源的接受态度。有意思的是，这样的态度一直持续存在，并且在 80 年代现代派作品的译介及现代性相关问题的争论中以一种更加鲜明的姿态展示出来。70 年代末 80 年代初发生的现代派之争，尽管存在着许多看似处于十分有利地位的反对者的声音，但是，现在看来，无论在说话的底气还是语气上，现代派作品的拥护者们都有一种良好的感觉。这种良好感觉的蔓延，也构成了 80 年代现代派接受和论争的一个重要侧影。而且，不管论争的话题多么具有政治敏感性或者反对的声音多么强势，拥护者所持有的这种良好感觉乃至传达出来的坚持的优越感直到今天依然存在。这样的一种状态，也势必成为我们考察那场论争的一个重要背景。

就现有的材料来看，由于现代派问题本身的复杂性，以及在中国社会中对其理解的历史规约性，70 年代末伴随着西方文学作品译介而展开的论争，其包含的问题是庞杂而多样的，最典型的特征是在这

---

[01]　多多：《北京地下诗歌（1970—1978）》，《多多诗选》，花城出版社 2005 年版，第 199 页。

些论争中既有关于现代主义的内涵、写作技巧等文学艺术层面的问题，又掺杂着现代派与资本主义、社会主义国家性质以及中国的现代化、现代性等问题。而实际上，关于现代派到底"姓资"还是"姓社"这一问题，是 80 年代初期论争中普遍存在的、现在看来却是最能体现时代观念的局限性的部分。在这一问题上，大多数论争者往往采取肯定或否定的简单的结论，其间体现出的从政治着眼、用阶级分析的方法评价西方现代派文学的思维方式是新中国成立以来极"左"思想的一种集中体现。比如，1981 年第 1 期的《外国文学研究》刊登了一组论争文章，其中《它们也代表了文学的未来》和《未来决不属于现代派》是其间代表极端相反观点的两篇文章。在《它们也代表了文学的未来》一文中，作者肯定了现代派对人的价值的发现及对人的本质的探索，认为："现代派作为一种文学潮流越来越巨大，越来越汹涌……现代派所以有如此大的力量，是因为它有巨大的价值。这个价值就是对自我的重新发现，对人的价值的再肯定，即对人的本质的探索和对人生充满激情的追求……不仅可以代表人类的现在，而且更加可以代表人类的未来。"[01] 这样的观点显然站在现代派对人类精神表达的力度这一层面进行了肯定，并且，与新时期关于人的价值的思考紧密相联。而《未来决不属于现代派》一文的观点，正好针锋相对，文章认为现代派代表的是色情、苦闷、彷徨、颓废，将其与现实主义作品相比较，认为现代派产生不了优秀作品，并将其放在绝不能解决社会矛盾的角度进行批评。文章中说："形形色色现代派的作品，绝大多数是色情、苦闷、彷徨、颓废的……有比较才能有鉴别，不跟别的比，单和现实主义比，拿现代派的好作品来同它比，没有哪一个现代派作品，超过了现实主义大师们。在英国有超过狄更斯的吗？在法国有超过巴尔扎克、司汤达的吗？在俄国有超过托尔斯泰的吗？在美国有超过德莱塞的吗？没有。……他们解决社会矛盾的办法，多数是可笑的，有的是反动的，其中的消极因素也不可忽视。"[02] 现在看来，如此否定现代派的观点，显然受到了新中国成立以来视现代派为西方资本主义的产物的观点的影响。而其与现实主义作品比较得出的优劣观，不仅体现出比较上的一种逻辑性混乱，更反映出现实主义表

[01] 张桑桑：《它们也代表了文学的未来》，《外国文学研究》1981 年第 1 期。
[02] 李正：《未来决不属于现代派》，《外国文学研究》1981 年第 1 期。

现手法及接受习惯的根深蒂固。

当时论争中大多数否认现代派的文章都是将现代派放在社会学的层面进行探讨的，对其产生的戒心也大多来自对资本主义或其文化的戒心。这样的观念势必存在将文学与社会意识形态观念混淆的问题，关于这一局限性，有评论者已经提出："用一种非常简单的概念来解释文学和社会的关系，一定要把某种文学的性质同某种社会制度的历史地位等同起来，仿佛垂死和灭亡的时代就只能产生垂死和灭亡的文学，并且用这样的逻辑把现代派和资本主义与帝国主义的灭亡直接联系起来，这种看法在文艺理论上包含的观点是很不恰当的"[01]，"用垂死和灭亡的观点来批判现代派，把垄断资产阶级走狗的罪名加给现代派，这些常见的提法都是站不住脚的……现代派不是帝国主义与资本主义穷途末路和垂死挣扎的表现，而是它的危机的产物；现代派不是帝国主义政策在文学上的工具，也不是在危机中维护旧势力的派别，而是资本主义文明的危机的反映，是对帝国主义政策发出的反响"[02]。从这篇发表于 80 年代初期的文章中，我们可以看到，在当时的论争环境中，已经有许多评论者注意到了现代派需要进行文学的独立性的要求，但是，它与资本主义之间的联系、它与中国国家性质之间的差异，依然是一个不可回避的话题。

作为将西方现代派与中国国情相结合的代表，1982 年，徐迟在《外国文学研究》第 1 期上发表的《现代化与现代派》一文具有总结性的意义。作者从独特的经济视角评价现代派，并提出中国需要现代派的主张，从而把关于西方现代派文学的争论与中国的实际结合起来。文章首先建立了文化与经济、精神文学与物质文学之间存在一致性的理论原则，进而提出西方现代派文艺正是西方物质生产力发展的结果，它的内在精神也正是与这种物质生活紧密联系的。比如，文中写道："若问：西方资产阶级现代派文艺是从哪里来的？则既不能从它本身来解释它，也不能从所谓人类精神的发展来理解它。它还是来源于人民生活的源泉的。更确切地说，它是来源于社会的物质生活，而且是反映了这种物质生活关系的总和的内在精神的。"[03] 这一点正

---

[01] 陈焜：《讨论现代派，要解放思想，从实际出发》，《外国文学研究》1981 年第 1 期。

[02] 陈焜：《讨论现代派，要解放思想，从实际出发》，《外国文学研究》1981 年第 1 期。

[03] 徐迟：《现代化与现代派》，《外国文学研究》1982 年第 1 期。

符合作者所认为的用马克思主义的观点来研究现代主义。继而，作者又指出西方现代派与西方经济社会发展的适应性及其所具有的特征，并且，再次以现实主义和浪漫主义的观点，建构了优秀的现代主义的样式。文中说道："西方现代派，作为西方物质生活的反映，不管你如何骂它，看来并没有阻碍了西方经济的发展，确乎倒是相当地适应了它的。它在文艺样式和创作方法上的创新，又很有些卓越成就，虽然我们很多人接受不了，不少西方世界人士是接受了的。西方现代派的文艺家是反对传统的表现方式和表现手段的，但他们中的优秀者却并未脱离了古典主义、现实主义和浪漫主义的文艺。从现代派的许多大师的作品中我们可以看到他们对于传统的尊重以及广泛的继承。而不这样做的现代派作品则往往是蹩脚的作品。"[01] 可见，作者认为，由于现代派是适应经济发展的产物，"是一个个历史年代的记录"，对其肯定要与现代化建设之间建立直接的联系，而在中国社会中，我们还没有实现现代化建设之时，不可能有现代派的文艺。

显然，徐迟的文章将现代派与社会建设中的"现代化"问题放在同一层面进行讨论，认为现代派不仅是社会"现代化"的产物，反之，"现代化"也可以是衡量现代派的合理性的标准。这也是 80 年代讨论现代派这一问题时，将中国与西方国家的性质及等级关系作为一个价值参照体系的典型例子。这也使得 80 年代关于现代派问题的讨论及接受问题，有了一种暧昧难明的直线式思维或对立式思维的特征。正如有评论家指出："在'现代派'与'现代化'之间建立起直接的关联，是 80 年代前中期的一种特定的理解'现代'的方式。'现代派'是一种与'物质生产'和'科学技术'的进化史相匹配的'高级'文学形态，并表现了一种更'复杂'的现代生存状态。以'现代化'作为衡量'现代派'的价值标准，事实上是在单一的现代性纬度上来认知'现代派'，而完全忽略了现代主义文艺本身所包含的'反现代'的层面。"[02] 因而，现在看来，80 年代关于现代派论争中的诸多问题，并不是单纯的学术或文学问题，而是关涉政治主题和意识形态的问题，这样的问题在当时争论得不管如何激烈，都无法在文学

[01] 徐迟：《现代化与现代派》，《外国文学研究》1982 年第 1 期。
[02] 贺桂梅：《后 / 冷战情境中的现代主义文化政治——西方现代派和 80 年代中国文学》，选自程光炜编：《重返八十年代》，北京大学出版社 2009 年版，第 116 页。

史上建立起真正的争论的意义，而真正值得我们今天再次去审视的，倒是现代派在译介过程中，对我们的文学创作方法产生的实质性的影响。

可见，在 80 年代中国文坛再次掀起一股译介西方现代派的浪潮时，它所带来的不仅仅是文艺思潮或文艺作品的接受的问题，还是一个极其特殊的意识形态的问题。正如有评论者指出的："西方'现代派'，在 80 年代中国语境中是一个特定概念，指涉 19 世纪后期到 20 世纪的诸种西方现代主义文艺思潮。这些思潮之所以被看作一个'整体'，是因为毛泽东时代主流文坛将其视为'禁忌'而排斥在当代中国文学的视野之外；60—70 年代"冷战"界限松动时，这些思潮以'内参'读物的形式引进并流传；而 80 年代现代主义文学的形成，则可以说是这一文学知识谱系内化和中心化的过程。曾经在"冷战"格局中被看作是'颓废、没落的资产阶级文化'的'现代派'文学，经过 80 年代文化逻辑的转换，成了'世界文学'最前沿的标志，并被作为反叛社会主义现实主义规范的有效资源和中国先锋派的仿效对象。"[01] 现代派在中国是一个独特的存在，然而，剥离其掺杂了无法道明的政治意识形态的各种论争，现代派还是立足于文学创作的世界，对中国文学艺术的发展起了不可低估的作用。

---

[01]　贺桂梅：《后 / 冷战情境中的现代主义文化政治——西方现代派和 80 年代中国文学》，选自程光炜编：《重返八十年代》，北京大学出版社 2009 年版，第 104 页。

想象、建构及限制——20世纪80年代中国文学史论

第二节 现代派的写作手法

　　如果说，80年代中国将西方现代派与社会性质相结合的认知方式，影响了文学创作中对现代派的认知方式和借鉴姿态，使我们分析现代派与中国文学的关系时，不得不考虑到80年代初期强大的意识形态功能，但作为文学层面的影响，其在艺术形式上引发的变动，恰恰以最直观的方式体现出80年代文学的探索和追求。或者换个角度说，形式本身的变动就意味着思想内容、作家们思考问题的方式，以及在审美趣味方面的变化，而当时人们对现代派的诸多写作技巧的关注，本身就来源于对世界的思考方式及看问题的角度的变化。实际上，认知方式与创作实践之间形成的张力，恰恰构成了中国80年代现代派文学的艺术特征。

　　从各类艺术作品来看，80年代初期西方现代派文学在中国的影响，已经体现在诗歌、小说、戏剧乃至影视剧创作的方方面面。比如，"文革"末期就已经出现的影响力颇大的"朦胧诗"，就使用了象征、隐喻、暗示等手法来抒发生活情感，在诗歌的形式上有了"新、奇、怪"的特征，这让大量习惯欣赏现实主义创作方式的读者和评论家大感不解，却让一些"新潮诗人"和评论家兴奋不已，并引发了关于此类诗歌的论争。其论争的核心问题即包括了如何接受西方现代派

《意识流小说》
（1988 年版）

《现代派文学在中国》
（1986 年版）

《现代主义文学研究》
（1989 年版）

《意识流》
（1989 年版）

文学思潮。在戏剧和影视剧创作方面，多运用了诸如意识流等方式，突破传统的现实主义结构方式，深化人物内心情感的表现技巧。总体来看，80 年代文学及其他各种艺术形态借鉴西方现代派文学，与"文革"结束以后，人们倾诉苦难、拥抱新生活，以及急切地想摆脱单一的文学创作模式，表达新的审美情感的社会环境及文学创作环境有关。就 80 年代初期产生影响力的作品来看，当时那些有助于内在心理展示的"意识流""荒诞派"等技术手法首先受到作家们的青睐，其在小说方面的影响力，颇具代表性。

茹志娟、王蒙、张贤亮等作家都是意识流写作的主要实践者。比如，茹志娟的《剪辑错了的故事》（1979 年），不仅涉及批判"大跃进"这样敏感的政治题材，同时，其独特的"意识流"写作手法，打破了现实主义创作的结构方式，引起了文坛关注，它也成了新时期"意识流"小说的最初代表作。而王蒙自 1979 年开始，在短短半年时间里推出的一组小说《布礼》（1979 年）、《夜的眼》（1979 年）、《风筝飘带》（1979 年）、《蝴蝶》（1980 年）、《春之声》（1980 年）、《海的梦》（1980 年）等，引发了 80 年代初"意识流"小说的兴起。另外，像张贤亮的《绿化树》（1984 年）、《男人的一半是女人》（1985 年）等作品，在展示人物的内心情感时，也运用了"意识流"的手法，从而推进了人物内心情感表达的深度。

值得注意的是，在这些作品中，作家借助"意识流"进行人物内心情感的表达时，其作品的宗旨基本

《夜的眼及其他》（1981 年版）

上保持新时期对"文化大革命"及过往历史的反思情感，也就是说，从主题和题材分类的话，这些作品可以纳入"伤痕文学""反思文学"的范畴。因而，80年代的"意识流"小说，并非西方意义上的"意识流"小说，更多的只是运用了"意识流"的表现技巧加强了主人公或作者的反思力度和广度。王蒙曾多次谈到这种写作手法。当人们还在疑惑应该如何称呼这种写作手法，是否应该称其为"意识流"时，王蒙在《关于"意识流"的通信》中做了基本的肯定，认为"采取了一种新的手法——意识流"[01]；并且，在随后的《关于〈春之声〉的通信》中，描述了这一具有中国特色的"意识流"的特征——"我们打破常规，通过主人公的联想，突破时间和空间的限制，把笔触引向过去和现在……放射性线条……却又是万变不离其宗……"[02]。王蒙也曾谈到对于"意识流"这一词汇的看法："有人说《春之声》是意识流小说，我想，我不必否认我从某些现代派小说包括意识流小说中所得到的启发。又有人好心地为我辩驳说：'这哪里是意识流，这分明写的是生活！'我也不反对。因为我写的，确实与某些西方意识流手法所表现的那种朦胧、神秘、孤独、绝望，甚至带有卑劣的兽性味道的纯内向的潜意识完全不同。给手法起了什么名称，这不是我的事。但我要说的是，是生活、是我的思想和感受提示我这样写的。重视艺术联想，这是我一贯的思想，早在没有看到过任何意识流小说，甚至不知道意识流这个名词的时候，我就有这个主张了。"[03] 可见，面对"意识流"，作家们为内容服务的意识还是十分强烈的。张贤亮在谈到《灵与肉》时说："我试用了一种不同于我个人过去使用的技巧——中国式的意识流加中国式的拼贴画。也就是说，意识流要流成情节，拼贴画的画面之间又要有故事的联系。这样，就成了目前读者见到的东西。"[04] 可见，在这个时期，

《漫话小说创作》
（1983年版）

---

[01] 王蒙：《关于"意识流"的通信》，《鸭绿江》1980年第2期。

[02] 王蒙：《关于〈春之声〉的通信》，《小说选刊》1980年第1期。

[03] 王蒙：《漫话小说创作》，上海文艺出版社1983年版，第67页。

[04] 张贤亮：《心灵和肉体的变化——关于短篇小说〈灵与肉〉的通信》，《鸭绿江》1981年第4期。

西方现代派"意识流"手法在中国小说中的运用不是西方式的漫无节制的意识流淌，更多的是在"伤痕"或"反思"意旨的理性节制中，有目的性的审美情感传达。如果放到中国小说艺术的发展进程中来看，这种手法的运用首先在小说的艺术形式特别是结构方面有了突破性的进展。

小说《布礼》是其中的代表作，小说共分七个部分，每个部分又有若干小节，都以时间为标题，时间包括：中华人民共和国成立前、"反右"时期、"文革"时期及"文革"结束的时期，整个时间的跨度长达三十多年。在结构排列上，这些时间并不是按物理时间排序的，而是随着人物的意识流动的，是非物理性的。在这样的时间顺序下，故事所发生的时间也是跳跃的，小说的各个层次标题便是以时间来做标志的。第一部分出现的标题是"一九五七年八月""一九六六年六月"，第二部分出现的标题是"一九四九年一月""一九六六年六月""一九七〇年三月"，第三部分出现的标题是"一九四九年一月""一九五七——一九七九年"，第四部分出现的标题是"一九五〇年二月""一九五七年十一月""一九六七年三月""一九七九年"，第五部分出现的标题是"一九五八年三月""一九五一——一九五八年""一九五八年四月"，第六部分出现的标题是"一九五八年十一月""一九七九年""一九七〇年""年代不详""一九七八年九月"，第七部分的出现的标题是"一九五八年十一月——一九五九年十一月""一九五九年十一月二十三日""第二天""一九七九年""一九七五年八月""一九五九年十一月二十七日""一九七九年一月"。从标题中，我们可以看出作者刻意打破线性故事时间和结构的叙事方式。而结构上这些时间的连接点便是主人公钟亦成的"意识"，故事也在他的"意识"间呈现。钟亦成思绪任意而流，一会儿到了 1957 年的某个时候，一会儿又到了"文革"时的批斗现场，一会儿又回到现在。比如，作品的开篇部分以"一九五七年八月"为题，这个时间本来就是钟亦成回想当年突然被打成"右派"的时间，这个时间对于钟亦成而言是充满着痛苦和不安的记忆时段，作品叙述时就更多地展示了内心的这种痛苦和不安，甚至用到了身体的感觉：

奇热的天气。P 城气象台预报说，这一天的最高气温是三十九摄氏度，这是一个发烧、看急诊的温度，一个头疼、头晕、嘴唇干裂、食欲减退、舌苔变黄而又畏寒发抖、颜面青白、嘴唇褐紫、捂上双层棉被也暖和不过来的温度。你摸一摸石头和铁器，烫手。你摸一摸自己的身体，冰凉。钟亦成的心，更冷。[01]

从"奇热"到"冰凉"，这是钟亦成回想起自己被打为"右派"那一刻的不寒而栗。而接下来，钟亦成的思绪又"流"到了"一九六六年六月"的那一次审问，作品如此写道：

红袖章的火焰燃烧着炽热的年轻的心。响彻云霄的语录歌声激励着孩子们去战斗。冲呀冲，打呀打，砸烂呀砸烂，红了眼睛去建立一个红彤彤的世界，却还不知道对手是谁。
但是有标签。根据标签，钟亦成被审问道：
"说，你是怎么仇恨共产党的？你是怎么梦想夺去你失去的天堂的？"
"说，你过去干过哪些反革命勾当，今后准备怎样推翻共产党？"
"说，你保留着哪些变天账，你是不是希望蒋介石打回来，你好报仇雪恨，杀共产党？"[02]

钟亦成的意识回到了那个被语录和暴力覆盖的时刻，一连串的"说"，来自钟亦成的记忆深处，也来自一种疼痛，当疼痛爆发出来的时候，"说"本身也是无逻辑的。由句子及全文，这样上下文间不断跳跃的思绪，使得作品的结构完全突破了物理时间的顺序。用王蒙的话说，这是一种"心灵活动结构"，他谈及《布礼》的创作时，就说过因为不想把它写成一本流水账，就打破了时间线索。他说："我认为客观世界与主观世界的精神活动的发展规律，既有相关的一面，又有不同的一面。客观世界总是按照时间的顺序从古到今这样发展的，是定向的……可是人的心灵的感情的运动却不见得……他有自己的心

---

[01]　王蒙：《布礼》，《当代》1979年第3期。
[02]　王蒙：《布礼》，《当代》1979年第3期。

灵活动的逻辑……《布礼》的结构，我就是想表现出主人公心理活动的历程。这一个会联想到那一个，既是强烈的对比，又是他精神力量的源泉；可以做比较，又可以做联系，看起来'乱'，但把时序一打乱，他就会给人不同的感觉……所以，人们的心灵，方寸之地，非常之小，但是它容纳的东西很多，它能够有大的跨度，而且能够重新加以排列组合。当然，这不仅仅是排列组合，而是把感情加进去了，这是精神的熔铸。我的小说结构就是这么来的。我觉得这种结构不是一种任意结构，而是一种心灵活动结构。"[01] 这种"心灵结构"的方式，体现了直接以人的感觉为叙述重心的写作思想。比如，曾经让读者及评论家惊愕不已的那一句话："吱地一声，黑夜就到来了。一个昏黄的、方方的大月亮出现在对面墙上。"[02] 这是《春之声》的主人公岳之峰坐闷罐子火车回家的经历。这里出现了多个描述感觉的词汇，"吱"是一种声音的感觉，"黑夜""昏黄的""方方的""月亮"也都是知觉的结果，这并不代表现实就是黑夜，方的月亮也只是岳之峰的一种感觉。所以，这里与其说是写现实，不如说是写叙述者对现实的感觉。

在现代派手法的运用中，"意识流"的手法常常与荒诞派的手法相结合，在展示人物丰富的情感方面起了很大的作用，当然，侧重于运用荒诞派、超现实主义手法的作品，在形式上更接近西方现代派的风格，因为荒诞不仅是一种创作的技巧，更容易直接指向对世界的认知态度。不过，70 年代末 80 年代初期中国文坛的这类小说，运用了荒诞、变形、夸张、象征等艺术手法，表述了现实生活中的荒诞与不合理的现象，而这里的现实生活往往与特定的历史时期（常常指"文革"）、特定的政治意义（常常指"四人帮"的政治迫害）相连，作家基本没有脱离反映客观世界的真实观的包袱，这与西方荒诞派小说强调主体体验的心理真实是不同的。比如，宗璞的《我是谁？》（1979年）、《蜗居》（1981 年）、《泥沼中的头颅》（1985 年），张辛欣的《疯狂的君子兰》（1983 年）等作品都是这方面的代表。

《我是谁？》通过知识分子韦弥受迫害时产生的一系列幻觉，表现作为知识分子的韦弥夫妇遭受的政治迫害。女主人公韦弥经历了丈夫自杀、受人辱骂的困苦后，内心不断地产生了"我是谁"的困惑，

[01]　王蒙：《在探索的道路上》，《北京师院学报（社会科学版）》1980 年第 4 期。

[02]　王蒙：《春之声》，《人民文学》1980 年第 5 期。

想象、建构及限制——20世纪80年代中国文学史论

这种困惑显然来自迫害者对具有知识分子身份的韦弥和丈夫的质疑乃至彻底性的否认，也正是在这种被否认乃至被侮辱的境况中，韦弥追问"我是谁"时，产生了种种"非人"的幻象。作品中如此写道：

> 韦弥看见自己了。青面獠牙，凶恶万状，张着簸箕大的手掌，在追赶许多瘦长的、圆胖的、各式各样的小娃娃。那些小娃娃一个个粉妆玉琢，吓得四散奔逃。哦！这不是显微镜下的植物细胞吗？那是韦弥一辈子为之献身的。她为它们耽误了生儿育女。她确实把这些植物细胞当成了自己的儿女，正像孟文起把那些奇怪的公式当成自己的血肉一样。她怎么会把"儿女"送进血盆大口去呢？她不明白。是了！那吼叫的声音是说她用这些植物细胞毒害青年，杀戮别人的儿女。可是怎样杀的呢！她还是不明白。只见那些小娃娃排起队，冲锋了，它们喧闹着、叫嚷着，冲进愈来愈黯淡的残阳的光辉里，不见了。[01]

在这样一片混乱的意识中，韦弥被围于别人强加的罪名无法自拔，渐渐地自己就真的成了"毒草""毒虫"。有意思的是，她看到或者说感觉到自己和许多其他知识分子都成了爬行的虫子，成了"毒草""毒虫"，这样的叙事使作品带上了很强的荒诞感。"毒草""毒虫"的意象正是"文革"时期用于批判知识分子的普遍术语，所以，这里的荒诞是有现实依据甚至是有具体的现实场景的。小说中出现这样的意象表明作者直接将作品的主旨指向了批判"文革"时期知识分子遭受的迫害。作品最后，韦弥又从一群飞翔的大雁中看到了"人"的归来：

> 忽然间，黑色的天空上出现了一个明亮的"人"字。人，是由集体排组成的，正在慢慢地飞向远方。
> 这飘然远去的人字在天空发着异彩，仿佛凝聚了日月的光辉。但在明亮之中有许多黑点在蠕动，仔细看时，只见不

---

[01] 宗璞：《我是谁？》，《长春》1979年第12期。

少的骷髅、蛇蝎、虫豸正在挖它、推它、咬它！它们想拆散、推翻这"人"字，再在人的光辉上践踏、爬行——

韦弥静下来了。她觉得已经化为乌有的自己正在凝聚起来，从理智与混沌隔绝的深渊中冉冉升起。我出现在她面前。她用尽全身的力量叫喊："我是——"她很快地向前冲进了湖水，投身到她和文起所终生执着的亲爱的祖国——母亲的怀抱，那并不澄清的秋水起了一圈圈泡沫涟漪，她那凄厉的又充满了觉醒和信心的声音在旋涡中淹没了。

剩下的是一片黑暗和沉寂。

然而只要到了真正的春天，"人"总还会回到自己的土地。或者说，只有"人"回到了自己的土地，才会有真正的春天。[01]

虽然，依然有骷髅、蛇蝎、虫豸，但是，终究没能阻止大雁们组合的"人"字的队形，这是韦弥内心世界对人的呼唤和坚定的信念。这样的结尾使作品主题再次指向对政治迫害的思考及对生活的希望，这是"文革"结束以后众多知识分子内心的渴望，也体现了作者在历史问题思考上与政治意识形态上的一致性。

宗璞的《泥沼中的头颅》则是一部荒诞感更强烈的小说，在泥沼地中冒出了一个头颅，他不记得自己是怎么进入泥沼的，但是他记得自己曾经是一个健全的人。他在下大人和中大人的指责中不断地逃跑，一次次发现自己的脚没了、腿没有了，最后只剩下了头颅，然而，这是一个不断寻找真理的钥匙的头颅，这也是一个不断地寻找真理的知识分子的象征。宗璞曾说："我自 1978 年重新提笔以来，有意识地用两种手法写作，一种是现实主义……一种沽名为超现实主义的，即透过现实的外壳去写本质，虽然荒诞不成比例，却求神似。"[02]而且，她还强调："西方表现主义、超现实主义的作品并非完全是呓语，而有可借鉴之处。只是必须使它化入自己的作品，成为中国的、我的，才行。"[03]这里强调的"化入自己的作品"体现的正是作者借鉴

---

[01]　宗璞：《我是谁？》，《长春》1979 年第 12 期。

[02]　宗璞：《给克强、振刚同志的信》，《钟山》1982 年第 3 期。

[03]　宗璞：《给克强、振刚同志的信》，《钟山》1982 年第 3 期。

荒诞派手法进行构思，来表现中国知识分子的现实主题的创作手法，换言之，这里的借鉴是一种艺术手法的借鉴，而不是哲学观念上的荒诞。在一定意义上，80年代初期这些运用"意识流"或荒诞派写作手法的作品，最终主题都落在对党和祖国的历史和现实的反思之上，在反思中，知识分子表达了内心的疼痛，以一种更直观、更逼真的方式批判了被"十年浩劫"扭曲、变形了的生活和人性，也表现了作者对新时代的大希望。

又如，谌容的《减去十岁》（1986年）也是一篇充满现实感的荒诞作品。某日，单位里突然传出了一个消息："中国年龄研究会"将下发一个文件，为每个人减去十岁。这一消息让大家兴奋不已：

　　一个小道消息，像一股春风在楼道里吹拂开来：

　　"听说上边要发一个文件，把大家的年龄都减去十岁！"

　　"想得美！"听的人表示怀疑。

　　"信不信由你！"说的人愤愤然拿出根据，"中国年龄研究会经过两年的调查研究，又开了三个月专业会议，起草了一个文件，已经送上去了，马上就要批下来。"

　　怀疑者半信半疑了：

　　"真有这样的事！？那可就是特大新闻啦！"

　　说的人理由充足：

　　"年龄研究会一致认为：'文革'十年，耽误了大家十年的宝贵岁月。这十年生命中的负数，应该减去……"

　　言之有理！半信半疑的人信了：

　　"减去十岁，那我就不是六十一，而是五十一了，太好了！"

　　"我也不是五十八，而是四十八了，哈哈！"

　　"特大喜讯，太好了！"

　　"英明，伟大！"

　　和煦的春风，变成了旋风，顿时把所有的人都卷进去了：

　　"听说了吗？减去十岁！"

　　"千真万确，减去十岁！"

　　"减去十岁！"

　　人们奔走相告。

　　离下班还有一小时，整幢楼的人都跑光了。[01]

　　因为这个消息，人们对生活都产生了新的希望，有了新的行动计划，如老局长季文耀因为不用退位而产生了好好整顿机关的工作热情，技术干部张明明因为觉得自己年轻了而决定好好地在科学技术上做贡献，大龄女青年也对自己的婚姻燃起了希望，等等。当然，这个消息也引发了一些问题，离退休的老同志要回来上班，新招来的青年得回去读小学，这让他们很不乐意，而且，幼儿园的小朋友应该去哪儿成为一个大问题。这是一个荒诞的消息引发的荒诞的时刻，然而，作品的指向性十分明显，就是控诉耽误了十年岁月的"文化大革命"。这是一个有着荒诞感的现实故事，这里讲述的是因荒诞的世界造成了人的荒诞的故事。

　　所以，因为小说所表现的主题，80 年代初期中国的现代派带上了深刻的中国式情结，其在表现手法上的借鉴远远超过哲学意义上的借鉴，导致许多评论家不将其作为现代派的代表。

　　直到 1985 年左右，一批书写年轻人生活的小说出现，才被认为是中国现代派的真正代表作，有评论家说："现代派的高潮直到 1985 年才到来，刘索拉的《你别无选择》和徐星的《无主题变奏》被认为标志着中国真正的'现代派'横空出世。"[02] 这些作品之所以被认为是"真正的现代派"，一方面与其叙述形式和西方现代派作品相似有关。比如《你别无选择》模仿了美国现代作家约瑟夫·海勒的《第二十二条军规》，《无主题变奏》模仿了美国作家赛林格的《麦田里的守望者》。另一方面，这些作品普遍表达了 80 年代年轻人渴望塑造自我的一种生存状态，他们内心的焦躁及对现实和世俗规则的挑战，以及对生存的困惑都充满了"现代感"。

　　刘索拉的《你别无选择》（1985 年）讲述了音乐学院一群年轻的、充满新潮音乐理念和生活理念的学生，反抗学院迂腐的教学制度和虚假平庸的教师，以各自的方式寻找自己人生价值的故事。音乐般

[01]　谌容：《减去十岁》，《人民文学》1986 年第 2 期。

[02]　陈晓明：《表意的焦虑：历史祛魅与当代文学变革》，中央编译出版社 2002 年版，第 74 页。

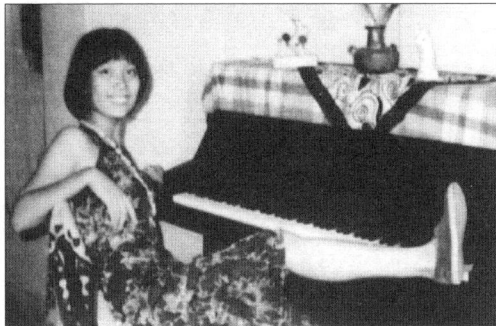

刘索拉　　　　　　　　　《你别无选择》
　　　　　　　　　　　　　（1985 年版）

的语言节奏、狂躁与不安的情绪作为文本结构的显著标志，打破了传统线性叙事的方式，并使作品在传达年轻人独特的生活情感及生活状态上找到了良好的表述语言。像作品所展示的贾教授迂腐的教学方式，李鸣、森森等人对现代音乐的追求，小个子对功能圈的反复擦拭，孟野对规章制度的蔑视，"猫""懵懂""时间"这三位女生的另类生活等，都表达了作者对传统生活理念的反抗，而文章结尾描述的森森获奖这一事件，明显传达出反抗的成功，意味着作者在作品中期待的希望和未来。整个故事内容建构了一群年轻人的反叛精神。其中，无所事事、前途迷惘成为这群人的标签，比如，李鸣天天想着退学，马力因无聊而机械地重复着打发时间的动作：

　　　　自从李鸣打定主意退学后，他索性常躲在宿舍里画画，或者拿上速写本在课堂上画几位先生的面孔。画面孔这事很有趣，每位先生的面孔都有好多"事情"。画了这位的一二三四，再凭想象填上五六七八。不到几天，每位先生都画遍了，唯独没画上女讲师。然后，他开始画同学。同学的脸远没先生的生动，全那么年轻，光光的，连五六七八都想象不出来。最后他想出办法，只用单线画一张脸两个鼻孔，就贴在教室学术讨论专栏上，让大家互相猜吧。

　　　　马力干的事更没意思，他总是爱把所有买的书籍都登上书号，还认真地画上个马力私人藏书的印章，像学校图书馆一样还附着借书卡。为了这件事，他每天得花上两个钟头，他不停地购买书籍，还打了个书柜，一个写字台，把琴房布置得像过家家。可每次上课他都睡觉，他有这样的本事，拿着讲义好像在读，头一动不动，竟然一会儿就能鼾声大作。[01]

这样一群音乐学院的年轻人，对世界和现在的制度充满了不满和嘲弄。小说借助充满节奏韵味的语调来展示年轻人内心世界的无所事事，也正是这种年轻人的生活节奏，被认为是充满现代感的，贴着现代性的标签。

刘索拉的《蓝天绿海》(1985 年) 展示了一位刚刚走向乐坛的音乐人对现实生活的困惑以及反抗。在"我"的世界中，"我"的人生充满着似是而非的理想和实现理想的可能性，小说中如此写道：

> 我是个女歌手，也许能当上歌星。这个城市歌星之多，比诗人还多。人家都说拿石头随便一砸就能打破一个诗人的脑袋，可当歌星，只要会咳嗽，就有希望了。
>
> 我唱了多少年歌，我自己也记不清了。好像从一生下来，我就想当个歌手，可总是当不上。我唱了一辈子歌，今天才第一次进录音棚，已经二十四岁了。我向往进录音棚，像个正经八百的歌星一样，戴着耳机、冲着麦克风，让整个庞大的录音设备都为我开动。我一直想这一定是个比舞台更富于意境的事。可一进这间大棚，我发现全体乐队的人都被录音师整治得垂头丧气，平时那种摇头晃脑辉煌灿烂状都没了。我则被冷落在这个角落里，躺在地摊上，听着："Let it be！"
>
> 唱片公司的人说，我的唱片已经被拿到香港去制作磁带封面了。乐队的人也说，不久后，我将一鸣惊人、轰动歌坛。像天上突然多出个太阳一样，弄得所有人不知所措。随之而来的就是不断地演出、录音、灌唱片、制磁带、鲜花、钱。如果蛮子活着，她一定说我"没劲"，因为她从来没想过鲜花之类的东西，她只是一个劲儿唱、唱，凭着股蛮劲，

---

[01]　刘索拉：《你别无选择》，《人民文学》1985 年第 3 期。

她的歌声能使你哭出来，就像基督徒真见着了上帝一样。

一想起她，我只能嘲笑自己。我知道这是自暴自弃。一想起她，我甚至怯场。尤其是签了什么合同之后。有时我会陷入一种混沌状态，好像在对蛮子一个人唱，又不知所云。那些评论家就说我是"梦幻型"的。我知道台下总有一半人不知道我真正唱的是什么，为什么唱，不知道那些歌其实是怎么回事。他们甚至不知道该在哪儿鼓掌，该在哪儿沉默。他们总是不知道我并不需要那些掌声。要是在间歇时，哪怕能给我五秒钟的沉默，我都会感激不尽。昨天晚上，在一个大学演出，我第一次唱起那首我献给蛮子的歌，那首歌太难唱，唱得我汗流浃背，嗓子都破了。我想这总能打动蛮子，没想到在台下一片欢呼中，蛮子的灵魂愤然离我而去。晚上回到旅馆，我躺在床上，只想把声带掏出来扔到窗外去。我希望变成哑巴，真正的哑巴。[01]

"我"的世界如此混沌，唯一可靠的似乎就是蛮子、对蛮子的回忆及与蛮子间的友谊。她是"我"认为的最好的歌星，"我"和蛮子的交往既充满了快乐，也充满了忧伤——一种青春期独有的忧伤，因为蛮子死了。

蛮子临死时，穿的是那件和我一样的淡黄衣服，她完全可以当个电影明星。她冲我愉快地笑了一下，我也笑了一下。那件淡黄色的衣服别提和她多相称了。以前我从来没发觉她竟然那么白，我一直以为她是个黑黄皮肤。陆升没完没了地弹着吉他，一直到蛮子被火化。吉他上全是陆升手指头流出来的血。现在看来死并不可怕，蛮子当时的表情好像是签订了一份合同。[02]

而"我"充满蛮子记忆的生活洋溢着忧伤。"我"甚至无法与他人对话，脑子里全部都是与蛮子说话的言语，"我"也不断地回忆着

[01] 刘索拉：《蓝天绿海》，《上海文学》1985 年 6 月。
[02] 刘索拉：《你别无选择》，《人民文学》1985 年第 3 期。

跟蛮子在一起的时光：从到她家去做思想工作时踩死的小鸡，到偷姐姐的都是国外歌的歌本，从蛮子说自己恋爱了到自行吃药打胎，这种种交往在一种哀伤的语调中展开。小说的语言有着音乐般的节奏，也是关于诸如"蛮子""我"等年轻人与音乐的故事。故事没有什么固定的情节，甚至也没有什么明确的主题，给读者展现最清晰的是一群与音乐有关的年轻人关于世界和生活的态度，故事也因为蛮子已经死了的忧伤基调，而使得这群人对时代、社会的反叛情绪有了别样的韵味。

徐星的《无主题变奏》（1985 年）则进一步展示了内心的种种不安、厌倦和困顿的情绪，整个作品基本没有故事情节，有的只是"我"不断流动的情绪。在混乱的生活中，唯一算得上是中心事件的，大概就是"我"的爱情，或者说是我关于爱情的一点点看法。也就是说，整个情节处于一种零散、看似没有头绪的对生活的叨唠中，但每一部分都有"我"与老 Q 的爱情，这些爱情没有具体场景，完全是"我"充满矛盾与冲突、不安与焦虑的内在情感的展现。既没有爱情的执着也没有爱情的痛苦，当老 Q 反复规劝"我"去学校报考时，"我"和她分手了，爱情也是如此地不确定。正如，文中写道：

> 我搞不清除了我现有的一切以外，我还应该要什么。我是什么？更要命的是我不等待什么。[01]

甚至对生命，对于死亡，也是充满着嘲讽的意味：

> 如果我突然死了，会有多大反响呢？大概就像死了只蚂蚁。也许老 Q 会痛苦几天，也会很快过去，她会嫁人，在搞她的所谓的事业的同时也不耽误寻欢作乐，她以前对我的千娇百媚同样地献给另外一个男人。[02]

[01]　徐星：《无主题变奏》，《人民文学》1985 年第 7 期。

[02]　徐星：《无主题变奏》，《人民文学》1985 年第 7 期。

这些作品被认为具有现代性的根本原因在于展示了一种真实，一种 80 年代青年人叛逆、嘲讽的精神，更重要的是青年人的这种精神状态不是通过以往现实主义作品那种说教式的方式展示的，而是通过对内在心灵世界的直接呈现展示的，尽管这样的展示缺失了故事情节的完整性，甚至根本没有情节，但是充满了戏剧感，给人一种强烈的震撼。

当时，文坛许多评论家对刘索拉、徐星等作家作品的现代性给予认同及肯定。有评论家曾就《你别无选择》《蓝天绿海》等作品中体现的语言情绪大加赞赏，并充分肯定其"文学性"，他说："人们在《蓝天绿海》里所看到的，是一股灰暗凄恻的愁绪。这股愁绪与小说标题正好形成对照，使现实与憧憬以巨大的反差色调出现在作品的语符系统里。在此，文学语言作为文字化了的情绪符号而独立成形，它以生成系统的情绪性作为自身的创造领域，有时在言语的组合上，有时在语音的节奏上获得了一种音乐性的艺术挥发。"[01] 区别于现代派"姓资"还是"姓社"的论争，这位评论家注意到了艺术语言表述方式的变化，而这种变化正是 80 年代中期文坛为摆脱以往那种以内容为中心进行变革的艺术思维方式所做的积极努力。正如这位评论家在其另一文章中强调的语言变革的意义："中国人能不能完成世纪性的历史性转折，不仅在于他们能不能获得新的政治体制和经济体制，而且更为根本的还在于他们能不能实现语言方式和与之相应的思维方式的革命。因为语言的规范化和逻辑化直接对应于思维的理性化和科学化。"[02] 这种肯定也应合了 80 年代中期，从艺术本体论的角度寻求艺术的变革与突破的思维方式。

现在看来，对现代派的"艺术性"期待，才是 80 年代文学真正具有关心价值的问题，这也将有助于我们进一步解释为什么这样一种普遍的技巧在 80 年代的文坛引起了如此多的论争，以及它在文学本体论意义上产生的真正的影响。

---

[01]　李劫：《试论文学形式的本体意味》，《上海文学》1987 年第 3 期。
[02]　李劫：《中国当代语言革命论略》，《社会科学》1989 年第 6 期。

第三节　**非新元素的深刻影响力**

　　从 80 年代初期茹志鹃、王蒙、宗璞等人运用意识流、荒诞派的现代派表现技巧，到 80 年代中期刘索拉、徐星等人追求话语结构方式的变化，乃至围绕现代派话题产生的各种论争，关于现代派的关注热情始终存在着。然而，就是这样一种在西方和在 20 世纪中国文学史上其实并不是特别新鲜的事物，为何在 80 年代初期引发了如此大的轰动效应？其对于中国的文学艺术发展史而言究竟在哪些方面产生了影响力呢？

　　我们首先来看看 1981 年发表的高行健的一本小册子——《现代小说技巧初探》，这本册子发表后引发的轰动很有代表性。这是一本关于现代小说写作技巧的理论著作，介绍或探讨了诸多西方现代派的小说技巧，涉及了"意识流"、怪诞、非逻辑、象征、情节、真实感等现代小说的理论问题。其体现出来的对我国文坛长期存在的小说写作手法的挑战姿态异常鲜明，在许多问题上，高行健就直接宣判了传统文学认知观的过时和革新的必

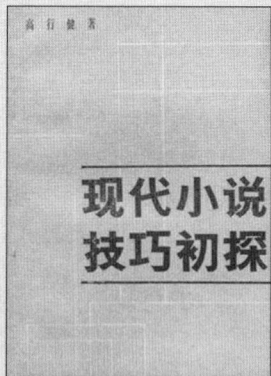

《现代小说技巧初探》(1981 年版)

想象、建构及限制——20世纪80年代中国文学史论

要。比如，他说，在现代小说中，"我们用结构的概念来代替情节的概念"[01]。"现代作家再也不会像雨果描绘巴黎圣母院那样不厌其烦地细致描写环境了。"[02] "未来的小说家便可以将自己作品创作的全部过程展现给读者，只要能愉悦读者又于读者有教益的话。"[03] 叶君健在"序言"中从人类文明发展的角度对现代派做出了充分的肯定，他认为人类文明经历了机械手工业时代、蒸汽机时代、电子和原子时代等三个阶段，文学上也经历了现实主义、现代主义的阶段。从而，他从一种进化史的角度，为现代派找到正名的依据。

这本介绍西方现代主义写作技巧的书籍在当时文坛吸引了很高的关注度。先是冯骥才急切地发出了礼赞，他在给李陀的信中写道："我急急渴渴地要告诉你，我像喝了一大杯味醇的通化葡萄酒那样，刚刚读过高行健的小册子《现代小说技巧初探》。如果你还没有看到，就请赶紧去找行健要一本看。我听说这是一本畅销书。在目前'现代小说'这块园地还很少有人涉足的情况下，好像在空旷寂寞的天空，忽然放上去一只漂漂亮亮的风筝，多么叫人高兴。"[04] 接着李陀给冯骥才回信并给刘心武写信，刘心武给冯骥才又写了信。他们都对高行健这本小册子提出了自己的看法，三个人的言语间都流露出对中国文学引进西方现代派文学写作技巧的肯定，都认为这只"风筝"算得上"漂亮"。在这些类似的理解中，普遍体现出的一个特征就是将现代派作为一个新鲜事物加以礼赞，这不仅说明现代主义写作技巧本身的影响力，更反映了人们对其关注的特殊性。

然而，纵观20世纪中国文学史，关于现代派的译介及影响，在五四时期就已经开始了，它在中国的存在早就不是什么新鲜事物，但在80年代初又一次引发关注的热潮。之所以如此普遍地造成了这种"新鲜感"，一方面与50年代至70年代末过于激烈地拒绝和否认西方现代主义的态度有关。长达30余年的禁避、拒绝使大多数作家对现代派感到陌生又新鲜，甚至从意识形态上产生了一种"误解"，而当解除了封闭的文化语境，作家们放眼世界时，突然发现了其他国家

[01] 高行健：《现代小说技巧初探》，花城出版社1981年版，第72页。

[02] 高行健：《现代小说技巧初探》，花城出版社1981年版，第83页。

[03] 高行健：《现代小说技巧初探》，花城出版社1981年版，第124页。

[04] 冯骥才：《中国文学需要现代派——给李陀的信》，选自何问贤编：《西方现代派文学问题论争集》，人民文学出版社1984年版，第499页。原刊于《上海文学》1982年第8期。

这些年发生的巨变，在中国与其他国家巨大差异的对比中，国人突然有了种要急急地跟上他人步伐的冲动。而另一方面，这一现象也说明了当时人们视野的限度。现在看来，对于这种思考问题的方式，我们抱以理解的态度的同时，更需要清醒地意识到当初许多人所倡扬的新鲜感，更多的是来自一种主观感觉，而非事物本身的创新性。所以，当我们再次思考现代派产生的真正意义或影响力时，我们更应该回到文学史发展的角度来衡量。

在 20 世纪中国文学史上，现代派的写作技巧给中国的文学创作带来了巨大的影响力，先是五四新文化运动时期，鲁迅、郁达夫、丁玲等人对现代性小说的追求，直接转变了中国以故事情节为中心的叙事传统，李金发、戴望舒等人对象征、现代派艺术技巧的运用，推动了中国新诗的变革。而到了 80 年代，"意识流"、荒诞派等现代派技巧的运用，直接推动了中华人民共和国成立以来现实主义传统的固有情节模式的转变。比如，依靠意识流动结构文本的方式打破了阶级斗争式的正反对立思维方式，荒诞派的表现技巧直击政治意识形态所规约的现实主义逻辑，将非人道、荒诞的举措进行了淋漓尽致的呈现。从而，80 年代文学走出了简单的好人、坏人、好人打败坏人的单向度思维的结构方式，一些年轻的作家在作品中通过意识流或非情节结构的方式传达内心世界的苦闷和对外在世界的认知，启动了中国新潮小说和新诗的变革力量。技巧的改变也带来了观念的改变，就 80 年代初期运用现代派技巧的作品而言，其集中表现为表达生活逻辑的荒诞感、人性的异化及存在主义的思维方式等，特别是对经历了"文革"的知识分子，现代派的诸多表现技巧成为他们表达生活的荒诞感的最佳手段，成为他们表达异化的生存世界的最好途径。比如，从最初宗璞等人表达的"非人"的世界，到刘索拉、徐星等人嘲讽的非正常的社会秩序，再到残雪、余华、莫言等人进行的极致化的传达，现代派的艺术手法一步步地成为作家们理解世界的方式。可以说，从最初用意识流、荒诞手法表达一个严肃的社会主题，到最终借助形式的变革实现对世界的荒诞性的感悟和理解，80 年代初期在作品中进行的现代派创作手法的尝试为 80 年代中后期出现的一次又一次的新的小说文本做好了铺垫。

因而，从美学功能上来看，80 年代初期这些运用现代派写作技巧的作品，大大丰富了作品的表现意旨。尽管像王蒙、茹志娟、宗璞等人的作品在主题上依然限制于新时期的"反思"主题，技巧的运用只是为了更好地传达人物的反思力度和深度，与西方表现人类生存困境的真正现代派作品是不同的，但它们在表现形态上已区别于直接反映现实生活的创作规范，开拓了新的表现空间。同样，在诗歌、戏剧等领域，"朦胧诗"的创作手法，以及"实验戏剧"带来的新的舞台表现力，都为 80 年代的中国艺术带来了新的展示空间。不过，值得一提的是，这种形式变化背后既包含了新时期到来之后，对"文革"历史的批判和否定思维，也包含着对现实主义创作手法的否定。戴厚英曾说："现代派艺术的兴起，也有它的必然性，它既是现代派作家对现实主义的否定，也是现实主义艺术自己对自己的否定。"[01] 那么，80 年代对现代派的认可及对现实主义的否定，实际上有着 50—70年代以来否定与肯定二元思维方式影响的痕迹，将现代派与"进步"相联系的想象世界文化及中国现状的方式，体现了 80 年代理解世界的独特的意识形态影响力。

---

[01] 戴厚英：《人啊！人》，花城出版社 1980 年版，第 357 页。

第七章　汪曾祺：
"另类"与适时而出

第一节　汪曾祺的显现

20 世纪 40 年代，汪曾祺已经以西南联大才子的形象走向了文坛，然而，受政治环境、人生境遇、个人性情等因素的影响，他在之后很长时间里鲜有作品发表，等到他再次引起文坛的注意并进入创作的高产期时，时间已到了 80 年代。1980年第 10 期的《北京文学》和 1981 年第 1期的《雨花》，分别发表了汪曾祺的作品《受戒》和《异秉》，这两部短篇小说技巧纯熟，精妙之处令文坛振奋。以此，年过六十岁的汪曾祺也像新人一样再次进入了文坛的视野。

汪曾祺

《受戒》和《异秉》这两部作品，无论是风格、故事情节还是结构方式，乃至作品意蕴，都既出离于当时流行的"伤痕""反思"文学潮流之风，又疏离于当时的西方现代派的创作手法。因而，这两部作品在当时的文坛显得十分"另类"。而在这两部作品发表之前的 1980 年 3 月，汪曾祺的《黄油烙饼》发表，这篇小说借助孩子萧胜的视角，写了奶奶、爸爸、妈妈的亲情，写了在动荡的年代里父亲将自己从苏北带

到内蒙古的经历，一路写来，充满了对眼前所见的景物的细致描绘，展现了散文式的笔法，而小说构思奇巧，萧胜一句天真的询问"干部开会干吗吃黄油烙饼？"[01] 将读者拉向了那样一个特殊的历史时空，只是，作者在这里的

《受戒》发表于《北京文学》1980 年第 10 期

叙述完全没有了"伤痕""反思"文学式的思想拷问或紧张的政治控诉，而是把一个孩子的心灵世界，化作了淡淡的风情，化作了幽默的调侃。这样一部作品可算作汪曾祺的回归，不过，真正引起文坛轰动的还是《受戒》和《异秉》这两部小说。特别有意思的是，刊物在发表这两部作品时，编辑都不约而同地采取了额外"说明"之类的方式。以下分别是《北京文学》和《雨花》在发表这两部作品时做的独特"说明"：

> 本期作者在题材和风格的多样化上，表现得比较显著，大多数作品还说明作者们着意艺术追求，我们赞赏精耕细作，赞赏艺术进取心……我们争取尽可能高的思想性，当然我们也就积极主张文学的教育作用。这一点我们希望取得作者的有力配合。但除此之外，我们也还赞同文学的美感作用和认识作用。缘于此，我们在较宽的范围内选发了某些作品。很可能会受到指斥，有的作者自己也说，发表它是需要胆量的。真不知道从什么时候开始，文学和胆量问题结合得这样紧，常常是用胆大和胆小来进行评价，这是不利于正确阐明问题的。[02]

> "异秉"这个词，一般读者都会有些陌生，所以作者在文中解释说，就是"与众不同"。这很有意思，我们写小说，也应该力求"与众不同"；否则也不能叫作"创作"……发

[01]　汪曾祺：《黄油烙饼》，《新观察》1980 年第 2 期。

[02]　《编余漫话》，《北京文学》1980 年第 10 期。

表这篇小说，对于扩展我们的视野，开拓我们的思路，了解
文学的传统，都是有意义的。[01]

　　在《北京文学》这里，提到的"但除此之外，我们也还赞同文学
的美感作用和认识作用。缘于此，我们在较宽的范围内选发了某些作
品"，这里的"某些作品"显然是指汪曾祺的作品，而提到的"有的
作者"显然指的是汪曾祺。据其子回忆，汪曾祺将作品转交给编辑部
时，在里面夹了一张小纸条，意思是发表这样的作品是需要胆量的。
可见，汪曾祺自身对当时的文坛气候比较敏感，而且，对自身小说观
与主流小说观的偏离也有一个较清楚的认识。《雨花》则显得更大胆
和直白些，编辑在附语中强调了《异秉》这部作品的
意义，以此来确立其发表的合理性。但是，无论如何，
读者都可以从这两篇绕来绕去的"说明"中看出编辑
的小心谨慎。可见，无论是《北京文学》拿出胆量强
调"美感作用""认识作用"，还是《雨花》强调作品
之于"视野""思路""传统"之意义，这样做的目的，
无不是想尽量避开作品有可能引发的思想内容方面的
争议，而通过确定"艺术"的"美感"的尺度来找到
作品存在的合理性。

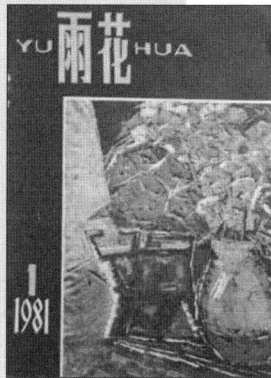

《异秉》发表于《雨花》
1981 年第 1 期

　　《异秉》实际上是汪曾祺以前一篇旧小说的改版，
在叙事的方式和故事性上都明显体现了其对 20 世纪
40 年代创作的一种延续，而《受戒》是作者自己在文后标示了"写
43 年前的一个梦"。可见，这两部作品与当时十分流行的"伤痕""反
思"文学格格不入，有"另类"的味道。用汪曾祺自己的话讲是"我
就是这样"，他说："我的作品确实是比较淡的，但它本来就是那样，
并没有经过一个'化'的过程。我想了想，说我淡化，无非是说没有
写重大题材，没有写性格复杂的英雄人物，没有写强烈的，富于戏剧
性的矛盾冲突。但这是我的生活经历，我的文化素养，我的气质所决
定的。我没有经过太多的波澜壮阔的生活，没有见过叱咤风云的人
物……我只能写我所熟悉的平平常常的人和事，或者如姜白石所说

---

[01]　高晓声：《编者附语》，《雨花》1981 年第 1 期。

'世间小儿女'。我只能用平平常常的思想感情去了解他们，用平平常常的方法表现他们。这结果就是淡。但是'你不能改变我'，我就是这样，谁也不能下命令叫我照另外一种样子去写。"[01] 实际上，经历了"文化大革命"之后，汪曾祺依然能够重拾当年的写作"样子"，实是文坛的一大幸事，因为当时太多的作家再拾笔后已经无法创作，或再也无法达到当年的水平了，汪曾祺不仅恢复了功力，甚至更有长进。

当然，这两部"另类"作品发表时是如此与众不同，发表之后引发各方面的不同意见也是自然而然的。一方面，小说作为脱离了"十七年"来的现实主义规范的作品，冲击了一些已经习惯于读阶级斗争故事或反映鲜明时代特征故事的读者的阅读习惯，在发表以后必然会受到批评。比如，有批评家认为《受戒》写的是"旧社会"[02]，"缺乏鲜明的时代感"[03]。更有读者认为在《受戒》中读到的只是一个奇怪的和尚和村姑谈恋爱的故事。但另一方面，持批评观点的文章并没有减弱汪曾祺作品日益增长的影响力，20 世纪 80 年代初期一些编辑和评论家小心谨慎地做着开拓视野的尝试，汪曾祺很快受到了肯定。比如，1980 年 11 月，在昆明召开的当代文学研究会第二次讨论会上，《文艺报》的刘锡诚做了《从思想到艺术的突破——谈 1980 年短篇小说》的发言，其中就提到了刚刚发表的《受戒》。12 月 18 日，《文艺报》组织小说座谈会，扫描 1980 年小说时列举的为数不多的优秀作品中也包括了《受戒》。[04] 1980 年 12 月《文艺报》"新作短评"栏目上也发表了唐挚的《赞〈受戒〉》一文。之后，汪曾祺的作品越来越受到评论界的喜爱，如《受戒》荣获了 1980 度"《北京文学》奖"，《大淖记事》（1981 年）分别荣获了 1981 年度"《北京文学》奖"和 1981 年度"全国优秀短篇小说奖"。

因此，虽然没有"伤痕""反思"文学作品那样轰轰烈烈的大讨论，但汪曾祺的作品为 20 世纪 80 年代初期的文坛提供了一道新的风景，更重要的是，其影响已深入诸多年轻作家的内心，影响了很多作家的写作，更标示着 80 年代文学气候的整体改变。从另一角度而

[01] 汪曾祺：《七十书怀》，《现代作家》1990 年第 5 期。
[02] 张同吾：《写吧，为了心灵——读短篇小说〈受戒〉》，《北京文学》1980 年第 12 期。
[03] 张同吾：《写吧，为了心灵——读短篇小说〈受戒〉》，《北京文学》1980 年第 12 期。
[04] 刘锡诚：《在文坛边缘上——编辑手记》，河南大学出版社 2005 年版，第 491—498 页。

言，汪曾祺在 80 年代的适时而出，也是时代的一种需求。对刚刚经历了多年动荡不安的文坛来说，期待变革的心态是十分急切的，如同国家期待一个"新时期"的到来一样，大家都热切地期待着出现新气象的作品。然而，此时接受新的艺术规范的新一代的作家并没有成长起来，而对大多数已成名或者创作正盛的作家而言，数十年接受的思想及艺术规范，使他们往往在创作中很难摆脱以往的思维定势，难有新鲜之作出炉。因而，我们从"伤痕""反思""改革"等文学潮流中，依然看到了"十七年"的文学传统和惯性思维。同时，自 70 年代末开始实行改革开放，并重新开始引鉴西方的文学作品以来，大量作家形成了追求西方现代派的写作手法的狂热激情，这又引发了文坛矛盾，以及中国文学如何寻找自己的发展特色的疑问。这个时候汪曾祺的出现就恰好打破了惯有的思维方式，给文坛注入了一股新鲜的活力。的确，与当时"复出"的众多老作家相比，汪曾祺的小说中没有他们那种融入时代号召或政治意识形态的话语，以寻找自身存在的合法性的言说，他所选取的题材既不是"反思文学"也不是"改革文学"。他也没有那种重逢西方现代主义创作手法而表现出的新奇感或兴奋感。但是，他自有一种让人难以拒绝的吸引力。

同时，汪曾祺在 20 世纪 40 年代就已经显露的才华及现代文学长者的影响力，又使其在文坛的重现多了种从容和淡定。其影响力与其说是轰轰烈烈的，不如说标志了文坛求新期待中某种突破的信号。正如李陀所说："《受戒》发表以后，都觉得好，但都认为是小花野草，是无害的作品。不有益，也无害，是这么一种态度，对一批年轻的有志于文学变革的人，影响很大。"[01] 更重要的是，汪曾祺的小说让文坛看到了小说创作的不同方向和方式，对充满创新精神的 80 年代文坛而言，这无疑是一个喜讯。

值得一提的是，汪曾祺虽然在 20 世纪 80 年代再次走入读者的视野，然而，在八九十年代的文坛上，他的处境并非"中心"。有评论家曾这样描述汪曾祺的写作和生活："林斤澜还披露了这一事实：'乍暖还寒'季节，《受戒》写成后，有知情者打算把'小和尚谈恋爱'的故事作为汪的'思想新动向'报上去，《北京文学》李清泉听

---

[01]　王尧：《在潮流之中与潮流之外——以八十年代初期的汪曾祺为中心》，《当代作家评论》2004 年第 4 期。

说此事，出于好奇把稿子拿去看，这才发表出来，而最初引起的回应也是批评性的；《异秉》由林斤澜交给《雨花》新任主编叶至诚、高晓声，三个多月没下文，原来编辑部有人强烈反对，最后主编做主才得以面世。直到 80 年代末，汪曾祺《晚翠文谈》还差点被退稿，而他生前也只开过一次作品讨论会（1987 年由作协发起、《北京文学》承办）。1993 年海南岛的一次文学活动中，听众不甚了解应邀前来的汪曾

《受戒：汪曾祺自选集》
（1987 年版）

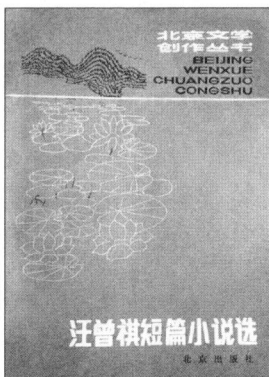

祺，主办者不得不打出'《沙家浜》作者'的招牌来以示招徕。据说汪氏到死也无一间属自己的房子，其住房先是由太太施松卿单位分配，相当逼仄，晚年所居稍宽敞，却是孝顺的儿子将自己的住房让给父亲。80 年代中期以后，文坛虽然越来越重视汪曾祺，1997 年汪曾祺逝世后，对他的研究和关注也有增无减，但'复出'之初汪曾祺曾克服重重阻力，而整个'新时期'乃至新世纪，文坛对他的接纳也并非全无保留：记住这一点，对于深入了解汪曾祺和所谓'汪曾祺热'，不无益处。"[01] 这就是生活中真实的汪曾祺，一个不争什么、淡泊心静的汪曾祺，一个被文坛尊重并呼声很高的作家，却并没有在文学潮流的涌动中得到过什么实惠的作家。

《汪曾祺短篇小说选》
（1982 年版）

不过，问题的另一面是，相异于时代创作潮流的汪曾祺的小说为什么能够引发这么多人的兴趣，仅仅是因为题材或写作手法上的奇特吗？笔者以为，这与汪曾祺作品中流淌的那股精气神有关。郜元宝在解码汪曾祺的意义时，曾经说过："汪曾祺是活在当代文学体制中的现代作家，他所继承的现代文学传统，从小说角度看，不仅有西南联大自由主义作家沈从文等的传统（留恋往昔、不赶潮流、自由独立、强调西化和世界化），也包括一开始就和新文学主流有所疏离的老舍的

---

[01]　郜元宝：《汪曾祺论》，《文艺争鸣》2009 年第 8 期。

京派（京味）传统以及以赵树理、孙犁、李季等作家为代表的延安 /
北方新的民间文学传统。汪曾祺小说是新文学内部雅俗两种文学传
统的汇合。"[01] 他还认为："汪曾祺好像是现代文学中雅文学的一粒种
子，落在 50 年代以后的现实生活土壤，自觉吸收现代文学的俗文学
营养，最后破土而出，长成栋梁。"[02] 这里，论者明确将汪曾祺置于
五四新文化运动的延承传统中进行阐述，这样的阐述不无道理。笔者
认为，汪曾祺是对五四新文化运动思想的一种新的阐释，在对人、人
性上的理解，两者是相通的，体现了中国现代文学最核心的现代性价
值观——人的解放。比如，汪曾祺的小说《受戒》与鲁迅的散文《我
的第一个师父》（1936 年）对人性的自由性的赞赏竟然有着惊人的相
似性，两者都选取了和尚这一主题，而这里的和尚都可以娶妻生子，
有情有义，更有意思的是，在中国民间最底层的人群中和尚的这种存
在形态都是被认可的。汪曾祺和鲁迅是两位在个人气质上相差甚远的
人物，然而，当他们面对人性的解放和人生的美好存在时，有着隐秘
的共性。这种共性是偶然的，亦是必然的，因为汪曾祺本来就是一个
从五四新文化运动开创的现代文学传统中走出来的人物。在 20 世纪
80 年代的时空中，他按照自己的方式走得淡定从容，却恰恰符合刚
刚走出 50—70 年代遭受文学禁锢的中国文坛对现代文学传统的殷切
回望。所以，在一定意义上，汪曾祺是"另类"的，却也是"适时而
出"的。

---

[01]   郜元宝：《汪曾祺论》,《文艺争鸣》2009 年第 8 期。
[02]   郜元宝：《汪曾祺论》,《文艺争鸣》2009 年第 8 期。

想象、建构及限制——20世纪80年代中国文学史论

第二节　气韵与语言见长的小说

　　汪曾祺的作品包括大量散文和小说，他的散文多描述生活中充满乐趣的小事，处处显露出唯美之气。他的诗画之作也与其文字有异曲同工之妙，体现出汪曾祺的生活之趣。如果从 20 世纪 80 年代文学史的创新意义及影响力角度而言，我们无法忽略其在小说创作上做出的贡献。他的小说创作手法与 50—70 年代人们所习惯的创作手法大相径庭，人们看不到跌宕起伏的故事情节、豪情壮志的人物形象，也没有鲜明的时代背景。40 年代，汪曾祺凭其独有才华，在西南联大已颇有才子气派，1949 年出版了他的第一部小说集《邂逅》，里面收录了他写于 1939 年到 1948 年间的八篇短篇小说。中华人民共和国成立以后至"文化大革命"期间，他少有作品出版。曾在 1963 年出版了小说集《羊舍的夜晚》，里面收录了他在 1962—1963 年间写的三篇小说。与其他文人相比，汪曾祺虽历经人生的坎坷，却依然保持了淡泊名利、寄意丹青的生活状态，实在难能可贵。比如，在"反右派"的斗争中，汪曾祺纯粹是因为单位为完成"右派"指标而被下放的，先是在张家口，后又转入内蒙古沽源马铃薯研究站，面对艰苦的生活，汪曾祺却绘成了《中国马铃薯图谱》和《中国口蘑图谱》两巨册。这两册书籍要是不毁于"文化大革命"，无疑将为我们的艺术界

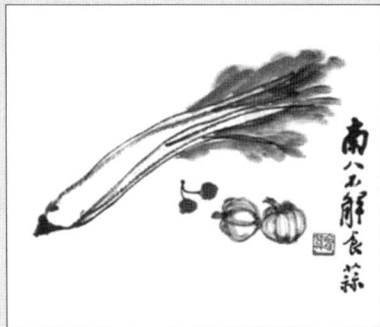

汪曾祺书画 1

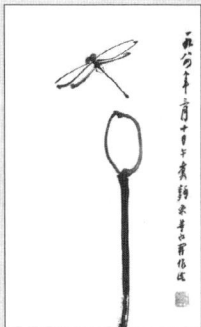

汪曾祺书画 2

汪曾祺书画 3

汪曾祺书画 4

汪曾祺书画 5

增色不少。"文化大革命"中又被江青"控制使用",却也认真参与《沙家浜》（1970 年）的编剧工作，留下精彩的篇章。"文化大革命"结束之后，经历了不断的"接受审查"的日子，然而一旦可以写作，便给读者呈现了"另类"的文本。在人生的坎坷中始终保持着自己喜爱的生活方式，我们看到汪曾祺的个性中有种对功利的淡泊，有种人生的散淡，有种为人的谨慎，还有种看待人生的平和与畅达，对外物有种间离，内心又有种恒定，这使作家在内心保持了一份纯净。那些年的"藏笔"对汪曾祺的小说创作来说倒是件好事。80 年代至 1997 年逝世前的这段时间再次成为他创作的辉煌期，他发表了大量小说和散文。从汪曾祺的创作经历和成果来看，他已经是 80 年代文坛"成熟"的新人，在 80 年代他的小说"新"的特征表现得异常鲜明。

要理解汪曾祺，引用他自己的话是很恰当的。他说："我自己觉得：我的一部分作品的感情是忧伤，比如《职业》《幽冥钟》；一部分作品则有一种内在的欢乐，比如《受戒》《大淖记事》；一部分作品则由于对命运的无可奈何转化出一种常有的苦味的嘲谑，比如《云致秋行状》《异秉》。在有些作品里这三者是混合在一起的，比较复杂。但是总的来说，我是一个乐观主义者。对于生活，我的朴素的信念是：人类是有希望的，中国是会好起来的。我自觉地想要对读者产生一点影响的，也正是这点朴素的信念。我的作品不是悲剧。我的作品缺乏崇高的、悲壮的美。我追求的不是深刻，而是和谐。这是一个作家的气质所决定的，不能勉强。"[01] 这恰是他作品的艺术基调，不管是写充满忧伤的，还是充满欢乐的作品，作者都写出了一种和谐的味道，这种和谐不仅仅是指作品的人物经历、故事情节，更多的是来自作家内在的一种气质和气度。

营造这种基调的最佳手段是语言，这也是表现汪曾祺小说艺术特征的关键要素。汪曾祺自己说："写小说就是写语言。"[02] 汪曾祺小说的语言是民间语言的朴素、平白与古典诗文的雅蕴和诗情的集合，是散淡与精要的集合，有种洗练和自然之感，恰如他自己所说："作品的语言映照出作者的全部文化修养。语言的美不在一个一个的句子，而在句与句之间的关系。包世臣论王羲之字，看来参差不齐，但如老翁携带幼孙，顾盼有情，痛痒相关。好的语言正当如此。"[03]

从整体上看，汪曾祺的小说往往用的是第三人称的全知叙述，却留下诸多空白让读者自己去揣摩其中的深意，这一点与中国古代的诗文极为相似。他的作品往往惜墨如金，但也不乏恰到好处的繁复。

比如，在作品《鸡毛》（1981 年）中，作者写文嫂的生活和心境的变化。第一次写到女儿长大了，嫁了个司机，而且女婿答应养她一辈子，于是，作品写到"文嫂胖了"。[04] 短短四个字写出了一个极为普通的妇女得到的幸福之感。第二次，女婿出了车祸，文嫂变得有点失魂落魄，但日子还得过下去。作品如此写道："因为洗衣服、拣破烂，文嫂还能岔乎岔乎，心理不至太乱。不过她明显地瘦了。"[05] "胖了"与"瘦了"两词，十分简要，却点出了一个人生活处境及心境的变化。至故事结尾，文嫂越来越感到生活失去了依靠的时候，作品借助文嫂发现了她丢失的三只鸡的鸡毛时的表现，突出了她的生活处境，作者似乎有意要将渐入困境的文嫂的伤感倾泻而出。作品写道：

---

[01]　汪曾祺：《汪曾祺自选集·自序》，《汪曾祺自选集》，漓江出版社 1987 年版，第 3—4 页。
[02]　汪曾祺：《我的创作生涯》，《汪曾祺全集（六）》，北京师范大学出版社 1998 年版，第 496 页。
[03]　汪曾祺：《自报家门》，《汪曾祺全集（四）》，北京师范大学出版社 1998 年版，第 292 页。
[04]　汪曾祺：《鸡毛》，《文月汇刊》1981 年第 9 期。
[05]　汪曾祺：《鸡毛》，《文月汇刊》1981 年第 9 期。

　　文嫂把三堆鸡毛抱出来，一屁股坐在地下，大哭起来。

　　"啊呀天呐，这是我口乃鸡呀！我口乃笋壳鸡呀！我口乃黑母鸡！我口乃芦花鸡呀！……"

　　"我寡妇失业几十年哪，你咋个要偷我口乃鸡呀！……"

　　"我风里来雨里去呀，我的命多苦，多艰难呀，你咋个要偷我的口乃鸡呀！……"

　　"你先生是要做大事，赚大钱的呀，你咋个要偷我的口乃鸡呀！……"

　　"我口乃女婿死在贵州十八盘，连尸都还没有收呀，你咋个要偷我的口乃鸡呀！……"[01]

　　这里，我们看到丧失了生活依靠后的文嫂的无奈和疯狂，用语的繁复与前文用语的简要形成了鲜明的对比，然而，正是这些繁复恰到好处地点出了文嫂的悲。因而，在汪曾祺的小说中，我们似乎永远能看到简单与繁复的恰到好处。可以说，汪曾祺小说的语言是精要的，同时又是散漫和随意的。有人曾这样评价汪曾祺作品的语言："汪曾祺的作品大部分话语构成都极朴素、真实，让人感到它的形态完全是普通的，大众日常生活化的；另一方面，汪曾祺的作品，远距离、远镜头、历史回顾性文字片段在作品的构成中占了较大的比重，而人物的正在进行时的具体性的、栩栩如生、逼真无遗的正面、细致的工笔描写、刻画、分析、叙述，相对大部分小说来说总是少的、简约的。汪曾祺是以最经济的情节性作成了小说。"[02] 从文嫂的话语中，我们看到的正是这种"经济"。作品体现出的那种近似于口语化的朴素和生动，也让我们看到了汪曾祺在语言运用上对五四以来一直深受翻译体影响的中国现代白话文的突破。像《鸡毛》开篇的那一句"西南联大有一个文嫂"的口气，像极了中国人耳熟能详的那个故事的开头："从前有座山，山里有座庙，庙里有个老和尚……"而不是翻译体常用的"在……地方"式的状语结构。

　　最能体现汪曾祺用语的准确性的是小说中的人物对话。汪曾祺的对话描写十分符合人物身份，用他自己的话说是因为接受了老师沈从

---

[01]　汪曾祺：《鸡毛》，《文月汇刊》1981 年第 9 期。

[02]　张灵：《一位信守诗意的卓越"艺人"》，《石家庄学院学报》2005 年第 7 期。

文先生的教导——"贴着人物写"，更重要的是人物语言能融入作者赋予的美好情感，读之令读者感动。比如《大淖记事》如此写十一子与巧云的对话：

> 十一子能进一点饮食，能说话了。巧云问他：
>
> "他们打你，你只要说不再进我家的门，就不打你了，你就不会吃这样大的苦了。你为什么不说？"
>
> "你要我说么？"
>
> "不要。"
>
> "我知道你不要。"
>
> "你值么？"
>
> "我值。"
>
> "十一子，你真好！我喜欢你！你快点好。"
>
> "你亲我一下，我就好得快。"
>
> "好，亲你！"[01]

十一子与巧云之间相恋的真诚与美妙，全在这几句对话中了。

汪曾祺曾说在《大淖记事》中写到巧云端着尿碱汤救十一子时，他写着写着就冒出了这么一句"不知道为什么，她自己也尝了一口"[02]。这句话，让汪曾祺自己流了眼泪，这是作者对人物的动情，也是人物对作者的感动，这应该就是作者所说的"贴着人物写"的最好诠释，只有巧云对十一子充满了最真挚与最朴实的爱，才会在不知不觉间去尝尿碱汤，才会去深深地体会药之苦。

汪曾祺作品的语言总给人一种行云流水之感，有种让人爱不释手的散漫和随意，更确切地说，这种散漫和随意是指作者行文构篇的一种气韵。这种气韵也集中于小说的结构中。在汪曾祺的小说中，读者往往不易看到鲜明的故事和情节，处于文章中心位置的往往是些人物，但这些人物又不是那种棱角分明的典型形象，有时，人物的面目是模糊的，并且包含在某种气氛中。比如《天鹅之死》（1981年）写的是一位跳天鹅舞的美丽女性，作者并未着墨于她有什么鲜明的特

---

[01] 汪曾祺：《大淖记事》，《北京文学》1981年第4期。
[02] 汪曾祺：《大淖记事》，《北京文学》1981年第4期。

征，而是让她存在于一种因对艺术的执着而受了伤害的伤感的氛围中，而且这种氛围也是作者通过孩子们一声声的呼唤透露出来的。读者读到这个故事时，常常会觉得这应该是一个十分悲惨的故事，而汪曾祺将这种悲惨不露痕迹地幻化成了一种深情。

《受戒》是最能代表汪曾祺不动声色地展示人间的欢乐和对生活寄予深情的小说。"受戒"是当地一种风俗，就是"当和尚"，不过，这里的出家当和尚并不指向某种宗教信仰，只是一种职业而已。庵中的和尚不高人一等，也不矮人三分，他们照样有七情六欲，可以娶妻、找情人、谈恋爱、唱酸曲，可以杀猪、吃肉。小说的主人公明海便是因为舅舅的关系而在七岁那年就准备日后到庵里找份工作。小说中写道：

> 他七岁那年，他当和尚的舅舅回家，他爹、他娘就和舅舅商议，决定叫他当和尚。他当时在旁边，觉得这实在是在情在理，没有理由反对。当和尚有很多好处。一是可以吃现成饭。哪个庙里都是管饭的。二是可以攒钱。只要学会了放瑜伽焰口，拜梁皇忏，可以按例分到辛苦钱。积攒起来，将来还俗娶亲也可以；不想还俗，买几亩田也可以。当和尚也不容易，一要面如朗月，二要声如钟磬，三要聪明记性好。他舅舅给他相了相面，叫他前走几步，后走几步，又叫他喊了一声赶牛打场的号子："格当嘚——"，说是'明子准能当个好和尚，我包了！'要当和尚，得下点本，——念几年书。哪有不识字的和尚呢！于是明子就开蒙入学，读了《三字经》《百家姓》《四言杂字》《幼学琼林》《上论、下论》《上孟、下孟》，每天还写一张仿。村里人都夸他字写得好，很黑。[01]

根据叙述者的交代，明子当和尚就是一件自然而然的事情，所以，他与英子一家交往，与英子之间那种纯净又美好的感情的产生也是自然而然的事情，他们之间本就没有受什么清规戒律的约束。叙述

---

[01]　汪曾祺：《受戒》，《北京文学》1980 年第 10 期。

者更是在一种充满诗意的空间中展开了他们这种朴素、青涩的爱情：

> 又划了一气，看见那一片芦花荡子了。
>
> 小英子忽然把桨放下，走到船尾，趴在明子的耳朵旁边，小声地说：
>
> "我给你当老婆，你要不要？"
>
> 明子眼睛鼓得大大的。
>
> "你说话呀！"
>
> 明子说："嗯。"
>
> "什么叫'嗯'呀！要不要，要不要？"
>
> 明子大声说："要！"
>
> "你喊什么！"
>
> 明子小小声说："要——！"
>
> "快点划！"
>
> 小英子跳到中舱，两只桨飞快地划起来，划进了芦花荡。
>
> 芦花才吐新穗。紫灰色的芦穗，发着银光，软软的，滑溜溜的，像一串丝线。有的地方结了蒲棒，通红的，像一枝一枝小小蜡烛。青浮萍，紫浮萍。长脚蚊子，水蜘蛛。野菱角开着四瓣的小白花。惊起一只青桩（一种水鸟），擦着芦穗，扑鲁鲁飞远了。[01]

如此美妙的场景不得不让人流连于明子与英子之间最纯洁的爱情。明子的聪明，小英子的多情，两人之间的天真和美丽，便都在字里行间了。

汪曾祺说："小说的结构是更内在的，更自然的。我想用另外一个概念代替'结构'——节奏"，"小说的结构的特点，是：随便。"[02] 汪曾祺在一种散漫的笔法中，往往用一种温暖的情怀去观照人物的生活，即便是写很悲的东西，也写得十分的美，而且，在美中，一切悲

[01]　汪曾祺：《受戒》，《北京文学》1980 年第 10 期。

[02]　汪曾祺：《小说笔谈》，《汪曾祺全集（三）》，北京师范大学出版社 1998 年版，第 205—206 页。

伤似乎又都变得重新有了希望。在汪曾祺的小说世界里找不到那种绝望的悲情。就拿他笔下的人物来说，他写的绝大多数是小人物，比如，和尚、挑夫、手工艺人、药店的小伙计、无业游民、寡妇，还有孤儿等，他们都过着清苦的生活，他们的物质生活很贫乏，他们的精神生活也没有多少波澜。但是，他们的生活状态都被作者普遍赋予了一层美丽的色彩。在《受戒》和《大淖记事》中，生活更是充满了欢腾的色彩，明子和英子的爱恋、十一子和巧云的爱恋，不仅没有淹没在生活的清贫中，也没有受到任何世俗观念的阻挠，那份纯净和美丽仿佛是天然所成的。若将《大淖记事》里的巧云与沈从文《边城》（1934 年）里的翠翠相比，两个人都是如此的纯净和美好，但前者的命运似乎比后者的命运要令人欢欣得多。小说《复仇》（1946 年）的结尾，更可见作者喜欢生活宁静一面的特点。复仇者找到了自己的仇人以后，却将父亲交代的"要饮仇人的血"的剑放了下来，没有了一点复仇的举动，而是与仇人一起拿起开山的斧凿，一起凿起路来。这样的一种气蕴，与其说是作者创作技巧精湛所致，不如说是作者心灵深处那份自然纯朴的生活理想所致。

汪曾祺的小说也形成了独有的抒情性和散文化的特点。小说不追求跌宕起伏的故事情节，也不追求个性鲜明的人物形象，叙述语言简洁、平缓，用大块的风俗化的描写和大量生活细节连缀成篇，常常信手拈来用洋洋洒洒的文字写了一些风土人情。汪曾祺的小说中总流淌着一股气韵，这股气韵大多来自他对地域风情之美的低调的书写，写出了人与自然的和谐之美，写出了人在俗世中生存的悲凉、和谐与欢快。

所以，汪曾祺的小说就像一幅用淡墨点就的国画，画面里不是崇山峻岭或万马奔腾式的气壮山河，亦非牡丹怒放的雍容华贵，而是宁静湖泊的一角，迎着微风的芦苇在夕阳的风中轻轻地摇摆。那是一种"除净火气，特别是除净感伤主义"[01] 的柔和之美。

---

[01]　汪曾祺说："但我以为小说是回忆。必须把热腾腾的生活熟悉得像童年往事一样，生活和作者的感情都经过反复沉淀，除净火气，特别是除净感伤主义，这样才能形成小说。"参见汪曾祺：《〈桥边三篇小说〉后记》，《汪曾祺全集（三）》，北京师范大学出版社 1998 年版，第 461 页。

想象、建构及限制——20世纪80年代中国文学史论

第三节 归类及其他作家

汪曾祺的"另类"性，还表现在他的作品与同时代的作家作品相比较，很难被归类，因为他的独立姿态，独特的生活经历、心智沉淀和对艺术的独特见解，使其作品不仅与时代文学风潮，也与其他作家的作品保持着距离。在20世纪80年代中期，当"寻根文学"潮流涌动之时，因为汪曾祺作品中存在着对独特的风土人情的描述，人们曾试图将其归为"寻根文学"潮流，不过，这显然只是一种文学思潮兴起之初为壮大自己声势的情绪使然，因为无论是从汪曾祺的文学主张还是从作品的艺术境界来看，我们都很难将其作品归入"寻根文学"。汪曾祺自己就曾说过："近来有人写文章，说我的小说开始了对传统文化的怀恋，我看后哑然。当代小说寻觅旧文化的根源，我以为这不是坏事。但我当初这样做，不是有意识的。我写旧题材，只是因为我对旧社会的生活比较熟悉，对我的旧时邻里有较真切的了解和较深的感情。我也愿意写写新的生活，新的人物。"[01] 看来，汪曾祺自己更是无意于去纳入什么潮流。

然而，若从整个文学史的角度来看，汪曾祺的创作并非孤立的，

---

[01] 汪曾祺：《〈桥边小说三篇〉后记》，《汪曾祺全集（三）》，北京师范大学出版社1998年版，第461页。

其在文学史上体现的传承性，以及在当时文学语境中形成的聚类效应都是存在的。按照目前文学史上较普遍的认识，汪曾祺作品的归类有两种：一是从历史的角度来看，将其认为是中国抒情传统的延续；二是从80年代文学现场出发，将其作品与其他大量很难归入当时主流文学潮流的作品相关联，认为它们在风土人情的书写上开辟了新的空间。

就其体现的抒情传统而言，汪曾祺曾说对他影响比较深的作家有："古人里是归有光，中国现代作家是鲁迅、沈从文、废名，外国作家是契诃夫和阿左林。"[01] 在这些作家中，除了短篇小说的写作技巧及人生的认识视野，汪曾祺比较看重的就应当是他们文风的抒情性和优美性了。比如，在1989年刊登的"汪曾祺作品研讨会"的一些文章中，有黄子平著的《汪曾祺的意义》一文，文中明确指出汪曾祺延续了一条中断已久的"史的线索"，即"鲁迅的《故乡》《社戏》，废名的《竹林的故事》，沈从文的《边城》，萧红的《呼兰河传》，师陀的《果园城记》等作品延续下来的'现代抒情小说'的线索""使鲁迅开辟的现代小说的多种源流（写实、讽刺、抒情）之一脉，得以赓续"。[02] 在20世纪中国文学史上，自鲁迅、沈从文等人开辟现代抒情小说之风以来，此写作风格并没有得到良好的延承和发展，注重人物性格和故事情节的跌宕起伏，以及塑造"典型环境中的典型人物"的社会主义现实主义创作方法，一直处于创作的主流地位。而汪曾祺的小说再次把现代小说的抒情传统带入了"文革"结束后的文坛，突破了几十年占主导地位的"性格—情节"小说模式。

汪曾祺的抒情小说自然继承沈从文之风。西南联大时期，汪曾祺就是沈从文的得意门生，沈从文与汪曾祺的师生情缘使汪曾祺深受沈从文的影响，在创作技法上，汪曾祺就多次提到沈从文教给他的"贴着人物写"。像他的《受戒》《大淖记事》等作品与沈从文的《边城》有诸多神似之处。而实际上，汪曾祺对沈从文的喜爱并非始于西南联大，在读中学期间他便开始喜欢读沈从文的作品了。1938年汪曾祺曾到一个叫"庵赵庄"的村子躲避战火，除了带上准备考大学的教科书，另外带了两本书，一本是屠格涅夫的《猎人笔记》，一本是上海

---

[01] 汪曾祺：《谈风格》，《汪曾祺全集（三）》，北京师范大学出版社1998年版，第337页。

[02] 黄子平：《汪曾祺的意义》，《北京文学》1989年第1期。

一家书店盗印的《沈从文小说选》。可以说，汪曾祺对沈从文作品风格的喜爱由来已久，这与汪曾祺个人的性情和自小接受的家庭熏陶是有关系的。到了西南联大以后，汪曾祺不仅选修了沈从文开设的所有课程，而且得到了沈从文的夸奖。在以后数十年的人生旅程中，汪曾祺多次受到沈从文的鼓励和帮助，他对沈先生一直怀着敬重的心情。在沈从文先生"落难"时期，汪曾祺也一直保持着师生的情谊，并且，汪曾祺曾在为金介甫写的《沈从文传》作的短序中写道："他的一生是一个离奇的故事"[01]，"他是一个受到极不公平的待遇的作家"[02]。这样的评语，足见汪曾祺对沈从文的尊崇和理解。为人与为文的相通性使汪曾祺的小说与沈从文的小说建立了联系。

　　在笔者看来，汪曾祺所延续的抒情传统的最独到之处，在于对沈从文的"美"与"人"的理解。沈从文作品中的美是从自然、故乡的回忆中获取的，表现了人与自然的和谐之美；汪曾祺作品的风土人情之美，也恰是对故乡之事的"回忆"，在地域风情与民俗世界中张扬生命情调之美。比如，其作品《受戒》除了娓娓道出庵赵庄一带水乡的宁静之风景，更将少男少女的那种情窦初开的美妙情怀展露得贴切自然，其中对人性的纯美与和谐的赞赏与沈从文在《边城》中展示的自然、人情之美有相通之处。汪曾祺自己也说："我大概是一个中国式的抒情的人道主义者。"[03]正是这种抒情之风，使汪曾祺的小说观摒除了"十七年"及新时期以来充斥文坛的那种说教文学和以"本质—意义"为轴心的审美认知模式，有了一种贴近生活原味的真实感，使文学回到一种写普通人，写人的真性情的"人学"轨道上。比如，汪曾祺说："我写《受戒》的冲动是很偶然的，有天早晨，我忽然想起这篇作品中所表现的那段生活"[04]，"我要把它写得很健康，很美，很有诗意。这就叫美学感情的需要吧"[05]，"我的作品反映的是解放前的生活，对当前的现实有多大的影响，很难说，但我有个朴素的古典的

[01]　［美］金介甫：《沈从文传》，北京国际文化出版公司 2005 年版。

[02]　［美］金介甫：《沈从文传》，北京国际文化出版公司 2005 年版。

[03]　汪曾祺：《我是一个中国人——散步随想》，《北京师范学院学报》1983 年第 3 期。

[04]　汪曾祺：《美学感情的需要和社会效果》，《汪曾祺全集（三）》，北京师范大学出版社 1998 年版，第 283—284 页。

[05]　汪曾祺：《美学感情的需要和社会效果》，《汪曾祺全集（三）》，北京师范大学出版社 1998 年版，第 283—284 页。

中国式的想法，就是作品要有益于世道人心"[01]。这个"有益于世道人心"就是汪曾祺抒情性的独到之处，使其作品在对生活真实的挖掘上，摒弃了政治、历史、伦理等诸多概念化的印痕，而以一种抒情之美直击生活中或美好或悲伤的种种现实。

汪曾祺小说中体现出来的随意与散淡，以及不事情节的抒情特征，又与"独抒性灵、不拘格套"的晚明小品文有着相通之处。晚明小品文是对唐宋以来日益严重的模式化体式的反拨，背离以明道为中心的正统文学话语，专注于个人的独白和自娱，最为推行文章如行云流水、随物赋形、出神入化，取材自由、结构近似随笔，并常常选取日常市井生活为题材，表现生活的乐趣、情趣。汪曾祺的小说大多为随笔体式，如《七里茶坊》（1981 年）、《钓鱼的孩子》（1982 年）、《捡金子》（1982 年）、《榆树》（1982 年）等作品取材自由，风格似随笔，有些作品如《幽冥钟》（1986 年）几乎连人物也没有。其作品体现的小品文风土实录的特点是很明显的，他的一部分作品，如《受戒》《大淖记事》《异秉》《陈小手》（1983 年）等是以其童年时期的高邮乡镇为背景的；他的一部分作品，如《老鲁》（1947 年）、《鸡毛》则是以西南联大时期的生活为背景的。当然，也有一些小说，如《岁寒三友》（1981 年）、《鉴赏家》（1982 年）、《陈泥鳅》（1983 年）等，以市井风俗为背景，突出人物的个性特征，强调市井众生的生存本相。但不管怎样，作品充满了抒情的意味，都是诗化的风情小说。像《受戒》《大淖记事》等作品已经算是其作品中故事情节比较明显的小说了，但即使在这样的小说中，也有着强烈的风情民俗感。《大淖记事》几乎用了一大半的篇幅来铺叙风情民俗，不仅描述了人物生活的环境、场景，人物生活的方式，还通过一些民谣、歌曲、顺口溜等增添世俗人情的"口味"。更重要的是，汪曾祺的小说更注重推崇自然、人性之本色，这与晚明文人的情趣有着一致性，其中对于人性的关注更体现了汪曾祺在继承传统时所秉持的现代精神，因为我们总能够从汪曾祺的小品文式的语言中，看到作者对美好的人物及性情的赞赏之情。不同于追求本质或典型环境、典型人物的抽象概括的真实，汪曾祺追求与生活直接对接的，充满"生活味""日常味"的具

---

[01] 汪曾祺：《美学感情的需要和社会效果》，《汪曾祺全集（三）》，北京师范大学出版社 1998 年版，第 283—284 页。

体的真实。这正如汪曾祺自己强调的，小说与生活是直接对应的，小说写的是生活，"生活的样式就是小说的样式"。这就使得"浮在表面"的生活的生动性与真实性直接进入了小说，使小说的故事更有生活的质感。然而，值得一提的是，正如我们前文所提到的，汪曾祺称自己"是一个中国式的抒情的人道主义者"[01]。汪曾祺在延续晚明文风的随意及侧重于市井人生的百态的书写时，他是包含着对人的现代性思考的。这种现代性明显地体现在他对美好的人性、和谐的人生的追求上，也体现在他描述风土人情时对人的生存状态的关注热情。所以，汪曾祺自称是"文体家"，他的这种文体的新特征表现了他对"文革"及延续至新时期的僵化的小说概念与故事情节结构模式的反叛，以及在反叛中的创新和对人的现代性思考。

当然，20 世纪 80 年代文坛对沈从文、汪曾祺等小说抒情性进行再次发掘，一个重要原因是文坛对 80 年代纯文学的期待。尽管汪曾祺自己一直认为他的作品成不了主流，并且也确实没有形成大的文学潮流，从未占据过中心。但是，他的作品中体现出的抒情性，以及由此带来的独特的文体特征，恰恰是 80 年代中期力求文学摆脱功利目的、回到文学的表述方式上来的中国文学所极力追求的。所以，80 年代文坛给汪曾祺小说的抒情性赋予了非同一般的激动性，并极力彰显了其陌生化的效果。一定意义上，这种激动性与陌生化效果，与其说是汪曾祺带来的，不如说是在一个特定的历史时刻，人们正需要去"复现"的一种文学传统。

就其归类为风土人情叙事而言，主要源自汪曾祺的小说既不注重现实主义作品强调的"典型环境"中的"典型人物"，也不刻意地设计高潮迭起的故事情节和冲突，而以一种淡雅的情绪，简洁、平静的语调，表现别样的风土人情，其在文学史上的文体新意是独一无二的。而且，它的这种文体影响了当代一些小说和散文作家的创作。同时，在 80 年代的文坛上，也引发了人们对于书写风土人情的小说作品的重视，因而，一些文学史将一些写风土人情的作家、作品与汪曾祺的作品进行了归类，将他们作为体现 80 年代创作的重要一部分。比如，陈思和的《中国当代文学史教程》的第十四章就专门设置了

[01] 汪曾祺：《我是一个中国人——散步随想》，《当代作家评论》1997 年第 4 期。

"民族风土人情的精神升华"这一主题，编者以 80 年代文学创作进一步恢复了五四新文学传统中文学依托民间风土来表达自己的理想境界实现文学启蒙为指归，阐述了刘绍棠、冯骥才、邓友梅、陆文夫、汪曾祺等人的小说，以及周涛的散文、昌耀的诗等。对于这些在"文化大革命"结束之初，便以乡土人情、民族文化为创作题材的作家而言，他们的创作在题材上与同时代的"伤痕""反思""改革"等作家相比，有与乡土小说或市井小说共同的倾向，实际上，他们彼此在创作风格及精神意旨等方面是有很大不同的。

刘绍棠的作品往往被称为"乡土小说"，因为他直接取材于乡土农村，在语言、结构等方面，也多吸收民间艺术的元素。"文化大革命"结束以后，回归文坛的刘绍棠再次进入了他的创作黄金期，短短几年间创作了《蒲柳人家》（1980 年）、《瓜棚柳巷》（1981 年）、《豆棚瓜架雨如丝》（1987 年）等作品。他的作品往往以故乡通州的风土人情、社会风貌为对象，描述家乡的变化。比如，《蒲柳人家》这部小说描述了 20 世纪 30 年代京郊大运河边的乡村生活，从何家小院到长满芦苇、柳棵子的运河滩，到童年时的游戏，七夕节的习俗，以及何大夫妇的慷慨意气，老百姓的古朴善良，全面展示了北方农村的风情风貌。同时，他的作品也往往因为情节的好看、语言的通俗，以及带有传奇色彩的风格而在 80 年代初受到农村读者的欢迎。

邓友梅和冯骥才的小说则多以 19 世纪末八国联军侵华的历史为背景，着重刻画了市井栏坊间平凡又充满英雄气概的人物，显示出较浓厚的京、津文化韵味。比如，邓友梅的《烟壶》（1984 年）以跌宕起伏的故事情节塑造了八旗子弟乌世保和身怀烟壶内画绝技的聂小轩父女等人物形象。这些没落的皇族后裔或八旗子弟、工匠艺人皆是些生活在主流文化边缘的市井小民，他们的身份、经历和性格往往承载了传统文化的方方面面。像八旗子弟乌世保出身武职世家，有着游手好闲的纨绔子弟的作派，但不失善良与爱国的热忱。像聂小轩父女就承载了中华民族中的刚性及不屈服的

《豆棚瓜架雨如丝》（1987 年版）

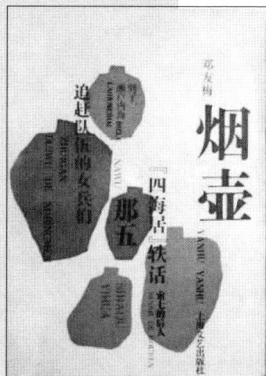

《烟壶》（1985 年版）

《神灯前传》
（1981 年版）

《雕花烟斗》
（1981 年版）

《小巷人物志（第一集）》
（1984 年版）

《美食家》
（1983 年版）

个性，当他们被权势人物逼迫着制作绘有八国联军攻打北京后的行乐图的烟壶时，聂小轩毅然断手以明志。最后，乌世保和聂氏父女最终逃离了北京。整个故事的情节跌宕起伏，有着浓烈的"古典"意味，同时，作品也吸收了古典章回小说的叙事技巧，比如，在叙述者上，吸收了全知全能的说书人的叙述技法，在情节上用了"花开两朵，各表一枝"的安排方式。冯骥才的《神鞭》（1984 年）则更像是一部武侠小说，小说围绕傻二那条神奇、武艺非凡的长辫子展开，既描写市井生活的趣闻逸事，又将市井人物的书写与民族历史、民族精神的弘扬相结合，通过塑造市井英雄傻二彰显了民族的气节。这些作品体现了对中华传统文化精神的升华，当然，新时期以来那种"反思文学"的印迹还是比较明显的。

陆文夫的"小巷文学"也给读者留下了深刻印象，其作品更多地喜欢将苏州民俗风情的叙事与当代的生活叙事结合起来，表达当下时代生活的一种变动。比如，他的《美食家》（1983 年）通过"吃客"朱自志近半个世纪的生活变迁来反映社会生活方式及文化观念的变迁，其间描述的历次政治文化运动导致的对饮食文化的破坏，有着强烈地反映国家历史命运变化的色彩，体现出浓厚的反思意味。

林斤澜的《矮凳桥风情》（1987 年）系列小说，充满了温州风味，这是作者于 1979 年回家乡探亲后产生的所思所想。故事、人物、场景、景致及作品中的温州方言，处处展示了作者家乡的风情。比如，作品描述了在改革开放中快速发展起来的纽扣市场、布满商店的街道，黑胡须白胡须憨憨造楼、溪鳗店女店主与女妖互游的传说等。有意思的是，这一系列篇幅简短的作品描述的不仅是矮凳桥的风俗文

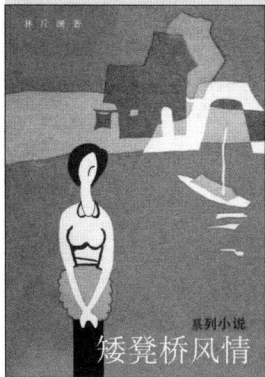

《矮凳桥风情》(1987 年版)

化，更反映了一种变动中的文化风情，展示了改革开放之后处在经济改革潮流先锋之列的温州的新人新貌，而且，这种文化风情有种虚实相合的奇妙感。作者有时看似是对改革开放的诸多人事的现实叙事，有时又将现实的故事与传说、寓言结合在一起，给作品带来了亦真亦幻的效果。

这些书写风土人情的作品的出现，丰富了 20 世纪 80 年代初期文学的叙事空间，这里的民族文化体现了一种审美的概念，展示了经历"文革"后的 80 年代文学在审美精神上的拓展。这些作品不再以塑造典型环境中的典型人物为创作原则，甚至也往往不再以书写跌宕起伏的故事情节为中心，而有了一种散文化的特征。这种叙事风格的出现，提示了 80 年代艺术风格的多元化，并且预示着越来越多的作家开始从关注作品的政治内容、主题思想，回归到对作品艺术风格的关注。当这些民间故事、家乡风情、日常生活回到文学作品中的时候，我们可以判断，现实主义的创作规范正在悄然地发生着改变。

第八章 "寻根文学"：
寻根意识缠绕中的文学实验

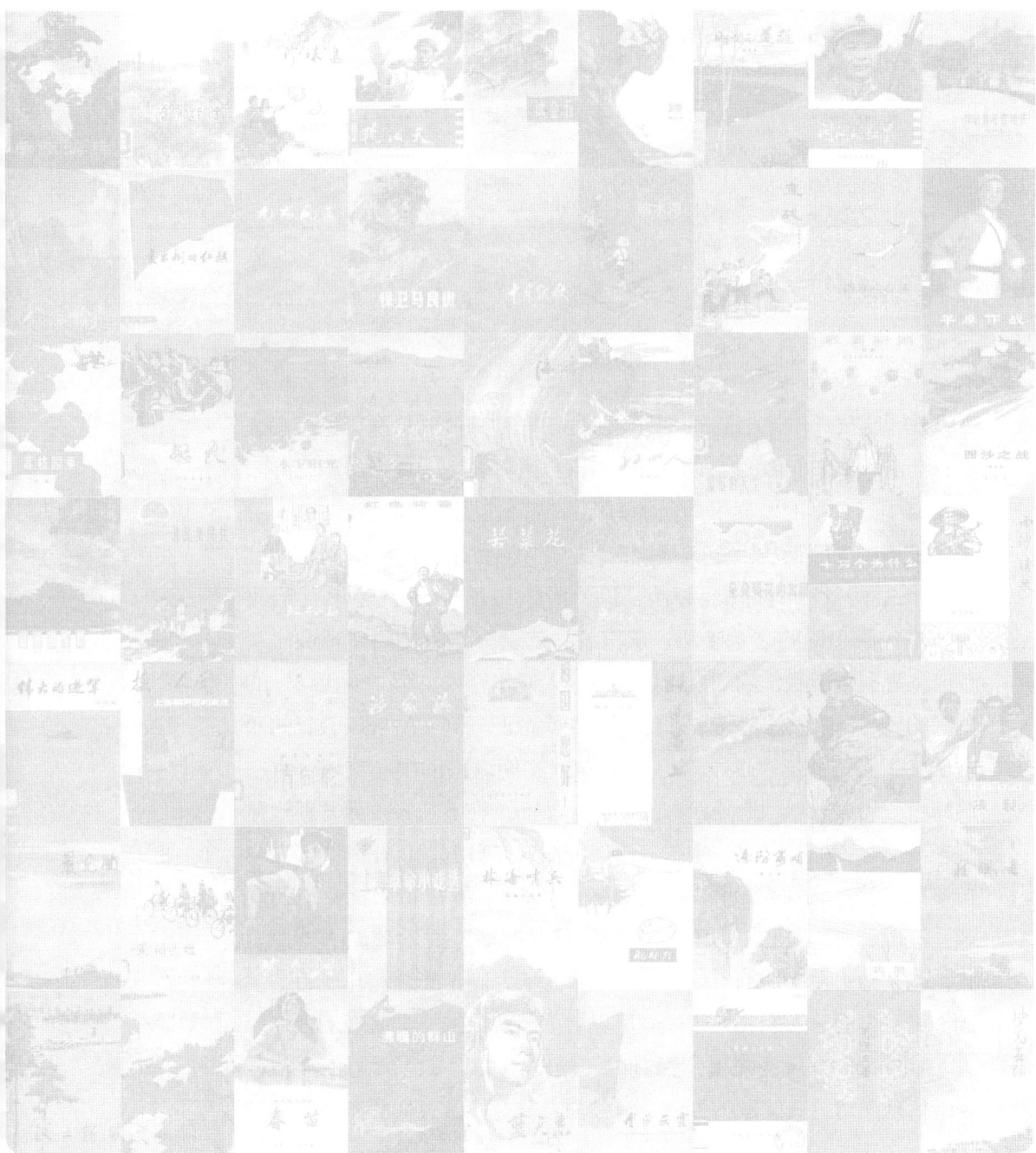

第一节　从"杭州会议"到"寻根"宣言

　　20 世纪 80 年代中期的中国文坛处于一种开放的状态，思想观念更迭活跃，作家们像海绵似的吸收着来自世界各地的文学资源，并渴望着将中国文学的发展推向新的方向，"寻根文学"潮流就在这样的文坛语境中酝酿而出。也就是说，"文革"结束以后，中国文坛持续保持着这样一种状态：向西方学习现代化的思想，在文学创作中吸收西方现代派小说的艺术手法。从王蒙、宗璞等作家使用"意识流"、荒诞派等创作手法，到刘索拉、徐星等人对年轻人充满"现代感"的情绪的表达，从"朦胧诗"所追求的现代意识，到实验戏剧吸收的西方现代主义的情感表达方式等，80 年代初期以来的中国文坛一直在演绎着一场轰轰烈烈追随西方的戏剧。然而，在不断吸收西方现代化观念及文学资源的时候，中国应该如何实现自身的现代化，中国文学应该如何找到自身发展的独特之处已成为一个越来越困扰文坛的问题。同时，新时期以来"伤痕""反思""改革"文学潮流的创作方式，越来越引发文坛的不满，一方面，人们力图不断地深化反思的主题；另一方面，人们又力图找到更具有创新意味的文学表现形式。

　　1984 年 12 月，在杭州召开的"新时期文学：回顾与预测"会议就体现出对这一问题的探讨。有参与者曾对此做过如此概括："'杭

1984 年 12 月 "杭州会议"　　　　　　　　韩少功

州会议'表现出的是中国作家和评论家当时非常复杂的思想状态，一方面接受了西方现代主义的影响，同时又试图对抗'西方中心论'；一方面强调文化乃至民族、地域文化的重要性，同时又拒绝任何的复古主义和保守主义，作为文学史上的一个重要事件，具有非常重要的研究意义……'杭州会议'的另一重要之处，即是沟通并加深了作家和评论家之间的交流和理解，应该说整个的八十年代，作家和评论家的关系都处于一种良好状态。"[01] 这段评论较清晰地概括了当时文坛那种接受西方现代主义影响又试图对抗的背景。也是在这次"杭州会议"上，作家和评论家们都谈到了文化这一主题，并对如何将中国传统文化纳入文学创作资源的话题展开了讨论，该会议成为发动"寻根文学"运动的重要平台。

　　"寻根文学"的倡导者及实践者韩少功曾回忆当时场景："当时这些人差不多都是毛头小子，有咄咄逼人的谋反冲动，有急不可耐的求知期待，当然也不乏每一代青年身上都阶段性存在的那种自信和张狂。大家对几年来的'伤痕文学'和'改革文学'都有反省和不满，认为它们虽然有历史功绩，但在审美和思维都不过是政治化'样板戏'文学的变种和延伸，因此必须打破。这基本上构成了一个共识。至于如何打破，则是各说各话，大家跑野马。我后来为《上海文学》写作《归去来》《蓝盖子》《女女女》等作品，应该说都受到了这次会上很多人发言的启发，也受到大家那种八十年代版本'艺术兴亡匹夫有责'的滚滚热情之激励。"[02] 作家在这里讲到的激情，正是 20 世纪

[01]　蔡翔：《有关"杭州会议"的前后》，《当代作家评论》2000 年第 6 期。
[02]　韩少功：《杭州会议前后》，《上海文学》2001 年第 2 期。

80 年代中期文坛渴求艺术变革的激情。如其所言，人们的自信和张狂包含着几年来对"伤痕文学""改革文学"的不满情绪，人们渴望一种新的变革。可以说，"杭州会议"上年轻作家和批评家所表现出来的情绪，在中国文坛酝酿良久，这次会议正好成为一个很好的传达心声的平台。

　　"杭州会议"之后，阿城的《文化制约着人类》（1985年）、郑义的《跨越文化断裂带》（1985年）、韩少功的《文学的"根"》（1985年）、李杭育的《理一理我们的"根"》（1985年）、郑万隆的《我的根》（1985年）等文章纷纷发表，成为"寻根文学"的理论标杆。在这些文章中，阿城和郑义都痛心于自五四以来动荡的 20 世纪社会传统文化被"遗忘"的处境，阿城认为民族文化的断裂延续至今，认为"中国文学尚没有建立在一个广泛深厚的文化开掘之中。没有一个强大的、独特的文化限制，大约是不好达到文学先进水平这种自由的，同样也是与世界文化对不起话的"[01]。从阿城的话语中，我们明显可见文化断裂及走向世界的文学焦虑。郑义也对五四运动中的"打倒孔家店"的反传统文化运动，以及 1949 年以后破坏传统文化的行为做出了反思，明确提出正是这样使得"发现无论怎样使劲回忆，竟寻不出我们这一代人受过系统的民族文化教育的踪迹"[02]，于是，他郑重地提出要"跨越文化断裂带"[03]。韩少功、李杭育、郑万隆等人则侧重于从哪里寻找文化根源的角度对问题展开讨论。韩少功以"绚丽的楚文化流到哪里去了"为问题，认为"文学有根，文学之根应深植于民族传统文化的土壤里，根不深，则

阿城

李杭育（左）

---

[01]　阿城：《文化制约着人类》，《文艺报》1985 年 7 月 6 日。

[02]　郑义：《跨越文化断裂带》，《文艺报》1985 年 7 月 13 日。

[03]　郑义：《跨越文化断裂带》，《文艺报》1985 年 7 月 13 日。

叶难茂"[01]。李杭育则说："我以为我们民族文化之精华，更多地保留在中原规范之外。规范的、传统的'根'，大都枯死了……规范之外的，才是我们需要的'根'，因为它们分布在广阔的大地，深植于民间的沃土。"[02] 郑万隆在《我的根》一文中，将笔触伸向自己从小长大的地方：

> 我出生在那地方——黑龙江边上，大山的折皱里，一个汉族淘金者和鄂伦春猎人杂居的山村。它对许多人来说就是边境，国与国相交接的极限；在历史中似乎也是文明的极限，那里曾经被称作"野蛮女真人使犬部"。正因为如此那里失却和中国文化中心的交流，而又不断发生战争；也正因为如此，那里到处充满了荒蛮，充满了恐惧、角逐和机会。也可能就是这些令人神往和震撼的机会，吸引了一批又一批的开拓者。这些开拓者在寂寥无边的荒原和幽深莫测的山谷里支起马架子，升起炊烟，使阴险狂暴的风雪也不那么寒冷了。因此，那个地方对我来说是温暖的，充满欲望和人情，也充满了生机和憧憬。[02]

正是这种吸引力，使郑万隆将文学的希望和理想放诸那个偏远、相异于中原文化的地方。文中写道：

> 黑龙江是我生命的根，也是我小说的根。……那里有独特的生活方式、价值观念和心理意识，蕴藏着丰富的文学资源。但我并不是认真地写实。我小说中的世界，只是我的理想世界和经验世界的投影。我不是企图再现我曾经经验过的对象或事件，因为很多我都没有也不可能经验过，而且现实主义并不等同

郑万隆

---

[01] 韩少功：《文学的"根"》，《作家》1985 年第 4 期。

[02] 李杭育：《理一理我们的"根"》，《作家》1985 年第 9 期。

[02] 郑万隆：《我的根》，《上海文学》1985 年第 5 期。

再现。在这个世界中，我企图表现一种生与死、人性和非人性、欲望与机会、爱与性、痛苦和期待以及一种来自自然的神秘力量。更重要的是我企图利用神话、传说、梦幻以及风俗为小说的架构，建立一种自己的理想观念，价值观念、伦理道德观念和文化观念；并在描述人类行为和人类历史时，在我的小说中体现出一种普遍的关于人的本质的观念。[01]

郑万隆的观点代表了大多数"寻根文学"创作者要在作品中表达的主题和意旨，即他们不是运用现实主义手法去描述和记录，而是要表达人类的本质相关的某种文化观念或价值观念等。

这一系列的"宣言"为"寻根文学"运动的展开铺开了声势，理论的倡导者或者说运动的发起者往往也是创作的实践者。1985 年前后，文坛出现了大量有明显"文化倾向"的作品，比如：阿城的《棋王》（1984 年）、《树王》（1985 年）、《孩子王》（1985 年），韩少功的《爸爸爸》（1985 年）、《女女女》（1986 年）、《归去来》（1985 年），李杭育的《最后一个渔佬儿》（1983 年）、《沙灶遗风》（1983 年），王安忆的《小鲍庄》（1985 年）、《大刘庄》（1985 年），杨炼的包括《诺日朗》《半坡》《敦煌》等在内的大型组诗《礼魂》（1982—1984 年），以及贾平凹的散文《商州初录》（1983 年）、《商州又录》（1985 年）、《商州三录》（1988 年）等。这样，"文化寻根"成为一股热潮，作家们急急地在作品中表达着"文化寻根"的意识。从宣言和创作实践中，我们也可以看到，作家们寻找的文化常常是一些被忽视、被遗忘的少数民族文化、偏远地区文化或古代文化遗风。当然，诸如《爸爸爸》《小鲍庄》这类优秀作品，对深层民族文化心理的探讨也构成了"寻根"的重要内涵。

王安忆

《商州三录》（1986 年版）

可以说，发起"寻根文学"运动的这些作家，身上那种创作的激情与理念建构的冲动异常鲜明。比如，"寻

---

[01] 郑万隆：《我的根》，《上海文学》1985 年第 5 期。

根文学"运动的中坚力量阿城就曾经为这场运动到处宣传。据王安忆回忆，阿城曾专门到上海召集作家们，"他似乎是专程来到上海，为召集我们，上海的作家"[01]。"他很郑重地向我们宣告，目下正酝酿着一场全国性的文学革命，那就是'寻根'。"[02] 这些理论的倡导者除了自身参与作品创作的实践，也纷纷将具有"寻根文化"倾向的作品纳入麾下。比如，将汪曾祺、冯骥才、贾平凹等人的作品作为他们的代表作等。在笔者看来，像他们这样的一些作品，虽然体现了较明显的文化取向，特别是贾平凹的"商州系列"体现了鲜明独特的边缘地域文化色彩。然而，从整个文学史发展的脉络来看，无论是从创作的时间、动机，还是从写作手法的知识源来看，抑或从"寻根文学"这一概念本身的类型化意味来看，将他们的作品列于"寻根文学"代表作之外更合适些，而当时纷纷被纳入"寻根文学"，这从一个侧面体现了文坛建构"寻根文学"浪潮的冲动和热情。

有意思的是，当时整个中国社会处于一种"文化热"的激情中，"寻根文学"的出现无疑与其有紧密相关性。这一点可以从"寻根文学"作品的范畴上看出来。如果从"寻根文学"运动的兴起来看，这种突破应该从"寻根宣言"的发表开始。但是，如果从文学语境营造的角度来看，诗歌界对文化之根的热衷显然也不亚于小说界。1984年左右，中国文坛曾经兴起一股长诗的浪潮。这些诗歌追求史诗性的美学风格，充满着浓郁的神话氛围和远古文化的符码，以江河、杨炼为主要代表。像杨炼的组诗《礼魂》（1982—1984 年）、《西藏》（1984 年）等诗作，就以历史文物或文化古迹为写作对象，而且，他的一些诗歌，如《自在者说》（1985 年）在结构上借鉴了中国传统经典文著《易经》的结构方式。一般来讲，我们的文学史也将这样的诗歌作为朦胧诗的一类代表进行阐述，但也有评论家将其称为"文化寻根诗"。如李振声在《季节的轮换》一书中认为："'朦胧诗'与'第三代诗'之间存在着'文化寻根诗'这一'过渡层'。"[03] 无论是"朦胧诗"还是"文化寻根诗"，都体现了文学史论述时的不同面向。然而，这种诗作的存在本身说明了一种独特的艺术风格的存在事实。同时，在电影界，陈凯歌的《黄土地》（1984 年）、张艺谋的《红高粱》（1987 年）等作品也加入了这一行列。这些存在都标志着"寻根话语"成为文学事件的可能性。所以，"寻根文学"运动的展开并不是一次突发的文学事件，它与 80 年代中国文坛语境有着紧密的联系。

至 1984 年底以来发起的"寻根文学"运动中，从宣言的产生到各类作品的呈现，我们都可以看到，当时文坛大部分参与"寻根文学"运动的年轻作家和批评家已经有了较明确的改革文学发展现状的自觉意识。同时，在如何让中国的文学寻找到自己独特的发展思路，并追赶上先进的世界文学水平这一问题上，存在着一种普遍的焦虑心态。从文学自身演变规律来说，这也是中国文学经过长期的与外界隔绝以后的一种良好的发展态势。从本质上说，这是对长期占据中国文坛的现实主义创作潮流，以固定的文学手法反映固定的社会、历史模式的反叛，也是对 20 世纪 70 年代末以来大量引进西方艺术创作手法的反弹。对 80 年代急切想摆脱政治题材及政治意识形态控制的文学发展观念而言，将创作的资源转向"文化"是一种自然而然的选择。

当然，"寻根"意识的形成既受到了摆脱西方有影响力的思想的影响，也受到了西方文学作品的影响。从一些文学史的资料来看，人们之所以选择"寻根"这样的主题，与当年加西亚·马尔克斯的《百年孤独》获得诺贝尔文学奖有关系。这部充满着美洲本土题材及表现手法的作品的获奖，给了中国作家很大的振奋感，使其突然感觉到能够通过书写最民族的东西走向世界。一时间，马尔克斯笔下乡土味浓厚的拉美小镇成为可以登上世界先进文学行列的最佳标本而受到追捧，这也给对抗"西方中心论"的情绪找到了一个很好的出口。比如，有评论家就曾如此论述："对民族传统文化的寻根思潮的兴起，还有一个外部世界的动因。80 年代当西方现代主义在中国文坛上一时变冷的时候，拉丁美洲土生土长的哥伦比亚的加西亚·马尔克斯的魔幻现实主义，与秘鲁的略萨的结构现实主义小说，却变得热起来了。中国与拉丁美洲虽有千差万别，但有相似的历史背景以及发展中国家之间相近的生活土壤，尤其是，既寻找到了拉美本土的印加文化、玛雅文化之根，又将传统文化、神话与社会现实生活三者融为一炉的《百年孤独》，居然于 1982 年赢得了拥有世界性崇高荣誉的诺贝尔文学奖，这怎能使中国作家淡然置之而不怦然心动？他们想，既然传统文化营养给马尔克斯铺垫了成功之路，中国作家为什么不选择这条路？加之，美国黑人作家亚雷克斯·哈雷以'寻求祖先根源的长篇故事'的《根》问世后，寻根几乎变成世界文学的一股热流。应该说，我国的寻根作家，并不是排斥外来的文化和文学，他们实际是目光向外，面向世界文化、文学的思潮，为发展中国自己的文学而做出的价值选择。"[01] 这一论述表明，寻找民族传统文化为叙事资源的主张，背后还深深地包含着中国文学走向世界的渴望。对"寻根文学"作家们而言，"寻根文学"创作不仅仅是简单地描述自己过往的经验或感悟，甚至不仅仅是简单地传达某种文化之"根"，更是寄寓着中国文学的理想和希望。

"寻根文学"潮流的涌现有着很清晰明了的背景要素，绝不是一蹴而就的，而从其体现出的"寻根"意识中，我们也看到了"寻根文学"在艺术变革中对创作主题变革的追求异常鲜明，这也反映出其在思想观念上并没有跳出新时期以来从内容上求变的思维限制。不过，文坛语境的变化及作家视野的变化，使"寻根文学"不同于以往的"伤痕""反思""改革"文学潮流，而在艺术语言上充满了变革的冲击力。

---

[01] 张韧：《寻找文学之根与追求精神的皈依——寻根文学得失谈》，《学习与探索》1993年第6期。

第二节　文化之"根"与小说艺术形态

从"寻根文学"运动发起者们的宣言中，我们明显看到他们在寻找文化之"根"时对传统文化的偏心，而且，这种传统文化不是以孔儒为中心的传统文化，而主要是道家思想、禅宗哲学及一些偏远地区的传说、民俗风情等。比如，阿城的作品中的庄禅思想，韩少功力图寻找的楚文化，李杭育力图建构的吴越文化，以及乌热尔图描述的鄂温克狩猎文化，等等。从一般常识来判断，实际上不管是儒道还是庄禅，都是构成传统文化的重要部分，并且，相对于偏远少数民族地区的文化习俗，中原地区的文化习俗更构成了中国文化人格的核心。那么，"寻根文学"如此选择体现了什么意义？

乌热尔图

暂且不论创作中追求创作题材的新奇感，"寻根文学"运动此举实际上表现了对现有文化的一种不满，以及力图跨越现有叙事规则而寻找新的话语资源的冲动。有研究者认为："这延续了'新启蒙'的批判立场。"[01] 然而，这种批判的立场，更多地体现了文化寻根运动在动机上做出的努力，在实际的理论建构中，这种追寻并没有带来"穿越"式的强大力量。因为当"寻根文学"不断向少数或者即将消失的文化寻找文化发展资源的时候，他们实际上恰恰回避了最重要的文化发展的问题，当作家们不断地将笔触指向深山僻壤、落后愚昧的时候，其实他们在写一种不可能复原的文化，甚至是与文明的发展逻辑相悖的文化。当然，有些优秀作品对这种愚昧与落后的书写有警醒现实的作用。

从总体上来看，大量的作品并没有达到这种反思的现代性，反而造成了偏远文化就是我们的"根"的印象。这种将"断裂的""偏远的"文化作为"文化之根"的观念，无形中将失落的文化提高到了至高的高度，而忽视了文化的变动性和现代性；同时，因为他们寻找的总是"失落的"文化，再次使创作主题的选择本身陷入困境，甚至于有些作品不知应该如何对其描述的对象做出价值判断。比如《爸爸爸》中，丙崽这一形象混杂着愚昧和被愚昧化的象征意味，人物本身究竟是应该受到批判还是值得同情，作品似乎无力解决此问题。又如，《小鲍庄》一开始将人们带入一个充满仁义的村庄，然而，最终充满喜剧化色彩的结局，让读者无法找到作者对其的最终期待。这实际上直接反映出"寻根文学"本身在文化之根态度上的暧昧和迟钝。也正是因为这种不确定或思考的不彻底，1985 年前后进行的这场有理论、有实践作品的"寻根文学"运动，很快消退于人们的视野。而且，在"文化寻根"这一主题上，也并没有产生出实质性的见解。随着改革开放进程的加快，不仅大量传统文化及习俗开始消失，而且，人们对传统文化本身也失去了热情。

《小鲍庄》（1985 年版）

当然，从整个小说艺术发展史的角度来看，"寻根文学"在理论观念上的模糊和暧昧并没有阻止其在艺术实践层面产生丰厚的成果。

---

[01] 洪子诚：《中国当代文学史》，北京大学出版社 2007 年版，第 283 页。

如果就寻根这一主题来说，从宣言及作家们的创作冲动中，难掩其出场的急迫性与功利性，以及在文化之"根"判断上的暧昧不明的话，那么，当作家们将"文化"这一本身就充满富足感的主题带入文学创作实践的时候，"文化"本身的丰富性无疑取代了政治题材，而带来了创作的丰富性和想象力的充盈性，而且，那些优秀的"寻根文学"作品，恰恰是那些对文化充满想象力的作品。因为对大多数优秀作家来说，面对书写对象时，呈现的与其说是一种客观化的文化现象，不如说是一种美学化的想象。

比如，李杭育的"葛川江系列"文化小说，表面上看是"吴越文化"的代表，然而，实际上并非真正意义上的对吴越文化的再现或描绘，而是充满作家美学理想的选择和诠释。像其在作品《最后一个渔佬儿》中所描述的人物形象："宽得一扇橱门似的脊背""熊掌似的大脚""精壮得像一只梆梆硬的老甲鱼"。这种粗粝、坚毅的硬汉形象，与其说是吴越文化的精神主体，不如说更像是来自作者祖籍山东的梁山泊好汉形象。但不管其来自哪里，这样的描述本身与其所要表达的人物的强壮性是相吻合的，即有种艺术的真实性。在此，作为一个有经验的阅读者或是批评者，或许更多地不是从"寻根文学"中去寻找什么文化之根，而是体会艺术想象力带来的文本内涵的丰富性及其艺术探索上的文学史意义。

《最后一个渔佬儿》（1983 年版）

作为创作者，他们也许在作品中投入的也只是文化的冲动而已，而无意去解决何谓文化这一议题。像王安忆创作《小鲍庄》就是例子。王安忆讲起创作的过程时，曾说这是她受当知青时的那个地方的经历的吸引，想着那个地方的一些人事，然后就觉得"找到了一点眉目"。现在看来，她的这种找到，只是与某一"文化"有了种巧合，而进入作品写作时书写故事的冲动已经取代了所谓寻找文化之"根"的激情。她说："我写了那一个夏天里听来的一个洪水过去以后的故事，这故事里有许多人，每一个人又各有一个故事。一个大的故事牵起了许多小的故事；许多小的故事，又完成着一个大的故事。我想讲一个不是我讲的故事。就是说，这个故事不是我的眼睛里看到的，它不是任何人眼睛里看到的，它仅仅是发生了。发生在哪里，也许谁都看见了，也许谁都没看见。"[01] 从王安忆的话语中，我们也可以推断出，这些大多数是知青身份的"寻根文学"作家，总是选择故乡之外的偏远乡村作为文化之根，这更多的是出于建构故事的需要。换言之，与其说是探寻"文化"，不如说是通过书写一个又一个有趣的故事，揭发他们在文化书写时的想象性特征。这种想象性于文学的创造力显然要高于其"文化"本身的议题。

所以，如果说那种宣言过于观念化以及在文化观上的阐释存在诸多暧昧之气的话，倒是这种想象性给文本自身带来美妙的审美体验，以及新的文学经验。在"寻根文学"优秀代表作中，体现出的对叙述姿态、技巧的把握，象征、寓言等手法运用带来的现实生活细节与虚远的时空的融合，都有效地改变了中国小说叙事的传统思维方式。

陈思和在其文学史中如此评价："'文化寻根派'作家群中，北京的阿城和湖南的韩少功是很有代表性的两位。他们的小说《棋王》和《爸爸爸》分别体现出了不同类型的文化寻根意识：前者以对传统文化精神的自觉认同而呈现出一种文化的人格魅力，后者则站在现代意识的角度，对民族文化形态表达了一种理性批判，探寻了在这种文化形态下的生命本体意识。"[02] 作为文学史的一种概述，这样的描述不无道理，不过，作品的内涵比"自由认同"和"理性批判"更复杂。

1985 年发表的《棋王》给阿城带来了极大的荣誉，他随后又写了《孩子王》和《树王》，选取的都是他当知青时的一些经历和见闻。但是，与以往的"伤痕"或"反思"文学完全不同的是，他将意旨指向了"文化"及传奇人物，并在这些人物身上寻找到了新中国成立以来很长时间我们曾经失落或被批判的东西。《棋王》的主人公是王一生，他痴迷于两件事情：吃和下棋。其棋艺之高似乎无人能出其右，小说如此写王一生的出场：

《棋王》（1985 年版）

我的座位恰与他在一个格儿里，是斜对面儿，于是就坐

---

[01] 王安忆：《我写〈小鲍庄〉》，《光明日报》1985 年 8 月 15 日。
[02] 陈思和：《中国当代文学史教程》，复旦大学出版社 1999 年版，第 282 页。

下了，也把手笼在袖里。那个学生瞄了我一下，眼里突然放出光来，问："下棋吗？"倒吓了我一跳，急忙摆手说："不会！"他不相信地看着我说："这些细长的手指头，就是个捏棋子儿的，你肯定会。来一盘吧，我带着家伙呢。"说着就抬身从窗钩上取下书包，往里掏着。我说："我只会马走日，象走田。你没人送吗？"他已把棋盘拿出来，放在茶几上。塑料棋盘却搁不下，他想了想，就横摆了，说："不碍事，一样下。来来来，你先走。"我笑起来，说："你没人送吗？这么乱，下什么棋？"他一边码好最后一个棋子，一边说："我他妈要谁送？去的是有饭吃的地方，闹得这么哭哭啼啼的。来，你先走。"[01]

与周围热闹又乱哄哄的场面相比，王一生显得淡定又脱俗，一句"去的是有饭吃的地方"形象地表达出他对世界简单至极的关注点。而作品随后写到他的吃相，以及农场生活中和其他知青寻找各种法子找吃的情景，一方面再次表达了他对吃的关注，另一方面，隐隐地透出了贫困年代里知青生活的苦闷。而对于王一生来讲，摆脱这种苦闷的方式便是下棋，正如他自己与"我"对话时讲的：

我问他："你还下棋吗？"他就像走棋那么快地说："当然，还用说？"我说："是呀，你觉得一切都好，干吗还要下棋呢？下棋不多余吗？"他把烟卷儿停在半空，摸了一下脸，说："我迷象棋。一下棋，就什么都忘了。待在棋里舒服。就是没有棋盘、棋子儿，我在心里就能下，碍谁的事儿啦？"……他笑着对我说："怎么样，学棋吧？咱们现在吃喝不愁了，顶多是照你说的，不够好，又活不出个大意思来。书你哪儿找去？下棋吧，有忧下棋解。"[02]

从"待在棋里舒服"到"有忧下棋解"，可见，王一生与棋之间构成了一种互存的关系，棋不仅是技，也是一种生活方式，更是为苦

---

[01]　阿城：《棋王》，《上海文学》1984年第7期。

[02]　阿城：《棋王》，《上海文学》1984年第7期。

闷的人生找的工作。到了最精彩的车轮大战，则将王一生对棋的痴迷及棋技的高深展示到极致，这场大战读起来有种江湖绝杀的味道，也使小说带上了别样的韵味。大多数评论者都认为其体现了禅道哲学的精神，特别是小说将王一生棋艺的启蒙老师塑造成一位无名无姓的拣破烂的老头，更体现出这种精神。

与王一生痴迷下棋相应的事便是王一生的吃，王一生的吃相无论从哪个角度来讲都是不雅观的，是一种"穷吃相"。小说曾极细致地描述他将掉在衣服上和地上的饭粒马上捡起吃掉的动作："若饭粒儿落在衣服上，就马上一按，拈进嘴里。若一个没按住，饭粒儿由衣服上掉下地，他也立刻双脚不再移动，转了上身找。"[01] 从这吃相我们也看出了王一生长期困顿后从食物中攫取饱腹感的无所顾忌。如果说，王一生的人生代表了一种庄禅思想的话，执迷于吃这一点也多多少少展示了某种消极的成分。今天看来，对王一生的人生一味抱以赞赏的态度并不是完全正确的。

更有意思的是，在王尧记述的李陀的口头回忆中，小说未刊时，阿城对王一生的人生是有另一番总结的。李陀说："这时小说的清样已经出来了，一看结尾和阿城讲的不一样。我说你太可惜了，阿城讲，'我'从陕西回到云南，刚进云南棋院的时候，看王一生一嘴的油，从棋院走出来。'我'就和王一生说，你最近过得怎么样啊？还下棋不下棋？王一生说，下什么棋啊，这儿天天吃肉，走，我带你吃饭去，吃肉。小说故事这么结束的。我回来一看这结局，比原来差远了，后面一个光明的尾巴，问谁让你改的？他说，《上海文学》说那调太低。我说你赶紧给《上海文学》写信，你一定把那结局还原回来。后来阿城告诉我说，《上海文学》说了，最后一段就这么多字，你要改的话，就在这段字数里改，按原来讲故事里那结局，那字数多。我说那也没办法，我就说发吧。"[02] 如果将这个结局与现在刊出来的作品相比："我笑起来，想：不做俗人，哪儿会知道这般乐趣？家破人亡，平了头每日荷锄，却自有真人生在里面，识到了，即是幸，即是福。衣食是本，自有人类，就是每日在忙这个。可囿在其中，终

---

[01] 阿城：《棋王》，《上海文学》1984 年第 7 期。
[02] 王尧：《1985 年前后"小说革命"前后的时空——以"先锋"与"寻根"等文学话语的缠绕为线索》，《当代作家评论》2004 年第 1 期。

于还不太像人。"[01] 后者充满希望的基调便有了另一层面的意思，虽说自有俗人的乐趣，但末一句"可囿在其中，终于还不太像人"便隐隐地透出了作者心灵深处对于突围的渴望。

所以，当我们再次审思《棋王》的价值和意义时，绝不应该是"对传统文化精神的自觉认同"这么简单，更多的应该是体现在特殊时代对失落的某类传统文化的肯定上。丁帆在《中国新文学史》中的肯定是中肯的："阿城呈现了在犹如文化沙漠的特定年代，传统文化仍坚韧存在的力量。文化贫瘠的背景和阿城予以王一生的禅道合一的精神高度形成鲜明的反差。"[02]

从一定意义上说，在阿城追寻传统文化精神的作品中，与其说很好地呈现了某种具体的文化样态，不如说他借助传统文化或传统文化的某种因子，对特定时代形成了对抗。像《棋王》开篇将热热闹闹的知青下乡运动写成"乱得不能再乱"，便是很好的证明。到了《孩子王》中，当小说将主题定位到教育主题的时候，对时代的政治意义形态的反叛性则表现得更鲜明了。比如，小说先是写了学生读书没有书，原因竟然是不够分，而且这样的事情是不能被质疑的，要大家克服这种困难是理所当然的，小说如此写道：

> 　　老陈笑起来，说："呀，忘了，忘了说给你。书是没有的。咱们地方小，订了书，到县里去领，常常就没有了，说是印不出来，不够分。别的年级来了几本，学生们伙着用，大部分还是要抄的。这里和大城市不一样呢。"我奇怪了，说："国家为什么印不出书来？纸多得很嘛！生产队上一发批判学习材料就是多少，怎么会课本印不够？"老陈正色道："不要乱说，大批判放松不得，是国家大事。课本印不够，总是国家有困难，我们抄一抄，克服一下，嗯？"我自知失言，嘟囔几下，走回去上课。[03]
>
> 　　小说接着又写震天响的歌声完全影响到了正常的教学：
> 　　一段课文抄完，自然想要讲解，我清清喉咙，正待要

---

[01]　阿城：《棋王》，《上海文学》1984 年第 7 期。
[02]　丁帆：《中国新文学史》下册，高等教育出版社 2013 年版，第 228—229 页。
[03]　阿城：《孩子王》，《人民文学》1985 年第 2 期。

讲，忽然隔壁教室歌声大作，震天价响，又是时下推荐的一首歌，绝似吵架斗嘴。这歌唱得屋顶上的草也抖起来。我隔了竹笆缝望过去，那边正有一个女教师在鼓动着，学生们大约也是闷了，正好发泄，喊得地动山摇。[01]

这里叙事者表示出的对于当时流行歌曲及教学方式的不满，直接将批判的目光聚集到特定时代的特定事件。"我"要求学生写的作文也是与当时的主流观念相去甚远：

> 听好，我每次出一个题目，这样吧，也不出题目了。怎么办呢？你们自己写，就写一件事，随便写什么，字不在多，但一定要把这件事老老实实、清清楚楚地写出来。别给我写些花样，什么"红旗飘扬，战鼓震天"，你们见过几面红旗？你们谁听过打仗的鼓？分场那一只破鼓，哪里会震天？把这些都给我去掉，没用！清清楚楚地写一件事……[02]

作品最终也写到王福的作文对于自我的启蒙，既展示出民间对知识的普遍看法给自己的一种启蒙，也从根本上倒转了学生与教师的关系，并通过学生启发教师的环节的设置，颠覆了当时的教育观念和教育方式。小说如此写道：

> 我待了很久，将王福的这张纸放在桌上，向王福望去。王福低着头在写什么，大约是别科的功课，有些黄的头发，当中一个旋对着我，我慢慢看外面，地面热得有些颤动。我忽然觉得眼睛干涩，便挤一挤眼睛，想，我能教那多的东西么？[03]

而我的这种关于教育的感悟终究被驱离出体制化的讲坛，但对于我自己来讲，远离这样的一种教育反倒觉得轻松了。

---

[01]　阿城：《孩子王》，《人民文学》1985 年第 2 期。
[02]　阿城：《孩子王》，《人民文学》1985 年第 2 期。
[03]　阿城：《孩子王》，《人民文学》1985 年第 2 期。

韩少功的《爸爸爸》是"寻根文学"的另一个代表作。在韩少功的作品中，文化之根更多是以一种意象式的、心灵感受式的状态存在的。《爸爸爸》将故事的发生地点设置在一个远离城市的偏远山村，那里的人们的生活方式、传统习俗仿佛经历了数百年也未曾动摇过，弥漫着原始的气息，小说的人物丙崽便是揭开这里文化形态的一个视角。丙崽是通常意义上的"傻子"，但也带着些神秘色彩：

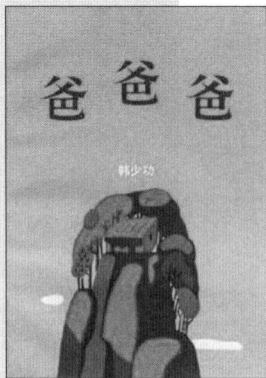

《爸爸爸》（1985 年版）

> 他生下来时，闭着眼睛睡了两天两夜，不吃不喝，一个死人相，把亲人们吓坏了，直到第三天才哇地哭出一声来。能在地上爬来爬去的时候，就被寨子里的人逗来逗去，学着怎样做人。很快学会了两句话，一是"爸爸"，二是"× 妈妈"。后一句粗野，但出自儿童，并无实在意义，完全可以把它当作一个符号，比方当作"× 吗吗"也是可以的。三五年过去了，七八年也过去了，他还是只能说这两句话，而且眼目无神，行动呆滞，畸形的脑袋倒很大，像个倒竖的青皮葫芦，以脑袋自居，装着些古怪的物质。吃饱了的时候，他嘴角沾着一两颗残饭，胸前油水光光的一片，摇摇晃晃地四处访问，见人不分男女老幼，亲切地喊一声"爸爸"。要是你冲他瞪一眼，他也懂，朝你头顶上的某个位置眼皮一轮，翻上一个慢腾腾的白眼，咕噜一声"× 吗吗"，调头颠颠地跑开去。
>
> 都需要一个名字，上红帖或墓碑。于是他就成了"丙崽"。[01]

因为丙崽的痴呆、无父，他备受寨子里其他人的欺负，然而，在一次祭谷神时，当他就要成为祭品时，天空突然响了炸雷，于是人们就将其与神秘力量联系在了一起。他竟然被全体村民顶礼膜拜，尊称为"丙大爷"，他的话也成了与鸡尾寨发生冲撞时，到底会打胜仗

---

[01]　韩少功：《爸爸爸》，《人民文学》1985 年第 6 期。

还是败仗的卦言。而且，鸡头寨经过一次生死劫难之后，唯独丙崽不死。

正如陈思和在文学史中所论述的，在大多数 20 世纪 80 年代的评论者的论述中，丙崽的存在是"对民族文化形态表达了一种理性的批判"。洪子诚也曾经概述 80 年代人们对《爸爸爸》普遍持有的批判性解读方式，他说："在 80 年代，对《爸爸爸》，对丙崽，最主要并得到普遍认可的观点，是在现代性的启蒙语境中，将它概括为对'国民劣根性'，对民族文化弊端的揭发、批判。这样的理解，典型地体现在严文井、刘再复两位先生的文章中；他们的论述，也长时间作为'定论''共识'被广泛征引。他们指出，鸡头寨是个保守、停滞社会的象征；村民是自我封闭的，'文明圈'外的'化外之民'。对丙崽这个人物的概括，则使用了'毒不死的废物''畸形儿''蒙昧原始'和具有'极其简单，极其粗鄙，极其丑陋的'畸形、病态的思维方式的'白痴'等说法。严文井、刘再复的解读在'文明与愚昧冲突'的新启蒙框架下进行，这是 80 年代知识界的普遍性视野。"[01] 不过，韩少功自己似乎并不太赞成这样的解读，他不同意将作品主旨完全归结为揭露"民族文化弊端"。他说："我在 1985 年以后的写作，大概由于年龄的关系，显得比以前要冷静一些，要心狠一些，但自己觉得还不是心如枯井。《归去来》对一个陌生山村和知青岁月的感怀，比如《爸爸爸》对山民顽强生存力的同情和赞美，包括最后写到老人们的自杀，写到白茫茫的云海中山民们唱着歌谣的迁徙，其实有一种高音美声颂歌的劲头。也许是一种有些哀伤的颂歌。很多评论家认为《爸爸爸》是一幅揭露性的漫画，但有个评论家李庆西写文章，觉得这里面有崇高。还有一个法国批评家，认为我的批判里其实有温暖，并不像有些同行认为的那样阴冷。我为此感到很欣慰。这并不是说我是一个够格的诗意传达者和创造者，只是说我从不把揭露丑恶看成唯一目标。"[02] 而且，他也说自己对于丙崽这一人物有复杂的情感："丙崽这个人物是有生活原型的。……我对他有一种复杂的态度，觉得可叹又可怜。他在村子里是一个永远受人欺辱受人蔑视的孩子，使我一想起就感到同情和绝望。我没有让他去死，可能是出于我的同情，也可能是出于我的绝望。我不知道类似的人类悲剧会不会有结束的一天，不知道丙崽是不是我们永远要背负的一个劫数。你可能注意到了，我写这个小说的时候，尽力抹去了时间与空间的痕迹，因此我的主人公不死是很自然的。他是我们需要时时面对的东西。"[01] 大多是因为想表达自己对丙崽可叹又可怜的感情，也是为了让读者更多地看到作品中的诗意，所以，韩少功在2006年对作品做了很大的修改，使人物有了更多的主体性，作品有了更多温暖的色调。

的确，《爸爸爸》是一个意蕴复杂的文本。小说中丙崽的"死相"丑陋至极却延续不止，隐隐地象征着某种文化的顽劣性，以及难以根除的本性。然而，在另一方面，丙崽又那么地简单，简单到超越了众人的所有或无意或恶意的伤害，隐隐地象征着某种失败后依然保持的尊严和坚毅。特别是整个村寨的老弱为了某种生命的延续，面向东方——祖先来的地方而饮毒药的场面，既有种族生命息息相通的神秘气息，又为整个民族的存在添上了些许"悲壮"的色彩。或许，对于韩少功来讲，用故事讲述对传统文化的感受，才是小说要表达的真正的情绪，至于传统文化的劣根性或是坚韧性，因为文本本身的复杂而很难厘清，也是并存的。换言之，丙崽既象征着文化顽劣性的存在形态，反过来，村寨里人们对这两句话及对丙崽的膜拜式的生存方式，无疑又加强了这种顽劣性和愚昧性的存在证明。因此，整个作品从故事的时空营造到人物的人格寓意，都带上了强烈的寓意性。这种寓意当然与作者所要表达的文化主题有关。然而，作者到底对于丙崽这样一个文化象征物寄寓了怎样的价值判断呢？从作者将丙崽写得那么丑陋这一点上看，作者似乎对丙崽存在明显的批判性，但人们依然无法走出对丙崽膜拜的生存方式，以及对于这种存在的无可奈何，这也折射出作者自身对此种文化之根的无可奈何。或许，这是作者在寻找楚文化时不愿意放弃的"根"。但是，作为一个拥有现代意识的作家，他对这一生存之相的暧昧不明的态度却消解了作品直视人的生存窘境的批判性。

在《归去来》这部作品中，我们更清楚地看到作者韩少功借助文

---

[01]　韩少功、张均:《用语言挑战语言——韩少功访谈录》,《小说评论》2004年第6期。

化的主题表达内心的困惑。小说中的"我"是返城多年的老知青，当"我"以黄冶先的身份来到一个"我"自认为从来没有到过的村寨后，"我"却被认为是曾在这里居住过的马眼镜，虽然这一身份最初遭到了自己的否认和怀疑，但村寨里发生的一切又处处表明"我"就是马眼镜，以致"我"自己也接受了这样的身份。于是，当"我"回到旅馆给朋友打电话，而朋友叫"我"黄冶先时，"我"竟然又不能接受自己就是黄冶先了。最后，这个叫黄冶先的人发出了这样的感慨："我累了，永远也走不出那个巨大的我了。妈妈！"[01] 这种身份的混乱和无法拒绝，背后隐含的应该是文化的感染力和无法拒绝性，象征着乡村文化对知青们的深深的嵌入。然而，这种嵌入显然不是自觉的，甚至不是自愿的。"我"的这种迷惑显然来自村寨这个封闭而恒久的时空中的某些强大的力量，我们不妨将其视作一种存在良久的文化的力量。这个表面上看讲是知青生活的故事，超越了当时众多反映知青生活的伤痛或反思的题材，而写到了人的处境中文化影响力上的纠结，将生存的主题指向了文化之根的追寻。因而，这些被寻根作家们模糊化了的时空自然而然地带上了寓言性、象征性等特征，在书写故事的文化主题上展示了非凡的艺术表现力。

王安忆的《小鲍庄》是另一个不可忽视的"寻根文学"代表作。这个以王安忆当知青时的某些记忆而引发的故事，书写了一个独特的时空——小鲍庄：它的历史，它的民风，它的某种隐而不宣的气氛，它的变化。小说的开篇写得精彩至极，以一种充满想象力的平静叙事，将读者拉向一个遥远的时空，使小鲍庄在这样一种抽象的语境中渐渐地呈现出来：

引子

七天七夜的雨，天都下黑了。洪水从鲍山顶上轰轰然地直泻下来，一时间，天地又白了。

鲍山底的小鲍庄的人，眼见得山那边，白茫茫地来了一排雾气，拔腿便跑。七天的雨早把地下暄了，一脚下去，直陷到腿肚子，跑不赢了。那白茫茫排山倒海般地过来了，一

---

[01] 韩少功：《归去来》，《上海文学》1985 年第 6 期。

堵墙似的，墙头溅着水花。

茅顶泥底的房子趴了，根深叶茂的大树倒了，玩意儿似的。

孩子不哭了，娘们不叫了，鸡不飞，狗不跳，天不黑，地不白，全没声了。

天没了，地没了。鸦雀无声。

不晓得过了多久，像是一眨眼那么短，又像是一世纪那么长，一根树浮出来，划开了天和地。树横漂在水面上，盘着一条长虫。

还是引子

小鲍庄的祖上是做官的，龙廷派他治水。用了九百九十九天时间，九千九百九十九个人工，筑起了一道鲍家坝，围住九万九千九百九十九亩好地，倒是安乐了一阵。不料，有一年，一连下了七七四十九天的雨，大水淹过坝顶，直泻下来，浇了满满一洼水。那坝子修得太坚牢，连个去处也没有，成了个大湖。

直过了三年，湖底才干。小鲍庄的这位先人被黜了官。念他往日的辛勤，龙廷开恩免了死罪。他自觉对不住百姓，痛悔不已，扪心自省又实在不知除了筑坝以外还有什么别的做法，一无奈何。他便带了妻子儿女，到了鲍家坝下最洼的地点安家落户，以此赎罪。从此便在这里繁衍开了，成了一个几百口子的庄子。[01]

在这段文字中，"一场七天七夜的雨"将故事带向了一个充满神秘感和遥远感的特殊时空，接下来在这个空间中，作者通过多个故事并行的结构方式，塑造了小鲍庄里生活着的人们的各种形态，故事也仿佛有了某种跨越千年的永恒性。捞渣是一个重要的人物，他虽然只是一个小孩，却有着最仁义的心肠。小说赋予他的出生和行为一种寓言般的色彩。他出生的当日，正好是鲍五爷的孙子去世的时候，于

---

[01]　王安忆：《小鲍庄》，《中国作家》1985 年第 2 期。

是，捞渣似乎自出生起就承载了村子里某种仁善的传统，与鲍五爷特别亲热，只要有什么好吃的都拿给他，而且，在一场大洪水中，捞渣为了救鲍五爷牺牲了自己。

借着捞渣身上的这样一种品德，小说也书写了小鲍庄其他人身上的仁义和坚毅，比如，鲍秉德对接连生了五个死婴而发疯的妻子始终不离不弃，从他那里说出来的"仁义"二字便是解读这一行为的精气神。"刚疯的那阵子，曾经有人劝过鲍秉德，把她离了，再娶一个。鲍秉德一口回绝：'我不能这么不仁不义。一日夫妻百日恩，到这份儿上了，我不能不仁不义。'"[01] 而他时疯时清醒的妻子，也为了不再拖累鲍秉德，在洪水来临时选择了自杀。这就是小说所要传达的传统文化中的仁义，然而，小说同样也传达了这样一个独特空间的封闭和压抑。比如，鲍彦山家收了逃荒的孩子小翠当童养媳，既免不了让她干重活，更免不了逼着人家成亲。又如，村子里的人总是嘲笑和欺辱大姑捡来的拾来，拾来与寡居的二婶产生感情之后，更是遭到了众人的鄙弃，甚至被鲍彦山毒打，但拾来并没有因此反抗，反而深陷在自身有罪的观念中不敢正视这种苦难中产生的恋情。直到鲍仁山将他们的故事加以报道，他们才渐渐地被村里人接受。小说中体现的陈旧和凝固、顺从和坚韧、仁义和无情相互渗透的精神气息，正是文化的一种模糊又坚实的存在，实实在在地展现了一种文化的气质。

小说发表以后，获得了大量的赞美之词，比如，吴亮的《〈小鲍庄〉的形式与涵义——答友人问》一文，高度赞赏了《小鲍庄》在创作过程中那种客观化的叙述姿态："《小鲍庄》对我难以抵挡的影响恐怕正来自这么一种超然风格——那不偏不倚的、冷峻而不动情的客观主义描述，在记叙农村平淡无奇的生活面貌和偶尔因劫难而引起的心理微澜方面，在刻画农民的忍耐力、亲善感、寡欲、个性压抑、麻木和健忘方面，以及在忠实地记载那些通过日常生活的缓慢流速而体现出来的文化潜意识方面，都取得了还其本来面目的效果。"[02] 又如，陈村致信王安忆说："看'法展'见宗福先，他说应对王安忆刮耳相看了；见到你母亲，她说从未称赞你的作品，看了《小鲍庄》要说声好了；此外，叫好的还有你所信赖的程德培。大家又开始宠你了，你的形象又该是美不胜收了呢。……你说过，想用写最具体的来表现最抽象的，这话乍一听能把人听糊涂。读了《小鲍庄》，似乎找到眉目了。" [01]

　　然而，《小鲍庄》并没有将这种以具体表现抽象的特点贯穿到底。如果说，小说中流动的仁义之气是一种文化的核心的话，总体上看，整个故事呈现的冷静客观的语气便是建构这种文化核心的关键性写作手法。换言之，作者在展示仁义这一文化主题的时候，并没有流露过多的刻意为之的叙事意图，作者只是让这样一种文化的气氛在人物身上、在作品的故事中慢慢地溢出，同时溢出的还有小鲍庄人们的生存状态，在这种状态中，我们又看到了农民身上的隐忍、压抑和麻木等诸种文化人格。不过，到了故事的结尾，作者却完全改变了开篇所营造的那种时空的虚远感，而用了一些很实在的意象。比如，给捞渣修了纪念碑，鲍仁文终于当上了文化人，捞渣家的房子也翻修了，拾来也在村中过上了幸福的生活，等等。

　　总之，一些很生活化的、很世俗的东西出现了，而且小鲍庄获得这一切都是在捞渣死后。从美学形态上讲，开篇与结尾的这种落差，给人带来了很不一样的审美体验。作者王安忆曾解释说："捞渣是一个为大家赎罪的形象。或者说，这小孩的死，正是宣布仁义的彻底崩溃。" [02] 这篇小说要写的是"最后一个仁义之子的死" [03]。但这样的解释始终是不让人满意的，因为，既然是崩溃，那就更难以解释捞渣死后给村庄带来的这一系列的变化了，读者更无法判断作者究竟对仁义文化持什么态度了。我们如果仔细阅读，就会发现鲍仁文以及他的写作的存在，与小鲍庄的文化气氛之间始终有着一种相异的却又类似于反讽式的关系。比如，他看上鲍彦荣参加过战争的经历，想写成一篇英雄史，题目都选好了，叫作《鲍山儿女英雄传》；然而，鲍彦荣根本没有这种"英雄式"的理念，有的只是对一家六七口如何填饱肚子的关心，有的只是关于战争最感性的体验。作品如此写他们间的对话：

[01]　陈村：《关于〈小鲍庄〉的对话：陈村致王安忆》，《上海文学》1985 年第 9 期。

[02]　王安忆：《从现实人生的体验到叙述策略的转型——关于王安忆十年小说创作的访谈录》，《当代作家评论》1991 年第 6 期。

[03]　王安忆：《从现实人生的体验到叙述策略的转型——关于王安忆十年小说创作的访谈录》，《当代作家评论》1991 年第 6 期。

想象、建构及限制——20世纪80年代中国文学史论

"我大爷，打孟良崮时，你们班长牺牲了，你老自觉代替班长，领着战士冲锋。当时你老心里怎么想的？"鲍仁文问道。

"屁也没想。"鲍彦荣回答道。

"你老再回忆回忆，当时究竟怎么想的？"鲍仁文掩饰住失望的表情，问道。

鲍彦荣深深地吸着烟卷："没得功夫想。脑袋都叫打昏了，没什么想头。"

"那主动担起班长的职责，英勇杀敌的动机是什么？"鲍仁文换了一种方式问。

"动机？"鲍彦荣听不明白了。

"就是你老当时究竟是为什么，才这样勇敢！是因为对反动派的仇恨，还是为了家乡人民的解放……"鲍仁文启发着。

"哦，动机。"他好像懂了，"没什么动机，杀红了眼。打完仗下来，看到狗，我都要踢一脚，踢得它汪汪的。我平日里杀只鸡都下不了手，你大知道我。"

"这是一个细节。"鲍仁文往本子上写了几个字。[01]

鲍仁文一直想写一个概念中的英雄，却忽视了生活中的鲍彦荣，而他关于拾来与二婶关系的那篇名为《崇高的爱情》的报道也是如此的。小说具有反讽意味的正是鲍仁文的这种偏离了人物的真实生活感受的书写，使捞渣成了英雄，使小鲍庄成了著名的景点，使拾来找到了安稳的生活。总之，小说就在鲍仁文这种戏剧性的写作中，使小鲍庄的人得到切切实实的实惠，小说故事也渐渐褪去了隐秘又模糊的"文化"色彩，而变得"具体"又"实在"了。小说这种前后差异巨大的审美风格，究其实质，与作者在文化之根的追寻上暧昧不明的姿态有关。作者在作品中对"仁义文化"这一抽象概念缺乏深刻的认识，或许，作者自己也讲不清楚是好是坏，是真实还是虚幻。

在一系列"寻根文学"的代表作品中，制造遥远的时空感将故事

---

[01]　王安忆：《小鲍庄》，《中国作家》1985 年第 2 期。

发生的背景故意做模糊化的处理，是将故事主题拉向文化意味的一种有效手段。《小鲍庄》的表现是最鲜明的，《爸爸爸》中虽然没有《小鲍庄》这种刻意为之的时空感，然而，大山深处的鸡头寨、鸡尾寨及仿佛千年未变的风俗，给人的也是遥远的时空感。空间中的核心人物丙崽的"爸爸"和"×妈妈"这两句话，恰恰在中国的千百年的文化传统中有着非凡的意味。当然，并不是所有的"寻根文学"作品的故事背景都是模糊化的。像阿城的作品"三王"的故事背景就十分清晰，故事情节也比较明朗，写的都是知青上山下乡时代的故事。作品中也有明确地提示这个时代背景的话语。比如，《棋王》开篇时写到的火车站播放的送知青下乡的歌曲及悬挂的大红布标语，《孩子王》中的革命歌曲及课本，《树王》中轰轰烈烈的伐树运动，都明确地指向那个特殊的时代。然而，作品虽然有明确的故事背景，但是，作者在这样的背景中所要表达的不仅是时代本身的生活特征，更要去寻找某种超越时代的文化人格或文化品性。像《棋王》明显体现了对道家人格的追寻。实际上，作品的主题依然表现了跨越时代语境的传统文化特征，这也是寻根作家们将叙事的对象定格在"文化"之上的必然结果。

在寻找文化之根的叙事冲动中，作家们通过营造充满遥远的时空感的场景，通过一些充满象征意味的人物和事件力图展示某一种可感知的文化。因为在一种虚构的文化时空中，作品更容易通过打破现实时空结构的方式构造一种特殊的文化形态，并且，通过象征的意味去体现对这种文化形态的寻找。然而，有的时候这一文化本身也是暧昧不明、难以捉摸的，一方面或许源自作家创作时对讲故事的兴趣高过了对"文化之根"的内涵的探寻，但另一方面也说明，"寻根文学"作家们所寻找的文化之根的宣言本身具有不稳定性，以及他们对文化之"根"理论立场的不确定性。

想象、建构及限制——20世纪80年代中国文学史论

第三节　"寻根"的意义及限度

在小说艺术史上，"寻根文学"与当时力倡从艺术形式上寻找突破的"新潮"文学几乎是同时发生的，或者，反过来说，"寻根文学"作品在艺术表现上的创新带来了文学实验的新契机，这也是 80 年代中期中国文坛一些新兴的文学潮流所极力标榜和追求的。所以，在 80 年代中期，诸多年轻的文学评论家把"寻根文学"推为"新潮小说"，并开始关注一些作品在艺术形式方面做出的贡献。像李劼的《论文学形式的本体意味》一文，有效地发掘了《爸爸爸》《小鲍庄》等作品的形式新意。他认为："从八五年开始的先锋派小说是一种历史标记。这种标记的文学性与其说在于'文化寻根'或者现代意识，不如说在于文学形式的本体性演化。也即是说，怎么写在一批年青的先锋作家那里已经不是一种朦胧不清的摸索，而是一种十分明确的自觉追求了。这种自觉追求把原来踯躅在印象性色彩中的意象相当生动地凸现出来，使情绪的流动上升到了一个个高远深邃的象征。冈底斯（《冈底斯的诱惑》）、小鲍庄（《小鲍庄》）、丙崽（《爸爸爸》）、老井（《老井》）、寻找歌王（《寻找歌王》）、TDS 功能圈（《你别无选择》）等等，已经不再是客观的描绘，也不再是主观的印象，而是一种隐喻，或者一种含义深广的意象。于是，一种意象主

义在这些先锋派作品中悄无声息地蔓延开来，成为一个把怎么写的课题推向一个富有魅力的高度的文学运动。"[01] 韩少功也在谈论自己的创作时说过："'寻根文学'的提法把事情简单化了。其实当时我关注的问题不限于寻根，比方说 85 新潮一个很大的内容就是关注现代主义，关注确定性、独断论以及理性主义本身的弊端。在 85 以前，我们的作品中的因果关系很明晰，世界是由好人和坏人、进步和落后组成的。85 新潮就是要打破这种因果链。当时出现了那么多不合逻辑的句子，从某种意义上说，是在语言形式上对逻辑霸权的怀疑与挑战。"[02]

不过，如果了解中国的小说艺术演变史的话，我们就比较容易判断出 80 年代真正形式革命到来的标识，应该是"先锋小说"的文本。"寻根文学"从根本上来讲，并没有脱离从创作主题寻求改变的思维方式。但是，不得不肯定的是，"寻根文学"并没有步入"伤痕""反思""改革"文学的后尘，那么，究竟是什么力量产生了这样的影响？它为什么能在文学史上生成不可忽略的形式新意呢？除了作家的创作功力，还与它所寻找的主题的特殊性有关。

比如，在阿城的作品中，我们常常会发现作者与某种政治语境的对抗。如在《棋王》的开篇中，面对车站挂起的大红布标语和语录歌儿，叙述者明显表现出一种否定的倾向。在《孩子王》中，更明确地将语录歌及课本上的作文作为批判的对象，将时下流行的歌曲描述为"吵架斗嘴"，并斥之为影响正常教学秩序的罪魁祸首，又将时下流行的"红旗飘扬，战鼓震天"的描述贬为不老老实实的写作。这些一方面表明作者对"文革"时期的文化话语的一种否定。另一方面是，作者在作品中描述王一生（《棋王》）的乱中取静的神态、来娣的歌声、王福父子（《孩子王》）对知识的态度，以及树王肖疙瘩（《树王》）的言行时，则明显体现出肯定的倾向。又如，当王安忆、韩少功等人，将知青生活的主题与文化的主题结合在一起之后，进一步展示了人存在的多面性和复杂性，并从文化影响力的角度书写了一个时代给一代青年带来的内心世界的变化，这显然比简单的书写伤痕、反思主题要深刻得多；又如，李杭育、郑万隆、乌热尔图等作家将题材视野指向

---

[01]　李劼：《试论文学形式的本体意味》，《上海文学》1987 年第 3 期。
[02]　韩少功、张均：《用语言挑战语言——韩少功访谈录》，《小说评论》2004 年第 6 期。

某种文化处所之时，他们笔下的人物因文化人格而变得生动起来。

如果借用华莱士·马丁说的，"叙述的形式就是某些普遍的文化假定和价值标准——那些我们认为是重要的，平凡的，幸运的，悲惨的，善的，恶的东西，以及那些推动着由此及彼的运动者——的实例"[01]，那么，这样的一些作品中体现出的文化假定或者价值标准，就是对抗"文革"话语的文化假定及价值标准。也正是这种文化假定，使"寻根文学"在主题的建构时，力图去寻找偏远的、非主流的文化表征，这既明显地体现出作品对政治文化主题的偏离，也体现了经历"文革"的一代人，力图摆脱"文革"话语的叙述方式而做出的集体式的选择。也就是说，它在故事的叙述中，并没有像"伤痕""反思""改革"文学那样围绕着意识形态号召的政治主题而展开，作品中所隐含的视角，显然没有"伤痕""反思""改革"文学那种控诉、诉说、反思或兴奋于现实变化的特点，而偏向于对作者的诸多乡村经验的发掘。有评论家曾将这种热衷归于作者们在特殊历史时期的经历，认为"当人们从浩劫的死亡狂欢中醒来，当人们终于可以把那巨大唯一的超验秩序阉割一切乃至灭绝一切的十年，当作荒诞残酷的一场游戏一场梦的时候，当刘心武、张洁、李国文等许多作家终于开始用曾被砸烂的价值残片拼凑过去现在未来的乌托邦的时候，唯有这一代人，这在浩劫中长大成人、度过青春期的一代人'无家可归'。他们没有'另一样'历史，他们原来不是，现在仍不是任何人"。[02] 在我看来，独特历史时期的乡村经历的确给这一代人的心灵造成了一种隐秘的"寻根"心理。80年代开放的历史语境恰恰也给了这一代人释放内心困顿，并积极寻找自身存在的主体性的可行性。而反过来，历史在这一代人身上造成的荒野处境及文化依托的缺失，再次造成了他们在寻找存在的主体性时的暧昧不明，所以，无论如何，"根"是难以寻回了。

然而，这种偏离政治话语意向的叙述在成就"寻根文学"的独特意义的同时，也给自身造成了限制。有评论家认为："寻根文学"（乃至"文化热"）的理论和思考方式无疑主要是在"历史—文化"的层面上展开的，这与五四新文化的思想特点极其相似。……我想不妨简

---

[01] ［美］华莱士·马丁：《当代叙事学》，伍晓明译，北京大学出版社2005年版，第79页。
[02] 孟悦：《历史与叙述》，陕西人民教育出版社1991年版，第115—116页。

单地说，不管是五四新文化还是"寻根文学""文化热"，都是在既定的且被社会所充分认可的政治框架中展开的，即其从一开始（天生）就没有预设明确或强烈的政治诉求，而只是希望在政治的范畴以外（超越政治）去寻求社会和文学、文化发展（即现代化）的思想与历史资源（价值依据）。……我的一个基本结论就是，在批评的意义上看，正因为"寻根文学"（包括"文化热"）是在既定的政治框架中（或至少没有突破既定的政治框架的自觉）进行的，它对中国当代文学的革命性价值和深刻性意义都只能是非常有限的。[01] 批评者站在 80 年代文化背景的立场，从"寻根文学"运动及"文化热"并没有突破 80 年代政治环境的视角进行了批判。

今天，我们回过头来看待那一场"寻根运动"，我们依然不得不感慨发起时的轰轰烈烈和沉寂时的彻底，当作家们或出国（如阿城），或下海（如韩少功），或急急地跟上其他文学潮流（如王安忆）后，"寻根"这一话题也快速地被遗忘了。而我们面对当年那些"寻根"作品时，印象最深的是讲述故事的方式，以及这样一种讲述方式在对抗"十七年文学"现实主义书写传统时产生的形式新意。至于当时所发表的各类"寻根"理论文章中所追求的主题，不仅反映出作家们对偏远文化、古代遗风过度的热情和对现代性的审思的缺失，而且始终给人一个对传统文化的判断暧昧不明的印象。

我想补充说明的是，这种局限性的造成，实际上与这一批作家的知识断裂有相当大的关系。大多数"寻根文学"作家都有过上山下乡的知青经历。毫不夸张地说，他们的青春只能尾随着时代的大潮，是充满着混乱和虚妄的，他们中极少有人建构了真正的自我。尽管有像阿城那样很自觉地对"大红标语"、"文革"式的教学有一种批判的眼光的作家，但对大多数年轻人来讲，那个时代，最多能产生的或许只是对现状的一种逆反心理。而当新时期到来之后，他们也很容易融入全民式的批判、控诉的浪潮中去。像韩少功、郑万隆等作家，他们最初就积极地投入"伤痕""反思"的文化潮流中。当然，这一批作家的创新之处或者说精神的新的生长点在于，他们很快认识到这股政治热情无法满足他们的创作现状，于是，转向"文化"来寻求超越政治

---

[01]　吴俊：《关于"寻根文学"的再思考》，《文艺研究》2005 年第 6 期。

功利性的新的突破点成了相当自然的一件事情。然而，极力规避政治主题的文化只能来自他们生活过的乡村或偏远地区。在各篇"寻根"宣言中，作家们分别谈到了他们热衷或所思考的文化对象，如韩少功的汨罗江，郑万隆的荒野，李杭育的少数民族的民间故事，等等。这些民间文化甚至是某些原始的古朴文化，其成为"寻根文学"的精神支点，表明了作家们对"文革"时期经历的怀恋。这种怀恋也直接表明了他们在对抗"文革"话语时所暴露出的不彻底性，一定意义上，这种怀恋实际上再次使他们陷入了政治意识形态的话语表述模式中。有评论家就曾说过："这里，寻根文学的倡导者们自身的偏颇在于，他们在政治上否定了'文化大革命'，但情感经验却使他们与'文革'中的经历有着藕断丝连的联系，从知青作家们对那段生活的怀恋到寻根作家对民间文化的信仰都清楚地表明了这一点。"[01] 更有意思的是，对这些民间文化的发扬，他们是站在寻找中国传统文化的出发点上的，然而，不仅传统文化本身正在失落，同时，这种以规避政治主题为出发点的寻找，也使寻找本身产生了精神的失重性，作家们极力找寻到的只能是一些正在遗失的东西。这也是我们当下文化发展面临的困境，只是"寻根文学"在 80 年代就触及了这个问题，只可惜，无论是作家还是当时的理论家、批评家，都没有对这个问题进行深入的思考，这一场轰轰烈烈的文化考察之旅，也很快归于沉寂。

---

[01]　赵歌东：《寻根文学在哪里迷失？——从知青心态看寻根文学的发生及取向》，《当代文坛》1991 年第 4 期。

第九章 "先锋小说"：
形式实验的集体演绎

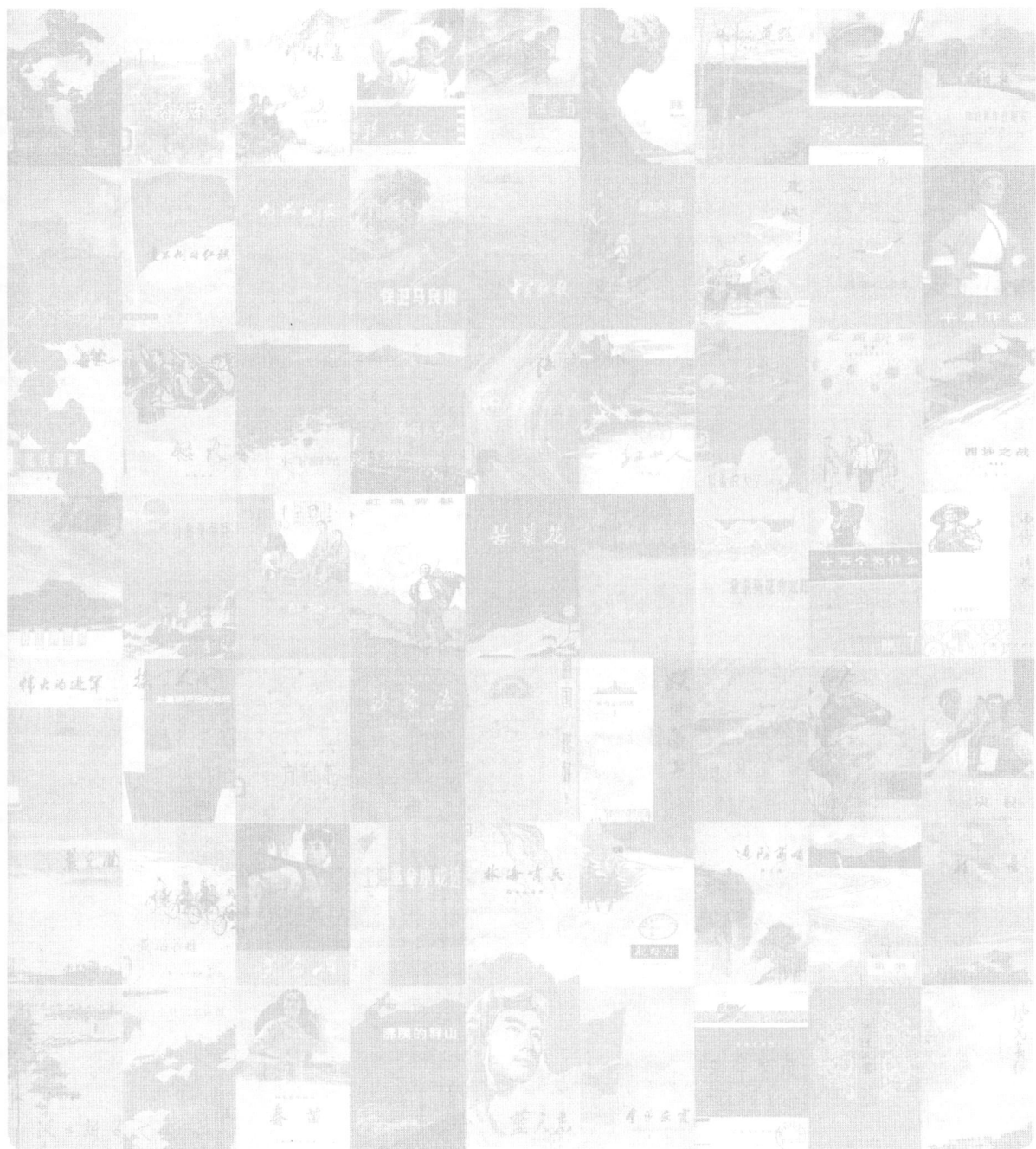

第一节 "先锋小说"的出场与文学形式实验

　　从目前的文学史来看，"先锋小说"主要指马原、洪峰、莫言、残雪、余华、苏童、格非、叶兆言、孙甘露、北村、叶曙明等人在80 年代中后期创作的小说。其中有些作家的创作较早一些，特别是残雪和莫言，他们产生影响力的时间也比较早[01]。但是，作为一股文学潮流，1987 年无疑是"先锋小说"摆出强大阵容集体亮相的一年。

马原（肖全 摄）

莫言

[01]　关于残雪和莫言的归类问题，残雪常被一些评论家与刘索拉、徐星等人一起归为现代派，莫言也因其《红高粱》而被归为"寻根文学"代表作家，这些归类体现了文学史的不同面向，本文因其在文学艺术形式实验方面做出的贡献，将其列入"先锋小说家"行列。

残雪（肖全 摄）

余华（肖全 摄）

苏童

孙甘露（肖全 摄）

格非

叶兆言

北村

这一年，在《人民文学》第1、2期合刊上，集体推出了孙甘露的《我是少年酒坛子》、北村的《谐振》、叶曙明的《环食·空城》等作品。《收获》的第5、6期则集体推出了苏童的《一九三四年的逃亡》、余华的《四月三日事件》和《一九八六年》、孙甘露的《信使之函》、格非的《迷舟》等作品。这些作品以鲜明的话语意识和形式实验掀起了一股热潮。由此，"先锋小说"也因这批年轻作家的出场而成为80年代文学史上不容忽视的文学现象。那么，是什么样的历史条件，使得这批年轻的作家走上文坛的中心地位并产生巨大的影响力呢？

从文学事件发生的场域来看，"先锋小说"的出场与几大刊物的集体展示有很大的关系。像余华、苏童、格非这些当时十分年轻的作家，在文坛上刚刚崭露头角便受到了《人民文学》《收获》这样影响力极大的刊物的青睐，这是作家的一大幸事，这当然与80年代那种追求文学艺术创新的社会氛围，以及文学刊物在人们日常生活中的重要地位有关。我们如果细细地探查当时作家与编辑们的一些交往细节，就会发现，当时的批评家、编辑和作家一样，以一股巨大的激情极力地推动了"先锋小说"的出场，有时，甚至是编辑直接参与作品的修改中，或者引导着作家的创作。也就是说，在文学关系的层面中，就"先锋小说家"们出场这一问题来看，作家与批评家、编辑们而不是与读者间建立的这种亲密关系起了直接的推动作用。正如程光炜在《如何理解"先锋小说"》一文中指出："我们所知道的'先锋小说'，某种意义上也可以说是八十年代作家、批评家和编辑家根据当时历史语境需要而推出，经'文学史共识'所定型的那种'先锋小说'。"[01]

《收获》编辑程永新在 2007 年出版的《一个人的文学史》中，通过私人信件等材料，为我们认识这些年轻作家提供了较有效的史料。在程永新所提供的信件资料中，我们清晰地看到，1987 年前后，这些后来被称为"先锋作家"的作家与编辑之间存在着亲密如友般的关系。苏童、余华等人在通信中都表现出自己作品发表后的喜悦，以及不断地与编辑交流下一部作品的意见。比如，苏童在 1986 年 12 月与程永新通信中说道："信收到，'老开心咯'。《青石与河流》那么顺利发表，似乎应该说的客套话一直没说，现在也不说……我从 9 月份开始在搞我的家族史——《一九三四年的逃亡》，要把我的诸多可爱不可爱的亲人写进去……3 月底以前肯定忙完了，先寄你试试看。《青石与河流》发出后好多人似乎是一下子认识了我，使我面部表情一阵抽搐……最好还是到南京来玩玩吧！"[02] 从这段话语中，我们发现苏童当时的几部影响力作，都在信件中有了呈现，这无疑说明当时作家与编辑家彼此间有着信任和友情。潘军也在 1988 年写给程永新的信中谈到了自己的创作："信及《省略》均收。说实话，像这样直率、痛快地批评我的编辑，阁下是第一人。我冷静地思考了你的意见，同时也由衷地感谢你的提醒和帮助。"[03] 可见，当时作家们对批评家的批评意见是十分看重的。如马原这样在 1985 年就已经产生了较大影响力的作家，就自己创作的情况也不断地与编辑进行交流，甚至对能否得到认同显得有点不安。比如，他在 1987 年 7 月的信中说："长篇真那么差吗？李劼来信讲你和李小林都不满意，我沮丧透顶，想不出所以然来。当然你的意见里有相当多的合理成

---

[01]　程光炜：《如何理解"先锋小说"》，《当代作家评论》2009 年第 2 期。
[02]　程永新：《一个人的文学史 1983—2007》，天津人民出版社 2007 年版，第 8 页。
[03]　程永新：《一个人的文学史 1983—2007》，天津人民出版社 2007 年版，第 61 页。

分，我仔细回忆，是存在不少缺陷，例如第二部太实也弱，通体语言上不太一致……出水才看两腿泥。悔也晚了……5 期发了吗？很关心我长篇的出生，毕竟是完成的第一个，希望是顺产，就像期待我儿子一样。"[01] 从这些交流的话语中，我们可以判断，就创作上的诸种问题，当时作家与编辑之间有种非同寻常的密切性，而且，我们也可以从这些作品发表的过程中看出，当时的编辑的确给了这些年轻作家很大的鼓励和帮助，他们在作品发表上产生的推动力是不可小觑的。

　　像"先锋小说家"中成名较早的莫言、残雪等人，他们的作品一出手便充满了"另类"的色彩，然而，无不受到当时一些较重要的批评家的关注。比如，残雪的《山上的小屋》最初引发文坛关注是1984 年底在杭州召开的"新时期文学：回顾与预测"会议上。在会议期间，大家传阅了这一部独特的小说，小说因此受到了当时众多批评家的关注。莫言的《透明的红萝卜》在发表时，就受到了徐怀中等文坛已具很大影响力的人物的推荐。这也从另一个层面说明，正是因为编辑或期刊的推动，这些年轻的作家才浮出了历史地表，走向了文坛的中心。在年轻的作家中，若以余华为例，他自 1983 年在《西湖》上发表第一篇短篇小说始，至 1986 年，创作的多是短篇小说，主要发表于《西湖》《青春》《北京文学》《小说天地》《东海》等期刊上。1987 年以后，中短篇小说创作并行，作品主要发表在《北京文学》《收获》《钟山》《上海文学》《人民文学》等期刊上，特别是 1987 年、1988 年这两年发表的作品，明显集中于《北京文学》《收获》《钟山》上。[02] 从刊物的级别来看，随着所发表刊物级别的升级，作家的知名度也在提高。期刊为我们提供的另一种信息是：通过作家们发表作品的刊物级别，我们可以看出当时这批作家在文坛的地位。根据洪子诚关于期刊级别的观点："各种期刊间，构成一种'等级'的体制。各种文学杂志，并不都是独立、平行的关系，而是构成等级。一般说来，'中央'一级的（中国文联、作协的刊物）具有最高的权威

[01]　程永新：《一个人的文学史 1983—2007》，天津人民出版社 2007 年版，第 36 页。

[02]　根据"余华作品目录"整理，见洪治纲编：《余华研究资料》，天津人民出版社 2007 年版，第 683—695 页。

性，次一等的是省和直辖市的刊物，依此类推。"[01] 那么，《人民文学》及《收获》这类属于高级别的期刊对这批年轻作家的关注，向我们提供了一个重要信息：这批作家在当时文坛的位置并不边缘，甚至在中心。当然，像任何一位成名作家一样，余华、苏童、格非等作家走向文坛中心是需要一个过程的，不过，我们可以看到的是在这些作家身上，这一过程并不算艰难，并且，成名以后（90 年代至今），也一直保持着经常在一级刊物上发表作品的姿态。

究竟是什么促成了这样一片大好局面呢？整体而言，这与 80 年代中期以来，中国文坛自身的小说艺术观念、文学观念的变革有关。从 80 年代初大量引进西方现代派的创作手法到"寻根文学"运动宣言的发表，我们已经看出中国文坛对新的文学气象的呼唤，而当时对"先锋小说"潮流产生直接影响的是小说艺术形式本体论。在刚刚过去的数十年间，中国的文学始终纠结于内容、思想主题乃至人物形象的阶级立场等问题，并直接将思想主题是否与主流政治意识形态相契合作为判断作品优劣的唯一标准。进入 80 年代以来，人们对此问题形成了一股"反击"的力量，对"纯文学"的诉求形成了一股高潮，而文艺理论界和批评家们就文学艺术形式的问题展开广泛的探讨。早在 1980 年《文艺报》座谈会上，李陀就说："文学创新的焦点是形式问题。"[02] 而且，俄罗斯的形式主义、克莱夫·贝尔的"艺术是有意味的形式"等理论，逐渐产生了广泛的影响。至 80 年代中期，随着小说创作的探索，许多人已经将文学艺术形式的问题上升到艺术的本体论问题进行阐发，并力图反过来在创作上产生直接的影响力。李劼的《试论文学形式的本体意味》是重要标示。在文章中，李劼强调了"怎么写"的意义，并以"语言"为中心建构了形式的本体意味。对形式的关注，包含着文学在当时语境下的特殊诉求，他提出："人们以往习惯于从一种社会学、文化学的角度看待一个新的文学运动。当他们谈及'五四'新文学时，总是先强调新文学的反帝反封建意义，强调新文学所蕴含的新文化、新观

---

[01] 洪子诚：《问题与方法——中国当代文学研究史讲稿》，生活·读书·新知三联书店 2002 年版，第 199—200 页。

[02] 王尧：《1985 年"小说革命"前后的时空——以"先锋"与"寻根"等文学话语的缠绕为线索》，《当代作家评论》2004 年第 1 期。

念、新道德，然后才仿佛是捎带性地提及白话文代替文言文的进步。而且，即便谈及这种文学形式的革命，也总是努力把它引向通俗化、大众化、平民化之类的社会意义和人道主义立场，很少有人从文学语言本身的更新来思考新文学的性质……结果，人们将许多对语言的探讨和对形式的追求都冠之以'为艺术而艺术'之名，从而粗暴地驱入'象牙之塔'。直至历史缓慢而滞重地辗过了几十年之后，这座人为的'象牙之塔'才吱吱嘎嘎地倒坍下来。人们在倒掉了的象牙之塔旁边重新思考起了语言，重新琢磨起了形式。因为正如人是一个自足的自主体一样，文学作品是一个自我生成的自足体……形式不仅仅是内容的荷载体，它本身就意味着内容。在写什么和怎么写之间，很难把前者绝对地确定为文学家们的最终创作目的。"[01] 这里，我们看到，论者从中国现代文学史发展脉络背景中说明曾经被忽视的形式变革的重要性，强调文学"自足体"，并充分肯定形式"本身就是内容"。这意味着，论者从根本上否定了小说内容决定论，而力图从形式的角度引发一场新的文学创造的运动。当然，在这篇论文中，李劼所指称的"先锋派小说"包含了马原的《冈底斯的诱惑》、王安忆的《小鲍庄》、韩少功的《爸爸爸》、郑义的《老井》、刘索拉的《你别无选择》、阿城的《棋王》等。这些作品并非属于我们今天文学史上界定的"先锋小说"的范畴，但可以看出，这些作品在叙述形式上对现实主义传统叙述进行了变革，这显然是作者将其称为"先锋"的关键因素。

有意思的是，评论家在对"先锋派小说"进行理论上的建构时，正是通过其与余华、苏童、格非等年轻小说家们的亲密关系得以实践的。反过来，也正是这批年轻的"新潮批评家"成就了"新潮作品"。比如，格非与其他被称为"先锋小说家"的关系就特别好，如北村就常来华师大与格非等人一起畅聊，"余华来上海改稿，常到华东师大借宿"[02]。最近，程光炜就在谈论格非创作的一篇文章中说道："那时候，华师大的文学讲座场场爆满。这里就像是外地先锋小说家来上海时的一家客栈。格非开始专心文学创作，并融入文学圈子。马原一来就找李劼，还要住上数日。余华来上海改稿，常到师大借宿。程永

[01] 李劼：《试论文学形式的本体意味》，《上海文学》1987 年第 3 期。
[02] 格非：《师大忆旧》，《收获》2008 年第 3 期。

新、吴亮、孙甘露也来聚谈。陈村多半是为了找姚霏。格非记得一年冬天的午后，王安忆在自己的寝室略坐了坐，发现寒气难耐，便执意要将她家的暖炉赠送。南来北往的人群中，时常还有苏童、北村们的影子。《关东文学》主编宗仁发在华师大总是在喝酒中约稿。格非的小说创作却颇费周章。他的长篇小说《迷舟》经友人吴洪森推荐给《上海文学》，主编周介人客气地将小说退回。小说转至《收获》发表并有一定反响后，周先生始感后悔，于是约格非去他的办公室恳谈过一次。"[01] 格非自己也常常在各种场合谈起这样的事情。

当时走在"新潮小说"评论前沿的李劼在事后的回忆文章中，也不无感慨地说过他与吴亮、程德培等人对新潮小说对话的重要性，他说到当时很多评论家无法跟新潮小说对话，正是他们这批评论者让这些作品呈现，"《小鲍庄》还不算如何难读懂的。其他小说，比如莫言的《透明的红萝卜》，马原的《冈底斯的诱惑》，刘索拉的《你别无选择》和《蓝天绿海》，更不用说孙甘露的《访问梦境》和格非的《褐色鸟群》，都是让许多青年评论家头痛的，或者说淘汰了许多所谓的评论家"[02]。当然，李劼的话语不免有点激进，在用自己的标准要求别人上显得苛刻了些，但是，他所说的评论家与小说创作者，以及作品的公众化之间的紧密关系却是很有道理的。

所以，一定意义上，"先锋小说"的出场与文坛对"叙事革命""形式革命"的呼唤密切相关，其间理论家、批评家、编辑们对这场革命的积极参与及热切呼唤，为年轻的"先锋小说家"们的出场，提供了良好的文坛环境，这也使得"先锋小说"成了 80 年代艺

《访问梦境》（1993 年版）

术寻找变革出路的一个转折点，成了小说艺术形式革命的代言人。正如洪子诚在《中国当代文学史》中对其作出的命名："80 年代后期，一批年轻小说家在小说形式上所做的实验，出现了被称为'先锋小说'的创作现象。'先锋小说'虽然与'寻根''现代派'文学等一同

---

[01]　程光炜：《论格非的文学世界——以长篇小说〈春尽江南〉为切口》，《文学评论》2015 年第 2 期。

[02]　李劼：《蓦然回首，灯火阑珊处——中国二十世纪八十年代文化风景兼历史备忘》，此书尚没有公开发行。

组成 80 年代文学创新潮流，但它们之间也有重要区别。在'先锋小说'中，个人主体的寻求，和历史意识的确立已趋淡薄，它们重视的是'文体的自觉'，即小说的'虚构性'和'叙述'在小说方法上的意义……马原是这一'小说革命'的始作俑者。"[01]

---

[01] 洪子诚：《中国当代文学史》（修订版），北京大学出版社 1999 年版，第 293 页。

第二节   形式变革的深意：艺术真实观之变

马原的小说给人们留下了深刻印象，他在小说中的那一句句话，诸如"我就是那个叫马原的汉人，我写小说"[01]，"我得说下面的结尾是杜撰的"[02]，打破了人们在小说中寻找故事情节的连续性、现实感的阅读常规，不断地在人们试图寻找故事情节的发展方向时，告诉人们这只是一种虚构。

比如，马原在其作品《冈底斯的诱惑》的第十五章，竟然不厌其烦地讨论故事的结构、线索、技巧等问题：

> a. 关于结构。这似乎是三个单独成立的故事，其中很少内在联系。这是个纯粹技术性问题，我们下面设法解决一下。
>
> b. 关于线索。顿月截止于第一部分，后来就莫名其妙地断线，没戏了，他到底为什么没给尼姆写信？为什么没有出

《冈底斯的诱惑》
（1987 年版）

---

[01]   马原：《虚构》，《收获》1986 年第 5 期。

[02]   马原：《虚构》，《收获》1986 年第 5 期。

现在后面的情节当中？又一个技术问题，一并解决吧。

　　c.遗留问题。设想一下：顿月回来了，兄弟之间，顿月与嫂子尼姆之间将可能发生什么？三个人物的动机如何解释？

　　第三个问题涉及技术和技巧两个方面。[01]

马原通过对多条线索的故事反反复复的讲述，在一篇小说中结构出多个交错又似乎并行的、很难判断事件结局的故事。同时，他也常常在作品中制造一群身份不明的人物，这些身份有时甚至是同一个人物，或者是多个人物实际上出现了多种身份，比如，他的《西海无帆船》中出现了"陆高""姚亮""大元"等多个叙述者，不仅这些叙述者与作品中交代的作者"马原"有种相互映照关系，而且，姚亮就是陆高就是大元就是马原。作者这种刻意为之的叙述形式，明显是在展示故事的讲述方式，其意图在于转移读者的注意力，让他们从习惯于关注故事内容转向关注故事是怎样被讲出来的。

与马原同时代的其他"先锋小说家"，如莫言、洪峰、余华、苏童、格非、叶兆言等，也在小说叙述中频频使用这种叙述手法，故意暴露叙述者的叙述动机、意图、故事情节的虚构性（或叙述者的刻意为之）等等，以下就是我们常见的句子：

　　　　他的坟头上已经枯草瑟瑟，曾经有一个光屁股的男孩牵着一只雪白的山羊来到这里。山羊不紧不慢地啃着坟头上的草，男孩站在墓碑上，怒气冲冲地撒上一泡尿，然后放声高唱：高粱红了——日本来了——同胞们准备好——开枪开炮——有人说这个放羊的男孩就是我，我不知道是不是我。[02]

　　　　我的故事如果从妹妹讲起，恐怕没多大意思。我刚才说到的那些，只不过是故事被打断之后的一点联想。它与我以后的故事没有关系，至少没有太大关系。所以今后我就尽可

[01]　马原：《冈底斯的诱惑》，《上海文学》1985 年第 2 期。

[02]　莫言：《红高粱》，《人民文学》1986 年第 3 期。

能不讲或少讲。这有助于故事少出茬头，听起来方便。[01]

　　这一次，我部分放弃了曾经在《米酒之乡》中使用的方式，我想通过一篇小说的写作使自己成为迷途知返的浪子，重新回到读者的温暖的怀抱中去，与其他人分享 20 世纪最后十年的美妙时光。[02]

　　于是我坐到案前，准备写一篇叫作《南方的情绪》的小说。[03]

　　采用这种叙述方式的小说被我们称为"元小说"。美国的帕特里夏·沃（Patricia Waugh）在她的专著《元小说》（Metafiction）中认为："元小说是一种写作模式，在一个更广泛的文化运动中而言，它通常指向后现代主义。"[04] 并且具体地归纳了区别于其他后现代主义小说的叙述技巧，包括矛盾 (Contradiction)、悖反 (Parodox)、拼贴 (objects trouves : metafictional collage)、互文过量 (Intertextual overkill) 等 [05]。加拿大的高辛勇对其做了这样的定义："更有一种自反现象则把叙事的形式当为题材，在叙事时有意识地反顾或暴露叙说的俗例、常规（conventions），把俗例、常规当作一种内容来处理，故意让人意识到小说的'小说性'或是叙事的虚构性，这种在叙说中有意识地如此反躬自顾，暴露叙说俗例的小说可称为'名他小说'（metafiction 或译'元小说''后设小说'）。"[06] 显然，在 80 年代"先锋小说"的叙事规则中，"元小说"最重要的特征不仅仅是丰富小说的叙述技巧或者展示小说家们打破传统现实主义创作手法的意图，更在于要将小说引向对虚构性的确认。

　　正是在"元小说"写作技巧的运用上，马原成为"先锋小说家"群体中的重要作家，甚至其独特的叙述方式本身，掩盖了小说故事所讲述的神秘又独特的西藏故事主题。换言之，西藏故事本身也给马

---

[01]　洪峰：《瀚海》，《中国作家》1987 年第 2 期。

[02]　孙甘露：《请女人猜谜》，《收获》1988 年第 6 期。

[03]　潘军：《南方的情绪》，《收获》1988 年第 6 期。

[04]　Patricia Waugh, Metafiction : The Theory and Practice of Self-Conscious Fiction, London : Methuen, 1984, P21.

[05]　Patricia Waugh, Metafiction : The Theory and Practice of Self-Conscious Fiction, London : Methuen, 1984, P137—149.

[06]　[加拿大] 高辛勇：《修辞学与文学阅读》，北京大学出版社 1997 年版，第 93 页。

原的叙事带来了独特的叙事题材和主题。有人就曾论述过这种关系，"马原的'西藏系列'小说间或呈现宗教氛围，有地域叙事的叙事学意义。但自身叙事逻辑的张皇与紊乱，遮蔽了对藏地文化神性的美学发现"[01]。

另一位以西藏故事为书写对象的作家当数扎西达娃，他的《系在皮绳扣上的魂》（1985年）就是一个具有魔幻色彩的艺术世界，小说在叙事手法上也颇具神秘性。作品的开头是叙述者"我"在桑杰达活佛临死时听到了一个故事，而这个故事正好与我以前写的但没有发表的小说一样，于是，"我"就让"我"的小说的主人公琼和塔贝从"我"的小说中走了出来。小说接下来便讲了美丽的藏族姑娘琼跟随苦行者塔贝去寻找佛教净土"香巴拉"的故事。琼的腰上有一条绳子，他们每走一天就打一个结，当绳子上的结密密麻麻的时候，他们来到了一个叫作甲的村庄。琼被这里的现代生活所吸引，不想再寻找所谓净土了，塔贝也被拖拉机撞死了。故事到此并没有结束，故事结尾时，"我"却成了故事中的一个人物，跟着琼一起再次出发，开始了新的旅程。小说中的"我"穿越时空的叙述，既营造了神秘的地域特色，又使叙事手法变得灵活多变，在艺术形式变革上，突破了传统的现实主义叙述方式，有了强烈的魔幻和象征意味。

如果说，马原、扎西达娃以反传统现实主义的叙述方式，以及神秘的故事营造"先锋精神"的话，那么，余华则以其冷酷的叙述风格，对死亡、暴力的不动声色的展示立于"先锋"之列。80年代，余华的主要代表作品有《十八岁出门远行》（1987年）、《四月三日事件》（1987年）、《一九八六年》（1987年）、《河边的错误》（1988年）、《现实一种》（1988年）、《世事如烟》（1988年）、《古典爱情》（1988年）、《往事与刑罚》（1989年）、《鲜血梅花》（1989年）等，他以一种极致冷静的叙述方式，打破日常语言和人物形象的规范，完成了暴力、死亡的极端化想象。《现实

《十八岁出门远行》
（1987年版）

[01] 丁帆：《中国新文学史：下册》，高等教育出版社2013年版，第302页。

一种》是一个典型，小说以一种重复式的结构，讲述了山岗和山峰兄弟间的连环杀人案件。故事开始的时候，山岗的儿子皮皮对叔叔山峰的儿子的哭声感到好奇，就通过虐待婴儿获得听到哭声的快感，最终在无意间将孩子杀死。山峰为了给孩子报仇，踢死了山岗的儿子皮皮。山岗把山峰绑在树上，用狗舔脚底心的方式，使山峰大笑致死。山岗因为杀人被判处了死刑。山峰的妻子伪装成山岗的妻子，将山岗的尸体捐给了国家。山岗的尸体被解剖后，睾丸被移植给了年轻人，并使得年轻人的妻子怀孕生下了儿子。余华在讲述这种暴力时不动声色且极尽细节化的描述，让人不寒而栗，余华那双深藏于眼窝深处的小眼睛仿佛时时刻刻地散发着锐利、冷酷的眼光。在余华的叙事中，颠覆传统现实主义的写作始终是他的一个写作目标，他要以一种对事物的另类判断来重新呈现一个新的世界。他在谈到川端康成、卡夫卡等作家对自己创作的影响时说："这是我最初体验到的阅读，生在死之后出现，花朵生长在溃烂的伤口上。对抗中的事物没有经历缓和的过程，直接就是汇合，然后同时拥有了多重品质。这似乎是出于内心的理由，我意识到伟大作家的内心没有边界，或者说没有生死之隔，也没有美丑和善恶之分，一切事物都以平等的方式相处。他们对内心的忠诚使他们写作时同样没有了边界，因此生和死、花朵和伤口可以同时出现在他们的笔下，形成叙述的和声。"[01]

《在细雨中呼喊》（1993 年版）

这里，我们既可以看到余华对生与死的主题的关照，也可以看到余华拒绝了我们传统的二元对立的思维。因此，为了突破传统的叙事模式，余华执着地进行着语言的实验，特别是他的《河边的错误》《古典爱情》《鲜血梅花》这三部小说，分别是对中国传统的侦探、武侠、言情小说的戏仿，有意识地颠覆了侦探、传统武侠、言情小说的情节模式，并以超越现实秩序经验的方式，书写了被欲望、暴力驱动的世界。这三部小说是余华小说在艺术形式上的极致实验，亦是他日后叙事风格发生转变的前奏。这三部小说中，充满了力图突破传统叙事的冲动和努力，然而，我们也从叙事中依然处处展示着暴力、血腥的故

---

[01]　余华：《温暖和百感交集的旅程》，《温暖的旅程——影响我的 10 部短篇小说·序》，新世界出版社 1999 年版，第 2 页。

事蕴意上看出余华变革的艰难。于是，90 年代的余华渐渐地从追求艺术形式的突围，转向了故事主题的突围，讲述故事的语言风格开始趋于平实，故事情节内容开始显现出日常性，以往小说中的现实与日常生活的对抗关系正在趋于缓和，像《活着》《许三观卖血记》等都是主要标志。无论是《活着》中面对亲人一个又一个离去的福贵，还是靠一次又一次卖血度过人生困境的许三观，读者都可以看到，虽然叙述者在叙述口吻上依然保持了冷静、客观的格调，但是，故事间流淌着面对人生苦难的浓浓温情。

苏童则给人一种以柔婉、细腻的语言感触一个不安、冷酷的世界的感觉，他的文字往往流露出一股冷冷的、古典气质的韵味。其代表作品主要有《青石与河流》（1986 年）、《飞越我的枫杨树故乡》（1987 年）、《桑园留念》（1987 年）、《一九三四年的逃亡》（1987 年）、《蓝白染坊》（1987 年）、《罂粟之家》（1988 年）、《妻妾成群》（1989 年）、《红粉》（1991 年）、《我的帝王生涯》（1992 年）。小说《妻妾成群》讲述上了一年大学的女学生颂莲因父亲过世经济来源中断而嫁给陈佐千做四姨太的故事。陈府之中大太太毓如、二太太卓云、三太太梅珊之间早已明争暗斗，颂莲进入陈府之后耳闻目睹了大宅中诡秘离奇的人事，最终自身也深陷其中不能自拔，落得个发疯的下场。小说在 1991 年被张艺谋改编成电影《大红灯笼高高挂》，该片于 1992 年获得了奥斯卡金像奖最佳外语片提名，苏童从此享有了国际声誉，《妻妾成群》也被视作他的代表作，而实际上苏童将其称作告别"先锋小说"的一次尝试。苏童自己在谈到写作《妻妾成群》的原因时说："我在写它的时候不在写女性，是要暂时告别之前的《一九三四年的逃亡》和《罂粟之家》这样的'先锋'文本，老老实实写人物，写故事。"[01] 小说中意象的运用、气氛的营造，极具古典小说气质，但"先锋小说"的痕迹仍然处处可见。

格非的小说以故事情节的扑朔迷离见长，格非能把一个简单的故事讲得相当复杂和神奇，他的故事简直不可以复述。其在 80 年代的代表作品有《追忆乌攸先生》（1986 年）、《迷舟》（1987 年）、《陷阱》（1987 年）、《褐色鸟群》（1988 年）、《青黄》（1988 年）、《背景》

---

[01]　苏童、汪政：《苏童访谈》，《苏童研究资料》，天津人民出版社 2007 年版，第 5 页。

（1989 年）等，这些小说的人物身份和故事情节往往都是不确定的，充满了诸种可能性。叙述者也往往通过在时间和空间上超越日常生活逻辑的设置来展现故事事件的不确定性，他似乎总是处处提醒读者，现实并非我们看到的那个样子，与其说存在于我们的日常生活中，不如说存在于我们的心智模式中。比如，他的《褐色鸟群》就很有代表性，整个故事以一种回忆式的结构方式建构。如果剥离繁杂不堪的细节，其实情节极为简单："我"在河边小屋写作，遇到了一位叫棋的姑娘，"我"感觉"我"并不认识她，但棋却表现出一副跟"我"特别熟悉的样子，并且能说出"我"熟悉的朋友的名字，于是，"我们"真的像熟识的朋友一样相处起来。接下来，"我"就跟她讲起了"我"与一位穿栗色靴子的女人间有过的一段充满神秘色彩的经历。接着，情节转入了"我"与穿栗色靴子的女人的故事上："我"在企鹅饭店门口遇见她，并受到内心的趋引一路跟随着她，却在一座小桥边失去了跟踪的线索。后来，又在一个小店内偶遇，送她的丈夫回家，又参加她丈夫的葬礼，而后又娶她为妻，等等。这个被回忆着讲述出来的故事情节充满神秘的色彩，而这段故事也结束于这个女人在与"我"结婚之夜的死亡。棋听完这个故事后就离开了这里，但情节并没有就此结束，最后，"我"又一次遇到了一个在"我"看来是棋，而遭到她自己否认的女孩，与他遇到穿栗色靴子的女人一样，故事再次留给我们一个谜一样的结局。整个故事就套在一个回忆套着另一个"回忆"的框架中。从叙述技巧上讲，回忆框架的建构形成了一个"大闪回"，使叙事时间倒流、跳跃，故事存在于"我"对事件回忆的过程中，至于回忆的可靠性以及故事的清晰性，似乎并不是叙述者所关心的问题，反而，叙述者有故意利用回忆的模糊性来制造迷宫的嫌疑。因为主人公力图通过回忆来向听者讲述清楚自己的经历，然而，故事始终没有讲述清楚，以此来表达回忆的不可靠性。从叙述效果上来讲，叙述者的"回忆式叙述"突破了传统的线性、条理性的故事叙述方式，增加了讲述的不可靠性以及事件的神秘感、不确定性，并将世界的存在上升到了一种哲理性的层面，使读者明显感觉到讲述本身的不可靠，以及人的存在本身的不可靠，这正如小说中的"我"直接抒发的："回忆就是力量。"[01]

"先锋小说"中的另两位重磅级的代表作家当推残雪和莫言，这两位作家在文坛上的成名也比前面提到的年轻作家要早一些，他们在艺术追求上的独立性对中国小说叙事艺术的发展有重要意义。至今为止，残雪无疑是所有"先锋小说家"坚守其叙事风格及精神世界最持久的人，当90年代"先锋小说家"们纷纷通过历史和日常生活题材来吸引读者的时候，残雪却依然坚持着她自己的创作风

《天堂里的对话》
（1988年版）

格，以一种极端冷静的叙述手法，以一系列极端丑恶的意象来逼视被扭曲的人性、荒诞的世界。其在80年代的主要代表作品有：《污水上的肥皂泡》（1985年）、《公牛》（1985年）、《山上的小屋》（1985年）、《黄泥街》（1986年）、《苍老的浮云》（1986年）、《天堂里的对话》（1988年）、《突围表演》（1988年）等。

比如，《苍老的浮云》写了一群相互猜忌又囿于自我的心灵梦魇中无法自拔的人。更善无，虽是大学毕业生，却无所事事，一整天被楮树花的气味扰得心神不宁，且总怀疑自己的行为处于邻居的窥视中。内心也是冷漠至极，看到一只刚学飞的小麻雀被雨淋湿跌入一条沟时，他就一直看着它挣扎直到死去，麻雀死后，他又用一个信封将它装起来，从邻居家厨房的窗口扔进去。他的老婆慕兰，以大口大口地吞吃排骨汤为乐；她最喜欢窥探别人的隐私，觉得在家中挂一面镜子偷看邻居的隐私不过瘾，还将镜子直接挂到了院子里的树上，更是将窥得的丑事到处传播：总爱拿别人说笑，谈起林老头把屎拉到裤裆里这事就洋洋得意，还用肥皂水毒死邻居家的金鱼。虚汝华则是小说中另一位无所事事、终日忧虑的人物。她按照丈夫的指示，整日里拿着杀虫剂到处喷洒，每当想起别人有了孩子自己还没有时，就嫉妒到抓狂。虚汝华的母亲总是因为虚汝华没有当上她吹嘘的工程师而对女儿充满失望，甚至因虚汝华小时候咬过她一口而怀恨在心，听说女儿得了肺炎竟然幸灾乐祸，后来听说好了，更是仇恨得要发狂。虚汝华

[01] 格非：《褐色鸟群》，《钟山》1988年第2期。

的父亲年轻时因为看上她母亲的钱财而同她结婚，婚后生活却是乏味至极，晚年与摆香烟摊的老太婆妍居在一起，像一个没有精神内核的人。这样一群为自己疯狂的情绪所左右的人，行为中处处体现了个体性的异化，同时，这种无论是邻里间、同事间、夫妻间还是子女间的相互猜忌，也从群体上反映了整个社会行为的不正常和异化。

残雪小说体现出的极致气质还表现在展示人性的异化和社会的荒诞时，往往借助亲情间关系的极端存在形态来展示。比如，她在作品《山上的小屋》中就以"我"的体验为叙述主线，展示了一家人的"别样"生活。"我"纠缠于山上的黑风、狼的嗥叫及不断整理抽屉的行为引起的焦躁与不安中，而"我"身边的母亲、妹妹和父亲与"我"的不安紧密相关。作品中如此描述：

> 我心里很乱，因为抽屉里的一些东西遗失了。母亲假装什么也不知道，垂着眼。但是她正恶狠狠地盯着我的后脑勺，我感觉得出来。每次她盯着我的后脑勺，我头皮上被她盯的那块地方就发麻，而且肿起来。我知道他们把我的一盒围棋埋在后面的水井边上了，他们已经这样做过无数次，每次都被我在半夜里挖了出来。我挖的时候，他们打开灯，从窗口探出头来。他们对于我的反抗不动声色。
>
> 父亲用一只眼迅速地盯了我一下，我感觉到那是一只熟悉的狼眼。我恍然大悟。原来父亲每天夜里变为狼群中的一只，绕着这栋房子奔跑，发出凄厉的嚎叫。
>
> 小妹偷偷跑来告诉我，母亲一直在打主意要弄断我的胳膊，因为我开关抽屉的声音使她发狂，她一听到那声音就痛苦得将脑袋浸在冷水里，直泡得患上重伤风。[01]

文字本身给人一种强烈的刺激，作者在这里用了荒诞的手法来表达"我"与父亲、母亲、小妹之间的关系，然而，形式本身带着强烈的精神内核，作品包含着的精神层次直指人性的扭曲与世界的凄厉。所以，残雪的小说在哲学层面带来了精神冲击。残雪也将她自己的作

---

[01] 残雪：《山上的小屋》，《人民文学》1985 年第 8 期。

品定位于表达人类灵魂中最黑暗的东西的层面，她一直追求一种来自内心并能透视灵魂的写作，正如她自己所说："精神的层次在当今正以比以往任何时代都要明晰的形式凸现着，这一方面是由于自然科学的飞跃发展，另一方面则是由于人类对于精神本身的深入探讨和不断揭示。"[01]

而当谈到自己创作的原动力时，残雪曾经这样阐释："是想冲破裹挟着自己的、来自外部的和社会的压迫的力量。那是从内心涌出、分裂、通过特异的个性变化而来的。那是谁也没有到达的、没有见过的对人心的黑暗的描写，越黑越好……。把对现实社会的抵抗移入自己的内部，在内心反复地广泛地展开斗争是十分重要的。内心的生命力就是从那里诞生的。内心的生命力是不可动摇的。所以《苍老的浮云》中的女性通常是不动的，男性一方则是动的，因为他必须经受各种挫折和经验。托尔斯泰写的作品写恶人洗心革面的故事很多，比较起来我的作品呢，好人在产生自我意识的同时开始做坏事，并且本人清醒地知道自己在做什么。一般人即使做着坏事自己也意识不到。仅仅是这一点点差别，但是却是决定性的差异。"[02] 正是这样一种来自内心的叙事，使残雪小说中语言的呈现达到了一种极致化的状态，而且，语言直接呈现出的人与人之间的精神隔膜似乎已经取代故事本身，给读者带来了强烈的形式意味。

莫言，以丰厚的作品产量，以汪洋恣肆的语言和天马行空的想象，在文坛呈现出瑰丽的风景。其在 80 年代的主要代表作品有短篇小说《白狗秋千架》（1985 年）、《秋水》（1985 年）、《枯河》（1985 年），中篇小说《透明的红萝卜》（1985 年）、《球状闪电》（1985 年）、《红高粱》（1986 年），由《红高粱》（1986 年）、《高粱酒》（1986 年）、《高粱殡》（1986 年）、《狗道》（1986 年）、《奇死》（1986 年）五篇中篇组合而成的长篇小说《红高粱家族》（1987 年）、《天堂蒜薹之歌》（1988 年）、《十三步》（1989 年）。他称自己为来自高密东北乡的"胡乱写作者"，解释为："所谓胡乱的写作就是直面自己灵魂的写作，就是不向流行的道德观念、价值观念妥协的写作，也就是写出

---

[01]　残雪：《残雪的文学观点》，《延安文学》2007 年 04 期。

[02]　宇野木洋等：《残雪的叙述——残雪访谈录》，《海南广播电视大学学报》2002 年第 3 期。

莫言手稿　　　　　　　《透明的红萝卜》　　　《红高粱家族》（1987 年版）
　　　　　　　　　　　　（1986 年版）

了自己心里想说的话而不是自己嘴里想说出的话的写作。"[01] 并且认为：" 当以 ' 高雅 ' 姿态的写作、以 ' 优雅 ' 的姿态的写作、以 ' 庄严 ' 的姿态的写作变成一种时尚的时候，像我这样胡乱的写作就具有了革命的意义或者反革命的意义。"[02] 王德威称其为 " 莫言自谓 ' 莫 ' 言，笔下却是千言万语。不论题材为何，他那滔滔不绝、丰富辗转的辞锋，总是他的注册商标 "[03]。

　　语言上的滔滔不绝、故事情节构思上的奇特感，以及充满感觉化、体验化的叙事手法，显然是莫言作品的重要标志。比如，在《透明的红萝卜》中，他如此写黑娃感受到的那个发着灿灿的金色光芒的红萝卜：

　　　　光滑的铁砧子。泛着青幽幽蓝幽幽的光。泛着青蓝幽幽光的铁砧子上，有一个金色的红萝卜。红萝卜的形状和大小都像一个大个阳梨，还拖着一条长尾巴，尾巴上的根根须须像金色的羊毛。红萝卜晶莹透明、玲珑剔透。透明的、金色的外壳里包孕着活泼的银色液体。红萝卜的线条流畅优美，从美丽的弧线上泛出一圈金色的光芒。光芒有长有短，长的如麦芒，短的如睫毛，金是金色……[04]

---

[01]　莫言：《胡说 " 胡乱写作 "》，《文汇报》2003 年 6 月 11 日。

[02]　莫言：《胡说 " 胡乱写作 "》，《文汇报》2003 年 6 月 11 日。

[03]　王德威：《千言万语何若莫言》，《读书》1999 年第 3 期。

[04]　莫言：《透明的红萝卜》，《中国作家》1985 年第 2 期。

一个瘦弱的、沉默的孩子，在现实的世界中频频遭遇的是饥寒、谩骂和殴打，而其内心却被一个红萝卜引发了最动人的想象。其实，莫言自己的童年就经历过极度的饥饿和孤独，我们可以透过黑孩的世界，看到作者孤独而敏感的内心世界里与痛苦交织着的美丽幻想。

又如，中篇小说《红高粱》中，红色的鲜血染红了高粱地，染红了世界：

> 八月深秋，无边无际的高粱红成汪洋的血海。高粱高密辉煌，高粱凄婉可人，高粱爱情激荡。[01]

《枯河》中写小虎被穿着翻毛皮鞋的支书踢得在地上打滚时的感觉：

> 他看到两条粗壮的腿在移动，两只磨得发了光的翻毛皮鞋直对着他的胸口来了，接着他听到自己肚子里有只青蛙叫了一声，身体又一次轻盈地飞了起来，一股甜腥的液体涌到喉咙。他只哭了一声，马上就想到了大街上的尘土中拖着肠子行进的黄色小狗。[02]

这里，作者对暴力通过受暴者的感觉进行展示，而这些感觉不同于以往充满理性的判断的语言，却是一个孩子超乎常理的感觉。

同时，在叙事的视角上，莫言在小说中往往可以任意地变换他的视角，这也成就了他能够随时制造出的"滔滔不绝"的语言。如《透明的红萝卜》，在全知叙述视角中不时跳入黑孩的视角，进入对一个孩子的感觉和内心感受的描述。《红高粱》明显地设置了多重叙事视角，创造了穿越现在、过去的历史时空结构。在《透明的红萝卜》发表时，莫言曾这样诉说创作经历："其实我在写这篇小说时，我并没有想到要谴责什么，也不想有意识地去歌颂什么。一个人的内心世界哪怕是一个孩子的内心世界，也是非常复杂的。这种内心世界的复杂性就决定了人的复杂性。人是无法归类的。善跟恶、美跟丑总是对立

[01]　莫言：《红高粱》，《人民文学》1986 年第 3 期。
[02]　莫言：《枯河》，《北京文学》1985 年第 8 期。

统一地存在于一切个体中的，不过比例不同罢啦。从不同的角度观察同一事物，往往得出不同的甚至截然相反的结论。"[01] 所以，不妨说，莫言创作中视野的多元化和灵活性，源自作家要表达的世界的复杂性，以及作家对生活的深刻洞察力和超强的感知力。

不得不提的是，在莫言的小说世界中，有一个十分鲜明的"高密东北乡"，这是作家对生活中的故乡进行想象的结果，1985 年的《白狗秋千架》最先出现了这几个字眼，莫言的解释是："几乎是无意识地写作了'高密东北乡'这几个字。后来成了一种创作惯性，即使故事与高密毫无关系，还是希望把它纳入整个系统。"[02] 比如，《红高粱家族》中通过"我爷爷""我奶奶"以及他们周围或英雄或土匪的故事，展示不同于"十七年以来"的小说文本中的抗日战争史，也展示了一个充满强悍、自由气息的乡土。小说中对"我爷爷""我奶奶"的爱情的描述充满了自由的、人性的力量。叙述者"我"说："奶奶是个性解放的先驱。"换言之，莫言对个性自由、生命活力的书写，在 80 年代寻找"人"的话语中，得到了充分的肯定，而在莫言对生命作如此书写的背后，也流露了莫言透视人的生存状态的角度。所以，在莫言创造的"高密东北乡"的艺术世界里，莫言极尽绚烂的色彩，书写自己的人性想象。正如他自己所说："我的高密东北乡是我开创的一个文学共和国，我就是这个王国的国王"[03]，"高密东北乡是一个文学的概念而不是一个地理的概念，高密东北乡是一个开放的概念而不是一个封闭的概念，高密东北乡是在我童年经验的基础上想象出来的一个文学的幻境，我努力地要使那里的痛苦和欢乐，与全人类的痛苦和欢乐保持一致，我努力地想使我的高密东北乡故事能够打动各个国家的读者，这将是我终生的奋斗目标。"[04] 2012 年获得了诺贝尔文学奖的莫言，的确以他的高密东北乡打动了读者。笔者曾对莫言的创作做过这样的总结："在当代文坛上，莫言的文章如同其相貌一

---

[01]　徐怀中：《有追求才有特色 —— 关于〈透明的红萝卜〉的对话》，《作品与争鸣》1985 年第 12 期。

[02]　莫言：《发明着故乡的莫言 —— 与羊城晚报记者陈桥生对话》，《说吧莫言》，海天出版社 2007 年版，第 54 页。

[03]　莫言：《从高密东北乡一路走来》，於可训主编：《小说家档案》，郑州大学出版社 2005 年版，第 138 页。

[04]　莫言：《从高密东北乡一路走来》，於可训主编：《小说家档案》，郑州大学出版社 2005 年版，第 138 页。

样，给人一种奇特感。他那滔滔不绝的语言、出人意料的想象、对性及丑恶事物的另类书写，使许多评论家一筹莫展或责声连连，也使街头地摊盗版猖獗。当代文坛中，至今大概还没有哪位作家的小说，能像莫言的小说这样被误解、被谩骂及被热爱的。但不管如何，不容否认的事实是，莫言的出现成了当代文学史上一道亮丽的风景：他以汪洋恣肆的语言，对现实世界进行了感觉化的书写；以童年的视角、多声部的结构方式，拓展了叙事的表现空间；以民间故事底本和民间艺术形式的运用，彰显了民间叙事的表现力；以自己对世界和生命的独特理解，丰富了阅读的世界。"[01]

从以上作家的创作中，我们看到"先锋小说"的丰富性，以及极尽所能地在小说艺术形式上的探索精神——作者在告诉我们他所理解的世界的样子。从这些提示虚构的语言中，我们可以判断出作者试图通过这些清晰的"虚构性"话语指向他所理解的世界的真实，也就是说，虚构的言说其实在指向另一种真实，一种不同于以往的现实主义作品表达的真实。这一点也正是"先锋小说"在使用"元小说"叙述技巧时，给中国小说创作发展带来的最宝贵的经验，因为它从哲学与艺术观念的层面改变着人们认知世界的方式。我们也从种种暧昧不明的情节中，看到了作家们超越现实主义的记录方式而对世界的不确定性进行的确认。余华就非常直接地告诉我们："当我发现以往那种就事论事的态度只能导致表面的真实以后，我就必须去寻找新的表达方式。寻找的结果使我不再忠诚所描绘事物的形态，我开始用一种虚伪的形式。这种形式背离了现状世界提供给我的秩序和逻辑，然而却使我自由地接近了真实。"[02]

然而，从总体上来看，在"先锋小说"独特的叙述形式中，包含着对艺术真实性的独特理解，像作品中体现的"元小说"的叙述技巧一样，那种打破线性时序的结构方式再次体现了新的真实观，在这里，时间的处理往往成为创新结构的最有效手段。比如，马原的《虚构》中的故事时间充满着不确定性乃至混乱感。当"我"走出麻疯村时，文章写道："我发现有什么东西不对头，是什么呢？对了，时间。

---

[01] 中国小说学会主编：《1978—2008：中国小说30年》，天津人民出版社2008年版，第101页。

[02] 余华：《虚伪的作品》，《上海文论》1989年第5期。

我知道又出了毛病了。"[01] 马原以故事中时间的混乱来展示叙事时间的混乱，在故事的结尾通过一种时间上的不存在性来指涉经历的不确定性。在其他"先锋小说"中，也常常出现这样的情况：看似清晰的记忆往往在现实的证明中又变成了错误，看似渐渐清晰起来的现实又再一次被回忆的错乱打破。也就是说，时间在"先锋小说"作品中成了有效地阐释世界并非我们所见到的非此即彼的有效手段，正如余华所说："因此现实时间里的从过去走向将来便丧失了其内在的说服力。似乎可以这样认为，时间将来只是时间过去的表象。如果我此刻反过来认为时间过去只是时间将来的表象时，确立的可能也同样存在。我完全有理由认为过去的经验是为将来的事物存在的，因为过去的经验只有通过将来事物的指引才会出现新的意义。拥有上述前提以后，我开始面对现在了。事实上，我们真实拥有的只有现在，过去和将来只是现在两种表现形式……由于过去的经验和将来的事物同时存在现在之中，所以现在往往是无法确定和变幻莫测的。"[02] 无论是叙述者呈示的故事时序的改变、情节发展时间的改变，还是作者宣称的叙述时间的改变，都意味着认知世界方式的改变。

　　因而，"先锋小说"通过时间结构的改变，通过讲述故事方式的改变，创造了一个又一个突破传统现实主义规范的世界。这些世界充满了个体的质感。比如，面对历史的伤痛和他们刚刚经历的暴力时代，无论是莫言、残雪，还是余华、苏童的表达，我们都看不到"伤痕""反思"的痕迹了，他们更注重语言形式本身带来的艺术想象世界的构建，对伤痛的表达，不再以集体式的、意识形态式的话语为引导，而是以艺术形式本身的纯粹性为标示。所以，在余华的笔下，我们看到叙述者一丝不苟地演示着刑罚；在残雪的小说中，我们看到人与人之间关系的猜忌和人的存在的极度不安；在莫言这里，我们看到暴力转化成了孩子对世界的感觉；而在苏童的世界里，少年小拐们充满了打架斗殴的童年人生，淡淡地流淌着一股绵柔的寒冷。一定意义上，"先锋小说"中关于暴力、异化等主题的思考都带上了对存在进行哲学思考的意味，即对现实的思考拥有了抽象化、哲学化的形式意味。作家笔下的暴力不是作为一种现实，而是作为一种思考呈现出来

---

[01]　马原：《虚构》，《收获》1986 年 05 期。

[02]　余华：《虚伪的作品》，《上海文论》1989 年第 5 期。

的。当然，暴力与怪异的艺术世界是"先锋小说"精神世界的一个重要方面，而像对旧有形式规范的挑战也同样表现出了"极致性"，也正是在这个意义上，"先锋小说"体现了强烈的颠覆传统的意图，体现出了强烈的"先锋性"。

而与此精神建构相关的另一面是语言风格上体现出的感性色彩，在诸多"先锋小说"的文本中，我们看到了对感觉进行极致化书写的文字，这些文字渗透的感觉饱满得似乎可以挤出水来。

比如：余华在《十八岁出门远行》中如此写道："柏油马路起伏不止，马路像是贴在海浪上。我走在这条山区公路上，我像一条船。"[01] 将一个对世界充满疑惑和不确感的青年的行走直接转换成了船在水上的飘摇，文字本身带来的人物情境的呈现异常生动和直接。又如，格非在其《迷舟》中如此描述男人与女人的情感："现在，这个叫杏的姑娘用食指、拇指、中指捻动那根细长的银针，萧忽然觉得喉头涌出一股咸涩的味道。他眼睛无法从她那白皙细长的手上挪开了，那根针像是扎在了他的脉上，他闻到了屋子里越来越浓的清新的果香。"[02] 这种俗称为通感的手法的娴熟运用，幻化成了直达人物情感世界的最佳手段，借用萧喉头的咸涩和清新的果香，作品在这里传达出了一个男性的渴望、不安和难以言表的冲动。而在所有"先锋小说家"中，苏童无疑是制造

《迷舟》(1989 年版)

这种感觉并能良好地把控文字气韵的最佳写作者。比如，他的《妻妾成群》从头到尾都控制在一种压抑、抑郁而又缠绵不绝的文字感中，打造了一群无法走出他者和自身牢笼的女人。颂莲从走进大院的那一刻起，便注定了她与这个大宅子的一种气息相联，作品如此写道："大概就在这个时候颂莲猛地回过头，她的脸在洗濯之后泛出一种更加醒目的寒意，眉毛很细很黑，渐渐地拧起来。颂莲瞟了雁儿一眼，她说，'你傻笑什么，还不去把水泼掉？'"[03] 泛着寒意的，意味着颂

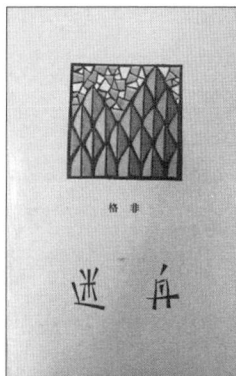

[01] 余华：《十八岁出门远行》，《北京文学》1987 年第 1 期。
[02] 格非：《迷舟》，《收获》1987 年第 6 期。
[03] 苏童：《妻妾成群》，《收获》1989 年第 6 期。

莲就是一个进了大院的颂莲了，而脸上的寒意与大院的寒意之间不正有着一种内在的相合性吗？在众多的"先锋小说"文本中，正因为这些充满感觉化的语句的存在，我们才看到语言解放的魅力，这也成就了"先锋小说家"们创造了一个又一个个性鲜明的艺术世界，而在这一点上，对于中国的小说叙事而言，感觉化语言世界的到来，无疑给今后的艺术世界带来了新的激动人心的效果。

可以说，在中国小说艺术演变史的范畴中，"先锋小说"的叙事革命带来了深刻的影响。而其深刻性不仅在于所运用的叙事策略与现实主义叙事传统的背离，更在于其艺术精神世界的突围性。当"先锋小说"将语言形式的演练拉向一个从未有过的高度时，它突破的不仅仅是传统的叙事观念的问题，还有对艺术世界真实观的理解问题，在他们看来，他们表达的不是现实，而是"存在"。借用米兰·昆德拉的话说："小说家考察的不是现实，而是存在；而存在不是既成的东西，它是人类可能性的领域，是人可能成为的一切，是人可能做的一切。"[01] 走出"50—70 年代文学"的藩篱，"先锋小说"正是发现"存在"的最佳实践者。所以，"先锋小说"在对世界的理解上寻找到了它们独特的方式，而这种方式又与其在形式上表现出的与以往现实主义传统规范的突破相得益彰，并且，直接决定了它们在小说艺术观念上走向对"怎么写"的重视，也可以说是对"文本"本身的重视，这直接推动了 20 世纪末期中国小说叙事的前进。

---

[01]　[捷克]米兰·昆德拉：《小说的艺术》，唐晓渡译，作家出版社 1992 年版，第 44 页。

想象、建构及限制——20世纪80年代中国文学史论

　　"先锋小说"潮流的消退与其涌现一样，经历了快速的变化，当普通读者还在为如何接受"先锋小说"的形式实验而困惑的时候，作家们自身却已经在进行叙事策略的转变了，这种转变当然包含了创作笔法趋向成熟的因素，然而，形式实验的弱化无疑是一个重要的变化。比如，马原、孙甘露等是80年代将形式实验演练得十分坚决的作家，而在90年代少有作品出版；余华的创作风格明显发生了转变，其代表作《活着》（1992）、《许三观卖血记》（1995）等，一改前期作品的冷酷、凄厉，作者将叙事之笔转向日常生活，将故事与温情融注叙事笔端；苏童的文笔虽依然充满细腻与婉润，但自《妻妾成群》开始，表现历史故事与日常生活越来越成为显著特征，到了《离婚指南》（1991）等作品，则将日常生活叙事完全纳入笔端。有评论家曾经这样论述："如果把1989年看成'先锋派'偃旗息鼓的年份，显然过于武断，但是1989年'先锋派'确实发生了某些变化，形式方面探索的势头明显减弱，故事与古典性意味掩饰不住地从叙事中浮现出来。"[01] 陈思和也在文学史中做出了这样的结论："所谓'一往无前'

---

[01]　陈晓明：《表意的焦虑 历史祛魅与当代文学变革》，中央编译出版社2002年版，第97页。

的先锋作家其实只能是一种理想，至少在中国是如此，很少有作家能够一直保持探索的姿态。等到 90 年代初，当初被人们看作是先锋的作家们纷纷降低了探索的力度，而采取一种更能为一般读者接受的叙述风格，有的甚至和商业文化结合，这标志了 80 年代中期以来的先锋文学思潮的终结。"[01] "先锋派"的改变是否就一定以 1989 年为界标，尚待考证，然而，正如这些研究者所言，进入 90 年代以后，因为"先锋小说家"们创作风格的变化，以及市场因素对创作影响力的加强，整个文坛在创作上，形式实验的势头已明显减弱。

面对这批作家创作风格的改变，一方面是批评家们痛苦地感叹"先锋"的"失落"，有评论家直接如此表明观点："'先锋派'在 90 年代前期就出现明显的退化，尽管他们获得了可观的社会效益和经济效益，但这并不能掩饰他们在艺术上的无所作为。"[02] 另一方面是这批作家中的相当一部分人，在 90 年代不断地进行着创作新作的努力，并且，他们的作品一次又一次地收获了不错的出版量，以至于不管是在批评声还是赞誉声中，他们都吸引了研究者和读者的目光，成为 20 世纪 90 年代甚至 21 世纪文学舞台上的名角。其间当然有"先锋小说"自身的独特性不断吸引研究者进行解读、90 年代市场环境因素对文学作用加大，以及大众读者本身的阅读能力及审美判断力不足而导致文学假象繁荣等因素的影响，然而，如果回到 80 年代文学现场，思考"先锋文学"出现的历史意义及存在形态，并以"形式实验"这一问题的发生为出发点的话，我们不得不对这种结果做出深刻的思考，这究竟只是批评家对这批作家的文学史意义期待与作家现实文本之间产生了落差，还是这一批作家在文学艺术变革中就包含了"先锋"的"虚弱性"呢？

就"先锋小说"的出场来看，"先锋小说家"们在文坛的立足，离不开批评家和编辑的作用，以及当时整个小说界对艺术形式革命的呼唤。当时，一大批文艺理论家，如钱谷融、雷达、吴士余、张灿全、苏宁、张德祥、殷国明等在艺术形式理论方面的探讨为艺术形式本体论开创了新的增长空间。而随后，李子云、程永新、李劼等编辑及年轻的批评家们对"先锋小说家"们的支持及鼓吹，使他们迅速登

---

[01] 陈思和：《中国当代文学史教程》，复旦大学出版社 1999 年版，第 294 页。
[02] 陈晓明：《表意的焦虑 历史祛魅与当代文学变革》，中央编译出版社 2002 年版，第 110 页。

上了历史舞台。可见，中国的"先锋性"实际上是在一种文坛营造的风和日丽之景中出场的，这多多少少与"先锋"这一词语本身的锐度相违背。也就是说，这批作家被赋以"先锋"这一称号时，并没有西方意义上的战斗性或艰难性。因而，他们在80年代中期的出场，被授以"先锋"的光荣称号，但这并不代表他们思考的锐利、个性的特立独行或者对现实的极度反叛。

实际上，后期精神锐利程度的削减在前期作品的形式策略中也透露出了危机。"先锋小说"形式变革的叙述技巧及文学观念大多借鉴了卡夫卡、罗伯-格里耶、博尔赫斯等作品，借鉴本身虽并没有过失，然而，未能摆脱影响的创作会使创作缺乏穿越的力量。比如，在语句上的欧化和翻译体似的繁复是许多"先锋小说"共同的特征，尽管文学语言的陌生化会带来意想不到的叙述效果，然而，这类语句的反复存在，却说明了作家创作本身对汉语表达缺乏自信。特别是在马原的小说中，反复彰显的虚构或者说故事情节的不完整性，虽然很好地展示了小说是虚构的艺术观念，然而，当一种观念需要通过策略或者说技巧来不断彰显的时候，多多少少暴露出作者在艺术精神力度上的不足。即便是像残雪、莫言这样坚守着自己独特艺术个性的作家，也存在着摆脱影响的焦虑、建构自己的"个体性"的困惑。像在残雪的作品中，我们始终看到卡夫卡的痕迹。莫言一直在追求着从中国的民间去吸取资源，但是，当他在叙述中无法收住恣肆的语言时，我们感受到了作者宣泄的情绪过于浓烈，当他只能在"野性"中去寻找人的精神力量的时候，我们不禁感叹寻找的无望。这或许正是中国那个极尽疯狂的、泯灭人的个性的时代带来的困顿。

而在"先锋小说"的形式实验过程中另一个值得重视的问题是，他们对之前新时期以来文学进行的社会、政治宏大问题思考的中断，特别是到了90年代，大量"先锋小说家"参与了"新历史小说"的创作。当然，"新历史小说"在创作手法上的成熟，更加完善了小说艺术追求自身自足性的特点，而且，许多作品在人性的表达上造诣颇深。然而，从新时期的整个文学史脉络来看，这种对现实社会问题的完全规避绝不是一种正常现象。也就是说，他们改变了"伤痕""反思""改革"小说的叙事逻辑的同时，也完全回避了这类小说所面临的严肃的社会问题、历史问题，而追求用技巧和抽象的人性理论去建构自己的艺术宫殿，这恰恰暴露了思想能量上的不足。或者说，他们似乎根本无意于思考这类历史性的或者说沉重的问题，而宁愿用技巧和抽象的人性理论去建构自己的艺术宫殿。像残雪、莫言及余华前期的作品那样去思考人性之残忍的作品，在"先锋小说"中并不占多数，大多数作品给人的印象是叙述技巧或抽象化的哲学观念的复杂。所以，这是一代更关心叙事方法、小说是如何构成的作家。这种做法本身并没有什么错误，也是历史使然，是他们这些年轻的写作者从众多前辈中脱颖而出，并迅速成为文坛主力的必要撒手锏。像马原就一直坚持自己对叙事方法的关注，余华、格非等人也都毫不回避国外文学作品对自己创作的影响。然而，在技术新颖的背后，作家究竟在进行怎样的叙事？尽管形式的变革从来都带有强烈的思想变革的印痕，然而，一个完全依赖汉语创作的作家，毕竟将面临对自己生存世界的审视，如果这种审视是缺乏力度的，那么他的作品将在技术光环渐褪色彩后，陷入困境。

正如我们无法否认马原与西藏文学间的联系，离开了西藏地区，马原几乎变得无法述说。我们也无法否认 90 年代以来，诸多"先锋作家"的作品表现出的越来越明显的商业气息，这是历史的转型。但若从其形式变革的逻辑出发，却提示其形式革新表象下精神建构的游移。当然，这种要求对当时尚且年轻的"先锋作家"们不乏苛刻之处，但对正确地评价他们所追求的形式变革的价值是客观的，也是他们无法将形式变革进行到底的一个极为重要的因素。比如，余华的《活着》，叙事语言的成熟性及在大众读者间产生的影响力，都超过了前期任何一部作品。然而，当一个人面对一头牛来完成对生活的承担时，尽管其承担是令人尊敬的，但叙述者叙述之中抹杀的人内在的疼痛及奋起，除了显示作者走向世俗的温情以安慰"活着"的人们之外，却再也找不到那种疼痛的尖锐了。又如格非，其叙事一直特别注重语言游戏本身带来的抽象哲学意味，到了《人面桃花》，则暴露了作者在人物叙事上强烈的观念化色彩，因为叙述者太想使女主人去代言革命者的角色了，以致丧失了人物本身作为女性的生动性或微妙性。所以，我们无法否认这一代作家做出的努力和作品革新的巨大意义，但我们依然抱着对汉语小说的极大期盼对其形式本身的缺失进行反思。

于是，当我们回头来看"先锋小说"时，我们看到很多概念性的干扰，或者说对哲学观念的追求使他们远离了生活的日常质感。然而，一个依赖汉语创作的作家，如果他创作的精神源泉只能过多地借助于西方的某些艺术观念或者哲学观念，却远离对自己生存世界的感知和审视的话，他很快会在技术光环褪色之后，陷入创作的困境或者快速地转向另一个极端。

因此，我们无法就此断定"先锋小说"就是好的小说范本。一方面，他们对叙述的执着，对语言表述方式的改变，让我们看到了中国小说"文本"的变革。一定意义上，其形式上的变革使中国小说叙事策略走向了一个高度，并开始真正关注人性的问题。另一方面，其形式变革本身包含着追求技术创新的躁进，作家价值建构的游移，以及对生活感悟力度的缺乏。这更是值得不断深思的，他们毕竟还没有在艺术世界中找到很深刻的生活元素，并且，很快在大众需求的温情中，淡化了对人性和生活叙事的尖锐感。更重要的是，这不仅是 80 年代"先锋作家"的问题，还是我们整个当下文学创作的问题。我们无法要求一代"先锋作家"永远"先锋"下去，但是，每一代作家中依然需要"先锋"。所以，我们思考 80 年代"先锋小说"的艺术形式，与其说是为其创作本身而思考的，不如说是为其之后所有作家的创作而思考的。[01]

---

[01] 此处观点，亦可参照俞敏华文章《论"先锋小说"的出场》，《文艺争鸣》2010 年 10 月号（上）。

第十章 "新写实小说"：
面向日常生活的写实

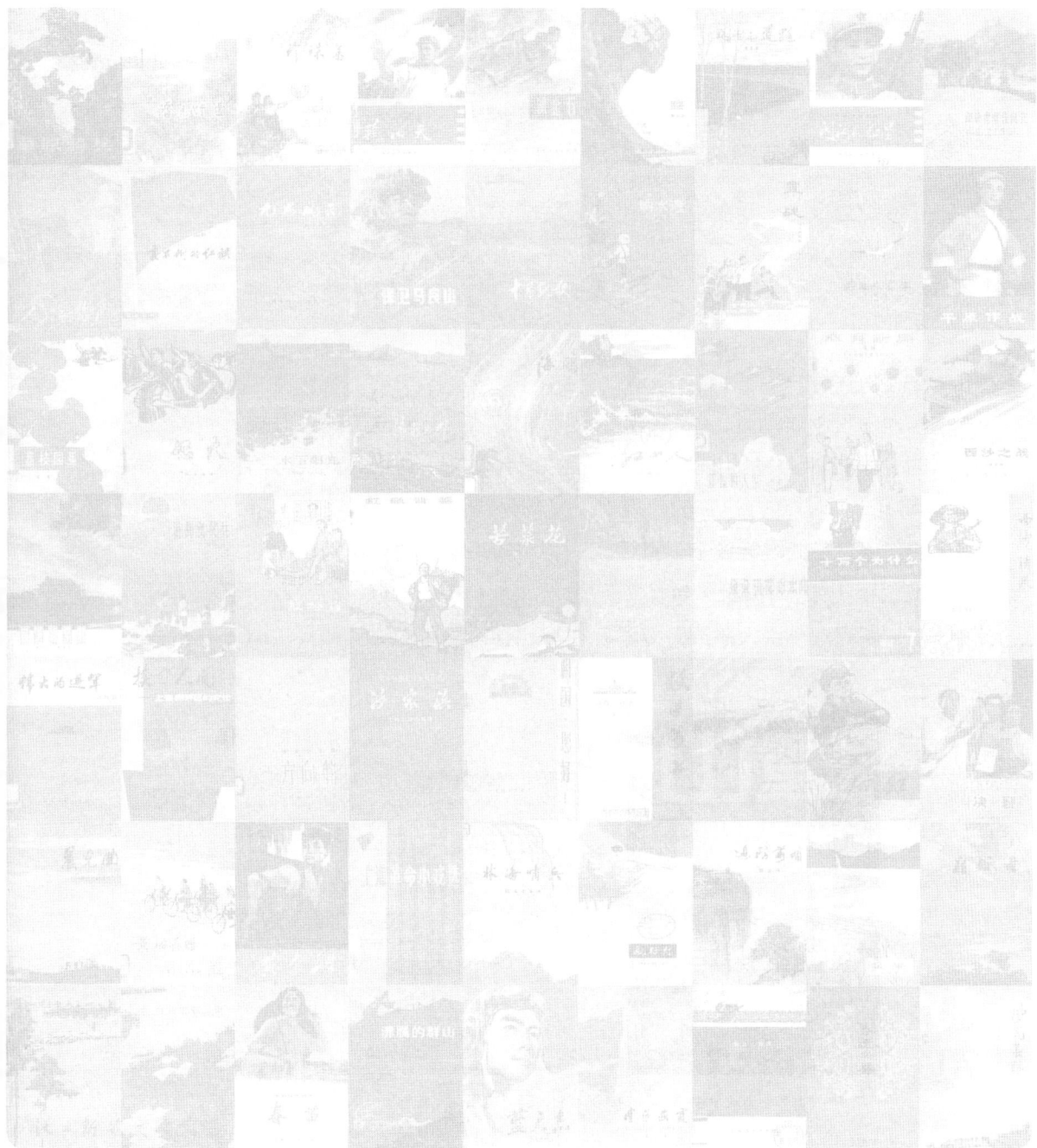

第一节　命名中的"现实"期待

　　作为一股创作潮流，"新写实小说"在文学史上地位的确立得益于当时文学批评力量的推动，其中，1988 年 10 月《钟山》杂志与《文学评论》杂志联合召开的"现实主义与先锋派文学"讨论会起了很大的作用。在此次会议上，批评家们将"新写实小说"作为重要的文学现象提出来，并且，《钟山》杂志从 1989 年第 3 期开始，专门开辟了"新写实小说大联展"专栏，在其"卷首语"中对"新写实小

《钟山》杂志从 1989 年第 3 期开始推出"新写实小说大联展"

说"做出了这样的命名：

> 所谓新写实小说，简单地说，就是不同于历史上已有的
> 现实主义，也不同于现代主义"先锋派"文学，而是近几年
> 小说创作低谷中出现的一种新的文学倾向。这些新写实小说
> 的创作方法仍是以写实为主要特征，但特别注重现实生活原
> 生形态的还原，真诚直面现实、直面人生。虽然从总体的文
> 学精神来看新写实小说仍划归为现实主义的大范畴，但无疑
> 具有了一种新的开放性和包容性，善于吸收、借鉴现代主义
> 各种流派在艺术上的长处。新写实小说在观察生活把握世界
> 的另一个特点就是不仅具有鲜明的当代意识，还分明渗透着
> 强烈的历史意识和哲学意识。但它减退了过去伪现实主义那
> 种直露、急功近利的政治性色彩，而追求一种更为丰厚更为
> 博大的文学境界……[01]

尽管并非所有参与联展的作品都能被统一在这一宣告之中，其概念自产生起就带有诸多暧昧不明的因素，但这一命名的确使"新写实小说"成为理论建构比较清晰的文学现象，"新写实"这一定义也成了 80 年代末期以及影响了 90 年代文学创作的一种独特的文学现象。1989 年 10 月，《钟山》杂志还和《文学自由谈》杂志联合召开了"新写实小说"讨论会，全国范围内各大期刊也纷纷刊载作者及评论家关于此话题的各种文章。到了 1993 年，浙江大学出版社出版了一套"中国当代最新小说文库"，其中由金键人选评了一本《新写实小说选》。著作收录了方方、池莉、刘恒、谌容、刘震云、李晓、赵本夫、范小青、叶兆言等代表作家的作品。并且，在导论中阐释了"新写实小说"的特征："这些出现于 1987 年与 1988 年之交的作品寻找到了一方被文学所遗忘的

《新写实小说选》（1993 年版）

---

[01]《新写实小说大联展·卷首语》，《钟山》1989 年第 3 期。

范小青   池莉   方方

《你是一条河》（1995 年版）   《黑洞》（1995 年版）   刘恒   刘震云（肖全 摄）

角落，那就是普通人的生存状态。"[01] "从广处看，'新写实'的确已成为一种创作思潮或倾向。"[02] "从狭处看，'新写实'可以被看作当代小说艺术中的一种新类型。"[03] 以此为证，"新写实小说"无论是作为一个新的概念还是作为一股创作潮流，已有了自身较明确的理论界定和文本范围，立足于中国当代文学史的脉流中，这一命名被广泛使用。像池莉的《烦恼人生》（1987 年）、《不谈爱情》（1988 年）、《你是一条河》（1991 年），方方的《风景》（1987 年）、《黑洞》（1988 年）、《纸婚年》（1991 年），李晓的《继续操练》（1986 年）、《关于行规的闲话》（1988 年），刘恒的《狗日的粮食》（1986 年）、《伏羲伏羲》（1988 年），刘震云的《塔铺》（1987 年）、《新兵连》（1988 年）、《单位》（1988 年）、《一地鸡毛》（1990 年），叶兆言的《艳歌》（1989 年）、《关于厕所》（1990 年），等等，被视为"新写实小说"

[01] 金健人选评：《新写实小说选·导论》，浙江大学出版社 1993 年版，第 2 页。
[02] 金健人选评：《新写实小说选·导论》，浙江大学出版社 1993 年版，第 5 页。
[03] 金健人选评：《新写实小说选·导论》，浙江大学出版社 1993 年版，第 6 页。

的代表作。

　　如果回到 80 年代后期文学的现场，我们再次细细地梳理"新写实小说"浮现于文坛的过程，可以看到，《钟山》杂志为其开创的生存空间及伴随着的各种评论话语，显示了其出场时批评的重要力量。无论是各位评论家间、评论家与编辑间关于"新写实小说"内涵和性质的争论，还是《钟山》杂志"大联展"中作品间无法归一的标准，看似文坛的评论充满了混乱性，实际上恰恰代表了评论的一种开放性和争论的可为性。1990 年，汪政、晓华在文章中曾这样描述当时的"现场"："'新写实'已成为批评家们的热门话题，不过，它并不比以往所提出的种种话题更幸运，从它提出的那一天起，就意味着对它的分析、拆解、演绎、质疑和否定的不可避免。这种讨论的方式已成为一种颇具意味的批评传统，而一切话题便可能在这种讨论方式中趋于消解。"[01] 从话语中，我们看到当时文坛讨论这一命名的热烈程度和多义性，同时，我们也感慨为何评论家会如此焦虑和担忧。在我看来，这实际上是从一个侧面反映了当时文坛在触及现实主义这一话题时的小心翼翼和命名的谨慎，这种谨慎源于 80 年代以来形成的轰轰烈烈的反现实和形式实验的文坛气场。

　　也就是说，在《钟山》与《文学评论》联合召开的会议中，我们已经看到"新写实小说"这一概念的出现与"先锋小说"的讨论脱不开关系，众多的评论家都是站在"先锋小说"的角度去评述文坛出现的新现象。这当然与这些作品出现的时间稍晚于"先锋小说"，并且正处于"先锋小说"的形式走向式微的时间段分不开，然而，更深层次的原因是对现代主义及现实主义命名的突进的渴望。在 80 年代文学史变革脉络中可以看到，从提倡文学变革需从形式开始，到对新潮小说的大力提倡，及至"先锋小说"的形式实验，众多评论家和作家都显示出了一种要进行艺术变革的冲击力。这背后包含着的依然是摆脱"十七年"以来的现实主义传统的深切渴望。然而，文坛的各种博弈力量或称之为丰富性始终存在，面对"先锋小说"在普通读者群中的冷遇和池莉等新人创作的充满现实感的作品的出现，文坛不得不对小说的走向做出新的期待，这种期待自然不是一种简单的现实主义延

---

[01]　汪政、晓华：《"新写实"的真正意义——对一些基本事实的回溯》，《钟山》1990 年第 4 期。

续，而是带上了深深地观照及不愿意放弃现代形式小说的写法的中心理念。所以，无论是命名的急迫、争论的激烈，还是在"大联展"中，都充满了无法以简单的"现实主义""写实""典型"这样的标签来决定的，各种式样的小说文本。其间皆有评论家们无法走出 80 年代坚持的艺术变革的情绪，更有对文本变革本身的强烈期待，它的出现也常被许多评论家认为是当时文学低谷期一种新的文学现象。

在 80 年代中后期的文坛上，"新写实小说"与"先锋小说"在文学精神以及作品的创作手法上，也正好构成了一种微妙的转移关系。文学批评界对"新写实小说"的命名和定义也在一定程度上以"先锋小说"为比较对象，在"新写实小说"提法流行开后的许多评论中，我们依然看到了不愿意放弃形式变革的影子。比如，费正钟谈道："假如'写实'成为文学进入新的时期的强大要求，那么'新写实小说'所要做的事情就在于：确立'写实'的艺术精神与形式技巧合而为一的小说范式。"[01] 吴炫认为："写实与形式本来不应该存在对立的问题，划分一种小说流派也不应该在此意义上进行。""尽管到目前为止的新写实小说在总体上还鲜有能突破中国的社会历史和文化的层次达到某种哲学人类学的高度，但是像《走出蓝水河》这样的作品则毕竟以一种整体的文化象征意象提供了寄予这种期望的可能性。实际上新写实小说与新潮小说在此意义上的目的是一致的：期望从作品的结构和形式方面入手，避免作者的明显的主观倾向对现实的'现象世界'的侵扰造成的作品的功利性和即时效应，长期使作品在可读性和耐读性方面获得较为长久的生命力。"并且，反省了"在我们的思路中一直有一种把写实与现代形式小说看作对立的东西在情不自禁地制约我们"[02]。这里，作者将写实与形式相统一，将"新写实小说"中的"写实"或"原生态"同样视为一种形式意识，自然延续了"新潮小说"形式变革的传统。

当然，艺术的形式变革从来都是与内容结合在一起的，"新写实小说"这样一种新的现象的出现，不仅仅意味着作品的写作方式的变化，更意味着创作意识的变化，当时许多评论家自然注意到了这一点。比如，陈思和的《自然主义与生存意识》一文就将问题引向了

---

[01]　费正钟：《写实的生命力》，《"新写实小说"笔谈》，《钟山》1990 年第 1 期。

[02]　吴炫：《写实与形式——兼谈〈走出蓝水河〉等小说》，《钟山》1991 年第 1 期。

"人的生存意识"的角度，并将其在与欧洲的自然主义的比较论述中，认为"两者的比较中我想强调的是，当代小说创作中的生存意识是一个独立的概念，它的认识基础不是现实主义模仿论，某些作品表面上相似，到了最精致的阶段就泾渭分明，由是推去，生存意识的概念与'新写实'的'一要新，二要写实'的特征也不尽相同，不过是对这个过于宽泛的口号作某一局部的内涵界定"[01]。以此，评论家既对现有的"新写实小说"文本的特征做了评述，又对 80 年代中期以来的所有小说做了一个整体观照，所谓"到了最精致阶段的泾渭分明"，表面上是对现有的文本的评论，实际上，作者一语中的地道出了文坛所期待的"新写实"，而这样的"新写实"显然是与 80 年代提倡新潮小说以来的艺术变革诉求有关的，其实质性的焦点就是评论家们对小说文本所书写的"现实的期待"或"想象"。

由此，我们也在各种评论中看到对朱苏进的《绝望中诞生》（1989 年），方方的《风景》，刘恒的《狗日的粮食》《伏羲伏羲》，赵本夫的《走出蓝水河》，范小青的《顾氏传人》（1989 年）等作品的推崇。有意思的是，这些作品与我们通常理解的"新写实小说"书写了日常琐碎的生活细节的印象比起来，似乎缺乏对日常生活细节的描述，而更倾向于对更抽象意义上的生存的书写。如刘恒的两部作品，将主题直指事关人类生存的两大母题——食与性。在此意义上建构的故事，充满了哲学的，甚至是寓言的意味。《风景》中关于铁路边贫民窟家庭的描述很有血肉之气，并展示出了一种人的自然生存状态的气息，然而，因着死者的口吻的冷漠叙述，小说叙述上有了很大的创新力，也直接被评论家认为："但《风景》这篇小说无疑是优秀之作，其价值远在池莉的小说之上。"[02] 同样，朱苏进的《绝望中诞生》、赵本夫的《走出蓝水河》、范小青的《顾氏

朱苏进

《绝望中诞生》
（1991 年版）

---

[01] 陈思和：《自然主义与生存意识——对新写实小说的一个解释》，《钟山》1990 年第 4 期。
[02] 陈思和：《自然主义与生存意识——对新写实小说的一个解释》，《钟山》1990 年第 4 期。

传人》等作品，与其说展示了某种生活的细节，不如说充满了整体性的文化象征，其间关于生活细节的书写，与其说是写实的，不如说是写意的。而恰恰是这样的一种"写实"手法，使"新写实小说"上升到了批评家们所认同的，寻找生活的真谛、对生活本质的发现、冷静清醒的自我反诘的理想层面。正如《新写实小说选》的选评者金健人所概述的："作家既要表现已'读懂'的生活，又要表现尚属'不懂'的生活；既要表现理性认知的生活本质，又要表现直觉感知的感性现象；既要传达自己对人生真谛的感悟，又不排斥读者在其中的超越作者的新发现……光凭现实主义的传统手法便显得远远不够了。"[01]

不仅是评论家，作家们在阐述自己作品的现实品格时，也总是努力地建构出超现实的精神追求，以凸显其直指生活本质甚至充满哲理意味的"现实感"。比如，方方说："我的小说主要反映了生存环境对人的命运的塑造。如《风景》中的七哥，生活在一个猪狗不如的环境中，他的心态必然是异化的，生活在条件舒适的大房子里的人有的只是空虚，而七哥有的只能是焦躁，是改变命运的强烈的愿望。……所以这里面的是非善恶难以用一个标准去判断。生存环境迫使人这样，别人为什么就应该活得比七哥好呢？所以我们可以理解乃至原谅七哥的做法，他要改变命运也只能这样做，只能靠手腕，碰运气才能出头。同情他们，但我们自己却不能这样做的。""个人没有力量和社会相抗拒，只能对现实无可奈何地认可。但内心世界和外在世界又不平衡，内心世界是很痛苦的，但又不能一直保持内心紧张，毕竟还得在这个世界上生活下去，只能看破一切，违心地干，把它当作谋生的手段，从谋生角度来看，一切都是无所谓的。"[02] 作者在这里传达的不仅是对人物的理解，更是作家写作的一种姿态。这样的姿态显然是有别于传统现实主义的，体现出了用客观化的叙述手法展现人类的生存本相的"现实"追求。

所以，"新写实小说"的出场，与其"现实"品格有着不可分割的联系。也就是说，在 80 年代这个社会主义现实主义创作方法全面失范的时代，大家对塑造典型环境中的典型人物，以及现实主义的创作手法充满着戒备心理，80 年代中期形成的从艺术形式进行的艺术

---

[01]　金健人选评：《新写实小说选·导论》，浙江大学出版社 1993 年版，第 10 页。

[02]　丁永强：《新写实作家、评论家谈新写实》，《小说评论》1991 年第 3 期。

创新以及文学真实观念的变动，是反叛的集中爆发。然而，如火如荼的形式实验，却在西方形式实验作品的影响下，有了"不现实"的意味，其在文学真实观念上做出的努力以及力图深入到哲学层面对人的生存处境的书写，并没有改变中国读者在阅读期待视野中长期形成的"现实"诉求，当然，其在文学史上做出的开创意义是不可否认的，艺术观念上的更新也影响了80年代中期以后人们对"现实"的认知。所以，当"先锋小说"文本形式实验渐渐退却的时候，文坛上池莉、方方、刘震云等书写的一系列反映现实生活的作品的出现，带来了一抹亮色。当然，关于现实主义的命名依然是小心谨慎的，这也是80年代人们一直对抗新中国成立以来的社会主义现实主义创作规范的必然结果。因而，"新写实小说"的现实主义与以往的现实主义品格必然有本质性的区别，其势必是80年代小说艺术观念革命后的另一重要成就。大量评论家将其描述为"原生态""零度叙述"或"后现实主义"。比如，有评论家就将其纳入"后现实主义"（王干最初以此名之——引注）的真实论中进行描述："后现实主义的根本任务便是要消解作家对生活的种种主观臆想和理念构造，最大限度、最大可能地实现对生活本相的还原，在还原过程中，作家要逃避自己的意志判断……"[01] 实际上，就是否能将"新写实小说"作为中国进入后现实主义叙事的标示一直存在着不同的看法，而"生活本相的还原"这样的评述也很容易招致认识论及叙事学上的反驳。但是，这一类将日常生活琐事纳入叙述笔端，并极力展示其"原生态"的作品，已经改变了社会主义现实主义形成的生活真实观，在彰显人们对生活琐事及自身身体的感性体验中，使得其对"现实"的选择出现了"新"的"写实性"。

在我看来，面对"新写实小说"这一概念，无论是评论家们"上穷碧落下黄泉"式的阐释，还是创作者们对文本深层内涵的接纳态度，都体现出80年代以来文坛对待现实主义的一种理想的精神和追求，这种现实追求既要显示出自己与传统现实主义叙事手法的距离，又特别强调作家关注现实的品格，既要延续80年代独有的进行小说艺术变革的豪情，又不愿意步"先锋小说"脱离于读者阅读需求的后

---

[01]　王干：《"后现实主义"的诞生》，《钟山》1989年第2期。

尘。这种追求，无疑是 80 年代中后期的文坛急切地呼唤"新写实小说"出场的最真实的动机。

想象、建构及限制——20世纪80年代中国文学史论

第二节 日常生活的客观化叙事

批评层面进行的关于"新写实小说"的现实的期待和诠释并没有将问题解决到底，在市场运作文本的流行性的背景下，至20世纪90年代，人们越来越习惯于将池莉的《烦恼人生》《太阳出世》（1990年），刘震云的《一地鸡毛》和叶兆言的《艳歌》《采红菱》（1991年）等作品视作"新写实小说"的典型文本。其中体现出的"日常生活""温情""实用主义"等关键要素，充溢于作品的美学追求中，并成为众多影视剧编者和读者乐意接受的主要原因，渐渐地日常审美品格成为人们所关注的"新写实小说"的主要艺术特征。有评论家立足于读者的角度对"新写实小说"做过这样的评述："新写实从总体上是虚构的小说，但那夫妻情、家务事等各种生

《烦恼人生》（1990年版）

活的碎片，却似未经加工的生活原型原态的实录。崇尚真实、务实和求实的今天读者，从新写实小说体验到如临其境的真实记录的魅力，在实拍似的人物画面中见到自己的影子，找到自己的悲欢。所以社会读者将偏爱与理解给了新写实小说，而不大满意那些疏离时代生活而

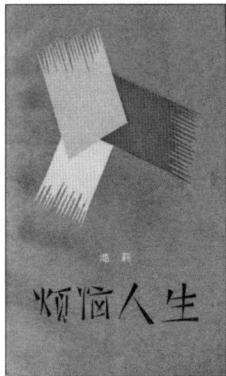

又故作姿态的作品。"[01] 这里，评论者已经看到，作品对各种生活碎片的关注会带来读者渴望的身临其境的感受。

池莉的《烦恼人生》便将日常生活琐事以一种近似于"原生态"的方式进入作品。这部曾被 20 多家报刊转载或缩写，并获得 1987—1988 年优秀中篇小说奖的作品，写的就是一个人一天的生活。小说故事的时间结构完全依照物理时间顺序展开，写了印家厚从早晨到夜晚睡觉的一天的生活：半夜因为儿子掉下床引发了妻子对房子小的抱怨，也开启了印家厚一天的生活。早晨起床后到公共卫生间挤着上厕所、洗漱，带着儿子挤公交车、上渡轮、吃早饭，将儿子送至幼儿园，然后，自己终于走进车间大门开始上班。中午去幼儿园处理儿子"调皮"事件、去副食品商店买父母的生日礼物，读以前知青伙伴的信件。下午又回到车间工作，下班后接儿子挤公交、坐船回家。晚上吃饭、与老婆聊些家长里短、睡觉。以此，沿着从早到晚的顺序，印家厚结束了一天的生活。从琐琐碎碎的事情中，我们不得不说印家厚是一位生活在物质和精神都同样困顿的环境中男性，然而，印家厚也在用自己的方式寻找着突破困顿的方式，比如，因爱护儿子而打人、冲厂长发火甚至在溜进被子的时候梦想着生活的安心等。整个小说围绕着一个市民的生活展开，叙述中用的是一个全知视角，然而，对印家厚的"烦恼人生"，作者似乎无意去评头论足，只是用一种冷静的笔法记录着。然而，一个普通人的不如意的生活却展露无遗。比如，开篇写一家人因逼仄的空间而引发的"事件"：

> 早晨是从半夜开始的。
>
> 昏蒙蒙的半夜里"咕咚"一声惊天动地，紧接着是一声恐怖的嚎叫。印家厚一个惊悸，醒了，全身绷得硬直，一时间竟以为是在噩梦里。待他反应过来，知道是儿子掉到了地上时，他老婆已经赤着脚窜下了床，颤颤地唤着儿子。母子俩在窄狭拥塞的空间撞翻了几件家什，跌跌撞撞扑成一团。
>
> 他该做的本能的第一件事是开灯，他知道。一个家庭里半夜发生意外，丈夫应该保持镇定。可是灯绳却怎么也摸不

---

[01]　中国社会科学院文学研究所当代文学研究室：《"新写实"小说座谈辑录》，《文学评论》1991 年第 3 期。

着！印家厚哧哧喘着粗气，一双胳膊在墙壁上大幅度摸来摸去。老婆恨恨地咬了一个字："灯！"便哭出声来。急火攻心，印家厚跳起身，踩在床头柜上，一把捉住灯绳的根部用劲一扯：灯亮了，灯绳却也断了。印家厚将掌中的灯绳一把甩了出去，负疚地对着儿子，叫道："雷雷！"[01]

这简直是一个一团糟的夜晚（或者称之为早晨），房间的狭窄、生活的无序，暴露了一个普通工人家庭在日常琐事纠缠中的烦恼，而这正是中国当时大多数人面对的生活。不过，在笔者看来，这部小说之所以引发那么大的影响力，不仅仅在于写了烦恼，更在于它为普通人找到了一条排解烦恼的途径。小说结尾处写到印家厚在妻子与雅丽的比较中，找到了内心的平衡点：

老婆，我一定要让你吃一次西餐，就在这个星期天，无论如何！——他没有把这话说出口，他还是怕万一做不到，他不可能主宰生活中的一切。但他将竭尽全力去做！

雅丽怎么能够懂得他和他老婆是分不开的呢？普通人的老婆就得粗粗糙糙、泼泼辣辣，没有半点身份架子，尽管做丈夫的不无遗憾，可那又怎么样呢？

印家厚拧灭了烟头，溜进被子里。在睡着的前一刻他脑子里闪出早晨在渡船上说出的一个字："梦"，接着他看见自己在空中对躺着的自己说：你现在所经历的这一切都是梦，你在做一个很长的梦，醒来之后其实一切都不是这样的。他非常相信自己的话，于是就安心入睡了。[02]

这是对生活的一种妥协，却是普通人能够寻找到的最佳的解忧及安心、踏实地继续对抗烦恼人生的方式。这样一个光明的、充满现实意义的结尾，给了无数与印家厚一样烦恼生活着的人一份安慰。

池莉的《不谈爱情》则直接以爱情为主题，并让爱情打破所有的浪漫想象化为庸俗至极的日常生活，同时又在这种庸俗中重新寻找爱

---

[01]　池莉：《烦恼人生》，《上海文学》1987 年第 8 期。
[02]　池莉：《烦恼人生》，《上海文学》1987 年第 8 期。

情的存在形态。作品的男女主人公分别来自不同的家庭，男主人公庄建非的父母是大学教授，这意味着他从小在小楼里长大，有较好的生活环境。女主人公吉玲却成长于小市民聚居区的花楼街，这意味着她不得不思考如何改变自己命运的人生问题，于是，吉玲一直想通过婚姻去改变自己的身份。从两人交往开始，吉玲的行为就处处充满对自己身份的掩饰及努力改变的愿望，并最终也取得了胜利。她不仅嫁给了庄建非，并且通过使性子等方式让总是带着知识分子清高的庄建非的父母来了一趟花楼街，为自己的娘家人赚足了面子。在吉玲与庄建非的婚姻中，读者看到的更多的是人这一个体与生活的较量而不是爱情的浪漫或者神圣，世俗的一切已经取代婚姻中不切实际的幻想，正如小说中描述的：

> 婚姻不是个人的，是大家的。你不可能独立自主，不可以粗心大意。你不渗透别人别人要渗透你。婚姻不是单纯性的意思，远远不是。妻子也不只是性的对象，而是过日子的伴侣。过日子你就要负起丈夫的职责，注意妻子的喜怒哀乐，关怀她，迁就她，接受周围所有人的注视。与她挽挽扶扶，磕磕绊绊走向人生的终点。[01]

这里传达的婚姻精神与《烦恼人生》一样，充满了"俗味"的乐趣和温情。这种乐趣和温情也成了 20 世纪 90 年代激荡普通读者内心世界的精彩文字，似乎在一个不提倡英雄主义和理想激情的时代里，面对生活的不足，人们需要的不是为爱情而甘愿付出一切，也不是英雄式的改变世界的豪言壮行，而是在现实中不自觉地去约束自己的欲望和情感，从困顿中寻找生活中点点滴滴的乐趣。

刘震云的《一地鸡毛》也将生活的琐事放在叙事的中心，并形象地将其形容为"一地鸡毛"。故事从小林家的一块豆腐馊了写起，写了上班、下班、孩子的教育问题、亲戚来访的问题等，在鸡毛蒜皮又无法避免的日常生活琐事中，塑造了两位被柴米油盐所困的大学毕业生的庸常又不得不面对的生活。小林是一位大学毕业生，在现实的生

---

[01]　池莉：《不谈爱情》，《上海文学》1989 年第 1 期。

活中他不得不面对各种生活的琐事。小说光写小林为了买一块豆腐就用了大量的篇幅：

> 小林家一斤豆腐变馊了。
>
> 一斤豆腐有五块，二两一块，这是公家副食店卖的。个体户的豆腐一斤一块，水分大，发稀，锅里炒不成团。小林每天清早六点起床，到公家副食店门口排队买豆腐。排队也不一定每天都能买到豆腐，要么排队的人多，排到，豆腐已经卖完了；要么还没排到，已经七点了，小林得离开豆腐队去赶单位的班车。……
>
> 但今天小林把豆腐买到了。不过他今天排队排到七点十五，把单位的班车给误了。不过今天误了也就误了，办公室处长老关今天到部里听会，副处长老何到外地出差去了，办公室管考勤的临时变成了一个新来的大学生，这就不怕了，于是放心排队买豆腐。豆腐拿回家，因急着赶公共汽车上班，忘记把豆腐放到了冰箱里，晚上回来，豆腐仍在门厅塑料兜里藏着，大热的天，哪有不馊的道理？
>
> 豆腐变馊了，老婆又先于他下班回家，这就使问题复杂化了。……[01]

随后写到了老婆对保姆不把豆腐放冰箱的责怪，写到保姆将责任推给小林，小林又受老婆责怪，诸此种种。鸡毛蒜皮的日子便围绕着一块豆腐展开了，而说到底，一块豆腐的风波根源在于生活的窘困。小林似乎无法摆脱这样一种纠缠于琐事的人生，小说也通过这样一种灰色的生活展示，触及了生命在忙碌的琐事中被消耗的问题，与池莉在《烦恼人生》中透露的光明的结局相比，《一地鸡毛》的作者刘震云显然更愿意去展示琐碎生活中的无奈和悲哀。

同时期，刘震云创作的《新兵连》、《官人》（1991年）、《单位》等小说则涉及了部队和官场题材，展示了人的内心世界的挣扎和精神的匮乏。比如，《新兵连》以一群河南来的刚入伍的新兵为对象，写

---

[01] 刘震云：《一地鸡毛》，《小说家》1991年第1期。

了他们为了各自的"进步"而钩心斗角、你争我夺地生活，以及命运最终走向人生悲剧。小说如此写道："随之人与人之间的关系也紧张了。因为大伙总不能一块进步，总得你进步我不能进步，我进步你不能进步。""演出的竟是种种令人悚然惊战的人生悲剧：有的忧烦，有的痛哭，有的锒铛成了囚犯，有的自戕于美好世间……"[01]《官人》《单位》都写了政府机关工作人员在权力斗争中的畸变心理。实际上，小说将视角指向权力指导下的中国人的贫困生活。可以说，刘震云的叙述对苦难有种充满沉重感的体悟。比如，《塔铺》写了一群农村贫寒子弟复习考大学的事情，他们怀抱着改变生活的梦想来上复习班，生活十分艰难。在寒冷的冬天，教室里四处透风，宿舍四处透风。为了避寒，四个人拼了两个铺睡觉，相互取暖，寒风中也总有人因感冒而放弃了复习。生活现实的困窘伴随着这样一群人，离高考还有一个月，王全退了学，原因是家里分的责任田的麦子熟了，等着王全去收割，本就反对王全上学的老婆直接让王全选择割麦子还是让麦子焦在地里，王全选择了回家。成绩很好的李爱莲，因为父亲生病的事情不得不请假并最终放弃了高考，放弃高考的同时选择的竟然是结婚。诸此种种，我们看出一个特定时代里一群年轻人的艰难生活和力图突围的努力，以及他们在现实条件面前的放弃。这样一部小说很容易让人联系到刘震云的真实人生，这也是那个时代一群农村孩子的真实人生。

《官人》（1991 年版）

《塔铺》（1989 年版）

　　方方的小说《风景》则将题材指向住在河南棚子的人们的生活，河南棚子就在铁路边上，说是房子，实际上都是些低矮的板房，被包围在火车路过时那种震天响的声音中。这里是武汉底层人们的栖息之地，住着社会最底层的搬运工、码头工，也是城市中典型的脏、乱、差的代表。故事就以一个十一口人的家庭为中心，讲述了一家人困顿又混乱的生活。父亲靠在码头上干苦力养家，性情暴躁，动不动就打妻子和孩

---

[01]　刘震云：《新兵连》，《青年文学》1988 年第 1 期。

子。母亲做的是繁重的搬运工，又接连生了九个孩子，挣扎在物质贫困的生活中，显得无力又苍白，因而也形成了暴躁的脾气。一家十一口人只能住在一个十三平方米的板房里，小儿子七哥自出生起便睡在潮湿阴冷的床底下，有一次被父亲打后全身溃烂，差点死掉。大哥十五岁就去上班了，为了避开拥挤的夜晚时间，只能每天上夜班，然后白天再回来睡觉。二哥和三哥小小年纪就去爬火车偷煤。四哥又聋又哑，十四岁便为了生存去打零工。七哥则从五岁开始就去捡破烂和菜叶，一家人吃的菜都是他捡来的，七哥年纪最小，也显得最多余，受尽家人的欺负，从小便生活在一种冷漠的环境中，唯一对他好的二哥却不幸早逝。这是一群困窘到不能再困窘的人，物质条件的恶劣也带来了心灵的畸变。小说的主人公七哥便是在困窘中生存、挣扎的代表。更有意思的是，小说的叙述者是一个已死的被埋在自家窗台下的婴孩，作为这样一个叙述者，他显然无法参与任何眼前的人事，只能选择旁观式的描述。故事中的重要人物七哥的经历、行为及住在一个不足十三平方米的一大家子的生活，正是在叙述者的"看"和"记录"中展示出来的。比如，故事开篇七哥出场时有如下叙述：

> 七哥说，当你把这个世界的一切连同这个世界本身都看得一钱不值时，你才会觉得自己活到这会儿才活出点滋味来，你才能天马行空般在人生路上洒脱地走个来回。
>
> 七哥说，生命如同树叶，来去匆匆。春日里的萌芽就是为了秋天里的飘落。殊路却同归，又何必在乎是不是抢了别人的营养而让自己肥绿肥绿的呢？
>
> 七哥说，号称清廉的人们大多为了自己的名声活着，虽未害人却也未为社会及人类做出什么贡献。而遭人贬斥的靠不义之财发富的人却有可能拿出一大笔钱修座医院抑或学校，让众多的人尽享其好处。这两种人你能说谁更好一些谁更坏一些么？
>
> 七哥只要一进家门，就像一条发了疯的狗毫无节制地乱叫乱嚷，仿佛是对他小时候从来没有说话的权利而进行的残

酷报复。[01]

　　这就是七哥的生存逻辑。叙述者在这里摆出了一副不动声色进行记录的姿态，这样做的目的无非是保持叙事的客观化效果，使读者接触到作品的人物。也就是说，在一长串的"七哥说"中，叙述者将七哥及其话语推向了读者。读者在这里看到了一个对世间的一切毫不在乎却将自身的利益放在首位的七哥，他的关于抢夺别人的"营养"、清廉、财富乃至死亡的认识，沉浸于自我建构的所谓竞争生存的逻辑中，甚至他将婚姻视作交换生存的条件。从小饱受饥饿、冷漠和虐待的七哥，终于通过求学有机会离开了那个小屋，而最终走出贫困小屋的七哥，则直接将爱情作为改变他命运的工具。在七哥看来，有没有爱情，妻子年龄是否比她大，是否能够生育都是不重要的，重要的是妻子的父亲的地位能让他改变命运的轨迹。也就是说，婚姻只是七哥实现自己的人生目标、维持生存的手段。小说展现了一个吵架、斗殴、亲情冷漠、生存艰难、尔虞我诈的现实世界。

　　从池莉、刘震云、方方的小说中，我们看到在"新写实小说"的作品中，日常生活已作为关键的词汇被置于重要位置。而且，这些日常生活大多是庸常人生中围绕在我们身边的琐事：吃饭、睡觉、经济拮据、住房拥挤、恋爱、结婚、怀孕、生子、上班、下班、夫妻间的争吵、婆媳间的矛盾、同事间的钩心斗角、丈夫的移情别恋、妻子的不依不饶、生活的平淡无奇或活着的点滴乐趣等。像爱情这一主题是最能体现"新写实小说"在生活面前的趋实性的，但作品中的爱情缺失了浪漫、崇高、温馨或者是海誓山盟的激荡感，而被包裹上了生活只能如此的无奈。《不谈爱情》直接将爱情让位给生活中夫妻间家庭中心地位的较量和平衡。《风景》中的爱情让位给生存。《烦恼人生》中的印家厚虽然对优雅女性也充满着念想，甚至其女徒弟也对他心生好感，但在烦琐的现实生活中，他最终只能抛弃幻想，乃至在关注到妻子那双被生活磨砺得粗糙的手时，也发出了赞叹之声。这种赞叹也是印家厚式人物的生活现状，是在烦恼人生中的一种日常的温暖感。《一地鸡毛》中的夫妻俩的生活面临着各种矛盾，但在种种矛盾中，

[01]　方方：《风景》，《当代作家》第 1987 年 5 期。

两人还得规划着生活如何继续，并且，只能在这种继续中去寻找生活的点点滴滴乐趣。

如果说以上作品更多地反映了庸常人生中的生存无奈的话，那么，像刘恒的《狗日的粮食》《伏羲伏羲》等作品则将叙事的主题指向对人类日常生存最基本的"食"与"性"的抽象思考，并且拥有了某种文化批判的意味。比如，《狗日的粮食》中用粮食换回来的"瘿袋"女人，作为妻子和母亲，为了粮食、为了生存，"有勇有谋，骁勇善战"，乃至"阴招损招"全部都用了出来，偷南瓜、摘邻院子里伸过来的葫芦、打公家仓库鼠窝的主意，甚至从骡子下的鲜粪里面去扒碎玉米粒。她在贫困线上挣扎着所做的一切，充分表明了她可以忍受饥饿、挨打受骂，可以调动人生的所有智慧、霸道及狡猾，来维持一家人的生存。但是，她却接受不了自己把粮票弄丢的失误，并最终以死亡的方式来结束这一行为。在这里，作者将"食"这一基本的日常生活需求与特定社会中人对"食"的精神依赖相结合，从而展示出特定时代中"食"之"沉重"与"苍凉"。《伏羲伏羲》则指向人对性的依存。杨天青与婶子菊豆之间难以克制的性关系，性无能的杨天白对菊豆的虐待，都充满了性压抑时代中人的欲望的扭曲和无所适从。与之前以日常琐碎生活为写作对象的作品相比，刘恒的作品显得更抽象，甚至因为用了大量的精神分析方法而显得不那么的"现实"，然而，作者以与人们密切相关的"吃"和"性"为主题的意旨却特别鲜明，因此，在彰显"新写实主义"的时代里，这样的作品自然而然地被纳入

《伏羲伏羲》(1992 年版)

"新写实小说"。在这部小说中，作者将支撑人类基本生存的日常生活，以一种"非正常"的形态加以展示，使作品的主题具有了批判的深刻性，即在一个"日常生活"得不到正常保证的社会和文化生存环境中，被扭曲的"日常"给人的生存带来的后果可想而知。

"新写实小说"将日常生活作为叙事的内容，而与此内容不可分割的是其在叙事策略上采取的客观化的叙事姿态。所谓客观化，实际上就是叙述者保持着一种冷静、客观的叙述姿态，极力地避免作者对

书写对象做出的各种评价，创造了一种类似于纪实的效果。这样的叙述策略直接促使小说中的日常生活琐事以一种全面的、生活化的、似乎是不加删选的方式呈现出来。这样的写作适用于巴尔特提出的"零度写作"的概念。当然，值得说明的是，"零度写作"作为一种叙事策略，强调叙述者采取一种平视的眼光面对叙述对象，在叙述过程中，尽量不动声色地记录下对象自身的特征及发展动向，不加以有意识地筛选和评价。像《烦恼人生》《一地鸡毛》的结构布局和主人公日常生活琐事的展示，以及《风景》《狗日的粮食》《伏羲伏羲》中对人物情态的不动声色的描述，都体现了这一特征。在叙述过程中，叙述者尽量避免对人物的言行做出评价，不管主人公对自己和周围的一切采取怎样的立场，叙述者都尽量保持着一种记录式的姿态。正如《钟山》杂志"新写实小说大联展"那一期的卷首语所言，"特别注重现实生活原生态的还原"[01]，"现实生活"和"原生态的还原"两者相得益彰，只有通过这种客观化的叙事策略，才使得日常生活得以呈现。

　　值得一提的是，叙述者保持的零度情感并不意味着作家面对生活时的情感零度，作家们选择这样的叙述策略展开对日常生活的叙述时，本身就带上了选择的期待。比如，池莉在谈到自己创作的《烦恼人生》时称将印家厚作为一个悲剧在写。当然，池莉理解的悲剧不是英雄折翼式的悲剧，不是哈姆雷特式的悲剧，而是"为了维持日常生活而必须要做到的事情却偏偏做不到，这就是悲剧"，"哈姆雷特的悲哀在中国有几个人有？……我的许多熟人朋友同学同事的悲哀却遍及中国。这悲哀犹如一声轻微的叹息，在茫茫苍穹里缓缓流动，那么虚幻又那么实在，有时候甚至让人们留意不到，值不得思索，但它总有一刻使人感到不胜重负"。[02] 从作者的叙述中，我们可以看到，作者在不动声色地叙述印家厚的一天生活时，保持着一份对芸芸众生的生存困境的关注情怀。我们有理由推断，当叙述者"不加选择"地记录印家厚烦恼的一天生活的时候，作者多多少少充满了对武汉市内印家厚式的人物的体恤之情，以及对这样的人生的一种无可奈何式的同情。从这个角度来讲，作者写印家厚这样的人物，是为了让更多的读

[01]《新写实小说大联展·卷首语》，《钟山》1989年第3期。
[02]　池莉：《我写〈烦恼人生〉》，《小说选刊》1988年第2期。

者看到这类人的生存状态，并引发新的关注，不过有意思的是，作者在故事的结尾试图给印家厚找到点出路和空间。那就是，忙碌了一天后的印家厚躺在床上开始幻想第二天的生活的时候，他还是感觉到了生活的美满。这一结局暴露了作者自身对悲剧无法坚守，或许在作者看来，从忙碌和庸常的人生中发现活着的乐趣比控诉生活的悲剧来得更有意义。

方方的《风景》将死去的婴孩作为叙述者，更显示出其用一种记录式的口吻叙述的意图。不过，客观的叙述并不是没有判断，作品的首句就反映了作者的叙述目的——引用了波特莱尔的话语："……在浩漫的生存布景后面，在深渊最黑暗的所在，我清楚地看见那些奇异世界……"[01] 这实际上已经表明叙述者在选择自己的叙述对象所做出的价值取向，即作者力图展示世间的恶。有经验的读者比较容易判断出作者是试图展示恶，而不是持有对恶的欣赏态度。方方在写作《风景》这篇小说时，多多少少对生活在棚户区的贫困家庭投去了理解和同情的目光，这些不做任何评判，对人性之恶、生活之恶进行赤裸裸的展示体现了作家对社会底层平民百姓生存本相的关注。与其说叙述者用了近乎零度的姿态在展示七哥的生活，不如说作者借助这样一种叙述技巧来走进七哥的生活，来理解七哥式的人物的生存环境。方方曾在一篇谈创作的文章中说过自己的看法："我觉得现在写小说也是一种倾诉，把倾诉感作为一种动力。就是你需要说，可是你没有人听。这个世上是没有听众的。哪怕你跟朋友讲也好，跟你的亲戚讲也好，没有人耐烦听下去的。还有你内心很内在很隐秘的东西，或者是一种很复杂的感情，你是很难说出口的。很多事情它只能用文字来表达。你说出来好像是另外一种味道，和你写在纸上是不一样的。语言靠说是不可靠的。所以我觉得在世界上没有真正的听众，包括我自己也不是一个听众，如果有人一天到晚絮絮叨叨地跟我讲，我也会烦，这也是很正常的。可能人天性中就有这样的弱点。当然也有人可以把什么都放在心中一辈子不说也能过得好，但我不行。我要倾诉。那么这个时候我只能寻求纸和笔，只有纸和笔它最耐心。所以很多时候有些人问你为什么要写小说，我都回答说是一种倾诉的需要，我要说出

[01]　方方：《风景》，《当代作家》1987 年 5 期。

来。借人物、借场景，有时候你说的就是别人的故事。我只是借故事的框架，但在故事的中间，故事的背后包含着我想说的东西，包括我说别人，包括说我自己，包括我所见到的人和事，我所感受到的一切，包括对社会的一种判断，一种感受。"[01] 从这段阐释中，我们可以判断，方方创作七哥，写棚子区居住的人们的时候，写的正是她所看到的一个世界，一群实实在在的生活着的人。

所以，"新写实小说"借助客观化的描述，摒除了以往书写现实题材作品中常有的那种高高在上或者是全知全能的叙述姿态，不再以启蒙、超越、劝戒、拯救、批判的叙述姿态来关怀现实，而对生活做了现象学式的还原。这种还原的背后，体现的正是作者们对日常生活的关注和对芸芸众生的忙碌人生的关怀。

---

[01]　方方:《我写小说：从内心出发》,《当代作家评论》, 2003 年第 3 期。

想象、建构及限制——20世纪80年代中国文学史论

第三节 不一样的"现实"

从命名中体现的"现实"期待到日常生活的客观化呈现，从文学史的意义上来说，"新写实小说"都为我们展示了不一样的"现实"。

就主题而言，如果说一些庸常的日常生活的叙述使"新写实小说"的叙述主题发生了很大变化的话，那么，日常生活叙事本身带来的人们对生活的认知观的改变是不容忽视的。在中国当代文学史的历史进程中，"日常生活"曾经作为一个异常敏感的概念而一直处于被遮蔽的状态，像20世纪50年代反映夫妻生活的小说《我们夫妇之间》（1950年）只因对夫妻间一些小小的生活细节的描述，就被斥为小资产阶级作风而受到了打击性的批判。长期以来，政治意识形态宣扬的高昂的理想人生才是唯一值得信赖的叙事主题，似乎一提到日常生活，提到与人们休戚相关的吃穿住行，就变成了小资产阶级情调。那么，当"新写实小说"将叙事的主题指向日常生活，让一群不是英雄，也不是受难者的地道小人物的吃、喝、玩、乐、痛苦进入作品的时候，我们不得不说，这是对以往长期形成的现实主义传统的对抗和反叛。刘震云说："我写的就是生活本身。我特别推崇'自然'二字。崇尚自然是我国的一个文学传统，自然有两层意义，一是指写生活的本来面目，写作者的真情实感，二是指文字运行自然，要如行云流

水,写得舒服自然,读者看得也舒服自然。"[01] 用"崇尚自然"来取代"典型环境中典型人物的塑造","新写实小说"实现了日常生活审美化书写,在整个 20 世纪的中国文学史上,是对现实主义的一次重要突破。也就是说,作家们在远离政治意识形态或者说是泛政治意识形态的题材和主题,创建一种新的、充满"世俗味"的"现实",而这种现实正是一个关乎人的生存本相的社会的"自然现象"。正如有评论家说:"至于 80 年代后期不事声张悄然而至的新写实小说,则在'文革'后文学甚至整个二十世纪中国新文学发展史上,第一次将文学上诸种'关怀现实的主义'在文学之外的兴趣减至最低限度,使叙事文学作品过度膨胀的社会功能向审美复合经验的感性化传达回缩。我们知道,正是在这一点上,文学作品才区别于其他文字成品,获得自身质的规定性。"[02] 因而,"世俗""日常生活""普通人"等概念,有了独特的文学史意义。

就作品的表现形态和叙事策略而言,"新写实小说"与此前的"先锋小说"有很大的不同,似乎"新写实小说"是对"先锋小说"的一种逆转。因为进入 20 世纪 80 年代,人们一直在试图对抗着长期以来形成的社会主义现实主义的叙事方式,而前期的"伤痕""反思""改革"等小说基本上还没有摆脱这种思维,直至"先锋小说"力图从形式上寻找到突破口。然而,形式实验带来的艺术观念、叙事手法变化等关键性成果似乎并没有在普通读者心中引起很大的共鸣,同时,作为面向大众的小说创作而言,时代与社会的需求特征总是具有强势的影响力,"先锋小说"的转向也成了一件不可阻挡的事件。此时,恰逢"新写实小说"涌现,这一既不同于以往社会主义现实主义,又不同于"先锋小说"的作品,很容易被视为对"先锋小说"的对抗。然而,有意思的是,"先锋小说"与"新写实小说"虽然在题材选择和叙事策略上都有很大差异:前者侧重于从抽象性层面展示人的生存境遇,在叙事策略上注重小说艺术的虚构性的展示,偏向于通过"元小说""时空的不确定性"等方式来展示艺术生活的小说性;后者侧重于从现象学层面展示人的生存境遇,在叙事策略上注重叙述者不动声色地展示日常生活的细节,以传达生活的质感和小说作品表

---

[01]　丁永强整理:《新写实作家、评论家谈新写实》,《小说评论》1991 年第 3 期。
[02]　张业松:《新写实:回到文学自身》,《上海文学》1993 年第 7 期。

达的生活的真实感。但是，无论是极尽展示虚构之能还是极尽营造生活原生态，两者都展示了叙述者之能。像方方的《风景》直接将一个已死的婴孩作为叙述者，以达到叙述的冷静与客观化。像池莉、刘震云、刘恒等其他"新写实小说"代表作家的作品中，虽然较少有这样"刻意为之"的叙述者，然而，作品之所以能够展示生活的原生态，源自作者对于叙述者的叙述权利及能力的充分肯定，作者可以借助叙述者来实现叙述的自觉性和小说的虚构性。因而，在叙事策略上，"新写实小说"是对 20 世纪 80 年代小说艺术观念变革的一种延续，将"小说是虚构的艺术"推向了一个高度，它同"先锋小说"进行的形式实验一样达到了现代小说艺术在叙述者和叙述技巧上的大进步。比如，苏童、叶兆言等作家就被评论家既归为先锋小说家又归为新写实小说家，同一位作家的不同归类，恰恰证明了两者的内在联系。

从这一意义层面而言，"新写实小说"实现了现实主义与现代主义两副面孔的融合，这是 20 世纪 80 年代以来关于现实主义、现代派的争论的一种微妙的调整。在命名上，我们一直强调"新""写实"，这已经明确表明当时的批评家已经敏锐地感觉到了其与现实主义间的联系及不同，其表现出来的形式和内容绝不是现实主义所能概括的，而且，许多代表作中表现出的现代主义的叙事技巧很明显。比如，在方方的《白雾》（1987 年）中，白雾这种模糊、若隐若现的物质，与人与人之间的距离及人内心的孤独感有着深刻的隐喻关系，作品具有强烈的现代主义气质。同时，大多数新写实小说采取的叙述视点，建构了叙述者等于人物的内视角，突破了全知全能的视角。在人物形象的展示中，有意识地放弃跌宕起伏的故事情节的编造、人物形象的鲜明性而趋向人物形象的平面感和模糊性，这与现代主义小说习惯采用的内视角有着很大的相近性。而其有意识地摒弃作家介入作品评述而让叙述者最大功能地发挥叙述之功效，实现客观化的叙述方式，更是一种反现实主义的风格。作家方方说："我的小说的确是用了一些不太现实主义的技巧，有一些荒诞的东西，如梦游和叙述角度等等，都是超现实的成分。我之所以要这样，主要是觉得有的时候只有用一些荒诞的方式，才能把人在现实中的那种恐惧、那种变态等更好地表现出来。"[01] 诸种特征，表明"新写实小说"虽然从命名上，一开始便有种挑战传统现实主义的意味，而且，在时空结构及现实生活题材的选择上，也使我们很容易看到其具备的现实主义品格，然而，包含与其内在的叙述技巧及对"实"的追求，确立了文本形式的新意义，突破了 20 世纪 80 年代一直以来对现实主义和现代主义的简单认识。可以说，它既延续了 80 年代现代主义探讨的成果，继承了形式实验的诸多艺术观念及技巧，又没有重蹈形式实验强调技巧的覆辙；同时，它又把诸多现代主义精神融入现实生活的认知中，在日常生活的叙事中，发掘现代人的精神气质和生存本相。进一步说，当"新写实小说"将日常生活的现实而不是传统意义上被"典型化"的现实纳入笔端的时候，就体现出了面向人的生存原生态的现代乃至后现代意识。

然而，当"新写实小说"用现实主义和现代主义的双重面孔表达现代人的生存本相，实现小说叙事新突破的时候，其在精神建构上也出现了重要的缺失。最明显地表现在作家们将"世俗""日常生活"放置于作品的中心位置时，大量的"新写实小说"作品拥抱起俗世生活的快乐，并从整体精神气象上，显示出面对生活困顿的温情感。到了 20 世纪 90 年代，这种俗世的快乐愈演愈烈。比如，池莉的《小姐你早》（1998 年）。小说的主要人物戚润物作为大学教授，可谓事业有成，但她的生活只有科研和教学，不仅完全将丰富多彩的生活方式拒之于身外，还要忍受丈夫的婚外情。故事的进展在一阵祥和、温暖，充满着乐趣的反击下展开。戚润物先是遇到了曾经受过男人欺骗的李开玲并产生了惺惺相惜感，从而两人决定联手报复戚的丈夫。更关键的是，戚润物因为遇到了李开玲而有了接触不同的生活方式及改变思想观念的机会，为其后来良好的生活状态打下了基础。最终，在李开玲的开导下，戚润物不仅痛快地"修理"了丈夫，在离婚这件事情上取得了胜利，而且使自己从单调、沉重，乃至迂腐的生活方式中解脱了出来。故事中一个很重要的细节就是戚润物早饭的变化，原来她的早饭简单得只有白水煮饭，现如今已变成了各种营养粥或养颜粥了。从这里，我们可以看到作为知识分子的戚润物在生活方面的巨大改变，而这种改变的力量来自追求日常生活的快乐。在戚与其丈夫及

---

[01] 於可训、方方、童志刚：《文学对话：新现实主义　新现代主义》,《当代文坛报》1990 年第 2、3 合期。

生活进行斗争的过程中，读者看不到什么痛苦，反而充满了反击的快乐，似乎生活始终是处于一种温馨感、轻松感中。这不免与五四以来中国文学树立的知识分子作为启蒙者的形象相去甚远，之前知识分子一直是启蒙者，这里却成为受启蒙者；启蒙的力量也不是来自什么崇高的理想或抱负，而是日常生活的快乐及报复出轨男人的快感。这种快乐也成为一个不需要英雄的时代里的大众情结。当然，从一定意义上讲，这种情结无可厚非，甚至体现了女性一种健康的生存状态。但是，当这种亲近世俗、沉浸于日常生活的温情在作家们的笔下不断地蔓延开来的时候，我们不免看到温情的可怕，因为当作家也像所有大众一样缺乏对现实世界的批判及审视的时候，温情很容易变成浅薄与暧昧的东西，从而使作品缺失穿越现实的力度。因而，我们不禁要问，面对奖金分配不公的印家厚为何要如此压抑自己的愤怒？大学生小林怎么就成了纠缠于鸡毛蒜皮之事的小林？庄建非为何不能追求自己理想的爱情？杨天青和婶子的情爱关系为何沉陷于性欲望的控制中？诸此种种都是"新写实小说"在拥抱日常生活快乐的叙事后给我们留下的空白，或许，更重要的原因是在一个总是面向大众口味的写作时代到来时，我们更应该反思如此写作所隐含的危机。

因而，当我们站在历史的维度再次审视"新写实小说"的文学史价值时，我们发现，对其意义的认定一方面是站在与 20 世纪 80 年代中期推向极致的形式实验的文本进行比较的基础之上的，另一方面是站在与以往长期占据文坛的社会主义现实主义规范进行比较的基础之上的。更确切地说，在 80 年代的文学语境中，"新写实小说"带来的现实主义创作手法的变革，既有别于 80 年代中期形式实验进行的创作手法变革，同时，在对抗社会主义现实主义创作规范上，又与现实主义有了实质性的区别。正如有评论家将"新写实小说"与"先锋小说"进行比较时，认为"新写实小说"是 80 年代文学写作的历史语境中调和的产物："如果不理解 80 年代文学写作的历史前提（历史语境），就无法理解任何文学创新的意义。在文学创新的压力之下，现实主义文学体系既保持着顽强的制度化的拒斥力量，又无法提出与之应战的开放性策略，这就使得 80 年代后期（直至 90 年代）文学所做的一种小小的技术性调整和观念的些微变化，都被视为具有反叛性的革命意义……任何创新都不过是浅尝辄止的试验，却不得不被看成是一次次胆大妄为的背叛，那些细微的变化也就夸张地看成是对经典现实主义的超越。因此，也就不难理解，新写实主义作为一次调和的产物，却同样被认为具有挑战意义。'新写实'中不少作家对一些特殊生存境遇的表现，尤为强调叙述意识和叙述语言，他们是在艺术表现方法的层面上对经典现实主义做出超越。他们的叙述意识，叙述语言与先锋派相去未远。而另一些新写实作家，如刘震云、池莉、方方、范小青、储福金乃是基于对现实的不同处理方式，不同的价值标向就显示了他们的前进。这一切，都是因为置放在经典现实主义语境中来看待，他们才有独特的生存意义。"[01]

有意思的是，在这样的历史观照中，我们再次看待 20 世纪 80 年代末甚至 90 年代中国社会的情态时，历史也向我们展开了观察"新写实小说"的另一个视点。这一视点显然与越来越受普通大众欢迎甚至追捧的平面化、世俗化的生活情态的展示有关。当以"新写实小说"为起点的专注于日常生活的平面化的叙事越来越受到人众喜欢的时候，我们也看到了越来越多的作家对生活中一切藏污纳垢或悲欢离合的坦然接受，这虽使得作品在文学精神上有了某种温情感，但丧失的却正是作家对世界的批判意识和审视的力量。

[01]　陈晓明：《表意的焦虑——历史祛魅与当代文学变革》，中央编译出版社 2001 年版，第 309—310 页。

第十一章 第三代诗歌：

群派林立的喧哗与求新

第一节　宣言与主义：百川争湍式的呈现

正如前文我们在论述"朦胧诗派"时所谈到的，1983 年前后有一股"打倒北岛""北岛 PASS"的思潮在一些更年轻的作家那里酝酿而出，并且迅速在中国文坛上产生了大规模的影响力，这股浪潮便是文学史俗称的"第三代诗歌"，也称为"新生代诗歌"或"后崛起""后新诗潮""实验诗"等。这股浪潮流派林立，没有统一的主义，却又在诗歌的反叛传统性上体现了某些共同的追求。一时间，中国的诗坛上"诗声"群起，人们大声地宣称自己是诗人，这一群体是诗派，直白而又坚决地宣告自己的诗歌主张，吃饭、睡觉、散步等日常生活悉数进入"诗意"的空间，口语化、反讽性、谐谑、戏仿等后现代主义手法纷纷呈现。20 世纪 80 年代中后期的文坛上，中国的现代主义诗歌进入了一个空前热闹的时代。陈仲义曾这样评价那个时代出现的诗派："种种迹象表明，这场当年由'今天'首先发难的现代诗运动到现在的狼烟四起、山头攒动、百川争湍、泥沙俱下是任何人始料未及的，它比'五四'第一个十年还要斑驳庞杂，新诗发展到现在第三阶段所呈现的嬗替、对抗、迁移、突围……杂芜的放纵正是内在机制充分开放的展示，正是新诗生命能量未及饱和前的充分释放。"[01] 用狼烟四起、百川争湍这样的词汇形容当时各个诗派的喧哗之声的确是十分形象的。

这些诗群的集体亮相离不开 1986 年 10 月《深圳青年报》和安徽《诗歌报》推出的"中国诗坛 1986'现代诗群体大展"，这次大展中推出了"朦胧诗"后自称的"诗派"60 余家，而且到了 1989 年，这两家单位再次推出一批"诗派"，也有 60 余家。这样庞大的数据足以呈现当时中国大地上诗的存在数量之大，以及人们对写诗的热情。值得一提的是，1986 年之所以有这次诗群大联展，与当时民间层出不穷的诗歌组织、刊物、诗人群体是密切相关的。正如大联展开始之时，徐敬亚在执笔说明中提到的："1986——在这个被称为'无法拒绝的年代'，全国 2000 多家诗社和十倍百倍于此数字的自谓诗人，以成千上万的诗集、诗报、诗刊与传统实行着断裂，将八十年代中期的新诗推向了弥漫的新空间，也将艺术探索与公众准则的反差推向了一个新的潮头。至 1986 年 7 月，全国已出的非正式打印诗集达 905 种，不定期的打印诗刊 70 种，非正式发行的铅印诗刊和诗报 22 种。其中，以四川'非非主义'为代表的诗歌探索群体，已向体系化、流派化方向发展。1986 年 9 月在兰州召开的'全国诗歌理论讨论会'上，无论是自囿于沉寂原序的中老年批评家，还是呈挑战者姿态的青年理论者，都对纷纭庞大的诗坛现断面，发出了驾驭的困惑。"[02] 更重要的是，这次诗群大联展的进行，不仅仅是因为民间诗歌数量的暴涨，更是他们对诗歌的发展报以坚定的信念和具有重大价值和意义的理想，这是 20 世纪 90 年代以后中国的诗歌再也无法找到的情怀。说明中如此写道："1976—1986，……——恰正是在这十转轮回的时空流程中，'新诗'，领衔主演了民族意识演进的探索先锋。——'中国诗坛 1986'现代诗群体大展'正是基于以上回顾"，"1979—1984 年被称为文学史上'奇观'的'朦胧诗'大论战……但，在这场艺术探索、艺术论争和艺术普及的难得机会中，理论与出版留下了遗憾。——'中国诗坛 1986'现代诗群体大展'正是基于以上反思"，"1984—1986，中国诗歌继续流浪。'朦胧诗'高峰之后的新诗，又在酝酿和已经浮荡起又一次新的艺术诘难。诗毫不犹豫地

---

[01] 陈仲义：《诗的哗变》，鹭江出版社 1994 年版，第 20 页。

[02] 徐敬亚：《中国诗坛 1986"现代诗群体大展"》，《深圳青年报》1986 年 9 月 30 日。

走向民间，走向青年。……要求公众和社会给予庄严认识的人，早已漫山遍野而起。权威们无法通过自省懂得并接受上述事实。诗的位置将由诗与诗人共建"。[01] 从诸如此类的话语中，我们可以看到这些诗群怀抱的诗歌理想与当年"朦胧诗"是何等的相似，他们赋予诗的意义是如此的强劲而又热烈。同样，这样的一次展示实际上也为文学史的叙述提供了基础，为这群诗人在文学史上的定格找到了路径，总体上来看，在这 60 余家诗派中，像"非非主义""整体主义""他们文学社""大学生诗派""新传统主义""莽汉主义""撒娇派"等是有较大的影响力的。

四川的"非非主义"创立于 1986 年的 5 月 4 日，以铅印的方式自行出版了名为《非非》的诗歌交流资料和《非非年鉴》，以及两期

《非非》创刊号
（1986 年版）

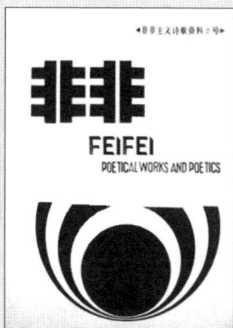

《非非主义诗歌资料 2 号》
（1986 年版）

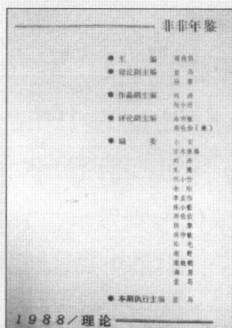

《非非年鉴》
（1988 年版）

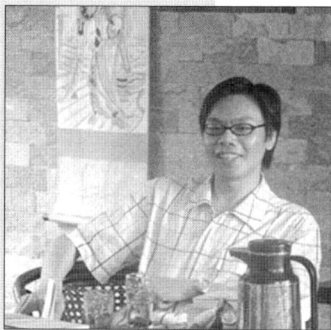

蓝马

《非非评论》，他们在诗歌上的理论主张及实践创作影响力较大。在这一群体中有周伦佑、蓝马、杨黎、敬晓东、刘涛、何小竹、尚仲敏、李亚伟、小安等人。他们对于"非非"有较明确的解释，主张"创造还原"，并且对既有文化、习惯、价值、语言等进行拆解。比如，周伦佑、蓝马执笔的《非非主义宣言（1986）》中倡导"感觉还原""意识还原""语言还原"，他们"坚持对语言施以三度程序的非非处理"，即"非两值定向化的处置""非抽象化的处置""非确定化"。而且，"要言之，我们的批评指向一切非创造因素的清除与否或者程

---

[01] 徐敬亚：《中国诗坛 1986"现代诗群体大展"》，《深圳青年报》，1986 年 9 月 30 日。

度怎样"[01]。所以，对于他们来讲，带着语言进入一个非文化束缚的自由世界才是诗歌的追求："一种新的觉悟降临。我们自己带着自己，把立足点插进了前文化的世界。那是一个非文化的世界，它比文化更丰厚更辽阔更远大；充满了创化之可能。它过去诞生过文化，它现在和将来还将层出不穷地诞生出更新文化更更新文化！我们的批评崇尚对这个世界的自由出入。"[02] 因此，诗歌的语言回归到对生活最初的感受成为这些诗人的一种追求，比如，杨黎的《冷风景》（1986 年）以口语讲述般的方式"叙述"了风景。

《中国现代主义诗群大观：
1986—1988》（1988 年版）

杨黎

> 这会儿是冬天
>
> 正在飘雪
>
> 这条街很长
>
> 街两边整整齐齐地栽着
>
> 法国梧桐
>
> （夏天的时候
>
> 梧桐树叶将整条整条街
>
> 全部遮了）
>
> 这会儿是冬天
>
> 梧桐树叶
>
> 早就掉了
>
> 街口是一块较大的空地
>
> 除了两个垃圾箱外
>
> 什么也没有

---

[01]　周伦佑、蓝马执笔：《非非主义宣言（1986）》，徐敬亚等编：《中国现代主义诗群大观1986—1988》，同济大学出版社 1988 年版，第 33—35 页。

[02]　周伦佑、蓝马执笔：《非非主义宣言（1986）》，徐敬亚等编：《中国现代主义诗群大观1986—1988》，同济大学出版社 1988 年版，第 35 页。

在诗歌的开篇，作者"叙述"了冬天飘雪的街道，先是时间，然后是场景；写梧桐时，从站立的姿势写到叶子，甚至讲到了夏天的模样，整个风景便在笔端以画面的方式展现出来，而这个画面充满了日常性。诗歌的结尾则再次展示了街的模样：

> 这是一条很长很长的街
>
> 两边所有的房子
>
> 都死死地关着
>
> 这是一条很静很静的街
>
> 天全亮后
>
> 这条街又恢复了夜晚的样子
>
> 天全亮之后
>
> 这条街上宁静看到清楚
>
> 这时候
>
> 有一个人
>
> 从街口走来 [01]

诸如"这是""这条街""这时候"等话语，再次体现了诗人"叙述"式的语调，而这种语调中展示出来的风景无疑充满了冷静、客观的色彩，还原出世界上人与人存在的秩序或方式。

"他们文学社"是南京一群青年诗人于 1984 年冬天创办的，成

《他们》（第一辑）
（1985 年版）

《他们》（1989 年版）

《他们——〈他们〉十年诗歌精选》（1998 年版）

---

[01] 杨黎：《冷风景》，《非非》1986 年卷。

于坚 韩东

员主要有于坚、韩东、陆忆敏、朱文、朱朱等，"他们"中的许多人，在 20 世纪 90 年代以后转向小说的创作，成为"新生代小说"的代表作家。这一诗派出版了名为《他们》的民办刊物，到 1995 年停止出版，共有 9 期。他们最鲜明的诗歌主张是"回到诗歌本身""回到个人"，甚至追求诗的语言的"口语化"。在韩东执笔的《艺术自释》中，他们如此阐释诗歌的观念："我们关心的是诗歌本身，是诗歌成其为诗歌，是这种由语言和语言的运动所产生美感的生命形式。我们关心的是作为个人深入到这个世界中去的感受、体会和经验，是流淌在他（诗人）血液中的命运的力量。我们是在完全无依靠的情况下面对世界和诗歌的，虽然在我们的身上投射着各种各样观念的光辉。但是我们不想、也不可能用这些观念去代替我们和世界（包括诗歌）的关系。"[01] 这样，他们在语言与生命体验之间力图建立一条直接呈现的通道，让世界本身就存在于语言的表面，作为写作者对世界的感受。像前文提到的韩东的《有关大雁塔》（1983 年）正是力图展示出语言和事物本身的最纯粹、最直接的联系，以一种满不在乎的姿态，消解了关于大雁塔的种种英雄传奇之类的判断，以此让事物达到"现象"的还原。比如于坚的诗歌《那时我正骑车回家》（1986 年）将诗的情景定格为"我"骑车回家时，遇到秋天的一场大风，秋风吹乱了大街上的人和东西，吹得"我"和沙粒一起滚动，吹落了树叶：

> 有人揉了揉眼睛
> 说是秋天来了
> 我偶尔听到此话
> 就看见满目秋天
> 刚才我正骑车回家

---

[01] 韩东：《艺术自释》，徐敬亚等编：《中国现代主义诗群大观 1986—1988》，同济大学出版社 1988 年版，第 52 页。

> 刚才我正骑车过明晃晃的大路
>
> 只是一瞬　树叶就落满了路面
>
> 只是一瞬　我已进入秋天 [01]

秋天的到来存在于"我"感受到风的那瞬间，而这种感受早已经没有了传统意义上悲秋的伤感，仅仅是一个秋天到来的事实而已。

瞿永明、于坚、韩东（从左至右）

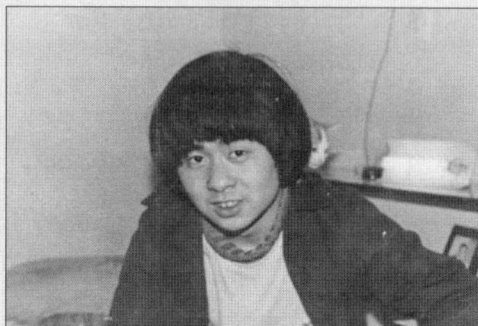

京不特

"撒娇派"和"莽汉主义"则以展示自己对世界的心理结构为出发点，表达诗人对世界充满原始感或情绪化的感受。"撒娇派"的主要成员有京不特、锈容、胖山、撒撒等，他们在《撒娇宣言》中声称："活在这个世界上，就常常看不惯。看不惯就愤怒，愤怒得死去活来就碰壁。头破血流，想想别的办法。光愤怒不行。想超脱又舍不得世界。我们就撒娇。"[02] 四川的"莽汉主义"，主要成员有李亚伟、万夏、马松、胡冬等，他们以壮汉的形象，对世界发出玩世不恭的声音，他们在《莽汉主义宣言》中宣称："捣乱、破坏以至炸毁封闭式或假开放的文化心理结构"，"莽汉们老早就不喜欢那

锈容（左）、软发（中）

---

[01]　于坚：《那时我正骑车回家》，《于坚的诗》，人民文学出版社 2000 年版，第 184 页。

[02]　京不特执笔：《撒娇宣言》，徐敬亚等编：《中国现代主义诗群大观 1986—1988》，同济大学出版社 1988 年版，第 175 页。

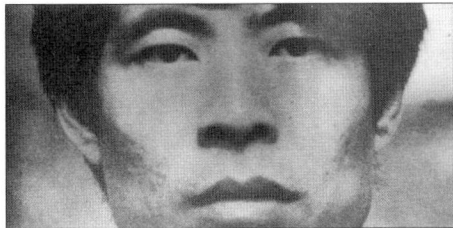

李亚伟

些吹牛诗、软绵绵的口红诗。莽汉们本来就是以最男性的姿态诞生于中国诗坛一片低吟浅唱的时刻"，"莽汉们将以男性极其坦然的眼光对现实生活进行大大咧咧地最为直接地楔入"。[01] 他们就是要让诗歌抛弃所谓的风雅，回归最初的野性。其中李亚伟的《中文系》（1984 年）是当时影响较大的诗作。此诗有意识地将中文系作为一个普通的存在对象来书写，消解了我们习惯赋予中文系诗意、优雅等概念，而将其书写为一群人的吃喝拉撒，其中还用亚伟、胡玉、敖歌、万夏等人的日常起居来告知中文系的存在状态。比如：

万夏每天起床后的问题是
继续吃饭还是永远
不再吃了
和女朋友卖完旧衣服后
脑袋常吱吱地发出喝酒信号[02]

中文系不仅存在于人们庸俗的日常生活中，而且被诗人用嘲讽的语调，讽刺了其对庸俗的趋向性选择：

中文系就这样流着
老师命令学生思想自由命令学生
在大小集会上不得胡说八道
二十二条军规规定教授要鼓励学生
创新成果
不得污染期终卷面
中文系也学外国文学

---

[01] 李亚伟执笔：《莽汉主义宣言》，徐敬亚等编：《中国现代主义诗群大观 1986—1988》，同济大学出版社 1988 年版，第 95 页。

[02] 李亚伟：《中文系》，徐敬亚等编：《中国现代主义诗群大观：1986—1988》，同济大学出版社 1988 年版，第 102 页。

着重学鲍狄埃学高尔基，有晚上

厕所里奔出一神色慌张的讲师

他大声喊：同学们！

快撤，里面有现代派

中文系就是这样流着

像亚伟撒在干土上的小便的波涛

随毕业时的被盖卷一叠叠地远去啦 [01]

　　这样一首对中文系的调侃之诗，让粗俗、庸常取代了大学中文系的优雅、美妙及诗情画意的想象，甚至将中文系与小便联系在一起，在充满随意性的口语化的诗句中，酣畅淋漓地表达了对世界的调侃。

　　"整体主义"和"新传统主义"在诗歌方向上与以上提到的实行文化反叛的"非非主义""莽汉主义"有所不同，他们追求新的现代"神话"，追求史诗感。"整体主义"主要代表人物有石光华、杨远宏、刘太亨、张渝、宋渠、宋炜等，他们发出的艺术宣言是："艺术的永恒与崇高在于它不断地将人的存在还原为一种纯粹的状态。无论这种状态是生命自身的回忆，还是对于无限的可能性那种深刻的梦想，都将人投入了智慧的极限，即情感的、思辨的、感觉的，甚至黑暗河流底部潜意识的等各种灵性形式聚合成的透明的意识，这种状态同时又显示为既无限孤独又无限开放、既内在于心灵又外在于心灵的生命体验" [02]，"整体主义艺术不排斥任何形式和方法的艺术向度，它只是要求任何艺术实在结构都应该从经验的、思想的、语义的世界内部，指向非表现的生命的领悟——深邃而空灵的存在。" [03] 比如，石光华的《梅花三弄》（1986 年），多处运用竹、山、松、柴扉、鹤影、琶音等古典意象，营造一种古诗之风，与追求诗歌语言口语化的写作形成了鲜明的对比，不过，虽然他用古典意象或古代传奇、神话，但诗意大多艰涩或复杂，大大区别于古典诗歌的典雅与细腻。"新传统主义"

[01]　李亚伟：《中文系》，徐敬亚等编：《中国现代主义诗群大观：1986—1988》，同济大学出版社 1988 年版，第 103 页。

[02]　宋渠《整体主义（四川）·艺术自释》，徐敬亚等编：《中国现代主义诗群大观 1986—1988》，同济大学出版社 1988 年版，第 130 页。

[03]　宋渠《整体主义（四川）·艺术自释》，徐敬亚等编：《中国现代主义诗群大观 1986—1988》，同济大学出版社 1988 年版，第 131 页。

以廖亦武为主要代表，他们注重传统的继承，极力在诗歌中追求历史感和民族感。其艺术自释里面就讲道："我们公认的传统是文明古国的大宗遗产"[01]，"我们否定旧传统和现代'辫子军'强加给我们的一切，我们反对把艺术感情导向任何宗教和伦理，我们反对阉割诗歌"，"作为艺术的创造者——诗人，无论是现实的苦难，自我的亵渎，带泪的嚎叫或无可奈何的嘲讽，还是对生命的讴歌，对死亡的挑战，对冒险精神的肯定或对本民族素质的大胆怀疑与剖析，他的人生经验，他的矛盾交织的肉体就应该是一部独特的艺术史，一个特殊的传统。因为他在揭示自己的同时，揭示了时代的共同困惑与必然归宿"，"从某种意义上，新传统主义诗人与探险者、偏执狂、醉酒汉、臆想病人、现代寓言制造家共命运。他们生活在世俗中，却独自向想象的荒野走，烈日炙烧着他们肚皮上旧的胎记"[02]。比如，廖亦武的《歌谣》（1989年）通过长江中流动的水、江岸的天险，以及种种历史印迹，在历史跨越中展示水夫弄浪的歌谣，以及他们主宰自然的力量和权力。整首诗意象奇特，诗情宏阔，展示一种人与自然的力量感。

　　除了以上诗派，还有海上诗群、圆明园诗群、星期五诗群、极端主义、地平线诗歌实验小组等，诗人们或以地区聚集，或以某一共同的诗歌理念聚集，或因一本民间诗刊聚集，在20世纪80年代末中国的诗坛上，彰显着特立独行的身影。他们常常在喝酒聚会中完成诗的写作和交流。此外，还有一批女性诗人，如翟永明、伊蕾、唐亚平等，以充满直观感的语言，展示作为女性的独特体验，开启了一股新的女性诗歌创作浪潮，本书将单列一章进行阐述。

　　总体上看，这一热闹场面来自年轻诗人们的诗情喷发，来自自行创办的各个诗歌交流刊物，直到《关东文学》1988年的第4期，才给了这些诗人一个在正式刊物上展示的机会，并将这一期命名为《中国第三代诗》。1988年，在徐敬亚、孟浪等人编的《中国现代主义诗群大观1986—1988》一书中，"第三代诗"也有了一次集中的展示，从作品集结中我们可以看到，诗派们基本采取自己内部交流的诗歌资

[01]　廖亦武：《新传统主义（四川）·艺术自释》，徐敬亚等编：《中国现代主义诗群大观1986—1988》，同济大学出版社1988年版，第144页。

[02]　廖亦武：《新传统主义（四川）·艺术自释》，徐敬亚等编：《中国现代主义诗群大观1986—1988》，同济大学出版社1988年版，第145页。

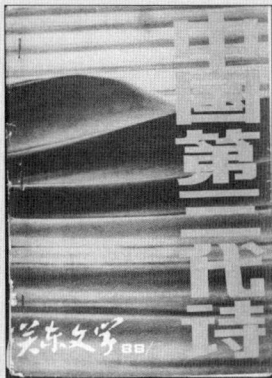

《关东文学》第三代诗
专号（1988 年版）

料的形式，用铅印，或电脑打印。比如，"他们文学社"的刊物是《他们》，第 1、2 期是铅印，第 3 期是电脑打印；"撒娇派"的刊物是铅印的《撒娇》和《蹩脚诗》等。这些刊物或内部交流资料，全部都是非正式出版的民间刊物，这种现象说明当时不仅诗派众多，也体现了诗人一种有意识地游离于主流的创作姿态。对于这些诗人而言，探索、创新、突破、超越等是他们的追求，而在这种追求中，也不乏有种语不惊人死不休的激动和浮躁情绪，呈现出一种集体狂欢的态势。一定程度上，诗人们对创新的追求及对以往诗歌的反叛就是 20 世纪 70 年代末期开始走向文坛的《今天》诗人的精神的延续，尽管这批诗人是以反对"朦胧诗派"的诗歌主张而出场的。有评论家就曾经比较过《他们》和《今天》的创刊号，发现了很多相似性："其实，民刊的兴起本身就是直接受朦胧诗影响的结果。《他们》的负责人韩东大学期间就曾经因为传阅《今天》被隔离审查，差点儿被学校开除。如果仔细比较一下《他们》和《今天》创刊号，就会发现它们存在很大的相似性。在栏目设置上，两刊都是既包括小说又包括诗歌，而且都是小说在前，诗歌在后。甚至在诗人的排序上，韩东和北岛都排在第四位，需要说明的是韩东是《他们》的实际主编，该刊标明的主编付立是虚拟的，并不存在。在刊物的命名问题上，韩东一方面强调是直觉上的喜欢，另一方面又强调受美国女作家奥茨的同名小说的影响。但是仔细阅读一下《今天》创刊号的卷首语《致读者》，就会发现其中反复出现十多次的'我们'和韩东的'他们'似乎有某种内在的呼应。种种迹象表明《他们》深受《今天》的影响。"[01]

实际上，1986 年《深圳青年报》和《青年报》以大联展的方式，给这批诗人一个集体化的亮相，体现了他们急于进入历史、急于找到自己位置的渴望。而这种进入或确立是以消除影响的焦虑和反叛为行为中心的，第三代诗人代表尚仲敏就曾说过："我们对他们感激不尽，

---

[01] 李建周：《第三代诗歌的认同焦虑——以"1986'现代诗群体大展"为中心》，《文艺争鸣》2009 年第 8 期。

并充满了无限的敬仰，但重复和仿制他们，整天在他们的光芒和阴影下疲于奔命，这对他们正是最大的不恭，对自己则是一种衰退和堕落。对一个伟大天才的回敬，最好的办法只能是，使自己也成为伟大。"[01] 这种渴望与"朦胧诗派"在精神上具有很大的相通性，不过，第三代诗歌在诗歌中追求平民化的表达意旨，而"朦胧诗派"更看重英雄式的担当。

《磁场与魔方》(1993 年版)

---

[01] 尚仲敏：《反对现代派》，谢冕、唐晓渡主编：《磁场与魔方》，北京师范大学出版社 1993 年版，第 232 页。

第二节　口语化与"此在"感：
　　　　语言方式变革下的诗学追求

　　无论是诗派的宣言还是诗人们的实践，"第三代诗歌"首先在语言上给人以巨大的冲击，它们的口语化、反讽性、语义的直观感、形式多样的排列方式，无不体现出一种新的实验姿态。其中，不加修饰的口语的进入，无疑是对以往诗歌追求含蓄、意象深远的美学原则的最显著反叛。像非非主义、他们文学派、莽汉主义、大学生诗派等诗派都特别注重诗歌的口语化和去抒情性。上文我们所举的《旅途之一》《我正骑车回家》《中文系》就是在一些口语甚至是粗俗的俚语中展示诗意。比如尚仲敏的《关于大学生诗报的出版及其他》（1985 年）就是典型代表，我们从中可以看到这样一种诗歌语言，完全改变了我们传统意义上的诗的含蓄性和抒情性。诗中写道：

　　　　关于这份报纸的出版说来话长
　　　　得追溯到某年某月某个夜晚
　　　　某个时刻
　　　　我们喝了几杯黑咖啡
　　　　走到老地方感到气氛很庄严
　　　　有个家伙扯起嗓门叫了几声

周围的人好像全都死光了
于是我们开始写诗 [01]

　　诗人将《大学生诗报》的出版这一事件作为诗的题材本身，将读者带入了一个讲述故事的情境中，接着诗歌的开篇道出的关于诗报出场的事件，使整个诗歌笼罩在一种叙事的节奏中，而且这一出场没有诗意，也不是惊天动地的壮举，只是某年某月某个夜晚某个时刻的一个行为而已。对于写诗的过程和诗作出版过程的描述，更充满了叙事性，同时这样的叙事完全消解了诗的雅致、浪漫及庄重等特征，充满了随意性、反讽性：

有关领导正坐在里面喝茶
一杯一杯又一杯地喝……
茶
我们恨不得让他把我们也喝下去把
我们
也喝下去吧
只要他的牙缝里能吐出一个支持我们的句子
整整一个上午
他喝了 4 斤茶水
同时我们给他投射了 20 支高级香烟
和 80 粒上海糖果
（全是从我们紧巴巴的助学金里抠出来的）
结果呢
他劝我们回去好好读书
（他妈的还我的烟还我糖果！）[02]

　　作者通过诗的形式展示出了一个完整的场景和故事，这与追求诗

---

[01]　尚仲敏：《关于大学生诗报的出版及其他》，徐敬亚等编：《中国现代主义诗群大观：1986—1988》，同济大学出版社 1988 年版，第 188 页。

[02]　尚仲敏：《关于大学生诗报的出版及其他》，徐敬亚等编：《中国现代主义诗群大观：1986—1988》，同济大学出版社 1988 年版，第 188—189 页。

的含蓄性的原则完全背道而驰，作者甚至通过增加"（　）"的句式的方式，来补充这样一种场景，仿佛不用括号中的这些句子不足以表达自己的感受，也不足以完整叙述最后的故事情节，最后，《诗报》终于在市长的指示下得以出版：

> 我们一下子头脑发热互相抡了几个拳头
> 发了狠心去找市长先生
> 我们拍拍市长的肩膀如此这般微笑了一番
> 又说了几句忧国忧民慷慨激昂的话
> 市长先生有如下批示
> 大学生诗报旨在繁荣吾党吾国文化
> 望予以
> 出版为荷
> （市长爷爷万岁）[01]

　　从整首诗的语言排列方式及诗意来看，这更像是通过一系列的口语讲述了一个事件或故事。这应该就是第三代诗人们力图回归语言和事件本体创作目的，而语言在这里也仅仅是事件表述的载体及主体，已经不再承载诗意的深刻内涵，甚至可以说，诗人有意识地消解了诗意的深刻性，而将诗意的内涵指向物品本身所代表的意义，并呈现出了叙事性特征。这在欧阳江河的《手枪》（1985 年）、于坚的《尚义街六号》（1986年）、杨黎的《在撒哈拉沙漠中的三张纸牌》（1988 年）等诗中表现得特别明显。《手枪》中诗人对"手"与"枪"两字玩起了文字游戏，并最终在对"手枪"这词语的拆解中，谈到了黑手党之类的关联，以表明此物的存在感。《尚义街六号》中诗人描述的是法国式的黄房子、晾在二楼的裤子、厕所外的长队、人抽烟的姿势等，完全就是一个日常

欧阳江河（肖全 摄）

---

[01]　尚仲敏：《关于大学生诗报的出版及其他》，徐敬亚等编：《中国现代主义诗群大观：1986—1988》，同济大学出版社 1988 年版，第 189 页。

生活的场景。《在撒哈拉沙漠中的三张纸牌》反反复复地描述着沙漠上的三张纸牌，一张是红桃 K，两张反扣着，看不出是什么。在距离上，一张近点，一张远点，一张不远不近，诗又描述了纸牌在阳光下的反射。在诗中，纸牌不断地被描述为一种客观存在的物态，甚至在显得有点絮叨的诗句中，作者极力地消除着事物的隐含意味。

伴随着诗的口语化和俚俗语言所呈现的是诗人极力追求感觉的平面化，拒绝象征、引喻之类的诗意表达，甚至通过叙事化的语言来展示场景或某个事物的存在感，将物或者诗人的感觉进行最直观的呈现，以此接近事物的本质。从诗的意象上来看，日常生活便成为诗中的常用意象，这恰与"朦胧诗"所追求的诗的意象的抽象感形成鲜明的对比。在有些诗歌中，第三代诗人有意识地对朦胧诗派的意象进行戏仿，以展示他们在诗歌表达上的去深度化的特征。比如，韩东的《有关大雁塔》（1983 年）便是对杨炼的《大雁塔》（1981 年）的戏仿，在韩东的诗作中，大雁塔只是一个普通的物，而那些上去又下来的人们，也只是进行了一个上去又下来的动作而已，并不抱以神圣的使命或崇高的内涵。又如，韩东的《你见过大海》（1985 年）是对舒婷的《致大海》（1973 年）的戏仿。在舒婷的诗中，大海是变幻的生活的象征，生活就是汹涌海洋的象征，面对着大海，诗人感慨着岁月的风雨和沧桑，树立了面对未来的勇气。相反，韩东在诗中则消解了以往赋予大海的各种想象和象征内涵：

你见过大海

你想象过

大海

你想象过大海

然后见到它

就是这样

你见过了大海

并想象过它

可你不是

一个水手

就是这样

你想象过大海

你见过大海

也许你还喜欢大海

顶多是这样

你见过大海

你也想象过大海

你不情愿

让海水给淹死

就是这样

人人都这样 [01]

《中国当代实验诗选》
（1987 年版）

　　这样，诗人在一种大白话式的语言中坦言着你想象过大海，仅此而已。实际上，诗人消解的不仅仅是舒婷诗作对大海的象征，也消解着人们一直以来赋予大海的象征内涵，而导向一种真正的个体体验的维度，强调着我们面对着的大海才是真实的大海，而不是那些摸不着的象征意义。韩东曾经说过："写诗似乎不单单是技巧和心智的活动，它和诗人的整个生命有关。因此，'诗到语言为止'中的'语言'并不是指某种与诗人无关的语法、单词和行文特点。真正好的诗歌就是内心世界与语言的高度合一。"[02] 以此看来，诗的语言变革的真正原因在于诗人表达了一种他们所感知的世界，而且，这个世界要求用最直观、最直接的方式呈现。

　　这样的呈现也直接表达了第三代诗人充满青春期荷尔蒙式的反传统、反文化、反崇高的精神气质。如《有关大雁塔》的日常式话语表述背后包含着反抗大雁塔背后的文化指涉，把参观大雁塔还原为观赏四周风景的一个过程，以此达到对历史的拒绝，并强调当下、此刻感受的真实性和重要性。那么，对第三代诗人而言，究竟是什么推动着他们对传统、对文化、对历史的拒绝呢？韩东自己也对其做了理论上的阐释，他说："当我们摆脱了卓越的政治动物和神秘的文化动物两

---

[01]　韩东：《你见过大海》，唐晓渡、王家新编选：《中国当代实验诗选》，春风文艺出版社 1987 年版，第 208 页。

[02]　韩东：《作者的话》，唐晓渡、王家新编选：《中国当代实验诗选》，春风文艺出版社 1987 年版，第 203 页。

个角色之后，我们就来到了艺术创造的前沿。这里还有另一个陷阱，这就是深刻的历史动物。……人对历史认识永远是有偏见的，而诗歌却无所谓偏见。它不被这一尺度衡量。所以在诗歌中我们应该提倡的不是历史，恰恰是非历史的观点。"[01] 他还强调："诗歌是在具体的时空中形成的，这一点只说明诗歌的可能性，而诗歌成其为诗歌则一定是超越历史的。没有人就没有诗歌，但有了人也不一定非有诗歌不可。……诗人不是作为某个历史时刻的人而存在着，他是上帝或神的使者。至少作为诗人时他这样。他和大地的联系不是横方向的，而是纵的，自上而下，由天堂到人间到地狱，然后返回。他作为历史动物只是一个借口、一种伪装，写作时历史的内容是一个假设的目的。他的障碍是肉体的障碍，因为他食人间烟火。但他的真实目的是非肉体的，肉体在这里仅仅是出发的地方，但他不返回。在历史中，他的一切行为都在为自己的肉体辩护。但现在，他不再为自己辩护，或者说这种辩护是可有可无的了。"[02] 以此可见，诗人要拒绝政治、文化乃至历史控制的根本原因在于"去伪装"，在于跨越一切障碍回到肉体，而肉体本身又成为要跨越的障碍，跨越的方式就是不再为自己辩护。在我看来，这种不为自己辩护的根本目的在于让生命、让事物有一种最自然的呈现。在韩东的阐释中这种借助重重的否定来表明诗歌的表达意旨的方式，与非非主义的"非非"原则倒有了异曲同工之妙。

可见，在第三代诗人这里，用诗歌来表达生命存在的一种"此在感"或"此在"意识是十分鲜明的。正如于坚的《在旅途中不要错过机会》（1987年）所写的：

> 假如你路过一片树林
> 你要去林子里躺上一阵 望望天空
> 假如你碰到一个生人
> 你要找个借口 问问路 和他聊聊 [03]

---

[01]　韩东：《三个世俗角色之后》，谢冕、唐晓渡主编：《磁场与魔方——新潮诗论卷》，北京师范大学出版社1993年版，第205—206页。

[02]　韩东：《三个世俗角色之后》，谢冕、唐晓渡主编：《磁场与魔方——新潮诗论卷》，北京师范大学出版社1993年版，第206—207页。

[03]　于坚：《在旅途中不要错过机会》，《于坚的诗》，人民文学出版社2000年版，第34页。

在诗人看来，每一个生命的存在瞬间都是真实又可靠的，人只有抓住每一个可供感觉的瞬间才能够体味到生命的过程，在旅途中，我们要把握住任何认识风景的机会，而不是匆忙地赶往所谓的风景目的地。

因此，从口语化语言的介入到反文化、反传统的精神建构，第三代诗歌在诗意的表达上接近胡赛尔的现象还原，也有点类似德里达的解构主义。这也使得众多评论家从后现代主义理论的角度阐释后现代主义诗歌。比如有评论家认为："而在中国，一种带有后现代倾向的新文化和新情感同样也在四处弥漫。近一个时期以来，一些后现代批评家们开始注意到中国实验文学的后现代因素，但不无遗憾的是，第三代诗歌的后现代倾向，却始终未在后现代权力话语中占据应有的位置。"[01] 有评论家则以从第三代诗歌中体现出的对传统文体的解构为切入点，分析诗中体现出来的叙述体、戏仿体、超文本的文体特征，将其称为"无体裁写作"，并认为："受西方后现代主义文学的影响而产生的'无体裁写作'，对诗歌的发展既有积极的意义，也有负面的作用。所谓积极的意义，是指它给人们提出了一种新的诗歌观念和新的写作模式，给读者提供了一种新的文本样式，提供了一种新的阅读、理解方式；所谓负面的作用，是指'无体裁写作'对本来就已散文化的诗歌来说无疑是雪上加霜，诗歌离其本来面目愈来愈远。"[02] 也有评论家如此论述他们的反叛与解构策略："他们在文化观念上扯起了反叛的大旗，在价值观上有着主体意识觉醒的期待，而在行为举止上也有着美国社会 20 世纪 60 年代嬉皮士们的风格。而在诗歌创作上，他们又是现代主义乃至后现代主义解构精神的典范，放逐诗歌的抒情本质，以口语化和叙事的方式来参与解构性的创作实践，这些都成为'第三代'诗人在 80 年代思想解放潮流中所体验的现实，而且这种状态与先锋诗歌的反叛精神也是一种有效的互动。"[03] 从这些评论中，我们可以看到无论是担忧其后现代主义特征影响了诗的发展，还是强调解构精神代表的"先锋性"，他们都肯定了第三代诗歌中体

[01]   孙基林：《中国第三代诗歌后现代倾向的观察》，《文史哲》1994 年第 2 期。

[02]   吕周聚：《"无体裁写作"与文体狂欢——论第三代诗歌文体的解构与建构》，《首都师范大学学报》2005 年第 1 期。

[03]   刘波：《"第三代"诗歌研究》，河北大学出版社 2012 年版，第 120—121 页。

现出的不同于甚至反叛传统诗歌的美学特征，这些美学特征彰显了一代年轻诗人对现有诗坛格局进行突围的勇气和策略。

当然，我们也不得不看到，这与 20 世纪 80 年代中后期整个中国文坛闪耀的反叛精神紧密相关。比如，在美术界，"八五美术运动"中，一大批年轻的新潮画家，以对传统绘画的叛逆为自己开辟前卫的实验区。在小说创作中，马原、余华、苏童、格非等年轻小说家们积极地投入制造小说艺术创作中的"先锋性"的进程中。所以，作为一次大规模的展示，第三代诗歌的出现可谓正好找到了一个自由精神高昂的时代，他们代表的诗歌精神，也正是一代年轻人追求自由的生命传达的方式。从这一点来看，不管第三代诗人是否真正促进了诗歌的发展，他们的出现本身就代表了一种精神，这种精神无疑是值得肯定的。

第三节　异质之音及诗的退潮

　　如果根据现有文学史的普遍看法，将"朦胧诗"之后 1986 年左右出现的这批诗歌浪潮称为"第三代诗歌"的话，那么，我们不得不补充说明的是，当时除了以上我们所谈及的诗派及诗的美学主张之外，还有如海子、骆一禾等诗学追求与他们不尽相同的诗歌。有评论家就曾说过："在'新生代'的反理想、反崇高卷起的浪潮一浪高过一浪之际，以海子、骆一禾为代表的一些年轻诗人，却不愿像弩马那样在诗坛上横冲直撞，也不愿不问青红皂白地捣毁一切偶像。他们想为'新生代'的诗寻找一个可以寄托自己理想的家园……他们在为他

骆一禾

海子

们这一代的诗和诗友们寻找一块麦加似的圣地。"[01]

如果与前面提到的第三代诗歌的口语化、感觉的平面化等特征相对照，海子的诗中表现得最明显的是厚重的生命意识，对传统诗学的延承，对精神神圣性的追求。比如，其诗作《亚洲铜》（1985 年）以硬朗、古朴的青铜意象，寻找着祖先和人类生生不息的生命谱系和血脉，诗的开篇写道：

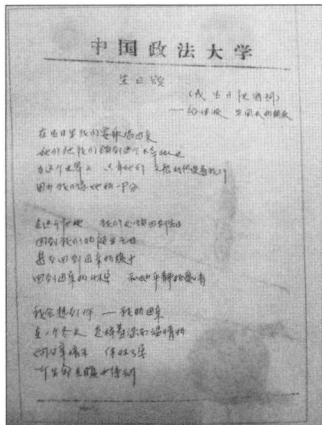

海子手稿

> 亚洲铜，亚洲铜
>
> 祖父死在这里，父亲死在这里，我也将死在这里
>
> 你是唯一的一块埋人的地方 [02]

这里，通过祖父、父亲和"我"的死亡将生命进行串联，并突出亚洲铜的历史性，而一个"埋"字，将生命与大地相联，展示了生命的沉重感。海子曾在其诗学论文《寻找对实体的接触》中提出："诗，说到底，就是寻找对实体的接触。这种对实体的意识和感觉，是史诗的最基本特质。……我希望能找到对土地和河流——这些巨大物质实体的触摸方式。"[03]并且认为："诗应是一种主体和实体间面对面的解体和重新诞生。……其实，实体就是主体，是谓语诞生前的主体状态，是主体的沉默的核心。……实体永远只是被表达，不能被创造。它是真正的诗的基石。"[04]如果依此解释，《亚洲铜》中的实体便是承载了文化隐喻的物象，这一物象连接的是几千年的历史

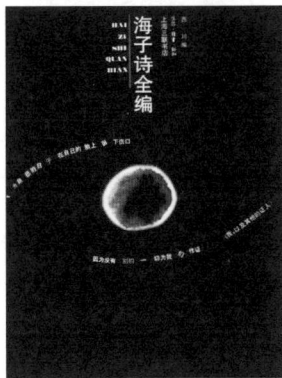

《海子诗全编》（1997 年版）

[01]　山城客：《"新生代"（"第三代"）诗歌的评说——"新潮诗"论之一》，《文艺理论与批评》1996 年第 2 期。

[02]　海子：《亚洲铜》，《海子的诗》，人民文学出版社 1995 年版，第 1 页。

[03]　海子：《寻找对实体的接触》（《河流》原序），西川编：《海子诗全编》，上海三联书店1997 年版，第 869 页。

[04]　海子：《寻找对实体的接触》（《河流》原序），西川编：《海子诗全编》，上海三联书店1997 年版，第 869—890 页。

厚重感，因此创造了一种史诗般的感觉。

海子的诗作到了后期更重视对抽象的元素的描述，他从古希伯来、古希腊、古印度、古埃及等几大文明中去寻找生命存在的本源。比如，《太阳·土地篇》（1987 年）中"土"和"火"的精神内涵成为贯穿全诗的核心元素。"土"与"火"这样的元素显然充满了抽象性、象征性和凝练性。正如骆一禾曾论述的："他在《土地》里完成了一个大型的象征体系：由生动的灵兽和诗歌神谱组成。他引入了繁富的美和幻象的巨大想象力，从而形成了他对诗歌疆域的扩展，他挑战性地向包括我在内的人们表明，诗歌绝不是只有新诗七十年来的那个样子。"[01] 实际上，海子在火与水的书写背后，包含着对四季轮回的探索和思考，他借用自然界的话语来完成诗对生命语言的建构。比如，他曾经说过："在我看来，四季就是火在土中生存、呼吸、血液循环、生殖化为灰烬和再生的节奏。我用了许多自然界的生命来描绘（模仿和象征）他们的冲突，对话与和解。这些生命之兽构成四季循环，土火争斗的血液字母和词汇———一句话，语言和诗中的元素。"[02] 用四季轮回来对应世间万物的演变和生长，充满了哲思的意味和追求精神的纯净性的渴望，甚至有了一种宗教般的气质。最终，海子也在对生命存在意义的探寻中，于 1989 年在山海关卧轨自杀，他用现实生命的死亡诠释了自我的"存在"。海子在那首《祖国（或以梦为马）》（1987 年）中将自己化身为太阳，成为他自己最好的形象代言：

《骆一禾诗全编》（1997 年版）

> 太阳是我的名字
> 太阳是我的一生
> 太阳的山顶埋葬 诗歌的尸体———千年王国和我
> 骑着五千年凤凰和名字叫"马"的龙———我必将失败

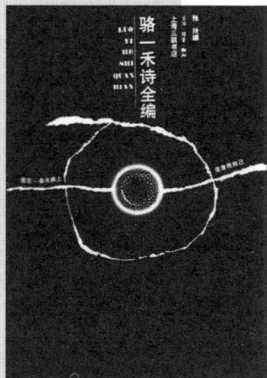

---

[01]　骆一禾：《"我考虑真正的史诗"——海子〈土地〉代序》，张玞编：《骆一禾诗全编》，上海三联书店 1997 年版，第 866 页。

[02]　海子：《诗学：一份提纲》，西川编：《海子诗全编》，上海三联书店 1997 年版，第 889 页。

但诗歌本身以太阳必将胜利 [01]

而他在写于 1989 年 3 月 14 日凌晨 3 时至 4 时的《春天，十个海子》里向死神发出的呼唤，成为他自杀前内心最真实的绝唱：

在春天，野蛮而悲伤的海子

就剩下这一个，最后一个

这是一个黑夜的孩子，沉浸于天空，倾心死亡

不能自拔，热爱着空虚而寒冷的乡村 [02]

骆一禾与好友西川、海子一直被称为"北大三大才子"，也有人称骆一禾和海子为"孪生的麦地之子" [03]，海子死后，骆一禾悲痛不已，并且不负朋友所望，收集并出版海子诗合集，他奔走于推介海子诗的各个场合，积劳成疾，于 1989 年 5 月 31 日不幸病逝。骆一禾的诗歌体现出的对生命、自然的深思和广度不亚于海子。有评论家曾将海子、骆一禾的创作称为"诗歌先知运动"。 [04] "臧棣在谈到这种影响时说：'骆一禾的"大诗"观念和他的人文主义气质对当代诗人的文化视野产生了影响（包括认同和抵触）。'这种影响首先体现在他对西川、海子的艺术立场的影响上。在私人通信中，骆一禾承认自己在开始引导了一段，西川则坦承'八年来我受益于他'，这种影响又通过西川、海子的创作扩大到更加广阔的范围内。正是这种影响有力地改变了当代诗歌的写作抱负和文化气质，并赋予当代诗歌以一种坚实的人文精神。" [05]

可以说，骆一禾的诗中体现出的强烈的审思人类的精神气质和灵魂归宿的思想，成就了其诗的人文精神，也成就了其诗的意蕴的厚重感。比如，他在《为美而想》（1988 年）中如此写道：

[01]　海子：《祖国（或以梦为马）》，西川编：《海子诗全编》，上海三联书店 1997 年版，第 378 页。

[02]　海子：《春天，十个海子》，西川编：《海子诗全编》，上海三联书店 1997 年版，第 470 页。

[03]　燎原：《孪生的麦地之子》，《诗歌报月刊》1990 年第 1、2 期合刊。

[04]　朱大可：《先知之门——海子与骆一禾论纲》，崔卫平编：《不死的海子》，中国文联出版公司 1999 年版，第 127 页。

[05]　西渡：《守望与倾听》，中央编译出版社 2000 年版，第 160 页。

在五月里一块大岩石旁边

我想到美

河流不远　靠在一块紫色的大岩石旁边

我想到美　雷电闪在这离寂静

不远的地方

有一片晒烫的地衣

闪耀着翅膀

在暴力中吸上岩层

那只在深红色五月的青苔上

孜孜不倦的工蜂

是背着美的呀

在五月里一块大岩石的旁边

我感到岩石下面的目的

有一层沉思在为美而冥想 [01]

　　五月的季节，大地鲜花盛开，万物生长，诗人选择这时的自然来书写美，时间本身就给人带来无限的遐想，自然处处是美。河流、岩石、雷电、地衣、青苔、工蜂诸多的一切都展露了自然的存在，而诗人将美延长，"在五月里一块大岩石的旁边"，"我感到岩石下面的目的"，那就是"有一层沉思在为美而冥想"。以此，诗人完成了从自然之美导向沉思之美的礼赞。

　　这样的深思和精神追求，在其他第三代诗人那里显得格格不入，然而，细细品读海子和骆一禾的诗中传达出来的一代人的精神困境和诗意渴望，与那些用口语化的语言来表达"此在感"的诗作有着共通的精神诉求感，只是一个以沉重的前行的姿态进行，一个以谐趣的调侃的姿态进行；在寻找人活着的意义和知觉上，一个最终靠近了哲学的思辨和宗教的启示，一个不断地靠向世俗中的日常生活。

　　或许是一种巧合，或许是一种象征，我想更多的是一种精神气质的相通性，一种诗歌理想崩塌的暗示。1989 年海子和骆一禾离世之后，第三代诗歌的浪潮也面临着落潮的命运。在 20 世纪 90 年代的

<hr>

[01]　骆一禾：《为美而想》，谢冕、唐晓渡编：《以梦为马　新生代诗卷》，北京师范大学出版社 1993 年版，第 130—131 页。

经济浪潮中，曾经聚集得热热闹闹的诗派走向了解体，诗人们或出国，或下海，或停笔，或改写小说，或从事影视行业，或另谋他职等等。许多诗人将1989年当作了一个转折点，欧阳江河曾说："'89'事件在人们心灵上唤起了一种绝对的寂静和浑然无告，对此，任何来自写作的抵消都显得不足轻重，难以构成真正的对抗。"[01] 当然，90年代的诗坛也响起了"知识分子"写作和"民间"写作的声响，然而，无论从诗人的情感，还是诗作的诗情来看，90年代的诗歌都没有了80年代的混乱和繁荣，躁动和激情了。

对此，众多诗人和评论家描述了这次诗潮消退的原因。第三代诗人的代表周伦佑多次论及，他将其归因于诗人的精神危机："总是浮躁，总是平庸，总是闲情，总是不甘寂寞地风吹草动，整整一代人的杂乱无章！"[02] 并批评道："比记忆更深的朽木毒化着种族的血液，很精细的蚂蚁啮咬着一代人的灵魂。在历史悠久的微醉中，脆薄的影子一层层堆积起来，形成一种庞大的弱化机制，瓦解着日益稀少的创造激情。"[03] 他还在另一篇文章中认为："中国现代诗歌遭遇了两次打击：第一次打击来自一些人的极'左'意识，第二次打击来自经济。

周伦佑

与第一次打击相比，第二次打击更温柔，更日常，更切身，因而也更暴烈。比中国新诗史上任何一个时期都更广大的困乏动摇着诗歌，迫使一些有才华的诗人或'下海'经商，或'落水骗钱'，（以诗歌的名义骗诗歌爱好者的钱）……在经受第一次打击时诗人还可以说：我要坚持下去，但再也不能像过去那样写了！艺术仍是生命的主要。当第二次打击落下时，诗歌已退居次要位置，诗人说话的语气已经变了：我要坚持活下去，但再也不能像过去那样活了！"[04] 在这里，诗人将

[01]　欧阳江河：《'89'后国内诗歌写作：本土气质、中年特征与知识分子立场》，《谁去谁留》，湖南文艺出版社1997年版，第235页。

[02]　周伦佑：《当代诗歌：内部的危机——谈现代诗歌写作中的"闲适"倾向》，《文论报》1993年2月20日。

[03]　周伦佑：《当代诗歌：内部的危机——谈现代诗歌写作中的"闲适"倾向》，《文论报》1993年2月20日。

[04]　周伦佑：《新的话语方式与现代诗的品质转移——对九十年代现代诗走向的一般把握》，《文论报》1993年7月3日。

其归因于现实生活的影响，归因于诗人们在现实生活面前诗的理想的消失。

不过，除了尖锐的批评，也有诗人认为 20 世纪 90 年代的诗歌只是转移了发展的路向。比如，提倡"知识分子写作"的诗人王家新就认为："进入 90 年代后有了一次看似不事声张、实则具有深刻意义的转变，即由在 80 年代普遍存在的对抗式意识形态写作，集体反叛或炒作的流派写作，非历史化的带有模仿性质的'纯诗'写作，等等，到一种独立、沉潜的具有知识分子精神和文化责任感的个人化写作的转变（需要指出的是，这种写作中的个人性质、知识分子精神和对艺术本身的关注，在以前并不是没有，但却被那个时代掩盖了）。的确，这场经由 80 年代而在 90 年代实现的转变，或者说这种艺术认知、写作立场和态度的普遍确立，体现了一代诗人的成熟，并且，它在实际上也把历尽曲折的中国现代新诗推进到一个新的、更具建设性的阶段。"[01] 从这里来看，对于那些 90 年代依然坚守在诗的创作岗位上的诗人来说，他们自有其诗意的追求。

诗歌是生命的呼吸，是一代人精神世界的传达，1986 年至 1989 年震荡中国文坛的第三次诗歌浪潮，带来的不仅是中国现代文学史上前所未有的诗歌的热闹和喧嚣，而且体现了 80 年代精神高昂的年代的激情畅想。他们在诗歌语言方式上的变革大胆又激进，冲破了传统诗歌关于诗歌之美的定义，也造成什么是好的诗歌的价值判断的混乱。当然，换言之，统一范式的打破带来了诗的活力和无穷可能性，这对于中国现代诗歌的发展是具有重要意义的。无论是大展上诗派们言过其实的自信，还是俚俗语言的泛滥、日常场景的无处不在，又或者如海子、骆一禾式的精神至纯的追求，第三代诗歌的场面的确有点喧闹，但彰显了这一时代诗人的精神进取力量。

---

[01] 王家新：《从一场濛濛细雨开始（代序）》，王家新、孙文波编：《中国诗歌九十年代备忘录》，人民文学出版社 2000 年版，第 2 页。

第十二章 "女性诗歌"：
躯体言说中的自我世界

第一节　女性意识："寻找女人"与"躯体写作"

　　"朦胧诗"退潮之后，一批新生代诗人（或称为第三代诗人）掀起了新的诗歌浪潮，其中，"女性诗歌"以中国现当代文学史上从未有过的规模和姿态呈现了出来。从 1985 年到 1989 年，《诗刊》《人民文学》《诗歌报》先后以大幅版面刊出翟永明、伊蕾、唐亚平、海男等人的作品。如《诗歌报》于 1985 年 9 月 21 日发表了翟永明的《黑夜的意识》，于 1986 年 6 月 6 日第 42 期开辟《崛起的诗群专版》，刊出了唐亚平的诗歌《黑色沙漠》和翟永明的诗歌《女人》；《当代诗歌》于 1986 年第 1 期刊发了陆忆敏的诗歌《美国妇女杂志》；《诗刊》于 1986 年 9 月号又刊登了翟永明的诗歌《女人》，并通过开辟"女性诗歌笔谈"专栏来进一步推进女性诗歌的宣传。伴随着女性诗人的诗作发表的，还有一系列关于"女性诗歌"的重要事件。由此，80 年代后期的中国文坛上弥漫着女性发出的对抗和消解男权意识的话语，私人化的经验在笔尖流淌，激情与神秘的意象在言语间交缠，中国女性主义意识的表达进入了一个新的时期，同时，大批量的女性诗人的涌现，也使得文学史不得不作一性别化的命名，将其称

翟永明

为"女性诗歌"。正如谢冕提到这些诗歌呈现的场景时所说："……向我们展示了前所未有的丰富和坚卓，无论是对照古典诗歌的长河，还是相比于新诗前 60 年的进程，都无疑是一次'创世纪'意义的拓殖。她不仅以其与当代男性诗歌同步并进的规模和成就，充填了一个巨大的历史空缺，且以其富有朝气的新鲜质素和非凡的表现，拓展了当代中国诗歌的精神空间和艺术空间，也为汉语诗歌加入到世界文学格局做出了一份特殊的贡献。"[01] 那么，如何去理解女性诗歌这种前卫性和文本中所透露出来决绝的女性主体意识？

《写给男人的情诗——
当代青年女诗人爱情
诗选》(1989 年版)

1986 年，唐晓渡在评论翟永明的组诗《女人》中最先明确地提出了"女性诗歌"这个概念，他认为："真正的'女性诗歌'正是在反抗和应对这种命运的过程中形成的。追求个性解放以打破传统的女性道德规范，摈弃社会所长期分派的某种既定角色，只是其初步的意识形态；回到和深入女性自身，基于独特的生命体验所获具的人性深度而建立起全面的自主自立意识，才是其充分实现。真正的'女性诗歌'不仅意味着对被男性所长期遮蔽的别一世界的揭示，而且意味着已成的世界秩序被重新阐释和重新创造的可能……翟永明的这个组诗出现于'文革'后又历经动荡而终于稳步走向开放的 1984—1985 年间，正透露出某种深远的消息。"[02] 从字里行间中，我们清晰地看出此时的"女性"及"女性诗歌"是建立在反叛男权意识之上的命名，它需要对现有社会所认定的社会角色及意识观念进行突围。而且，唐晓渡高度评价了《女人》，认为它"启示了一种诗歌意识"[03]。

"女性诗歌"所体现的这样一种对男性主宰的世界的突围意识，恰恰与 80 年代以来中国社会的"人"的呼唤紧密相联。新时期到来后，知识分子身份的重新确立使得作家们终于可以摆脱庸俗社会学的阴影，将文学创作向人的本体和文学本体回归。面对历史沧桑和人生

---

[01] 谢冕：《中国女性诗歌文库·总序》，春风文艺出版社 1997 年版，第 2—3 页。
[02] 唐晓渡：《女性诗歌：从黑夜到白昼》，《诗刊》1987 年第 2 期。
[03] 唐晓渡：《女性诗歌：从黑夜到白昼》，《诗刊》1987 年第 2 期。

想象、建构及限制——20世纪80年代中国文学史论

苦难，这些饱受伤害的知识分子首先通过书写和反思历史的苦难、人的苦难来慰藉心灵，肯定人的价值，呼唤人的尊严，以至于形成一股"人道主义"的思潮，"朦胧诗"中体现出的"表现自我"，正是人的觉醒和个体自觉的表现。其中，女诗人舒婷就展示了作为女性个体的自觉，她以一种理性的思索将这种自觉与民族、国家和社会的未来相连，正如她自己所说："我的忧伤和欢乐都是来自这块汗水和眼泪浸透的土地。也许你有更值得骄傲的银桦和杜鹃花，纵然我是一支芦苇，我也是属于你，祖国啊！"[01] 同样，舒婷在对自身的情感和婚姻的思索中，也充满了理性的个体独立性和自主性的自觉，如《致橡树》中所描述的那样："我必须是你近旁的一株木棉，作为树的形象和你站在一起。……根，紧握在地下，叶，相触在云里。"[02] 这里传达出男女平等和追求真理、正义、人格与尊严的声音，体现了 80 年代初期女性意识的最初觉醒，也昭示了女性对自我身份的追寻和认同浪潮的到来。

可以说，作为这一特殊命名的"女性诗歌"，它在 80 年代人性呼唤的时代背景中生成，而其体现出的鲜明女性主体性的追求才真正体现了其"女性"特色，并最终推进了新的女性书写时代的到来。洪子诚就曾说过："所谓'女性诗歌'，是那种回到和深入女性自身，表达她们基于独特的生命体验所获具的人性深度的诗歌。"[03] 谢冕也曾说女性诗歌："它的基本的和主要的倾向是来自女性自身。女性有自己独特的世界，不仅情感、思维，也不仅性情、体态，而且有仅仅属于女性的生理和文化的特征。"[04] 从这一角度讲，80 年代初期的女性诗歌中的女性意识的表达是融于国家、社会等大主题之中的，她们的身体还算不上是纯粹的女性身体的知觉的表述，及至 1986 年左右，以翟永明的诗歌为明显标志，一股展示新的女性意识的诗歌浪潮到来。相较于以舒婷为代表的 80 年代初期女性诗歌中表达的真善美、人的尊严、平等诸主题，这一浪潮中显示出的女性意识则展示出一种非理性、反崇高、反优美的色彩。诗歌在主题意象上往往专注于表达

---

[01]　舒婷：《生活、书籍与诗》，廖亦武主编：《沉沦的圣殿——中国 20 世纪 70 年代地下诗歌遗照》，新疆青少年出版社 1999 年版，第 304 页。

[02]　舒婷：《致橡树》，《诗刊》1979 年第 4 期。

[03]　洪子诚：《中国当代文学史》，北京大学出版社 1999 年版，第 308 页。

[04]　洪子诚：《中国当代文学史》，北京大学出版社 1999 年版，第 8 页。

女性个体对生活及自我身体的感性体验，执着地暴露出个体生命之于生活和生存的困惑、不安与玄秘，甚至通过性的体验等私密性感受来张扬女性的知与感，将对女性生命个体的探索推向一种新的极致。

翟永明的《女人》组诗是较早完成的一部展示鲜明的女性立场的著作，明确地展示了女性的自我世界。比如，她在《独白》中如此写道：

> 我，一个狂想，充满深渊的魅力
>
> 偶然被你诞生。泥土和天空
>
> 二者合一，你把我叫作女人
>
> 并强化了我的身体
>
> 我是最温柔最懂事的女人
>
> 看穿一切却愿分担一切
>
> 渴望一个冬天，一个巨大的黑夜
>
> 以心为界，我想握住你的手
>
> 但在你的面前我的姿态就是一种惨败
>
> 当你走时，我的痛苦
>
> 要把我的心从口中呕出
>
> 用爱杀死你，这是谁的禁忌？
>
> 太阳为全世界升起！我只为了你
>
> 以最仇恨的柔情蜜意贯注你全身
>
> 从脚至顶，我有我的方式 [01]

诗中的女人处处洋溢着身体的力量，奋不顾身地奔向自己的追求目标，在世界中，颤抖而又坚决地生存。诗歌向我们展示了一个在尖锐又焦灼的情绪中塑造自我的女性，这种感性化的语言也正是作者所要表达的女性世界。可以说，《女人》组诗共二十首，从展示内在的情感到对身体知觉的展示，到对命运的思考，到从精神痛苦中突围，都以一种惊世骇俗的女性立场执着于女性自我的确立。就像作者在《黑夜的意识》中所写的："作为人类的一半，女性从诞生起就面对着

---

[01] 翟永明：《独白》，《翟永明的诗》，人民文学出版社 2012 年版，第 13—14 页。

一个完全不同的世界，她对这世界最初的一瞥必然带着自己的情绪和
知觉，甚至某种私下反抗的心理。她是否竭尽全力地投射生命去创造
一个黑夜？并在各种危机中把世界变形为一颗巨大的灵魂？事实上，
每个女人都面对自己的深渊——不断泯灭、不断认可的私心痛楚与经
验——远非每一个人都能抗拒这均衡的磨难直到毁灭。这是最初的黑
夜，它升起时带领我们进入全新的、一个有着特殊布局和角度的，只
属于女性的世界。这不是拯救的过程，而是彻悟的过程。"[01]

　　伊蕾在组诗《独身女人的卧室》（1987 年）
中，以更大胆地展示女性之于身体、之于性的
感知和渴望来呈现"女性"，就像《自画像》
这一节中写的：

伊蕾

　　　　所有的照片都把我丑化
　　　　我在自画像上表达理想
　　　　我把十二种油彩合在一起
　　　　我给它起名叫 P 色
　　　　我最喜欢神秘的头发
　　　　蓬松的刘海像我侄女
　　　　整个脸部我只画了眉毛
　　　　敬祝我像眉毛一辈子长不大
　　　　眉毛真伟大充满了哲学
　　　　既不认为是，也不认为非
　　　　既不光荣，也不可耻
　　　　既不贞洁，也不淫秽
　　　　既不是生，也不是死
　　　　我把自画像挂在低矮的墙壁
　　　　每日朝见这唯一偶像
　　　　你不来与我同居 [02]

伊蕾手稿

[01]　翟永明：《黑夜的意识》，吴思敬编：《磁场与魔方　新潮诗论卷》，北京师范大学 1993 年
　　　版，第 140 页。
[02]　伊蕾：《伊蕾诗选》，百花文艺出版社 2010 年版，第 90—91 页。

整首诗围绕着自画像来书写自我，用坚定而又重复的语气执着地表达着对自我的确认，通过身体的展示将作为女性的自我进行最大能量的展现。而在她的诗歌《流浪的恒星》（1987 年）中则以更直白的方式呈现肉体的渴望：

> 我的肉体渴望来自另一个肉体的战栗的激情
> 我的灵魂渴望来自另一个灵魂的自如的应和
> …………
> 和你一起紧紧拥抱着度过黑暗的夜晚
> 功名和桂冠对于流浪者是无用的
> 声誉像手纸不值一钱
> 我需要你，需要你，需要你
> …………
> 我愿像那只健壮的狼
> 赤身裸体在草原飞跑
> 把羊毛裙当作与情人同卧的睡床
> …………
> 我走得太累太累了
> 缓缓地倒在白云下
> 苍鹰啊，啄食我自由的灵魂吧
> 我为自由而生
> 也为自由而死 [01]

诗歌中，我们看到作者大胆地呼唤着肉体对另一个肉体的渴望，除了肉体的应和还有灵魂的应和，这里将年轻女性生命的力量发挥到了极致，以一种极端化的抒写，来展示女性挣脱依附于男性地位的渴望。

女性诗人中的另一位代表唐亚平则往往通过机智又深刻的反讽来解构男权社会秩序，

唐亚平

---

[01]　伊蕾：《伊蕾诗选》，百花文艺出版社 2010 年版，第 152—157 页。

彰显女性的独立和尊严。比如，她在组诗《黑色沙漠》（1986 年）的《黑色石头》中，用决绝来审视男性并彰显自我：

> 找一个男人来折磨
> 长虎牙的美女在微笑
> 要跟踪自杀的脚印活下去
> 信心十足地走向绝望
> 虚无的土地和虚无的天空
> 要多伟大就有多伟大
> 死去的石头活着也是石头
> 无所恨无所爱
> 无所忠贞无所背叛
> 越是伤心越是痛快
> 让不可捉摸的意念操纵一切
> ⋯⋯⋯⋯⋯
> 这里到处是孕妇的面孔
> 蝴蝶斑跃跃欲飞
> 噩梦的神秘充满刺激
> 活着要痉挛一生 [01]

这里，女性形象及她生活的世界，甚至是孕妇都被冠以审丑的字眼，而这描述背后乃是对男性秩序的背叛，在背叛中越是伤心越是痛快，让来自内心的最真实的情感来操控自己的世界，即使面临的是噩梦和痉挛的人生。

无论对自我形象的呈现还是对性意识甚至性器官的毫无羞涩感的大胆暴露，我们都看到了这一代诗人通过女性的身体来确认自我的女性意识。在诗歌的各种意象中，除了躯体还是躯体，唯有躯体对世界的最隐秘的感知才是真实的，才是最能证明自己是女人的最重要的力量。显而易见，这与中国传统道德赋予的女性形象产生了剧烈的冲撞，诗人以一种决绝的话语宣示着与传统的贤妻良母、温文尔雅等形

---

[01] 唐亚平：《黑色沙漠》，谢冕主编：《中国新诗总系（1979—1989）》，人民文学出版社 2010 年版，第 409—410 页。

象的脱离。同样，这也与 80 年代初期充满人道主义、人性光辉的女性意识产生了分裂，女性作家们不再通过理想、理性的思索来积极地塑造自我了，而是沉溺于自我的躯体的呼唤中，大胆地表达属于女人的渴望和脆弱。唐亚平干脆坦言："什么时候我把身体当着一种书写来看待，什么时候我就开始了自觉的写作。一个人能够通过自身的书写获得享乐获得存在的状态获得生命的无穷意义。自身的书写渗透了自身的享乐和解放，而写作和想象所触发的性灵对写作又是一种神秘的验证。"[01]

---

[01] 唐亚平：《我因为爱你而成为女人（后记）》，《唐亚平诗选》，贵州人民出版社 1996 年版，第 200 页。

第二节　叙事策略：在黑夜中的自白

在这些女性诗歌中，作者们特别钟情于"黑色""黑夜"等意象，这从诗歌的标题上便可见一斑。如翟永明的《黑房间》（1986 年），唐亚平的长诗《黑色沙漠》中的小诗都以黑色的意象为题，从《黑夜》《黑色沼泽》《黑色眼泪》，到《黑色犹豫》《黑色睡裙》等等，正像她自己在标题下所言："我的眼睛不由自主地流出黑夜，流出黑夜使我无家可归。"[01] 她的长诗《黑色沙漠》的第一节《黑夜（序诗）》中更充满了种种与黑夜相关的词语：

《黑色沙漠》（1997 年版）

　　　　我的眼睛不由自主地流出黑夜
　　　　流出黑夜使我无家可归
　　　　在一片漆黑之中我成为夜游之神
　　　　夜雾中的光环蜂拥而至
　　　　那丰富而含混的色彩使我心领神会
　　　　所有色彩归宿于黑夜相安无事

---

[01]　唐亚平：《黑夜（序诗）》，谢冕主编：《中国新诗总系 7（1979—1989）》，人民文学出版社 2010 年版，第 404 页。

夜游之神是凄惶的尤物

长着有肉垫的猫脚和蛇的躯体

怀着鬼鬼祟祟的幽默回避着鸡叫

我到底想干什么 我走进庞大的夜

我是想把自己变成有血有肉的影子

我是想似睡似醒地在一切影子里玩游

真是个尤物是个尤物是个尤物

我似乎披着黑纱煽起夜风

我是这样潇洒 轻松 飘飘荡荡

在夜晚一切都会成为虚幻的影子

甚至皮肤 血肉和骨骼都是黑色

莫名其妙 莫名其妙 莫名其妙

天空和大海的影子也是黑夜 [01]

在这里，"黑夜""漆黑""夜游之神""夜雾""夜""影子""黑纱""黑色"等字眼，充满了整个诗作，在词语的演示中，"我"在黑夜中游走，"我"及周围的一切也成就了黑夜。如果借用唐亚平自己的话，我们更愿意将这些"黑色"词语和"黑色"意象的集体出场视为作家自己要强烈表达的一种哲学理念，这种理念应该是对男权社会的反叛，对女性自我的主体的确立。她说："诗人用诗表现自己。诗歌艺术并不像一些人说的那么玄奥高深，也不像一些人说的那么简单易行。诗歌属于自然、自由和生命。对于诗人来说'诗没有什么理论，只有经验和灵感'。但是诗如果没有一种深刻的哲学从内部无形地支撑着，诗就难以长久地站稳脚跟。" [02]

翟永明则直接以"黑夜的意识"作为标题，为其《女人》（组诗）作序，不仅如前文所言，将女人面对的世界确认为不同的世界，而且明确表示："对女性来说，在个人与黑夜本体之间有着一种变幻的直觉。我们从一生下来就与黑夜维系着一种神秘的关系，一种从身体到精神都贯穿着的包容在感觉之内和感觉之外的隐形语言，像天体中凝

---

[01] 唐亚平：《黑夜（序诗）》，谢冕主编：《中国新诗总系 7（1979—1989）》，人民文学出版社 2010 年版，第 404 页。

[02] 唐晓渡、王家新编选：《中国当代实验诗选》，春风文艺出版社 1987 年版，第 198 页。

固的云悬挂在内部，随着我们的成长，它也成长着。对于我们来说，它是黑暗，也是无声地燃烧着的欲念，它是人类最初同时也是最后的本性。就是它，周身体现出整个世界的女性美，最终成为全体生命的一个契合。它超过了我们对自己的认识而与另一个高高在上的世界沟通，这最真实也是最直接的冲动本身就体现出诗的力量。必须具有这种发现同时也必须创造这个过程方能与自己抗衡，并借此力量达到黑夜中逐渐清晰的一种恐怖的光明。"[01] 在诗人看来，黑暗是来自女性内部的与生俱来的力量，是美是诗。而且，黑夜也终将成为对光明的期待或达到光明的力量：

> 今晚所有的光只为你照亮
> 今晚你是一小块殖民地
> 久久停留，忧郁从你身体内
> 渗出，带着细腻的水滴
> 月亮像一团光洁芬芳的肉体
> 酣睡，发出诱人的气息
> 两个白昼夹着一个夜晚
> 在它们之间，你黑色眼圈
> 保持着欣喜
> 怎样的喧嚣堆积成我的身体
> 无法安慰，感到有某种物体将形成
> 梦中的墙壁发黑
> 使你看见三角形泛滥的影子
> 全身每个毛孔都张开 [02]

在这首《渴望》中，诗人在黑夜中寻找着月光，在月光下凝眸黑色的眼圈，在黑影中寻找着存在着的身体。

黑夜成为这些女诗人诗作的底色，黑夜意识在诗歌行文间的流淌，指向的不仅是"女性诗歌"在意象表达上与之前作家的差异，更

---

[01]　翟永明：《黑夜的意识》，吴思敬编选：《磁场与魔方　新潮诗论卷》，北京师范大学1993年版，第141页。

[02]　翟永明：《渴望》，《翟永明的诗》，人民文学出版社2012年版，第6—7页。

重要的是，她们借助这样一种书写，以一种锐利的方式呈现女性内心深处的世界，并实现某种反抗、自我拯救或者逃离，即书写本身不仅是意象，也是一种策略。她们不仅热衷于书写黑夜，而且积极地创造着黑夜，就像翟永明的《世界》中所写："我创造一个黑夜使人类幸免于难。"[01]《结束》中写道："一点灵犀使我倾心注视黑夜的方向。"[02] 唐亚平在《黑色沼泽》中宣称："我非要走进黑色沼泽。"[03] 这种创造意识实际上是对女性自我世界的发现和确证。

郑敏曾非常明确地指出："女性作为独立自我的发展既是女权运动的重要课题，也是女诗人成为出色的诗人的关键。"[04] 自改革开放以来，西方大量女权主义理论被引进中国，冲击着人们传统的思维方式。比如，法国女性主义批评家埃莱娜·西苏在《美杜莎的笑声》中一开始就提出："妇女必须参加写作，必须写自己，必须写妇女，就如同被驱离她们自己的身体那样，妇女一直被暴虐地驱逐出写作领域，这是由于同样的原因，依据同样的法律，出于同样致命的目的。妇女必须把自己写进本文——就像通过自己的奋斗嵌入世界和历史一样。"[05] 不仅要书写女性自我，她还指出如何书写女性的自我："几乎一切关于女性的东西还有待于妇女来写：关于她们的性特征，即它无尽的和变动着的错综复杂性，关于她们的性爱，她们身体某一微小而又巨大区域的突然骚动。不是关于命运，而是关于某种内驱力的奇遇，关于旅行、跨越、跋涉，关于突然的和逐渐的觉醒，关于对一个曾经是畏怯的既而将是率直坦白的领域的发现。妇女的身体带着一千零一个通向激情的门槛，一旦她通过粉碎枷锁，摆脱监视而让它明确表达出四通八达贯穿全身的丰富含义时，就将让陈旧的、一成不变的母语以多种语言发出回响。"[06] 可见，在女权主义者看来，身体是通向确认自我的有效途径，而发掘女性的身体必将会写到性爱或身体某

［01］　翟永明：《渴望》，《翟永明的诗》，人民文学出版社 2012 年版，第 8 页。

［02］　翟永明：《渴望》，《翟永明的诗》，人民文学出版社 2012 年版，第 26 页。

［03］　唐亚平：《黑夜（序诗）》，谢冕主编：《中国新诗总系 7（1979—1989）》，人民文学出版社 2010 年版，第 405 页。

［04］　郑敏：《诗歌与哲学是近邻：结构—解构诗论》，北京大学出版社 1999 年版，第 394 页。

［05］　［法］埃莱娜·西苏：《美杜莎的笑声》，张京媛编：《当代女性主义文学批评》，北京大学出版社 1992 年版，第 188 页。

［06］　［法］埃莱娜·西苏：《美杜莎的笑声》，张京媛编：《当代女性主义文学批评》，北京大学出版社 1992 年版，第 200—201 页。

一处的骚动或激情。

不过，除了这一诱因，女性作家们之所以将内心情感的爆发和呈现付诸黑色，一方面，与以西尔维亚·普拉斯和安妮·塞克斯顿等为代表的西方诗歌的启发有关，她们在诗作中对女性经验意象的选择以及自白的方式，都对中国诗人产生了很大的影响。翟永明曾说："当我读到普拉斯'你的身体伤害我，就像世界伤害着上帝'以及洛威尔'我自己就是地狱'的句子时，我感到从头到脚的震惊，那时我受伤的心脏的跳动与他们诗句韵律的跳动合拍。在那以后的写作中我始终没有摆脱自白派诗歌对我产生的深刻影响。"[01] 另一方面，"黑夜意识"也与中国传统中关于"黑色"文化意蕴的解读不无关系。在传统的阴阳理论中，阴与女性、黑色相关。同样，在数千年的文化累积中，黑色往往与压抑女性的激情、包裹女性的自由相联系，比如，在古代中国，寡妇甚至已婚妇女是不允许穿鲜亮的衣服的，黑色或灰色才是她们的"正当"选择。一定意义上，"女性诗歌"极力彰显黑色的意识，既宣扬了对女性的阴性之本的回归，也是对传统道统观念中对女性的束缚的反抗。

黑夜显然成为表达女性意识的意向选择，在黑夜中她们伸展自我的身体、情感和思想，触摸着世界的冷峻与清冷，更在黑夜中探秘自我的心灵，解放自我的情绪，寻找存在的真实感，从而打开了现代女性的精神之门，并创造出独特的诗意诗情。

特别有意思的是，在"黑夜意识"的抒怀中，这些"女性诗歌"几乎不约而同地选择了一种自白式的言说方式。像前文提到过的唐亚平的《黑色沼泽》中的诗句"我非要走进黑色沼泽"，语气坚决。伊蕾的《独身女人的卧室》以众多的"我"的句式展示着"我"之于"我"的认识后，加上一句"你不来与我同居"来再次展露一种对话表白的情绪。唐亚平的长诗《月亮的表情》（1988—1990年）的第一首诗题为《自白》（1989年），直白地表达着自己的拥有和存在：

> 我有我的家私
> 我有我的乐趣

---

[01] 翟永明：《完成之后又怎样？——回答藏棣、王艾的提问》，《纸上建筑》，东方出版中心1997年版，第252—253页。

有一间书房兼卧室
我每天在书中起居
…………
我生来就不同凡响
我的皮肤是纸的皮肤
被山水书写
我的脸纸一样苍白
我的表情漫不经心
…………
我有我的乐趣
我的天堂在一张纸上 [01]

在《自白》中展示了一位女作家的表情和写作生活。在《身上的天气》（1988 年）中，作者同样是用自己身体的感觉直接地表达自己的情绪：

我身上气象万千
摸不准阴晴
一场细雨湿不透心
腋窝里长出一朵白菌
…………
命运和气候有一种缘分
你被我抚摸一脸霜雪
我一身瘴气
剧烈的瘙痒钻心 [02]

在《我得有个儿子》中：

我怕生儿育女
怕身怀怪胎

[01] 唐亚平：《自白》，《月亮的表情》，沈阳出版社 1992 年版，第 75—76 页。
[02] 唐亚平：《自白》，《月亮的表情》，沈阳出版社 1992 年版，第 79—80 页。

　　我不能承受一团肉的占有

　　我不能容忍一团肉的抛弃

　　…………

　　我真该死，人都会死

　　…………

　　没什么，没事

　　我得有个儿子 [01]

　　诗句前后矛盾，并以此为张力直抒自我的困惑与执着。值得一提的是，这种自白的方式更多的是作为一种叙事策略而不是一种具体的创作手法存在的，与其说，这些诗作用了自白的手段，不如说，它们以自白的口吻和语气表达了强烈的自我确认的情感。所以，这里的自白，不仅仅是一种独白，也常常隐含着诗中的主体与他者对话。像翟永明的《独白》很有代表性，如"偶然被你诞生""你把我叫作女人 / 并强化了我的身体""你把我捧在手上，我就容纳这个世界""但在你的面前我的姿态就是一种惨败""我只为了你 / 以最仇恨的柔情蜜意贯注你全身 / 从脚至顶，我有我的方式"，从这些诗句中，读者处处可见"我"与"你"之间的这种对话性，而这个"你"充满着男性的特质，"我"这个女性与"你"既相互依存又相互分离，最终诗歌的主体在充满悖论性的"仇恨的柔情蜜意"中再次坚定地确立了自我的存在——"我有我的方式"，宣扬了女性"我"与男性"你"的关系。有时，诗作中的对白对象也不仅仅是男性，像翟永明《女人》组诗中的《母亲》中，就将这种对白对象变成了母亲。全诗如此写道：

　　无力到达的地方太多了，脚在疼痛，母亲，你没有

　　教会我在贪婪的朝霞中染上古老的哀愁。我的心只像你

　　你是我的母亲，我甚至是你的血液在黎明流出的

　　血泊中使你惊讶地看到你自己，你使我醒来

---

[01]　唐亚平：《自白》，《月亮的表情》，沈阳出版社 1992 年版，第 85—46 页。

听到这世界的声音，你让我生下来，你让我与不幸构成
这世界的可怕的双胞胎。多年来，我已记不得今夜的
哭声

那使你受孕的光芒，来得多么遥远，多么可疑，站在生
与死之间，你的眼睛拥有黑暗而进入脚底的阴影何等沉重

在你怀抱之中，我曾露出谜底似的笑容，有谁知道
你让我以童贞方式领悟一切，但我却无动于衷

我把这世界当作处女，难道我对着你发出的
爽朗的笑声没有燃烧起足够的夏季吗？没有？

我被遗弃在世上，只身一人，太阳的光线悲哀地
笼罩着我，当你俯身世界时是否知道你遗落了什么？

岁月把我放在磨子里，让我亲眼看见自己被碾碎
呵，母亲，当我终于变得沉默，你是否为之欣喜

没有人知道我是怎样不着边际地爱你，这秘密
来自你的一部分，我的眼睛像两个伤口痛苦地望着你

活着为了活着，我自取灭亡，以对抗亘古已久的爱
一块石头被抛弃，直到像骨髓一样风干，这世界

有了孤儿，使一切祝福暴露无遗，然而谁最清楚
凡在母亲手上站过的人，终会因诞生而死去。[01]

　　作为一首抒写母亲的诗歌，行文间缓缓流淌着难以割舍的深情，
然而与读者期待的感恩、怀念等这些情绪相悖离，诗中充满了一种似

---

[01]　翟永明：《母亲》，《翟永明的诗》，人民文学出版社 2012 年版，第 8—10 页。

乎是难以调和的对抗和悖论，从"遗弃""碾碎""自取灭亡""死去"等词语，一步步地指向一种诞生后生存的孤独和绝望，然后又将这种绝望指向诞生。由此，母亲与"我"的诞生之间构成了一种充满绝望的关系。

　　自白式的言说方式使"女性诗歌"的语言更有了一种表白自我的情感和对身体、对世界的感觉的直击力，借着"黑夜意识"的传达，读者时时感到诗人对内心隐秘心理的观照，对私密经验的热衷。正如翟永明在一次谈到陆忆敏的诗时所说："读她的诗总是给我的心重重一击，于是我的心里总似有一道指痕来自她目光的注视和穿凿。她的力量不是出自呼喊，而是来自磨尖词语的、哽咽在喉式的低声诉说，这诉说并不因了她声音的恬淡平静而弱化，恰恰相反，她那来自生命内部的紧张、敏感与纯粹，从她下意识的深处扶摇上升，超越词语和意象，就像她本人柔而益坚的形象，'用眼睛里面的黑色（或咖啡色）瞳仁向你微笑'（陆忆敏语）。"[01] 这里不仅谈到了陆忆敏诗作中流露出的女性看待世界的紧张感和敏感，也说出了这一群女性诗人进行诗歌创作时，来自内心深处的隐秘动力。

陆忆敏（肖全 摄）

---

[01]　翟永明：《纸上建筑》，东方出版中心 1997 年版，第 212 页。

想象、建构及限制——20世纪80年代中国文学史论

第三节 女性诗学建构的意义及局限

"女性诗歌"在语言上的感性化、直觉化，以及独特的女性个体经验的呈现，使其诗意诗情的表达突破了长期束缚诗歌发展的概念化特征，并使诗充满了灵动感和形式感，建构起独特的女性诗学。

这一诗学体现了80年代以来诗学变革的重大突进，从表述的主题上体现出从70年代末关注人的尊严转向了关注个人的身体，在言词上体现出从柔情言说转向了自白式的呐喊。无论是女性作家们执着于"黑夜意识"的表述，还是个体隐秘经验中体现出的与世界的对抗姿态，都在诗歌中以生动、有形式感的语言表述了出来。比如，翟永明的《独白》让我们看到了一个游走于自我感觉中的主体，诗歌的语言充满着直达某种谷底的坚决，如诗中将自己是女人描述为"我是软得像水的白色羽毛体"，将水的柔软无形化为羽毛的轻盈与难以捕捉，这是女人对于"女人"的存在的一种捕捉，这样的语言只能说来自诗人内心对世界的瞬间感觉。诗人自己也说："事实上，面对词语，就像面对我们自己的身体。我们总是能够本能地、自觉地认出那些美丽的部分。并且深知唤醒它的活力、灵气的秘密方法。我，同时也相信与我一样的那些女诗人们，只是默默地、像握住一把火式握住那些在我们体内燃烧的，呼之欲出的词语，并按照我们各自的敏感，或对美

的要求，把它们贯注在我们的诗里。它们是像风一样掠过我们身体的再自然不过的事情，我们只是关心它是否解释和真正了解了我们的经验和内心。"[01] 虽然，为了表达出身体的种种感觉，词句不免有过分雕饰的不足，但是，这种感觉化的语言显然是突破概念化，并彰显文学之于世界的感觉化捕捉的最佳选择。以致有评论家认为女性与诗歌间有种先天的自足性："女性离诗歌是最近的。……感情的易动性、体验的内视性、语言的流利性，和女性内倾情绪性的心理结构、偏于形象性的认知力以及先在的直觉细腻潜质互动，使女性在诗歌创作方面有一种先天的自足性。"[02] 在我看来，与其说是先天的自足性，不如说是感性的语言解放了中国当代文学的表达。

如果从文学史的意义来看，"女性诗歌"上接五四时期女性作家的书怀传统，下启 90 年代女性主义文学的大爆发。"女性诗歌"执着于对女性的个体困境、内在隐秘心理、独特的女性知觉的表述，与五四时期庐隐的《丽石的日记》《海滨故人》，淦女士的《隔绝》，以及丁玲的《莎菲女士的日记》等小说中所使用的抒情独白、大胆裸露内心的想法及细腻的青春期女性的情爱生活等，有着意蕴上的相通性。如果说，五四时期的文本主要体现的是当时女性对整个封建压制的反叛，那么 80 年代中后期产生的这些"女性诗歌"则以更大胆的表白，来反叛男权社会的主体建构和男性意识，力图建构真正的女性主体的意识。而这种女性意识成为 90 年代众多女性小说家进行女性书写时极力要表达的对象。比如，在林白、陈染等的小说中，我们看到了十分强烈地展示女性个体经验的话语，这些话语往往充满着感性的力量，执着于以一种女性感知世界的方式来创造世界。事实上，林白、陈染、海男等 90 年代的女性小说家，她们也曾经是诗人，所以，我们不难看出她们的作品中那种不重故事情节连贯性，而重语言的流动感的诗化特征。换句话说，90 年代文本中女性意识的建构与这些"女性诗歌"的女性诗学有着紧密的联系，而且，在 90 年代这个打破了思想意识形态一体化的时代中，借用女性个体经

海男

---

[01]　翟永明：《面对词语本身》，《作家》1998 年第 5 期。

[02]　罗振亚：《20 世纪中国先锋诗潮》，人民文学出版社 2008 年版，第 340 页。

验的书写更适于表达女性的主体性的建构。

不过，"女性诗歌"从一出场便陷入了争议的话题，比如伊蕾的《独身女人的卧室》在《人民文学》1987年第1、2期合刊上发表后，众说纷纭，毁誉不一。像梁小斌就直接评价她为中国最优秀的女诗人，对她对女性的形体和心理的展示给予充分的肯定。然而，更多的评论者看到了诗作中"性"的书写，并对这样一种直接大胆的呈现表示了不解，甚至给以强烈的批判。实际上，诗作中关于女性的性的话题以及躯体的呈现引发巨大的关注或争议不足为奇，因为在一个男性主体意识占优的社会中，女性任何关于身体的话题都会引起兴趣，所以"女性诗歌"中如此直接的呈现通往肉体快感的秘密经验，自然会引发众多的声音。问题的

《独身女人的卧室》（1987年版）

另一面是，何以在诗歌中"女性"和"性"被关注？翟永明就曾对评论界仅关注其"女性诗歌"而不满。"我不是女权主义者，因此才谈到一种可能的'女性'的文学。然而女性文学的尴尬地位在于事实上存在着性别区分的等级观点。'女性诗歌'的批评仍然难逃政治意义上的同一指认。就我本人的经验而言，与美国女作家欧茨所感到的一样：'唯一受到分析的只是那些明确讨论女性问题的作品。'尽管在组诗《女人》和《黑夜的意识》中全面地关注女性自身的命运，但我却已倦于被批评家塑造成反抗男权统治争取女性解放的斗争形象，仿佛除《女人》之外我的其余大部分作品都失去了意义。"[01] 看来，作者们虽然在作品中极力地宣扬女人之所以为女人的姿态，但是，并不想将自己囿于所谓的女性主义的话语之中，或许，对翟永明而言，摒弃男性话语及所谓的女性话语的构架，而自然地认同女性的一种个体存在才是真正要确立的自我。

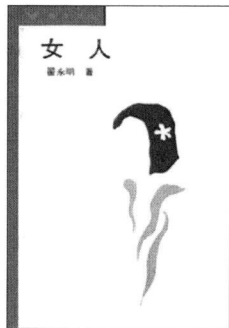

《女人》（1988年版）

[01] 翟永明：《再谈"黑夜的意识"和"女性诗歌"》，陈超主编：《最新先锋诗论选》，河北教育出版社2003年版，第446—447页。

在我看来，除了时代的原因之外，对走过了近半个世纪的身体禁忌的文坛来说，这些汹涌而至的"躯体言说"的确让人充满了困惑和巨大的兴趣。另一个重要的原因是我们关于女性诗学的认知问题。从诗歌和评论的声音中，我们可以看到，无论是诗人自己还是众多评论者，都热衷于诗歌是否表达了女性的个体经验，而且这些经验必然是感性的、隐秘的。而实际上，女性是一个生理学、心理学、社会学意义上的共同概念，文学作品对女性存在的表达，也不仅仅是专注某一方面的表达，女性除了特殊的生理、心理体验之外，还有与男性共同的甚至是相同的体验。"女性诗歌"在"躯体体验"上的执着，在社会经验或者女性与男性的共同经验的表述上的规避，也导向了评论者更加专注于用"女权主义"或被规约了女性个体经验进行评述。正如有评论者曾对八九十年代中国女性的个人化叙事做出反思："女性个人化叙事的核心是对男性叙事的反叛，即抗拒男性叙事对女性的权利欲望化书写，从而把自我躯体由被动的欲望对象改写为主动的欲望主体。……因此，沉重的自恋既是 90 年代女性个人化写作的根源，也成为它再次自我丧失的宿命。"[01] 所以，经历了 90 年代又一次"身体叙事"的女性文学，越来越清楚地意识到了这个问题，换言之，女性之于自我的确认不仅仅在于"身体"或"躯体"。从这个意义上讲，80 年代中后期的这股"女性诗歌"潮流建构的女性意识是突围亦是限制。

[01] 谢冕等：《女性文学与"70 年代出生的女作家"的讨论》，白烨选编：《2000 中国年度文论选》，漓江出版社 2001 年版，第 314—315 页。

第十三章　女性散文：
寻找生命存在的"自我"

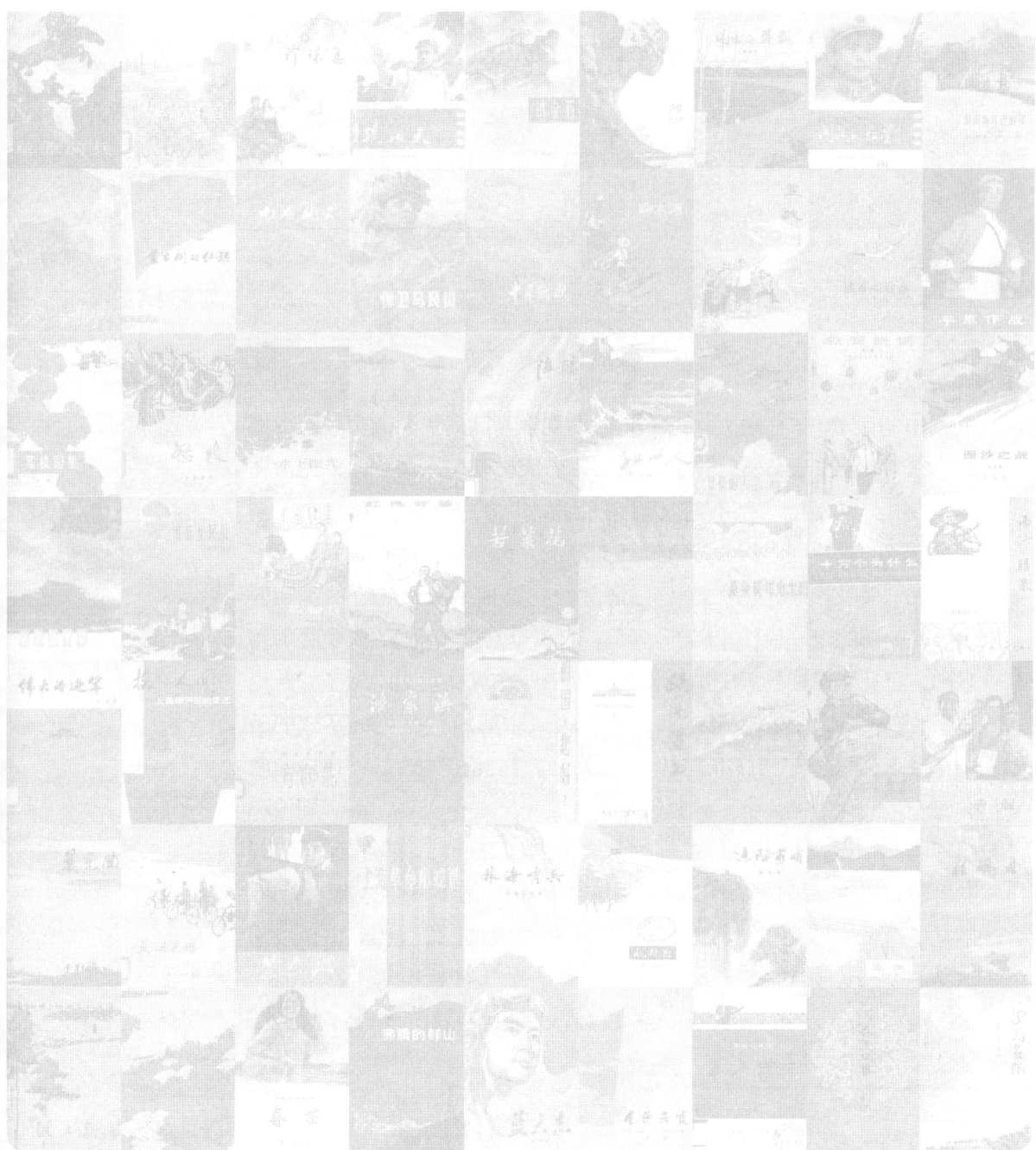

第一节　**80 年代散文的边缘处境与文体复归**

　　20 世纪 80 年代散文作为"新时期文学"话语资源的重要组成部分，它同其他文学体裁一样，一直努力着突破"十七年"以来的散文创作模式。从拒绝"以小见大""托物言志"的主题和结构模式，到摆脱杨朔、刘白羽、秦牧等人的散文范例，再到"文体自觉"口号下进行的"美文""艺术散文""抒情散文"等相关散文概念的重新界定，此时期的老一代作家和新一代作家们，以他们不同的人生经历为基础，呈现了风格各异的散文作品。洪子诚在其文学史中做了如此论述："在 80 年代，散文从'戏剧化'模式中解放，摆脱杨朔式的矫情'诗意'，是一个时期散文作家的努力。与此相关的是，存在着散文概念'窄化'的趋势，这是散文观念变革的一个重要方面。提出和重新界定'散文''美文''抒情散文''艺术散文'等概念的涵义，包含着将杂文、报告文学（甚至'随笔'）从'散文'中分离的意向。散文概念的'窄化'，是对'当代'散文范围'无边'和叙事性成为散文中心因素的情况的反拨；也与 80 年代文学强调'回归文学自身'的潮流有关。"[01] 可见，80 年代的散文努力地建构着自身的文类范式。

---

[01]　洪子诚：《中国当代文学史》（修订版），北京大学出版社 2007 年版，第 212 页。

　　不过，相对于小说、诗歌、戏剧等体裁而言，80年代的散文整体上处于文坛的边缘地位，其在文体上的变革行进在一条寂寞的道路上。也就是说，小说文体变革上涌现了一个又一个汹涌澎湃的浪潮，戏剧实验中突现了一出又一出激动人心的剧本，而散文界不仅鲜有大家出现，也未能吸引评论家、大众的热情。更进一步说，相对于"十七年"时期，散文受制于国家意识形态关注中的被"繁荣"，以及90年代以来，散文在市场经济话语影响下的"散文热"，80年代的散文处于摆脱历史因袭与走向文体蜕变的转型期。

　　在"文化大革命"刚结束的80年代初期，"十七年"散文美学风格的影响力十分强势，陈旧的散文观念基本没有改观，当时散文界主要是"挽悼散文"和"反思散文"的主场。这类散文无论是主题还是创作手法都因袭了"十七年"散文的传统。至80年代中期以后，散文才开始出现创作的丰富性和文体创新上的突破性，一些理论探索开始显山露水，对散文的概念、文体自觉都提出了新的要求，同时，国内发表散文的刊物也有所增加，原来只有《随笔》和《散文》两个全国重要刊物，之后又增加了《散文世界》《杂文报》《散文报》和《散文选刊》等有较大影响力的刊物。中国散文学会也正式成立了。当然，相对于刊发小说的刊物数量及形形色色的推动小说浪潮的会议或群体，散文的刊物及来自评论界的推动力量是不足为奇的。可以说，在80年代中期这个充满变革冲动的年代里，散文的些许变化都会让人振奋，当时散文理论家楼肇明曾兴奋地表达道："对于未来的中国散文史而言，1984年至1986年是一个散文蜕变期或过渡期"[01]，至此，"散文作为一种最古老的文体和一个时代文学水准的基础，在诗和小说率先进行突破和清理的刺激下，五十年代末、六十年代初形成的艺术封闭状态已宣告最终瓦解"[02]。然而，散文的变革并没有像小说那样在文体观念上表现出令人激荡的效果，散文作家曾如此感慨："作品一篇篇地发表了，散文集相继一本本地出来，然而，这一切都像扔进了一潭死水之中，既泛不起一点儿涟漪，也激不起任何回声……散文界的寂寞，真个是寂寞的让人寒冷。"[03] 甚至到了80年

---

[01]　楼肇明：《散文（1984—1986）摭谈》，《当代文艺探索》1987年第5期。

[02]　楼肇明：《散文（1984—1986）摭谈》，《当代文艺探索》1987年第5期。

[03]　王英琦：《面对寂寞的散文世界》，《文学评论》1987年第1期。

代后期还有评论家认为中国散文将从中兴走向末路："然而，就像一首优美的乐曲往往会有某种'不和之弦'，不那么尽善尽美一样，当代文学的普遍繁荣中也有某些不和谐之处，这就是：历来都是躁动不安、走在整个文学前列、时时引人注意的散文创作，竟然在一个'文学复兴'的时代里表现出了麻木不仁、无动于衷的态度，而以广泛的萧条来慢待这个对文学充满厚爱的时代。在今天，散文不仅没能像往常那样兴高采烈地活跃在文学的前台，甚至在后场也极少可能见到它的身影。"[01] 虽然，此评论家的结论过于情绪化和极端化，但也从一个侧面反映出，与其他体裁相比，当时人们对散文的变革充满着疑问。

造成散文如此处境的一个重要因素在于历史的因袭和困扰。"文化大革命"结束的最初几年及 80 年代初期，陈旧而又僵化的散文观念仍然是笼罩散文创作的阴影，大量的散文创作主体没有脱离意识形态先行的创作手法，也就是说，陈旧的美学观念仍占据着此时期大批散文文本，无论是在价值判断还是创作技法上，鲜有创新。比如，刘真的《望截流》（1981 年）一文抒发了面向现代化的激情，作者以一连串寻找祖国四化建设队伍的疑问开篇，寻找的目的当然是看看"四人帮"的烟雾是否散尽。最终，作者将寻找的结果定格在了三峡新堤堰工程合龙时刻所看到的一切，这一切包括工程局的党委书记，水利部的部长、副部长，以及千百万工人劳动的场景。可见，从写作的范式上看，仍然没有脱离新闻报道式的写法，从价值判断来看，仍然没有摆脱颂歌式的写法，明显是一篇主题先行的文本。

事实上，80 年代散文所面临的"十七年文学"传统，也是诗歌、小说、戏剧等其他艺术体裁所面临的，然而，因为散文这一体裁在表达人的情感方式上的特殊性，陈旧美学的势力显得更加强大，这也成为散文文体变革迟滞的一个重要因素。特别是 80 年代初期，整个散文创作呈现萧条景象，有评论家认为："在很大程度上似乎是一件必然的事情，只不过比起小说和诗歌以及其他的文学体裁，散文传达给人的信息更为明确，它表明了作家的基本的创造能力衰退到了什么程度，以及他们那种在原始的意义上体验人生，以最直接的方式抒发情

---

[01]　黄浩：《当代中国散文：从中兴走向末路——关于散文命运的思考》，《文学评论》1988 年第 1 期。

感的能力受到了多大的伤害。"[01] 言外之意即在于历史对人生的伤害，直接导致了对言说的伤害。此外，从创作实践上看，诗歌、小说、戏剧这些题材做出的新的探索显然要强于散文。我认为，这其中最大的原因在于散文这一体裁的创作特征。一方面，在表现人的情感体验和生命形态方面，散文更强调以一种直接呈示的方式，在叙事中强调想象性、抒情性而非虚构性，可以说，一定意义上，它是人的情感的直接描述，在所有的文体中，它是最直接、最本真，直达内在心灵的语言样式。所以，当诗歌、小说、戏剧不断地去借鉴西方现代派的表现技巧给人以耳目一新之感时，散文在创作技巧上的创新空间并不是很大。另一方面，特定的历史原因使散文在长时间内并未摆脱历史的因袭。"文革"的结束使人们终于有机会书写积压了多年的痛苦、辛酸、委屈、愤怒与疑惑，一时间，绝大部分散文将笔触伸向了这一段历史，或怀念故友，或叙说伤痛，或批判、否定旧时代歌颂新时代。有评论家曾这样评述："回顾一下'文革'刚刚结束后的散文，便不难发现：它们无论在题材、主题、构思、表现手法、美学风格上，都依然呈现出 60 年代散文的审美风范。"[02] 这种论断虽不免锐利，但也有一定的道理。

在 80 年代很长一段时期里，虽然散文家们不断地探索，但陈旧的话语逻辑仍顽固地、习惯性地游走于散文写作的实践中，有时不仅表现在作者的思想观念、价值体系方面的保守，更表现在创作手法上鲜有创新。贾平凹的创作是典型。作为 50 年代初期出生的作家来讲，无论是创作题材还是创作观念，都深受"十七年文学"影响，贾平凹最初写作的也多是一些借景抒情、托物言志的散文，有时不免有矫揉造作之风。比如，他的代表作《丑石》（1981 年），以门前一块受村人鄙视的石头为叙写对象，当这块石头被一位突然到来的天文学家宣为一块陨石，"是一件了不起的东西"后，作者随即阐发了如此充满说教式的感慨："丑到极处，便是美到极处。正因为它不是一般的顽石，当然不能去做墙，做台阶，不能去雕刻，捶布。"[03] 这样的评论

---

[01] 王小明等：《无声的黄昏》，人民文学出版社 1996 年版，第 113 页。

[02] 佘树森、陈旭光：《中国当代散文报告文学发展史》，北京大学出版社 1996 年版，第 141 页。

[03] 贾平凹：《丑石》，《人民日报》1981 年 7 月 20 日。

出自一位少年之口，多少有点像"杨朔式"的言说方式。所以，直到完成了《商州初录》（1983 年）、《商州又录》（1985 年）、《商州三录》（1988 年），贾平凹才从那些各具风采的故乡风物、风情中，找到了自己的真情所在，找到了属于他自己的写作节奏。

从整体上看，一方面，80 年代的散文极力想突破固有的传统，但另一方面，新中国成立初三十年散文所形成的种种僵化的艺术观念，很大程度上是 80 年代散文发展的重大屏障，阻碍了 80 年代散文发展的步伐。加上此时期小说、诗歌、戏剧等领域不断借鉴西方写作技巧产生了一个又一个轰动效应，相比之下，散文就处于边缘化的地位了。

然而，80 年代散文虽然沉寂，却探索不断，表现得最鲜明的是复归"人"的主体性、传达人的真情实感的。散文是一种最接近于直接表达人的内心情感的文体，但很长一段时间，散文创作处于单一的政治意志的干预之下，并随着这种干预强度的加重，以及作家生存机制的转向，散文创作模式日渐僵化，更有作家不敢或难于借散文之体传达内心真实的声音。沈从文写于 1948 年的一段话，明确地传达了作家难于表达心声的情绪，他说："人近中年，情绪凝固，又或因情绪内向，缺少社交适应能力，用笔方式 20 年 30 年统一由一个'思'字出发，此时却必须用'信'字起步，或不容易扭转，过不多久，即未被迫搁笔，亦终得把笔搁下，这是我们一代若干人必然结果。"[01] 老作家的搁笔以及政治性色彩浓厚的文艺规范的限制，使散文走上了一条推崇与追逐特定题材之路，以非虚构的方式传达主体情感，戴着虚构的面纱，因而，在长达数十年间，散文鲜有优秀之作问世。随后，受"文化大革命"影响，70 年代末 80 年代初散文背负的陈旧的美学阴影，使发展中的 80 年代散文首先面临着复归人性、复归人的真情实感的传达的问题。一批老作家，如巴金、冰心、萧乾等常被认为是这种恢复的最初成果，如孙犁、杨绛、陈白尘、柯灵、黄裳、黄永玉、徐铸成、汪曾祺、张洁等人的作品，以各具风格的文风，以恬淡和醇厚之美，再一次拓展了当代散文的表现能力，展示了 80 年代散文复苏的迹象。这些大部分有着相同的"文革"痛苦经历的作家

---

[01]　吉首大学沈从文研究室编：《长河不尽流》，湖南文艺出版社 1989 年版，第 502 页。

杨绛（右）

所展示出的风格各异的散文作品，正体现了散文艺术追求个性化的艺术特征，可谓承续了五四新文化运动对文学的个体性的发掘。比如，巴金的《随想录》（1978—1986年）在当时甚至90年代都持续被关注。从1978年底起，在香港《大公报》上连载《随想录》，至1986年达150篇，并从1980年6月至1986年12月陆续在人民文学出版社分五集（《随想录》《探索集》《真话集》《病中集》《无题集》）出版[01]，作品中表达的对于过去的历史的反思、对人的理性的坚守、对人类理想前景的坚定信念，体现出了一位历史亲历者，以启蒙知识分子的身份，对历史和世界的警醒和思考。

特别是80年代中期以后，越来越多的作家不满足于以往陈旧的表达方式，在作品的主题及写作技巧方面都做了积极的探索，同时，随着理论界对散文概念及散文性质的探索，散文的艺术性越来越强了。这其中不乏一些老作者重出文坛，提笔创作之后，呈现的一批艺术价值较高的作品。像汪曾祺这样的作家，就给文坛以极大的冲击力。更重要的是，一些中年作家，经过艰难而微妙的审美调整，[02]也有了新的发展。从整体上讲，刘绍棠、刘成章、冯骥才、陆文夫、田野、李佩芝、李天芳、季红真、周涛、贾平凹、赵丽宏、曹明华、叶梦、唐敏、王英琦、斯妤等一大批中、青年作家，也积极建构自己的审美范式，出现了一批特色作品。像贾平凹的《商州初录》《商州又录》等作品是影响力较大的，作者通过展示商州、静虚村、关中等地

---

[01]　洪子诚：《中国当代文学史》，北京大学出版社1999年版，第319页。

[02]　佘树森、陈旭光在《中国当代散文报告文学发展史》中写道："在新时期文学发展变革的大背景下，中年散文作家的散文创作，无论从观念上或形式上看，都正处在一个比较艰难而微妙的审美调整阶段。可以说，他们几乎没有一个不曾饱受五六十年代散文美学氛围的熏陶，其中有些人恐怕就是由酷爱并模拟杨朔等人的散文而开始写作的。因此，五六十年代散文的审美观念和风范，对于他们来说就构成一种比较深刻的传统力量和审美定势，而变革，就意味着对这一传统或定势的超越和打破。这就历史地规定了他们不能像一些青年作家那样，一出手便显示出变革的锐气和灵气。"北京大学出版社1996年版，第160页。

李佩芝　　　　　　叶梦　　　　　　　唐敏

的自然、文化风景以及生活情态，营造了一种书写当地文化的散文风蕴，并且将人们的生活变动与传统的朴素道德观念结合在一起，去表现商州人的文化传承。周涛的散文以新疆的自然、人文景观为写作对象，在融议论、抒情和叙事于一体的风格中，展示了作者对西部自然山水、人物性情的深切关怀等等。也是在这些作家的努力下，中国的散文理论上，开始出现了"抒情散文""艺术散文""美文"等概念，并且，在很大程度上为 90 年代散文创作的丰富性奠定了基础。

　　因此，努力寻找走出"十七年文学"范式阴霾之路的 80 年代散文，在 80 年代求变的独特时代背景中，一方面，很好地回应了文艺界发起的回归五四传统、回复人性、寻求新启蒙的文学意识，另一方面，在散文写作技巧和规范上，不断地探索，寻找文体复归之路。比如，80 年代所建构的"美文""抒情性"等概念恰恰是对 50—70 年代所建构的散文概念的反驳，更确切地说，80 年代提出的"美文""抒情散文"这些概念，也正是拒绝 50—70 年代文论传统又受其深刻影响的结果，其中体现了树立散文的独立性的意识。当然，也是因为建立散文的独立性的意识的强烈，使一些渗透着多种文体特征的作品，在命名时也被强化了"散文性"，比如，"散文化的小说"，或者"散文诗"等，从而使散文的内涵和外延的界定不断地陷入困境。正如，贾平凹曾针对"抒情散文"的提法所说的："现在人理解散文，似乎就是那一种抒情文章，其实，读古今一批散文大家的作品，方知抒情散文在他们的创作中比重十分之少。"[01]

---

[01]　贾平凹：《周同宾散文序》，《散文选刊》1987 年第 1 期。

可以说，在 80 年代散文概念的界定中，努力挣脱 50 年代以来那种反映社会主义新事物新气象的题材追求，以及歌颂或宣扬政治意识形态的主题追求，并努力让散文挣脱意识形态先行的主题，让散文回归真实心灵的书写，这些显然是作家们彰显 80 年代散文发展进程的重要因素。

第二节　**女性散文作家群的显现**

　　纵观 80 年代散文文坛，如果按年龄段来分，明显地表现出老年、中年、青年作家群的代际关系，而且，他们的创作方向也有所区别，体现了整个 80 年代散文在文体创新上的努力趋向。然而，更有意思的是，一批女性作者以群体的形式介入散文创作领域，格外引人注目。众多文学史著作都对这一现象进行了专门论述。比如，洪子诚在其文学史著作中如此描述八九十年代的散文："这个时期女作家散文，也表现了独特的一面，并出现了'女性散文'的概念。善于从日常生活的细微中发现诗意，并在对自我心理、情绪的敏感捕捉中，营造一种细腻的感性情调。从事散文写作的女作家有王英琦、唐敏、韩小惠、李佩芝、叶梦、苏叶、斯妤、马丽华、黄茵等。"[01] 又如，

苏叶（右二）

---

[01]　洪子诚：《中国当代文学史》（修订版），北京大学出版社 2007 年版，第 322 页。

沈义贞在其专著《中国当代散文艺术演变史》中阐述"1979—1985年间的散文艺术"时，专门设置了"崭露头角的女性散文作家群体"这一节，提出："从现有史实来看，本时期在散文领域比较活跃的作家主要有季红真、张洁、李佩芝、李天芳、苏叶、王英琦、唐敏、叶梦、陈慧瑛、王小鹰、蒋丽萍等人。"[01] 同时，他又在"1986—1989年间的散文艺术"中，通过丹娅、张辛欣、傅天琳、斯妤、赵翼如等作家及文本，阐述了"女性散文群体的女性意识在这一阶段有所深化，相当一部分女性作者已摆脱了此前女性作者散文中常见的情绪化宣泄，转而将女性的命运上升为描写的中心，审视女性自身所走过、留下的那一长串切切实实、歪歪扭扭的脚印，并以一种更理智、更成熟，或更感伤的态度诉说了她们对自我、对男性的反思"[02]。

其实，不仅是80年代中后期一批中年、青年的女性作家崭露头角，早在80年代初期，杨绛、张洁等作家就以女性的身份和独特的女性视角，展现了一批充满独特艺术气息的文本。这些女性散文作家的集体式亮相，给中国的散文创作及文学创作带来了一股强劲之风，其表现出的艺术追求也展示了一个时代独特的艺术追求。

正如散文理论家佘树森曾说："女子散文创作现象，是衡量整个散文创作盛衰的一个极其重要的侧面与角度。因为，当众多的女性作者，拿起笔来向人们畅诉衷肠的时候，必然是一个思想活跃、个性自由的时代；而艺术气质与风格独特的女子散文，也必然充实与丰富着散文的审美世界。"[03] 那么，80年代女性散文家以群体化的方式进驻文坛，正好印证了80年代是一个不断地寻求个性自由的散文的时代，观照这群女性作家不仅具有发掘文本审美内涵本身的意义，也具有剖析当时的文化语境的意义。

如果从中国现当代文学史的层面来看，五四新文化运动始有"女性文学"的发生，其话语浮出历史地表之时，便带上了浓烈的性别突围意识及复杂的自我价值建构性。当时伴随着"人的发现"与"女性的发现"等思想潮流的涌动，冰心、庐隐、淦女士、丁玲等一批女性作家出现于文坛，以散文、小说及新的生活方式的选择宣扬了女性意

---

[01] 沈义贞：《中国当代散文艺术演变史》，浙江大学出版社2000年版，第186页。
[02] 沈义贞：《中国当代散文艺术演变史》，浙江大学出版社2000年版，第212—213页。
[03] 佘树森：《中国现当代散文研究》，北京大学出版社1993年版，第42页。

识。她们以女性独有的敏感、细腻、叛逆甚至执拗，来展示女性要突破种种封建教条的束缚，正视自己的感受和体验，解放自我的心灵和肉体的冲动。这些作品成为中国女性文学寻找女性独立性的最强音，也反映出了长期被礼教压抑的女性，在新文化思想的影响下，寻找自我个体性的过程。80 年代人们又一次使用"女性散文""女性散文家群"这样的概念，也代表了女性对于自身的存在感和独立性的寻找，而这种寻找显然与 50 年代以来女性个体性被遮蔽的历史背景有关系。沈义贞说："1949 年之后的中国政治无疑赋予新中国妇女极大的社会地位与权益保障，其男女平等的程度即使在世界范围内也居于领先地位。然而，在这种高度肯定妇女的地位与男性平等的同时，又隐藏了另一种局限：完全忽视女性自身的性别特点，将女性等同于男性来看待。由此也就导致，在整个 1949—1979 年阶段，真正的女性文学再度从文坛消失，不仅女性作家无一例外地模仿男性话语写作，而且在作家们的笔下一度还出现了大批完全丧失了女性特征的、雄性化的'铁姑娘'形象。正因如此，在 80 年代初期的文坛，当一批女性作者以群体的形式介入散文领域时，也才格外地引人注目。"[01] 这段话所说的原因有一定的道理，但事实远不如这样简单，这里与其说道出了 80 年代女性散文引人注目的原因，不如说指示给我们这一话语产生的知识背景。其所指的新中国成立以来妇女树立的独特地位，以及 80 年代女性文学必须在反叛这样的生存状态中进行女性自身性别特点的言说，无疑给我们一种 80 年代女性文学正面临着异常复杂的语境的暗示，这也决定了 80 年代女性文学的特殊性。

对 80 年代的女性作家来讲，不仅面临着长期以来政治意识形态干预文学言说的自由性背景，也面临着女性如何真正寻找到自身的独立性的背景。在新中国成立以来的 30 多年间，中国的妇女走出家庭、走向社会，从工作方式到工作类别，从家庭地位到社会角色，都发生了翻天覆地的变化，已完全不同于封建制度下的女性生存状态，然而，当女性被赋予了"半边天"的权利和义务时，如何去搭建这女性生存的自由性和个体性，展示女性独特的魅力，是众多女性作家们面临的问题。当政治权利赋予女性与男性一样的劳动者身份的时候，伴

---

[01]　沈义贞：《中国当代散文艺术演变史》，浙江大学出版社 2000 年版，第 184—185 页。

随着的却是女性特征的减弱，如衣饰的男性化、劳动分工的男性化等等，这些都曾经是西方女权主义者们为女性争取过也反思过的权利。当 80 年代改革开放的大潮在中国大地上涌动，各种时新的服饰开始流行，新的劳动分工、社会身份不断涌现的时候，女性作为时尚与潮流中的独特风景，自然而然地面临着如何展示自我的问题，而这恰恰就是女性散文作家们笔下常常涉及的对象，如何展示和书写也成为能够反映女性精神向度的重要标示。

在整个 80 年代，中国女性散文的发展也展示了三个层面，第一个层面为 80 年代初期，一批在新中国成立初期甚至更早之前便已立足于文坛的中老年作家，她们多以回忆录或书写过往生活的方式，来展示她们对生活的理解。比如，杨绛，以其人生的阅历和岁月的深沉，展示人生的智性和从容。她笔下的干校生活场景以及发出的生活妙语是经历了世事沧桑以后的沉淀，是一个从容优雅女性的生活智慧。第二个层面为 80 年代前期显露于文坛的一些作家，她们往往通过书写日常生活的感慨来展示新时期女性对于女性身份的理解和建构。比如，季红真、王英琦等作家，她们在游记、生活见闻中来表达她们的女性观，或直击男权社会对女性的有色眼光，或表达自己的女性主张，代表了本时期众多女性主义者带着点激进色彩的女性主义观。第三个层面为 80 年代中后期显露于文坛的一些女性作家，她们往往更侧重于通过书写女性的个体体验来表达女性的特征，甚至产生了一些特别注重于书写女性的特别的生活方式、生活感受的"小女人散文"，这样的散文在 90 年代曾一度风靡文坛。比如，李佩芝、斯妤等人，家长里短、衣食琐事都成了她们叙写的对象，以此建构女性世界的淡雅人生。

这三个层面的展示，虽然不能说有绝对的先后关系，但也体现出一种流向性，这与整个 80 年代的文学流变是休戚相关的，即女性散文建构的女性主义观，以及进行的审美创新，从根本上与 80 年代文学的精神追求相关，体现出了从书写"历史伤痕"到寻找个性主体的过程，创作手法从单一性走向了多元化，展示出了越来越丰富多彩的女性世界。有人曾说："散文章法的自由，则可以使处于边缘文化的女人有效地抗拒菲勒斯中心主义话语霸权的逻辑。而处于被压抑的精神, 在任意的倾诉中缓解掉内心的焦急。"[01] 80 年代女性散文家群体的展示, 恰恰表达了女性宣扬自身存在的主体性的思想, 而其不断浮出历史地表的女性经验充实的不仅是女性自身的主体世界, 更充实了散文艺术的世界。同时, 不得不提及的是, 女性主义观表达中的偏激和狭隘在散文这一领域中也被表现得一览无余。所以, 观照 80 年代女性散文作家群成为解读 80 年代散文及文学风貌的重要切入口和维度。

---

[01] 季红真:《色彩斑斓的女性世界》,《当代女性散文精选·序》, 北京十月文艺出版社 1995年版, 第 1 页。

想象、建构及限制——20世纪80年代中国文学史论

第三节 "人性"话语建构中的精神取向

80 年代女性散文的主题紧贴时代的脉动，由最初的诉说历史伤痛到反思，渐渐地呈现出对女性主体意识的张扬。时代所提供的高扬人性、呼唤人道、文化启蒙的文学语境，为女性散文在书写女性意识时提供了独特的场域。所以，相较于新中国成立以来忽视女性的性别特征，以及 90 年代以后，极力彰显女性的身体体验等特征，80 年代的女性散文在寻找女性自我、呼唤女性意识的主题上，体现出了"新女性"与"人性"主题相互交错的局面。

若借用散文评论家楼肇明曾指出的"女性散文"应呈现的特质："（一）对女性社会角色的思考；（二）这种思考是以自己的经历体验为基础的，换句话说是以自身的经历体验和女性的心理特征作为观察社会人生、历史自然的视角和触角的；（三）其想象方式具有女性的心理特征，偏爱或擅长顿悟、直觉、联觉等等。"[01] 那么，80 年代的女性散文在思考社会角色、叙述个体经验时，将女性定位为妻子、母亲、女儿等角色时，张扬的并不是作为个体的性别体验或强烈的欲望，而是背负着社会良知、人性等内涵的社会启蒙话语。在女性经历

---

[01] 楼肇明：《女性社会角色、女性想象力、"巫性思维"——关于女性散文和叶梦的"三级跳远"》，《散文选刊》1990 年第 1 期。

及经验的言说上，更侧重于社会人生的视角，而不是个体经验的内化性、私密性。

比如，杨绛的《干校六记》（1981 年），张洁的《拣麦穗》《挖荠菜》《盯梢》等"大雁系列"散文（1980 年前后），季红真的《古陵曲》（1980 年）等作品，充分体现了 80 年代初期女作家在创作中切合时代主题的精神取向。老作家杨绛的《干校六记》可称作"反思文学"的重要组成部分，作者通过《下放记别》《凿井记劳》《学圃记闲》《"小趋"记情》《冒险记幸》《误传记妄》六篇散文，记叙了自己于 1970 年 7 月至 1972 年 3 月在干校的一段生活，借助个人的经历，真实地反映了那个特殊年代中国知识分子的经历和命运。钱锺书评价此书时说："'记劳''记闲'，记这、记那，都不过是这个大背景的小点缀，大故事的小穿插。"[01] 作品既没有着笔于书写时代中发生的悲惨大事件，也没有喋喋不休于女性个体的身体体验，而是以一种平和的笔法，通过叙述身边的一些小事件，展示了荒谬年代种种非人道的现实，正可谓是"大背景""大故事"的点缀。比如，《下放记别》（1981 年）中写夫妻俩不得不分别，面对荒诞的不人道的现实，文章却有娓娓道来的从容之风，甚至带着点幽默的意味。比如，写钱锺书到了干校后变得又黑又瘦：

> 干校的默存又黑又瘦，简直换了个样儿，奇怪的是我还一见就认识。
>
> 我们干校有一位心直口快的黄大夫。一次默存去看病，她看他在签名簿上写上钱锺书的名字，怒道："胡说！你什么钱锺书！钱锺书我认识！"默存一口咬定自己是钱锺书。黄大夫说："我认识钱锺书的爱人。"默存经得起考验，报出了他爱人的名字。黄大夫还待信不信，不过默存是否冒牌也没有关系，就不再争辩。事后我向黄大夫提起这事，她不禁

大笑说："怎么的，全不像了。"[01]

通篇不着一字写劳动或生活的辛苦，却通过一个熟人都不认识的小故事，直接反映出了人在艰苦生活下的变化，而那一句"奇怪的是我还一见就认识"则多多少少有了对生活的讽喻感。

张洁的作品也充满了对时代、社会的理性关怀。如，《拣麦穗》回忆了几十年前拣麦穗的一段往事，在充满温情的笔调中，叙写了一个农村老鳏夫凄凉的晚景；《挖荠菜》则着眼于童年时代经历的饥荒和人世的苍凉。这些散文虽然以少女为视角，充满了女性的柔婉和细腻，但实际上并不着力于彰显女性主义的心理体验，而关注了小人物、人生苦难等当时社会共同关注的问题，其对社会现象、人生苦难的书写，充满了人道主义关怀。季红真的《古陵曲》在这方面的展示则更明显。作品记叙了自己游览古陵的体会，面对古朴神秘的西陵，面对文官、武将的石像，作者发出了这样的感叹：

> 不知为什么，我第一次看到他们，就产生一种本能的反感，不自觉地把脸转向一边。文官麻木的脸上带着虚伪的笑容，武将立目横眉，貌似威严，却更显得愚钝可笑。年事稍长，看了一些西方文艺复兴以后的雕刻肖像，相形之下，才明白，这些石人让人厌烦的原因是缺少人体的曲线和精神。转而一想，封建专制制度是束缚人的精神的，没有精神的肉体必然缺少优美的形态。这四具石像僵直的体态、呆板的神情不正活雕出封建时代忠臣良将的精神面貌吗？[02]

这里，我们可以看到作者表达的反封建主义、呼唤人性自由的意旨鲜明而有力，这也正是新时期之初，打破禁锢、高扬人性的"新启蒙"话语的表现。同时，这篇借景抒情的散文，无论是作者描述所见之景，评论历史，还是批判中国传统文化，作者在叙述情感中包含的理性思辨力量都相当鲜明，这体现了作者的精神觉醒。

从这些作品表达的"反思""人道主义""人性"等精神主旨中，

[01]　杨绛：《下放记别》，《杨绛作品集·二卷》，中国社会科学出版社1992年版，第11页。
[02]　季红真：《古陵曲》，《散文》，1980年第7期。

我们看到了女性散文对社会共同理想和精神的追求，这与专注于书写个体体验的女性意识形成了一种落差，一些评论家也因此认为新时期之初女性散文在个体性的传达上并没有完全实现。比如，有人认为："应该说，新时期之初女性散文的个体精神回归还只是在一个'隐言'层次上完成的，这一时期女性散文实践给我们的最大启示，是女性散文并未因对社会与人性的理想的承载而走向社会（或文化）前景，恰恰相反，在那个理想主义的激情时代，它一度沉寂。"[01] 暂且不论其是否一度沉寂，这种"隐言"代表了在时代主题影响下女性散文在个体体验传达上的一个维度，特别是对杨绛、张洁这样一些经历过或见证过历史的创作的人来讲，在20世纪80年代重新呼唤知识分子的人道主义关怀的背景下，她们对社会共同理想或共同关心的问题的表达是一种自然而然的选择。

不过，另外一些直接言说女性自我形象、确证女性的身体体验的作品，则展示了个体经验表达的另一个维度。当然，相对于20世纪90年代的个体经验的书写特征而言，80年代大部分的女性散文作家，她们所书写的身体体验不像90年代那样感性或私密，而是充满了理性的思辨色彩，甚至说教的性质，王英琦是典型代表。

20世纪80年代，王英琦创作颇丰，以直接、大胆地裸露个性和对男性世界的感言为特色。其中，《没工夫闲愁》（1990年）、《我遗失了什么》（1986年）、《写不出自传的人》（1986年）、《大唐的太阳，你沉沦了吗？》（1985年）、《被"造成"的女人》（1989年）等作品，充分体现了她所坚持的女性意识，字里行间流露出来的"义正辞严"的坚决感，以及女性角色定位的矛盾性，体现了作者内心的坦诚、强烈的批判性乃至决绝感。比如，《写不出自传的人》一文，以自己的身世为叙述对象，记叙了自己是一个私生女的经历和情感。自小就被养父母收养，从小就有种动荡不安的无"根"感，长大后，离家出走，四处闯荡，曾经一人独闯大西北，生活落脚点也不断变化，先是从安徽到河南，又从河南到安徽，从城市到郊区，又从郊区到城

《我遗失了什么》（1986年版）

---

[01]　胡颖峰：《论新时期女性散文的精神向度》，《江西社会科学》2002年第9期。

市，在漂泊的人生中，感受着世态炎凉、流言蜚语，内心充满怨愤、困惑和恐惧，同时，又在坦露艰难和倾诉内心困倦中，塑造出充满粗犷豪爽的阳刚之气的女子形象。行笔的直白和坦露，让人震惊。在王英琦的作品中，她寻找的女性形象是超越传统贤妻良母定义的形象，正如她的作品《被"造成"的女人》所写：

> 常浩叹这世道太不公平了，怎的就没有人发明个'贤夫良爹'这个词汇呢？让他们也去尝尝这个中的滋味——不把他们累得吐血才有鬼哩！在这个不折不扣的动词背后，那是牺牲，那是劳动力，那是永远带不完的孩子做不完的家务，那是永远的忍气吞声，失去自我……[01]

这里，传统的妻子、母亲的形象被批判为男性对女性的"创造"或规约。而在她的另一篇作品《美丽的生活着吧》（1989 年）中，哀叹那些整日为容颜和身段而烦恼并刻意修饰的女性：

> 那么，女人究竟到什么时候什么年龄才不再为容颜和身段而苦恼呢？我曾问过一个女演员，她的回答是：我不知道，我才刚刚六十岁哩。
> 这真是一种深刻的悲哀。一方面是女性荷尔蒙的急剧衰颓，一方面是爱美之心不老，不敢承认自己已到了明日黄花之年。一代又一代的女人们，就在这种痛苦的折磨中终其一生。[02]

这些文字显然充满了说理的自信，在女性角色的定位中，作家更侧重于通过思辨、说理的方式从观念层面批判现有的女性观，而不是从女性独特的身体体验的层面书写女性独特的情感。一定程度上，王英琦的作品中所表现的女性意识并不成熟，无论是她对传统贤妻良母形象的不满，还是对女性爱美心态的批判，都显得振振有词有余而思想性不足。

---

[01] 王英琦：《被"造成"的女人》，《中国作家》1989 年第 4 期。
[02] 王英琦：《美丽的生活着吧》，《当代》1989 年第 2 期。

　　也有一些作家，如唐敏、叶梦等，对女性情感的展示更细腻。比如，唐敏的《女孩子的花》（1986 年）以鲜明而生动的形象和画面，写了一位母亲因为担心肚中的孩子是女孩子而为其占卜性别，细腻地表达了女性面对世界种种伤害而产生的复杂情感。叶梦的《羞女山》（1983 年）是新时期较早地宣扬女性主体情绪的作品。作品对现有的关于羞女山的种种充满男性意识的观念进行了摒弃，大声地质疑羞女山的传说。散文开篇的题记便写道："我固执地不相信那些关于羞女山的传说，那沉睡的卧美人——凝固了几十万年的山石，怎么只会是一个弱女子的形象呢？"[01] 作者惊讶于突然发现了羞女山的女性之

《女孩子的花》
（1986 年版）

美："她那线条分明的下颌高高翘起，瀑布般的长发软软地飘垂，健美的双臂舒展地张开，匀称的长腿，两臂微微弯曲着，双脚浸入清清的江流。还有，她那软细的腰，稍稍隆起的小腹和高高凸起的乳峰。在暖融融的斜照的夕阳下，羞女'身体'的一切线条都是那样地柔和，那样地逼真，那样地凸现，那样地层次分明：活脱脱一个富有生气的少女，赤裸裸地睡在那夕阳斜照的山冈。"[02] 从代表女性特征的曲线、小腹到胸脯，作者借着羞女山书写了女性的身体之美。同时，作者将拥有女性身躯之美的羞女山又化作女娲："对了，只有女娲才配是她！"[03] 将传说中的女神——女娲赋予给山石，体现了作者对女人的认同，并且，体现出了作者心理层面上对建构社会英雄的追求，这远远超出了对女性生命情感体验的书写热情。有评论家认为："她激动地揭去了千百年来那些别有用心的道学家和作茧自缚的平民百姓强加在羞女身上的荫翳，不仅高扬起女性不屈的宏阔的精神自我，更张扬出女性那充满创造之伟力的肉体生命自我。《羞女山》概括了新时期十年女性散文当时尚未明确意识到，此后努力追寻和揭示的女性

---

[01]　叶梦：《羞女山》，季红真编：《当代女性散文精选》，北京十月文艺出版社 1995 年，第 209 页。

[02]　叶梦：《羞女山》，季红真编：《当代女性散文精选》，北京十月文艺出版社 1995 年，第 210—211 页。

[03]　叶梦：《羞女山》，季红真编：《当代女性散文精选》，北京十月文艺出版社 1995 年，第 213 页。

自我形象。"[01] 叶梦在女性自我形象上的追求，无疑在当时的作品中是比较优秀的，而其精神自我上大写的人的印迹，正来自20世纪80年代整体的文化语境。

可以说，20世纪80年代女性散文的叙事话语从来未曾缺失过其在80年代启蒙话语中的规约性，其以群体方式展现这一存在形态所期待的性别特征也未能达到较深的深度。无论是传达的女性观还是写作中运用的创作手法，不免有矫揉造作和幼稚之气，不过，与其说是缺点，不如看成长期被压抑的女性书写在成长中不得不面临的一个问题，更显女性书写和主体性建构的艰难。

《月亮·女人》（1993年版）

[01]　李虹：《女性自我的复归与生长——新时期女性散文创作的流变》，《文学评论》，1990年第6期。

第四节　"自我"的艰难追寻

　　20 世纪 80 年代，女性散文的出现意味着女性对生命"自我"、精神"自我"的追寻，正如前文所言，这一"自我"深受 80 年代人道主义、个性自由等启蒙话语的影响，而女性"自我"确立这一话语本身包含着的女性要挣脱社会话语规约、张扬充满女性性别体验的特征，又使"自我"的追寻变得复杂而又微妙。比如，戴锦华就认为："在新时期的历史语境中，女作家可以禀'大写的人'或'人性'或'社会良知'或'人民代言人'之名，占据重要的话语中心位置；一旦此中女性的性别身份与性别体验显露或遭指认，那么随之而来的便是其写作者的位置'滑向'（如果不是'逐往'）边缘。"[01] 与 90 年代的女性书写相比，80 年代的话语显然更具有"大写"性，80 年代女性散文在生命"自我"的追寻上，不管是有意还是无意，都有种已经占据或为了占据话语中心位置的特征，而这种特征本身又使张扬女性生命"自我"变得越发艰难。

　　基于时代和自身表达的需要，20 世纪 80 年代散文在女性生命"自我"的确立上，总有一股感伤的色彩。正如张洁在中篇小说《方

---

[01]　戴锦华：《新时期文化资源与女性书写》，叶舒宪主编：《性别诗学》，社会科学文献出版社 1999 年版，第 29 页。

舟》（1982 年）的扉页上写着的题记："你将格外的不幸，因为你是女人。"[01] 一方面，这与当时正处于创作高峰期的女作家，都经历过中国的饥荒期、上山下乡和"文化大革命"的艰苦岁月有关，正如张洁在"大雁系列"中所叙述的少女时代，充满了肉体感觉上的饥饿和情感上的失落，乃至失去亲人的痛苦。另一方面，这也与女性在"自我"追寻中，要冲破重重社会规范和话语障碍有关。在中国漫长的数千年历史上，女性一直是被封建主义制度所规约的对象，为女儿和妻子的身份所设的种种规范，一直将女性作为男性的附庸，这是女性没有"自我"的时代。而在刚刚过去的数十年中，以一种政治的形式为女性树立政治和社会地位的时候，却要求女性承担与男性一样的劳作和思想，要求女性穿几乎与男性一样的服饰，要求女性尽量消除女性的身体特征进行生活，这同样是一个以牺牲女性生命"自我"来成全女性地位的时代。因而，在这样的背景下，开始为女性生命"自我"发出声音的女性散文，看到了太多女性的悲惨和不幸，爆发出诸多言说话题。

也有一些作品，希望通过描述心目中理想的家园，来寻找女性安宁的生存空间，像李佩芝的许多作品就表现了这样的主题。比如，她的《小屋》（1982 年）、《哦，我的小学校的中午》（1983 年）、《我的那个世界》（1986 年）等作品，都显示出作者对现实的逃遁，对"自我"王国的向往和经营。正如她在《我的那个世界》里所写的："我希望在那个世界里能轻松地坦然地生活。不用应酬，不用虚套，不用与人较量，不玩世，不油滑，用真诚赢得信任。"[02]

然而，大量的文学作品在行文中似乎并没有表示出这样的感伤性，而是以一种高昂的语气去愤世嫉俗，以一种强硬的姿态去宣示女性的自我。作为散文这一体裁，相对于小说和诗歌而言，其章法的自由使女性作者能更有效地去宣泄情绪，对抗男性话语形成的霸权，以缓解内心的焦虑。比如，王英琦的作品在面对男性话语时就充满着挑战的意味，然而，这种过于简单的反叛表现出的雄性色彩，又何尝不是换一种方式的压抑，显示的又何尝不是女性自我生命的迷惘和焦虑呢？包含在字里行间的依然是一种深层的感伤。

---

[01]　张洁：《方舟》，《收获》1982 年第 2 期。
[02]　李佩芝：《我的那个世界》，《散文选刊》1986 年第 12 期。

在寻找自我的书写中，我们不得不提的另一位作家是曹明华，她的散文所呈现的美学形态与当时所有散文几乎都有鲜明的区别。曹明华于1980年考入大学后便在校园期刊上发表散文，1986年结集为《一个女大学生的手记》出版，销售总量达到150多万册，在当时引起巨大轰动，后来，又出版了《一个现代女性的灵魂自白》（1988年）等作品。作为一名女大学生，曹明华敏感地捕捉到了当时青年们的一种情绪，用一种自然又舒缓

《一个女大学生的手记》
（1986年版）

的语言表现青春期的女孩对世界的感悟，她的散文也被称为"曹明华体"或"手记体"。比如，她在《因为有了秘密》中如此写道：

> 她感觉，你的目光，仿佛深沉了；你的心地，似乎宽容了……或许，因为有了秘密？
>
> 是的，因为，有了秘密。
>
> 像往常一样，你又轻轻地、轻轻地扯过她的发梢——
>
> "相信吗？当你意识到自己是一个独立的人了的时候，秘密，便似一缕最柔顺的发丝，自你鬓边悄悄生长了……"
>
> 她应该是信的！
>
> 因为，没有秘密的人，会像一枚轻盈的柳叶——可爱，却不可靠；
>
> 不过……盛着太多秘密的人，又似一株病态的高粱——可怜，但不可爱？
>
> 我是说，——你的眼神显得固执了——要有那么一点……是的，那么一点，却是绝不可少的。
>
> 最终，她同意了……[01]

从这样一种娓娓道来的对话中，我们感受到一个正在成长中的女子的内心，这成为当时众多读者对生活的真实感悟的写照。所以，有

---

[01]   曹明华：《一个女大学生的手记》，上海文化出版社1986年版，第1页。

想象、建构及限制——20世纪80年代中国文学史论

一封读者来信说："你们好像都在把曹明华的东西当'文学作品'来看，而我们不是。我们只感觉这是个活生生的可交流的对象，从它那儿可以发现我们自身的那么多微妙的体验和感受……我在看的时候一点都没去想这是不是'文学'？是什么程度的'文学'？什么样式的'文学'？"[01] 有评论家认为，"曹明华的作品大胆地袒露了一个女性对世界的全部判断，这种绝对个性化的评判因其唯一也就极具魅力"[02]，"曹的成功在于她第一次以近乎独白的形式表达了一代人的共同意志和心态"。[03] 在我看来，曹明华的意义在于，当20世纪80年代大多数散文都以表达历史负重、人生哲理来彰显女性的主体性的时候，她书写的是青春的呓语和青春的情绪，这种似乎没有什么逻辑也没有什么重大社会主题的书写，却恰恰表达了主体精神上的一种自由、明净和舒展。这样一种文体在当时的年轻人群体中引起了轰动，也就成为自然而然的事情了，或许，在女性的世界中，对话的需求无处不在，曹的这种文体正好满足了这种需求。然而，曹明华的文体并没有成为一种普遍现象，这也正是80年代"人性""人道主义"建构的强势话语需求所决定的。

本杰明说："发现妇女的欲望不再依赖妇女从强大的他者中解脱出来，而是通过寻找一种与欲望之间建立的自由关系，自由地与他者主体相处，并在与他者的差异中获取自由。"[04] 20世纪80年代的女性散文一直在努力地寻找着这种"相处"，而这种"相处"无疑是艰难的。数千年的封建主义思想根深蒂固，传统男权文化观念的影响从来没有、也不可能消失。女性散文一直在不断地批判这种传统束缚，寻找女性的自由，正如叶梦在《羞女山》中要为山石打破种种男权话语的描述，期待从打破中重新找到新的表述话语，赋予山石女娲的称号。然而，女娲这一女神形象又何尝不是缺失了女性内在生命体验的一个符号呢？从另一层面而言，80年代的女性散文的主题被深深地包裹在人道启蒙与个人主体性的精神追求中。将发掘人的主体性作为

---

[01] 杨晓升：《关于〈一个女大学生的手记〉的再思考》，《中国青年》1987年第12期。
[02] 老愚：《上升的星群——论当代中国新生代散文》，《蜜蜂的午后》，中国对外翻译出版公司1995年版，第119页。
[03] 老愚：《上升的星群——论当代中国新生代散文》，《蜜蜂的午后》，中国对外翻译出版公司1995年版，第119—120页。
[04] ［美］杰西卡·本杰明：《妇女欲望》，《二十世纪欧美文论名著博览》，中国社会科学出版社1998年版，第54页。

女性主体自觉的一个重要维度，显然有助于女性的解放，然而，社会共同理想也增加了确认女性生命"自我"的难度。当女性文学不断将"大写的人"的解放作为女性"自我"的主题时，与女性自我的发展又不断地产生着内在的冲突。

在 20 世纪 80 年代的女性散文中，我们频频看到一位位充满批判眼光、要对家庭和社会中的男女角色进行重新定位的知识女性，在作者及当时众多女性文学的拥护者中，这样的女性显然被赋予了社会主义新人的想象。从理论上讲，将女性自我的确立建立于人的主体性的解放之上，有助于女性更好地明确自我的生存状态，然而，细细感受之后，我们不难发现，其核心不是"女性的"，而是"时代的""社会的"。如果回到现实生活中，这样的想象或努力缺乏生存的自由、安宁和柔婉，而这些正是女性拥有幸福生活所必不可少的条件，这代表了 80 年代女性散文的精神缺失。然而，不管怎么说，女性散文家以群体的方式出现，代表了女性生命"自我"的追寻达到了自觉化的高度，这也是 80 年代彰显人性解放的重要标示。

第十四章 "实验戏剧"：
探索的活跃及突进的艰难

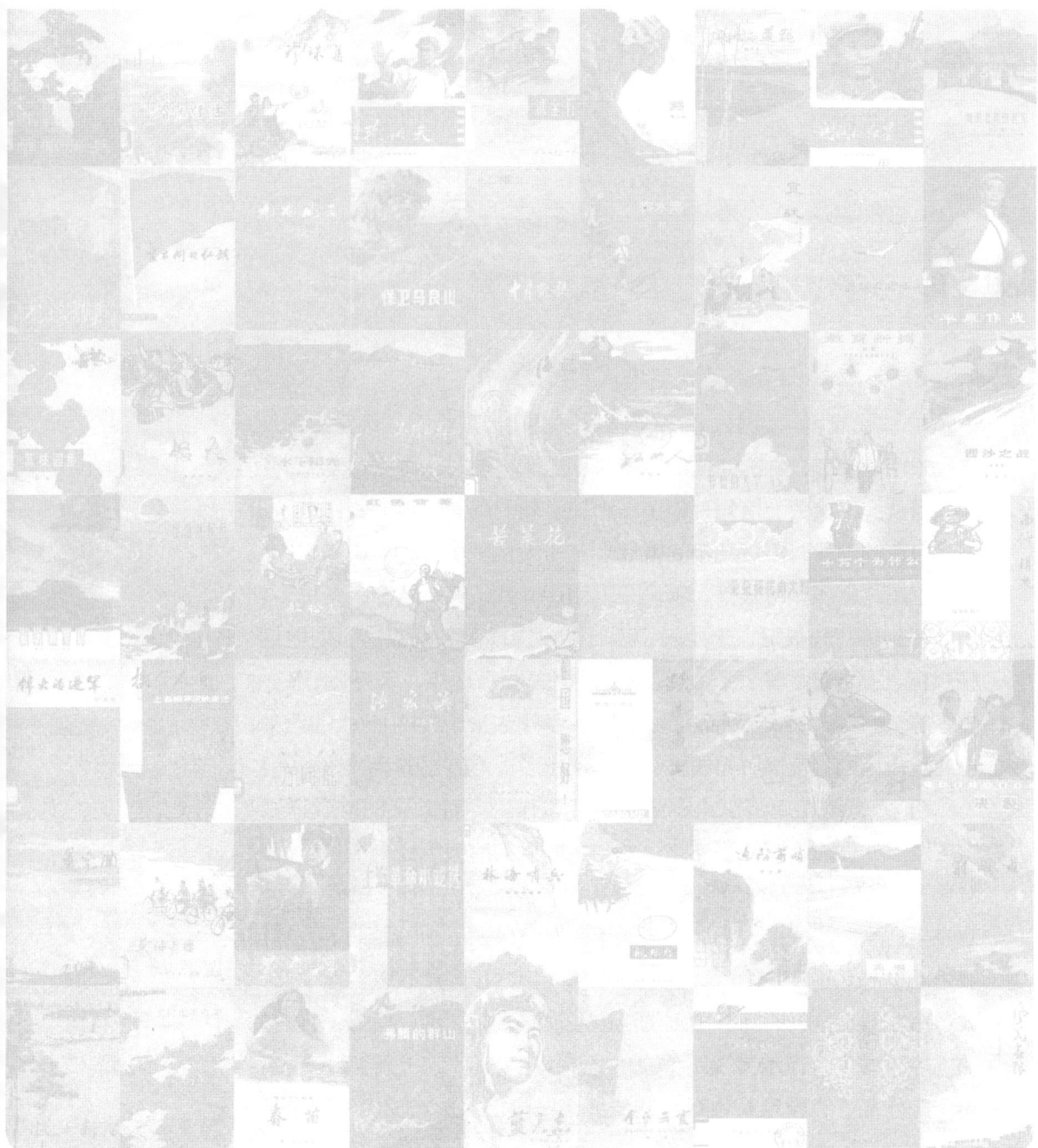

第一节　从配合时势之作到戏剧观大讨论

　　80年代戏剧（话剧）的兴起源自"文化大革命"结束之后的70年代末期，此时，中国话剧结束了长期迟滞不前的状态，在剧本的创作数量及演出次数上首先开创了一个较蓬勃的局面，新老剧作家纷纷开始自己的创作，短短几年间就涌现了一大批剧作家，如崔德志、白桦、王正、赵寰、所云平、丁一三、谢民、武玉笑、丛深、李恍、刘川、翟剑平、苏叔阳、李龙云、沙叶新、白峰溪、刘锦云、刘树纲、杨利民、高行健、李杰、沈虹光、宗福先、水运宪、邢益勋、马中骏等等。当然，80年代话剧的发展离不开历史的因袭和时代的语境，在此阶段话剧的发展历程较鲜明地体现出了艰难突进的特征。

　　自20世纪初起步以来，中国的话剧作为一种舶来的文学样式，它的发展一直面临着借鉴外来形式与民族化的冲突历经半个多世纪的发展，在20世纪30年代虽有一些优秀之作产生，但它总体上并没有产生实质性的成果，反而在政治手段以及单一思想的禁锢下，其自我更新机制几乎走向绝境，特别是中华人民共和国成立以后至"文化大革命"结束这段时间，中国的话剧发展陷入僵滞期。比如，当时的热门剧《同志，你走错了路》（1942年）、《霓虹灯下的哨兵》（1962年）等作品，完全是革命意志的演绎，一些艺术形式较优秀的作品，如田汉的《关汉卿》（1958 年）、老舍的《茶馆》（1957 年）以及未完成的《龙须沟》（1951 年）这样的作品，也无法正常地存在。所以，当 80 年代话剧创作重新开始恢复的时候，不仅艺术表现手法很单一，而且，由于长期的思想禁锢，剧情被包裹着浓厚的政治意识形态，并且其深深地植入了作家的创作思维中，以致 80 年代初期大量的话剧是配合时势之作，追求主题上对社会政治问题的关注，追求宣讲教化功能。可以说，对这个时期的话剧创作来讲，突破三十多年来创作题材的禁区，寻找现实主义话剧传统的复归体现了话剧创作的一种艰难突围。不过，与其他艺术形式一样，80 年代是一个长期禁锢以后向外开放的年代，大量的西方艺术体式进入中国，中国的作家们抱以殷切的期待和热烈的拥抱，国外话剧的各种表现手法也在这个时候频频被国内的创作者所借鉴，关于新的样式的戏剧的探索也进入了一个活跃期，并且，在 80 年代初期就产生了一些在创作手法上积极创新的作品。当新的探索与传统的思想观念交接之时，首先引发的就是关于戏剧观的大探讨。这场讨论大致始于 1983 年，在 1984 年和 1985 年间争论极为活跃，从文学史上讲，这既是对 60 年代初期关于戏剧的多样化的讨论中断后的继续，同时，也标示了 80 年代话剧发展对多样性的表现模式的自觉追求。

"文革"刚刚结束，拨乱反正的政治浪潮在全国范围内展开，对过往畸形政治的批判以及对改革开放美好前景的向往等主题汇入艺术潮流中。在话剧的创作上，与小说、散文、诗歌的创作一样，关于"伤痕""反思"

《于无声处》（1978 年版）

话剧《于无声处》剧照

1978 年 11 月，北京人民欢迎《于无声处》进京演出

乃至"改革"主题的艺术作品开始涌现。比如，1978 年冬，由宗福先创作的，在上海市工人文化宫首演的四幕话剧《于无声处》，讲述了一位参与"四五天安门事件"斗争的英雄欧阳平躲到何是非家，从而引发一系列矛盾的故事，表现了政治斗争的激烈性与复杂性，大胆积极地歌颂了革命者情操，这样的主题正是积极响应了中共中央当时刚刚做出的为"四五天安门事件"平反的通告。此时话剧舞台上大多数层出不穷的新剧目，也拥有与《于无声处》一样的创作目的，即创作者普遍以一种极高昂的政治热情，紧随时代号召，展现了时代中波澜壮阔的思想解放运动。当时，每个月几乎都有能在全国范围产生强烈反响的剧目出现。比如，崔德志的《报春花》（1979 年），李龙云的《有这样一个小院》（1978 年）、《小井胡同》（1981 年），赵梓雄的《未来在召唤》（1979 年），邢益勋的《权与法》（1979 年），宗福先、贺国甫的《血，总是热的》（1980 年），邹维之的《初春》（1981 年），梁秉堃的《谁是强者》（1981 年），李桦的《被控告的人》（1982 年）等。这些剧目在当时引起了极大的轰动效应，处处受到追捧，比如，有评论者曾说过："崔德志的《报春花》1979 年一经发表和公演，随即形成轰动。相关人员被紧急特邀参加庆祝中华人民共和国成立三十周年献礼演出，在京连演三个月，场场爆满。全国有一百多个剧团同时排演，中央电视台连续播放录像或实况转播。据统计全国城乡约有一亿人次观看过该剧。"[01] 在笔者看来，剧本的轰动既是文化娱乐活动长期受禁后产生的爆发效应使然，同时，也是因为其反映了典型的时代问题而引起官方及大众的兴趣。比如，《报春花》是一部典型的反映社会问题的现实主义话剧。

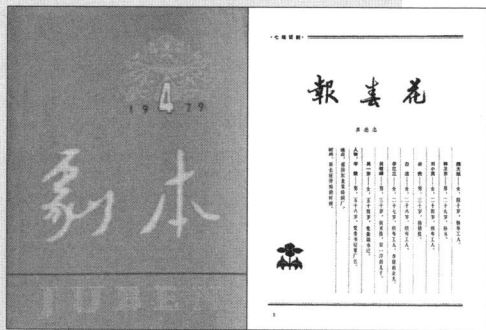

《报春花》发表于 1979 年第 4 期《剧本》

话剧《报春花》剧照

---

[01] 金汉主编：《中国当代文学发展史》，上海文艺出版社 2002 年版，第 577 页。

剧中的主人公白洁是一个出身不好的"黑五类"，从小受到他人的歧视，久而久之，她的性格和心理也变得倔强、自尊又脆弱、绝望。在"文革"中，她曾不顾个人安危保护过李健和吴晓峰，但当吴晓峰爱上她时，她却彷徨、犹豫，而实际上她内心是十分渴望真正的爱情的。同样，当她出色地完成自己的工作任务，成为全厂最好的织布能手后，却因"劳模"提名的风波，采取将次布算到自己名下这种自背黑锅的方式逃避荣誉。从白洁的身上，我们可以明显看出，作者借助这样一个人物的不正常的性格和行为，既对人物命运抱以同情，又对社会不公和历史的失误进行了深刻的反思。又如，李龙云的《小井胡同》是一部借普通市井人物的生活来展示国家和民族历史变动的作品，有师承老舍的特色。戏剧共分为五幕，分别安排在"北京和平解放前夕""'大跃进'年代""'文革'初期""'四人帮'垮台之际"和"十一届三中全会之后"这五个历史时期，通过滕奶奶、水三儿、刘家祥、许六、疤拉眼大哥等主要人物的言行，创造了一幅幅融民俗风情和历史风云为一体的画卷，揭示了我们民族走过的三十年的历程。

从根本上讲，这些作品在主旨上或反映"四人帮"时期黑暗的政治对人性的扭曲和迫害，或反映改革大潮到来之时，社会上的一些不正之风以及现实的问题。这些作品普遍存在着过分强调故事情节对政治主题的切近而导致的缺乏现实感和历史感的缺陷，在人物形象塑造及情感传达上缺乏生动感。

也正是在这样的一种现实背景下，20 世纪 80 年代初期戏剧表面的繁荣也很快暴露出了危机，人们越来越意识到各种反映社会问题、关注政治主题的戏剧，大多只是对"文化大革命"的政治不满情绪的宣泄，并没有达到艺术发展的真正高度。同时，随着 80 年代向西方现代派借鉴浪潮的席卷而至，话剧在主题以及表现手法上都在积极寻找新的支点，像贾鸿源、马中骏的《屋外有热流》（1980 年），高行健的《车站》（1983 年）等作品，以

话剧《屋外有热流》剧照

不同于传统现实主义的手法，展现了新的充满哲理意味的主题。

因而，面对戏剧的发展现状，人们开始思索中国戏剧的危机以及西方戏剧的影响力等问题，意识到了变革的重要性及必要性，在戏剧界引发了对"戏剧观"问题的大讨论。

从戏剧发展的历史来看，这次大讨论是对 20 世纪 60 年代初期那次夭折的讨论的延续。1962 年，黄佐临强调戏剧作为一种独特的艺术形式，在形式和手法上有自己的独特性，他说："关于'戏剧观'一词，是我本人杜撰的。有人认为应改作'舞台观'更确切些，事实不然，因为它不仅指舞台演出手法，而是指对整个戏剧艺术的看法，包括编剧法在内。"[01] 这样一种强调某一艺术形式的独特性或独立性的观点，在 50—70 年代的历史时期中，势必会遭到批判和扭曲。然而，到了 80 年代，随着文学历史处境的改变，人们开始重新强调艺术存在的独立性，因此，80 年代有许多人循着黄佐临的思路，进一步阐发和引申"戏剧观"的内涵。有人认为："一百多年来的戏剧发展史证明，戏剧家正是在对舞台和舞台真实的看法上，表明自己的戏剧观的基本倾向；戏剧观的转变与发展，也集中表现在对舞台和舞台真实的观念的转变上。说得再简要点就是：戏剧观主要表现在对舞台假定性的看法如何。佐临同志……把'第四堵墙'作为检验戏剧观的试金石，我以为是抓住了要害的。"[02] 同时，也有一些人对戏剧或话剧的本质提出了新的看法，引发了新的"戏剧观"。

在《戏剧艺术》1985 年第 3 期陈恭敏回答记者的一篇访谈中，他较详细和准确地概括了当时讨论带来的"戏剧观"的新变化，这可视作对当时"戏剧观"讨论的一次有效总结。在他看来："从对'以情动人'的崇拜到强调诉诸理智，是当代戏剧观重要变化之一。……当前戏剧观的第二个变化是，历来戏剧家重情节，现在有些戏剧作品出现了从重情节向重情绪的转化，也就在描写对象上发生了较大的变化。……当前戏剧观的第三个变化，是戏剧正从规则的艺术向不规则的艺术转化。……当前戏剧观还有一个变化，就是戏剧艺术正从外延分明的艺术向外延不太分明的艺术转化，这和戏剧从规则向不规则转

---

[01] 黄佐临：《漫谈"戏剧观"》，《人民日报》1962 年 4 月 25 日。

[02] 童道明：《也谈戏剧观》，《戏剧界》1983 年第 3 期。

化是相联系的。"[01] 他也概括了引发当代"戏剧观"变化的原因来自两个方面，一是人们认识客观世界、主观世界能力的发展，二是东西方文化的交流。

当"戏剧观"正在讨论中发生着改变的时候，人们对戏剧创作多样性的追求也变得越来越明确。1984 年和 1985 年的《戏剧艺术》中的大量文章涉及了"戏剧幻觉""第四堵墙""表演""意态""戏剧悲剧精神""戏剧喜剧精神""话剧本性""多样性"等问题的讨论。比如，在 1985 年第 1 期《戏剧艺术》上，袁华水在《多样化才有出路》一文中明确提出："话剧要有出路必须大胆创新。怎样创新，我谈两点看法：一、演出样式的多样化。二、舞台美术形式的多样化。"[02] 虽然在文章中，作者没有就具体问题展开更深刻的论述，但是在演出的样式和舞台美术形式上强调多样化，突破了主题论的范畴，强调了戏剧艺术作为舞台表演艺术的独特性。

总体来看，20 世纪 80 年代的这场讨论是戏剧发展史上艺术追求自觉化的体现，不管是涉及"戏剧观"还是戏剧多样化的问题，讨论的结果都趋向于对传统的工具论的突破，并且，也进一步带动和强调了西方艺术表现手法对中国戏剧创作的影响。有学者曾如此概括："戏剧存在的种种问题，引发了戏剧界'戏剧危机'的讨论。涉及的问题主要是两个方面，一是对戏剧'功能'的再认识，以调整那种戏剧是回答社会问题，进行宣传教育最好的工具的流行看法，改变创作上抢题材、赶任务、说教等弊端。另一是'戏剧观'和艺术方法的多样化，改变当代创作上'易卜生模式'和演剧体系上'斯坦尼斯拉夫斯基模式'的一统地位，达到对多种戏剧观和戏剧模式的开放。既不仅肯定'写实'（创造生活幻觉），也承认'写意''象征'（排除幻觉）的戏剧存在的合理性，承认布莱希特、梅特林克的经验和中国传统戏曲的经验。"[03] 实际上，这次讨论的结果从形式上强调了戏剧的独特性，它有助于在创作手法上实现多样化的同时，突破表现主旨上受单一的政治意识形态左右的创作模式及工具论的思维方式。虽然，大部分作品在借鉴西方戏剧及中国戏曲的表现形式时，尚流于表现技

[01] 陈恭敏：《当代戏剧观的新变化》，《戏剧艺术》1985 年第 3 期。
[02] 袁华水：《多样化才有出路》，《戏剧艺术》1985 年第 1 期。
[03] 洪子诚：《中国当代文学史》，北京大学出版社 2010 年版，第 265—266 页。

巧的借鉴，但是，在这场讨论中，大多数戏剧家已经认识到拓展戏剧观念的重要性。他们不仅接受了西方戏剧的表现技巧，也开始重视中国传统戏曲的表现方式，像逼真性、假定性、写实、写意、幻觉等观念都得到了讨论；并且，形式突破的实质意味着内容的突破，在此期间产生的大量"实验戏剧"堪称实践者。也正是在此基础上，80 年代中后期，随着创作实践的展开，人们又对论争本身产生了思索，推动了整个 80 年代中国戏剧创作的发展。

想象、建构及限制——20世纪80年代中国文学史论

第二节 "实验戏剧"的艺术探索

20 世纪 80 年代中国戏剧发展的重要表现无疑当属层出不穷的"实验戏剧"。作为一股潮流，它的产生显然受到了西方现代主义、后现代主义潮流的影响，但它也是中国戏剧界意识到自身发展的危机而自觉生发的艺术变革的结果。最初的戏剧变革实验注重对西方现代主义艺术技巧的借用，而至 80 年代中期，随着大量"实验戏剧"作品的出现，中国戏剧已经明显展示出走向现代化的特征，并且，80 年代的"实验"也一直影响了 90 年代以后戏剧的发展路向。80 年代"实验戏剧"的潮流，最早可追溯到《我为什么死了》（1979 年）和

《十五桩离婚案的调查剖析》节目单

话剧《十五桩离婚案的调查剖析》剧照

《屋外有热流》（1980 年），而其后林兆华、高行健等人的戏剧变革，特别是小剧场戏剧的创作，标志着中国"实验戏剧"蓬勃发展之势的到来。在短短的几年间，中国戏剧舞台上产生了大量有影响力的剧本，主要包括：高行健的《绝对信号》（与刘会远合作）（1982 年）、《车站》（与林兆华合作）、《野人》（1985 年），刘树纲的《十五桩离婚案的调查剖析》（1983 年）、《一个死者对生者的访问》（1985 年），陶骏、王哲东等人编的《魔方》（1985 年），王贵等人编的《WM（我们）》（1985 年），吴保和等人编的《山祭》（1985 年），锦云的《狗儿爷涅槃》（1986 年），陈子度等人的《桑树坪纪事》（1988），沙叶新的《耶稣·孔子·披头士列侬》（1988 年）等。这些作品无论在艺术展示形式还是内涵的传达上，都极具创新意识，成为代表 80 年代中国戏剧发展成就的重要作品。

　　1980 年的《屋外有热流》，常被视作最初在戏剧界产生重大影响并标志了戏剧改革潮流的话剧，其体现出的"实验性"突破了以往戏剧创作的规范，也体现了 20 世纪 80 年代"实验戏剧"在艺术变革上的诸多共同取向。这是一部独幕剧，以已经牺牲的哥哥赵长康的灵魂的游走为推动剧情发展的要素，通过富有想象力地营造屋内的"冷"与屋外的"热"、生与死、崇高与卑微等对比性意象，展示已死的哥哥的热情、活力、无私与活着的弟弟妹妹的冷漠、世俗、自私。弟弟和妹妹住在屋子里，屋内有暖炉，有音乐，有咖啡和面包，然而，却没有一点热气，因为他们价值追求的冷漠和自私，他们见利忘义，信奉金钱哲学，所以这间屋子也是冷的。哥哥就曾这样质问他的弟弟和妹妹："你们以为披上了毯子，穿上了大衣就不冷了吗？"在屋外虽然"西伯利亚寒流南下"，"气温达零下 50 摄氏度"，但却是一番热火朝天的景象，"马路上嘈杂的人声；车间里汽锤的撞击声；汽笛高鸣；火车的疾驶声……"，"连雪花都温暖极了"。所以，外面虽然冷，却是充满温暖和光热的。哥哥赵长康的灵魂三次出现在弟弟妹妹的眼前，最后，作为本剧的意旨，赵长康发出了这样的呼声："去，趁大雪还没有把最后一扇窗子封住，你们快去，把丢失的东西找回来，没有它，你们要冷的。""回来吧，那发光发热有生命的灵魂。"[01]

---

[01]　马中骏、贾鸿源、瞿新华：《屋外有热流》，《剧本》1980 年第 6 期。

想象、建构及限制——20世纪80年代中国文学史论

在这部独幕剧中，作者把现实的场景与虚幻的场景相结合，把生者的谈论与死者灵魂的对话相结合，打破描述客观物象的传统现实主义手法，通过建构时空灵活转换的结构方式，展示了一个人只有怀抱激情投入社会生活的创造中，才能使生活充满光和热的主题。剧作者自己说："一个人如果逃避火热的斗争，龟缩于个人主义的小圈子，就必然抵挡不住脱离集体失去亲人的寒冷，他只有走出屋子才有热流才有生命。"[01] 剧作名为《屋外有热流》，也恰恰是这一主题意象的直接呈现，明确表示在寒冷的环境下，只要有一颗火热、积极的心就会充满温暖。作品运用荒诞、象征、意识流等诸多手法，大胆地剖视了人物的内心，表达了富有哲理性的主题，体现了艺术形式探索的创新性。正如有人所认为的："剧本在结构上改变了话剧舞台长期形成的'传统'格局——完整的故事情节、起承转合的戏剧冲突、凝固呆滞的时间空间。剧本别开生面地将现实生活中常见的、平常的道理放在不合常理、近乎怪诞的环境和冲突中展示，使之产生出一种令人震惊的效果。"[02] 当然，作品在进行艺术性的探索时，由于过分注重人物及意象的善恶、好坏对比，急于评说什么样的生活才是有价值的生活，意念化色彩过于浓重。

若要追问剧本体现出的"实验性"特征的推动力，则主要源自戏剧变革的强烈要求以及借鉴西方现代主义戏剧表现技巧的冲动。该剧作者说："随着科学技术的发展，生活节奏的加快，人们的思维节奏也相应加快，话剧形式必须有新的探索，这一点我们是有意识加以追求的。我们吸取了我国传统的写意手法，对外国意识流小说和荒诞派剧作等表述手段也采取'拿来主义'的态度。只要能表现创作意图和内容，无妨试一试。"[03] 在此，剧作者无疑将借鉴中西艺术表现手法乃至"拿来"作为"话剧形式必须有新的探索"的有效手段。所以，尽管该剧展示的主题趋向哲理化的意味，但并没有突破当时处于社会主流的"反思文学"的特征，然而，其表现手法上的大胆创新已经引发了探索剧的潮流。

---

[01] 贾鸿源、马中骏：《写〈屋外有热流〉的探索与思考》，《剧本》1980年第6期。

[02] 苏乐慈：《〈屋外有热流〉导演阐述》，《探索戏剧集》，上海文艺出版社1986年版，第28页。

[03] 贾鸿源、马中骏：《写〈屋外有热流〉的探索与思考》，《剧本》1980年第6期。

　　高行健作为 20 世纪 80 年代探索剧潮流的中坚力量，他与林兆华、刘会远等人的创作在戏剧变革上产生了重要的影响。高行健等人先后创作了《绝对信号》、《车站》、《现代折子戏》（1984 年）、《野人》（1985 年）、《彼岸》（1986年）等剧本，并且，发表了《现代戏剧技巧》等理论著作，奠定了其在中国戏剧史上的重要地位。高行健与刘会远合作的《绝对信号》是较早体现"实验性"的剧本。剧情设置为劫车与反劫车的斗争，失足青年黑子参与劫车，最终在老车长、朋友和恋人的感召下悔过自新。剧情还是当时普遍意义上的拯救失足青年的故事。但是，

高行健

其在表现形式上极具创新性。戏剧以小剧场的形式演出，使观众最近距离地接近演员，制造了一种身临其境的感觉。全剧淡化故事情节，突出人物内心世界的展示，借助于灯光转换、双重空间并置等手段，让人物的内心世界在现实、梦幻与追忆间呈现，不仅制造了一种紧张感、现场感，而且容易使观众进入剧情，与剧中人物产生交流。《野人》是高行健的另一部代表作，在这部剧中，创作者将多声部的复调色彩发挥到极致，借助寻找野人这一故事，展示了现代人在各种政治利害、物质利益驱使下的心态，如王记者看风向挖新闻，林主任、陈干事等人根据上面权力人物的需求办事，被调查的人们则因野人事件暴露出了利欲、情欲、贪念，只有孩子细毛拥有健康的人性。整个剧情围绕着生态学家有关生态平衡调查的主线，自由地调度各种戏剧场景，并借助"薅草锣鼓"、"上梁号子"、"赶旱魃傩舞"、民间说唱《黑暗传》、民间花歌、伐木舞、野人舞等，创造多视像的交响，提升场景的丰富性和多义性。高行健在该剧的演出说明中说："本剧将几个不同的主题交织在一起，构成一种复调，又时而和谐或不和谐地重叠在一起，形成某种对立。不仅语言有时是多声部的，甚至同画面造成对立。正如交响乐追求的是一个总体的音乐形象，本剧也企图追求一种总体的演出效果，而剧中所要表达的思想也通过复调的、多声部的对比与反复再现来体现。"[01]《车站》是一部具有寓言象征意义的话剧。故事发生在一个没有年代、地点甚至没有具体剧情的城郊公交车

---

[01]　高行健：《野人：关于演出的建议与说明》，《高行健戏剧集》，群众出版社 1985 年版，第273 页。

话剧《车站》剧照

站，一群人在这里等车，汽车不是不靠站就是迟迟不来，人们焦虑、抱怨、失望，一等结果发现已过了十个年头，年华也在这等待中逝去了。这则带有现代寓言式的话剧，既指向"文化大革命"十年人们虚度的光阴，又向人们发出警示：不要在无休止的等待中虚度光阴。这种借助荒诞式剧情对充满寓言意味的抽象式主题的传达，完全突破了以往现实主义的表现手法。总之，高行健在戏剧上的探索精神，大大地推动了"实验戏剧"的展开。

"探索戏剧"序幕一旦拉开，便带来了戏剧变革的潮流，在西方现代主义艺术的辐射下，话剧发展呈现出开放的、多元的态势，无论是戏剧观念还是戏剧展示方式，都走向了更加广阔的空间。在短短的几年间，中国的话剧似乎急于弥补数十年的不足，纷纷在艺术手法和审美思维方式上创新。纵观"实验戏剧"的剧本，其在艺术形式上的变革以及带来的戏剧观念的变化，可大致如此概括。

第一，话剧的结构方式取向多元，突破了传统现实主义单一的、封闭的，依照具体时间和空间顺序设置的特点，而体现出松散的、立体的、开放式的特点。比如，《屋外有热流》《一个死者对生者的访问》《狗儿爷涅槃》等，都采用时空交错等手法，设置了死者的灵魂与生者进行对话等情节，打破了传统的时空观念，拓展了作品内涵的广度和深度。像《一个死者对生者的访问》中的死者叶肖肖，以一种平等的姿态与活着的人们进行对话，在对话中，他逼视那些未曾挺身而出的人的内心："人在危急瞬间的怯懦感；保护人的生命还是珍惜小动物的选择；为了占有一个座位而放弃了做人的勇敢；既是一个好父亲又是一个坏干部的阴暗心理；儿童的直觉善

《一个死者对生者的访问》
节目单

想象、建构及限制——20世纪80年代中国文学史论

恶观和被扭曲的英雄观；等等。"[01] 可以说，这种内在心理空间的拓展，完全得益于作者在时空设置上的创新。

锦云的《狗儿爷涅槃》是一部反映中国农民以土地为命根子的思想的优秀之作。戏剧设置了农民狗儿爷与地主祁永年的亡魂对话的场景，充分展现了狗儿爷的内心冲突，展示了狗儿爷实际上一直想成为祁永年那样拥有大量土地的地主的渴望。换言之，通过对人物的内心心理的揭示，展示有着几千年文化和心理积淀的中国农民的形象。地主祁永年一会儿出现在狗儿爷的回忆中，这是一个真实的地主形象；一会儿又出现在狗儿爷神志不清的幻觉中，这是一个鬼魂的形象。他时而介入狗儿爷的生活，与他发生生活上的冲突，时而又作为人物心态的对立面，站出来嘲弄几句，暴露人物内心的隐秘心思。剧作者将祁永年设置为鬼魂，其实也暗示着中国农民内心深处的那种无法摆脱的心思，而这种穿越"现实空间"的设置，无疑为揭示人物的隐秘心理提供了很好的途径。

话剧《狗儿爷涅槃》剧照

又如，高行健的《绝对信号》也是双重空间并置的典型文本。在列车的最后一节守车车厢里，车匪、黑子、车长、小号、蜜蜂相互碰面，他们的言语和行为在这个具体的空间中交锋，构成了一个现实的时空。同时，创作者还让这些人物在另一个时空进行了交锋，即心理时空，在这个时空中，黑子和蜜蜂的回忆、幻觉、想象、梦境、各人的内在心思，相互交错，突破了现实时空的序列。在这一点上，剧作者毫不避讳地承认这是吸取传统戏曲表现手段的结

话剧《绝对信号》剧照

果，他们说："我们也还给自己提出了另一个课题：在近乎戏曲舞台的光光的舞台上，只运用最简朴的舞台美术、灯光和音响手段来创造出真实的情境。也就是说，充分承认舞台的假定性，又令人信服地展示不同的时间、空间和人物的心境，这都是我国传统戏曲之所长。我

[01] 田成仁、吴晓江：《深入开掘内容 强化外部形式——〈一个死者对生者的访问〉导演阐述》，《探索戏剧集》，上海文艺出版社 1986 年版，第 449 页。

们想取戏曲之所长来丰富话剧的艺术表现手段。"[01] 因此，在同一舞台上，时空的展示空间就变得宽阔，而心理时空的建构无疑深化了人物心理的探掘，使故事情节变得更加惊心动魄。

也有的作品表面上仍然采取了单向度的时空发展观，但实际上在情节结构上完全突破了因果相联的方式，而形成了多层面、网状式的结构。如《魔方》就集中反映了"探索戏剧"在结构设置上的现代性思维框架。作品借用魔方有多解的喻义，将戏剧情节设置为 9 个互不相关、体裁样式不同、主旨各异的模块，只是通过节目主持人的串说将它们联系在一起，自命为"马戏晚会式"的编剧法，整个结构没有什么明显的戏剧线索，也不讲究情节的高潮起伏和因果相联性，几个模块之间只是一些互不相干的戏剧小品拼成的"大拼盘"。按照作品开创的这种结构，观众完全可以相信，这个"拼盘"可以无休止地组合下去。这样的组合也引发了多主题、无主题、泛主题的特征。比如，在"黑洞"这一模块中，人物坦露的心迹本来就模糊不清，加上情节的戛然而止，留给观众的更是真假难辨的疑问。"绕道而行"只借一块"绕道而行"的牌子，展示人们的不同表现，似乎作者有意识地跟观众开了个玩笑。可以说，《魔方》中的各个模块完全像一个旋转的现实生活舞台，人们只是在同一时空中上演着各自的人生，这种将生活揉碎、夸张的方式，也打破了生活的客观性和理性的色彩，变得荒诞离奇。正如其编导所说："这是一个动的世界，我们的戏剧模式也不应该是僵死的。……《魔方》在任何一本编剧法上都找不到它的归属，那么就给它命名吧：'马戏晚会式'！这个提法有两个含义：一是结构上它没有一条明显的戏剧线索，也没有高潮，是由几个风格迥异、似乎互不相干的戏剧小品拼成的一个大拼盘。不是传统的'焦点透视'，而是'散点透视'（据说这是一种'国粹'）。……舞台是一个千变万化的大魔方，世界也是如此。听说魔方存在 1024 种解法，我们努力寻找属于我们自己的解法，也许这是徒劳的。"[02]

实际上，结构方式的变化意味着剧作者看待世界方式的变化，当各类戏剧突破单一的、封闭式的现实结构，而展示出多元的、开放式

---

[01] 高行健、林兆华：《关于〈绝对信号〉的通信》，《十月》1983 年第 3 期。

[02] 陶骏、陈亮：《我们的解法——〈魔方〉编导原则的几点诠解》，《上海戏剧》1985 年第 4 期。

的结构方式时，意味着剧作家们不再将世界看作非此即彼的二元对立空间了，并且，在认识人物的性格、心理及事件发展上，更多取向于对多层面的内心及事件的多向可能性的发现。

第二，象征、荒诞、意识流、魔幻等手法在作品中被广泛使用，以作为"实验戏剧"力图突破传统现实主义表现手法的重要标志。从中国戏剧发展史来看，长期形成的传统现实主义强调通过再现生活本来面目反映生活，特别是"十七年"间，常常为了展示"有所规约"的生活常态或"有所限制"的主题而导致了创作原则的单一性和封闭性。20 世纪 80 年代话剧变革正是以此为突破口，接受西方现代主义的影响，在表现手法和技巧上有了创新，并且，形成象征体、荒诞体等让人耳目一新的戏剧。比如，高行健的《车站》《绝对信号》《野人》等话剧都综合性地使用了这些技巧，从而成为"实验戏剧"的代表作。在《车站》这一话剧中，作者在创作的立意上明显受到了荒诞派戏剧贝克特的《等待戈多》的影响。剧作没有故事发生的具体年代，甚至地点也不明，只指出这是一个位于城郊，有一块公交车站牌的地方。这里来了一群等公交车的人，有"沉默的人"、要进城去下棋的大爷、去城里第一次约会的姑娘、准备在年龄限制期内考大学的"戴眼镜的"、急于回家为老公孩子做饭的母亲、去城里赴宴的马主任等等。然而，公共汽车不是不靠站就是没有踪影，人们开始不安、躁动，但是，除了"沉默的人"离开了，其他人还是在这里一味地等待。结果，这一等时间就已经过去十年，有人长出了白发，有人错过了约会，有人错过了考试，有人错过了赴宴，等等。剧作展示的主题充满了对等待的人生的哲理性思考，这正如导演林兆华所说："对等待的麻痹，对进取的惰性。"[01] 而整个故事的讲述方式，无论是场景设置还是剧情安排都充满了象征及荒诞的意味。比如，关于车站这一场景，舞台指示中写道："舞台中央竖着一块公共汽车站的站牌子。由于常年风吹雨打，站牌上的字迹已经看不清楚了。站牌子的旁边有一段铁栏杆，等车的乘客在栏杆内排队。铁栏杆呈十字形，东西南北各端的长短不一，有种象征的意味，表示的也许是一个十字路口，也许是人生道路上的一个交叉点或是各个人物生命途中的一站。"[02] 这里，

---

[01]　叶延芳：《"垦荒"者的足迹与风采》，《文艺研究》1992 年第 5 期。

[02]　高行健：《车站》，《十月》1983 年第 3 期。

作者明确地表示了剧作场景的象征性，而像十年光阴的流逝、等待、内心的焦虑等则又充满了夸张性和荒诞性。总之，剧作通过这些艺术表现技巧的运用，完成了一个充满象征意味的寓言性故事。

可以说，现代主义艺术的表现技巧几乎贯穿了"实验戏剧"，即不管其主题是象征的还是荒诞的，在具体的表现手法上，"实验戏剧"都具备了现代主义的技巧。就如《狗儿爷涅槃》《桑树坪纪事》这样有很强的写实性的作品，也离不开对现代主义表现手法的运用。正如前文所提到的，《狗儿爷涅槃》特别注重人物深层心理的舞台展示，将人物意识的流动和转移贯穿全剧，并借助幻影的处理等手法来进一步展示人物心理变化，推进故事情节。像狗儿爷的一生，就是在其回忆和幻觉中展开的，往事与幻觉视像被转化为具体场面和现实动作展示在观众面前，并且通过祁永年的亡魂的出现和其与狗儿爷的对话，呈现了狗儿爷内心隐密的想法。由此，作品以强烈的戏剧化的方式，完成了对中国农民在历史变动面前的身份及心理变化过程的展示，使现实主题有了更深刻的表达。《桑树坪纪事》借用电影表现的手法，将人物的动作通过镜头化的方式展现。而且，全剧各段之间通过人物、场景的"淡入""淡出"来展开，突破了按照生活逻辑渐进的顺序，与剧中人物的生活的无序感进行对接，构建了一个虚实相间的世界。

这样一些现代主义表现技法的运用，突破了以往现实主义表现手法的局限性，在对人物内心世界的揭示上，戏剧主题的寓言性、象征性都发挥了积极的作用，从而也加强了戏剧的表现力度，拓展了其空间。

第三，戏剧观念发生了重大的改变，舞台展示手法趋向综合化。中国话剧的发展已经逐渐形成了注重语言的做法，田汉早就指出：

话剧《桑树坪纪事》剧照

《桑树坪纪事》舞美气氛图

"中国译'Drama'为'话剧'，是强调了以语言为主，但这个字的欧洲语源却指的是'动作'。我们的话剧由于较多着重思想，不免对观众说得多些，而动作性较差……"[01] 随着"戏剧观"探讨的展开以及"实验戏剧"在舞台展示手法上的多样化，人们开始对以语言为中心的"戏剧观"和表现手法产生了怀疑。高行健在《我的戏剧观》里充分表达了这样的观点："如今我们称之为话剧的戏剧，不必把自己仅仅限死为说话的艺术。剧作家也不必把自己弄成仅仅是一种文学样式的作者的地步。剧作家应该有强烈的剧场意识，因为剧本写出来主要是为了上演，而非专供阅读用的。……台词只不过是剧作中的一个部分。"[02] 高行健在这里明确地用剧场意识来强化台词之外的戏剧元素的重要性，正如他自己所说的："原始宗教仪式中的面具、歌舞、民间说唱、要嘴皮子的相声和拼气力的相扑，乃至于傀儡、影子、魔术与杂技，都可以入戏。"[03] 其戏剧《野人》就集歌舞、面具、傀儡、哑剧、朗诵等多种艺术表现手法于一体，突破单纯的语言表现方式。如其第一章开篇便是开幕曲起：

> 老歌师（唱）
> 下得田来就喊个歌，
> 中不中听大家伙莫要怪我。
> 先唱个太阳东边起，
> 再唱个情姐姐穿花衣。
> 想到哪里哟就唱到哪里，
> 帮手（唱）
> 嘿，就唱到哪里。
> ["依——哟——！"舞台上下，在光亮中纷纷出现的单个的或成双的农民与农妇接腔吆喝着，他们都拿着锄头戴着斗笠在田地间薅草。
> 生态学家出现，背着旅行袋，边走边环顾着。

[01]　田汉：《中国话剧艺术发展的径路和展望》，田汉等编：《中国话剧运动五十年史料集》，中国戏剧出版社 1985 年版，第 11 页。
[02]　高行健：《我的戏剧观》，《戏剧论丛》1984 年第 4 辑。
[03]　高行健：《我的戏剧观》，《戏剧论丛》1984 年第 4 辑。

老歌师（唱）

那边路上来了一个人，

不像是干部也不像是种田人，

莫不是又来了一个

不找情姐姐的只专门找野人。

帮手（唱）

依呀个嘛子只专门找野人。[01]

老歌师与帮手一句句地交互唱，直到生态学家出场。这样以唱腔方式引导人物入场，并且开启戏剧曲目的方式，能够制造令人轰动的舞台效果。后来，高行健创作的《彼岸》甚至取消了台词，完全依靠其他综合艺术手段来展示。而事实上，随着现代舞台声光电等技术的进步，在话剧的表演上，更容易突破以语言为中心的表现模式。比如，《狗儿爷涅槃》全剧由 16 个片断构成，片段与片段之间不分幕，只是通过灯光的明灭及道具的更换来转换。人物间的对白也并不占主导地位，最短的片断只有十几句简短的对白，此剧吸引观众的更多的是光影分区中舞台时空的变化，以及两个甚至多个表演区的自由变化，以及在这种转化中，作品所展示的人物内在心理及故事情节的多维性。又如剧作《桑树坪纪事》中，为了表现众人的愚昧和疯狂，设置了"围猎"耕牛的场面。在这个场面中，剧作者更多地使用了电影式的表现词汇，其中光与影的转换及人物群像舞蹈化的、夸张的动作，以及"牛"在围猎和挨打之中的痛苦表情，有了一种电影式的"慢镜头"及特写化的意境。

"戏剧观"上对话语中心的突破，对动作的注重，以及舞台展示技巧的多样化，引导了戏剧表意的丰富性。其实，曹禺早就注意到了色彩等因素在戏剧表现中的作用，他说："我想起一种用色点点成光影明亮的后期印象派图画，《日出》便是这类多少点子集成的一幅画面。"[02] 手法的多样化也引发了新的戏剧表现形态，像戏剧情节的诗化、散文化等特点的出现就是其展示。因为在话语的突破中，剧作家们更容易将情感的、意境的表达推向舞台的中心，而在有些理论家看

---

[01]　高行健：《野人》，《高行健戏剧集》，群众出版社 1985 年版，第 203—204 页。

[02]　宁殿弼：《论新时期探索戏剧艺术形式的创新》，《艺术百家》2011 年第 5 期。

来，戏剧本来就是诗的艺术。比如，苏珊·朗格认为："就严格意义而言，戏剧不是'文学'。然而，戏剧是一种诗的艺术，因为它创造了一切诗所具有的基本幻想——虚幻的历史。……它具有一种幻觉经验的结构，这正是诗作的主要产物。但是，戏剧不仅是一种独特的文学形式，而且也是一种特殊的诗的表现形式。"[01] 如果从中国戏剧发展史的角度来看，诗化、散文化戏剧特征的回归，恰恰代表了对以思想内容表达为核心的"戏剧观"的突破，代表了艺术对人的情感传达的丰富化。

---

[01] ［美］苏珊·朗格：《情感与形式》，刘大基、傅志强、周发祥译，中国社会科学出版社1986 年版，第 354 页。

想象、建构及限制——20世纪80年代中国文学史论

第三节 探索的艰难

20世纪80年代"实验戏剧"的潮流冲击了人们的戏剧观，其引发的激烈争论和巨大分歧显然是不可避免的，不过，其最终还是在中国戏剧史上留下了不可磨灭的印迹，不仅丰富了80年代的戏剧形态，也影响了90年代乃全今天诸多的"先锋戏剧"。然而，正如其他所有借鉴西方现代主义、后现代主义的文学艺术形式一样，"实验戏剧"在发展的历程中，大量作品在思想的限制性、技巧表现的贫弱性以及其在中国社会的生存处境的边缘性是很明显的。这既与戏剧发展过程中自身技巧的不成熟有关，也与长期形成的大众的审美习惯相关，但不管怎样，"实验戏剧"体现出的戏剧变革的艰难是显而易见的。

第一，荒诞、意识流、象征等诸种借鉴西方艺术的表现手法是"先锋戏剧"的重要表现手法，然而，在大量的"实验戏剧"中，这些手法尚流于技巧的层面，并没有在戏剧的真正内涵上达到荒诞或象征的意味。即使是像《车站》这样的剧本，也不得不为荒诞的等待找到一个合理的解释。在这一剧作中，各色人等在车站一等就是十年的情节充满了荒诞感，甚至通过极其夸张的戏剧动作、言语等，表现了这群人的盲目、无聊、无所谓、焦灼和滑稽等情绪。等待无果却一味地等待，这样的剧情也明显地借鉴了《等待戈多》。然而，作品的意

旨并没有指向人生的荒诞。"十年"时间与中国"文革"的十年恰好有着某种契合性，剧作似乎在此暗示着"文革"十年给人造成的巨大伤害。更重要的是，剧作将等待或者说毫无思考的等待视为对人生的一种浪费，等待无果的情节也旨在告诫和号召人们不要一味等待下去，而是要积极行动起来，积极进取，就像剧作中那个沉默的人一样，尽早采取行动。因此，作品的主旨响应了当时广泛开展的社会批评，以及树立积极进取的人生观，在内涵上多了一种重新恢复秩序的关怀，这与荒诞派所指涉的人生本来就充满荒诞感或不确定性是不一样的。从根本上说，这还算不上是一个真正意义上的荒诞派的剧本，不过，作品用了一些荒诞的艺术表现技巧，表现了一些荒诞的情节，但其在建构积极的人生观和价值观上的努力远远高于其对人生的荒诞感的表述。比如，剧作的结尾处，是扮演剧中角色的演员们的告白，以下是节选的一段：

> 扮马主任的演员乙……人有的时候还真得等。您排队买过带鱼吗？噢，您不做饭！那您总排过队等车吧？排队就是等。要是您排半天队，人家卖的不是带鱼，是洗衣服的搓板——这城里的搓板活儿做得细，不伤衣服，可您有了洗衣机，您这不白排了半天队！您没法不窝火。所以说，等，并不要紧。要紧的是，您先得弄清楚，您排队等的是什么？您要是排着排着，白等了那么半辈子，或许是一辈子，那不跟自己开了个大玩笑？[01]

　　或者，作者是有意给观众一点提示，或者，给人们一个现实生活的警告，但这样的提示或警告，多多少少消解了整体意蕴上的荒诞性，进而削弱了作品直击生活的力量。

　　同时，在"实验戏剧"的探索初期，明显地存在着形式上的现代主义或后现代主义造成的剧作的边缘性，以及思想内容上与社会意识形态的契合形成的主流性。像《屋外有热流》充满对社会价值体系重建的意旨，并且，这一意旨与 20 世纪 80 年代初期整个社会主流意

---

[01]　高行健：《车站》，《十月》1983 年第 3 期。

想象、建构及限制——20世纪80年代中国文学史论

话剧《魔方》节目单

识形态所提倡的内容十分吻合，剧作在思想价值上做的努力显然要比其在艺术表现手法上做的努力更容易引发人们的认同感。像《魔方》这样充满后现代主义形式手段的结构方式，也并不满足于表达世界如魔方般的存在状态，而是充满着追问人究竟应该背负怎样的责任感的问题。正如其导演所言："我们还年轻，没有资格告诉别人什么结论，但出于一种责任感，我们期望用我们的创造性劳动与青年朋友共同探究：人应该怎样理解社会？人应该怎样理解自己？人应该怎样成为一个'人'？这个主旨起了统一全剧内容的作用，成为我们演出的最高任务。这个主旨就是《魔方》的'脊梁骨'。"[01]

这类形式革新与思想主题保守性间矛盾的存在，一方面，表明"实验戏剧"在破除舞台陈规的背后依然存在着思想内容的惰性。这来源于当时的大环境，因为对20世纪80年代大多数"实验戏剧"的创作者来说，剧作表达了怎样明确的主题，这一主题体现了怎样的道德关怀和价值追求是十分重要的，更关键的是，在这一价值追求中，创作者们并不愿意放弃对某些核心价值观进行建构的努力，而无法完全像西方的现代主义和后现代主义作品那样，表现一个纯粹的"不确定的""荒诞的"世界。另一方面，形式变化本身意味着内容的变化，"实验戏剧"的剧作者们有意识地运用象征、荒诞等现代派艺术手法，体现了他们放弃传统表现手法，打破传统现实主义表现逻辑的努力，这为戏剧创作的革新提供了新的空间。

第二，"实验戏剧"从一开始出现，便存在着观众认同的危机。

---

[01]　王晓鹰：《关于〈魔方〉的组合》，《剧本》1986年第4期。

与小说、诗歌等新潮作品一样，20 世纪 80 年代的"实验戏剧"的探索也是以西方现代主义作为重要的"参照者"的。有评论家曾将这次借鉴称为中国历史上的"第二次西潮"，并认为："初步结果是形成了戏剧理论和创作或方法的开放性、多元性格局，产生了一批带有西方现代主义和后现代主义色彩的'探索剧'（或'实验剧'），结束了单一的写实主义的统治，从而把中国戏剧的现代化推向了一个新的历史时期，为中国戏剧与世界戏剧的'接轨'与'对话'提供了更多的可能性。"[01] 而其间关于现代派、现代主义等话题自然融入了 80 年代初期关于现代主义潮流的论争中，当"实验戏剧"作家们以一种急切渴求的心态"舶进"国外各种各样的表现手法的时候，中国的观众却还没有从以往的习惯思维中摆脱出来。而当时国际形势上社会主义和资本主义两大阵营的文化对峙，也使得中国整个意识形态对来自西方资本主义土壤的东西心存戒备。因而，"实验戏剧"一直面临着一个如何突破西方艺术手法的影响而实现本土化，并且在中国观众中寻找其市场的生存空间的问题。

比如，关于《绝对信号》的演出，林兆华曾经说："记得党委和艺术委员会审查的那天，我紧张得透不过气来。演出结束后八九分钟没有人讲话，你想想多可怕的沉默，幸好一位老艺术家真诚地讲了他的看法：'我演了几十年戏了，这样的戏我没看过，四川不是有怪味豆嘛，特殊的味道挺好……怪味豆……可以叫观众品尝品尝……'谢天谢地！剧院决定内部试验演出，不售票。"[02] 尽管这个剧作演出后得到了很多好评，收获了不错的票房，文坛资深剧作家曹禺的积极肯定也使创作者兴奋不已，但是，从其出场时导演的那种紧张感可以看出当时"实验戏剧"出场时的小心谨慎。随后的 20 世纪 80 年代中后期，大量"实验戏剧"开始出现在中国的舞台上，但这并没有改变其探索的艰难性，到了 90 年代随着影视剧的普及和市场化进程的加快，"实验戏剧"在演出的场次、票房等方面都受到了挤压，"实验戏剧"基本存在于北京、上海、广州这样的大城市，以一种小范围演出的方式展开。比如，戏剧家牟森常被称为中国最执着的"实验戏剧家"之

---

[01] 董健：《论中国现代戏剧"两度西潮"的同与异》，《戏剧艺术》，1994 年第 2 期。

[02] 吴文光：《访问林兆华》，孟京辉编：《先锋戏剧档案》，作家出版社 2000 年版，第 331 页。

一，他的蛙实验剧团早在 1987 年就排演了贝克特的荒诞派剧目《犀牛》，并得到了北京同仁的认可，但是，他的许多剧作只能在国外的舞台或戏剧节上寻找演出的空间，前卫艺术在中国市场付出的代价是与普通观众的距离的加大。

到了 20 世纪 80 年代末期，乃至 90 年代，"实验戏剧"与观众的疏离越来越成为一种普遍的现象。这固然与中国普通观众欣赏水平的局限性有关，同时，与其在极力摆脱传统现实主义创作手法时带来的自身的不足也有关。有研究者曾经提出："80 年代与 90 年代（尤其是 90 年代）中国戏剧的'疲软'，其原因亦有二：其一，启蒙意识的消解使戏剧在疏离政治的同时也冷落了人民大众最关心的问题，理想与激情从舞台上消失了；本也不无意义的'生命意识'的体验变得贫乏而单调，最后只剩下'全文意识'的'玩'。其二，没有形成健全的文化市场，各种大众媒体与文娱设施无序'竞争'，真正的艺术之神只有蒙羞落难的份儿。与此两点相适的是：作为'意识'与'精神'之载体的文学被放逐了。"[01] 可见，对 80 年代中后期以来的剧作家来说，如何在市场与艺术精神追求的天平上寻找到支撑点是一个必须面对的问题，并且能够找到足够厚实的精神支撑点也并不是一件容易的事情。

中国戏剧革新的 20 世纪 80 年代及市场化的 90 年代，正是社会语境复杂多变的时代。一方面，面对刚刚结束的政治意识形态严密控制的创作语境，艺术变革上的反弹异常激烈，几乎所有的"实验戏剧"的创作者和追捧者，都不约而同地将政治的主题排斥在外，这也导致他们忽视了大众关心的社会现实问题，而这一忽视本身又暴露了作品精神力度的薄弱性，导致许多前卫、先锋的戏剧家只能在小范围的圈子中打转。同时，人们对金钱、物质的追求成为时髦的代名词，依靠舞台生存的戏剧如何才能紧追与超越这一代名词，已经成为所有戏剧者的难题。所以，前行的艰难无疑是当下戏剧发展面临的一大问题。但是，无论如何，"实验戏剧"在中国戏剧史上为戏剧的发展做出了不可否认的贡献。

---

[01] 董健：《中国戏剧现代化的艰难历程——20 世纪中国戏剧回顾》，《文学评论》1998 年第 01 期。

参考文献

[1] 高行健.现代小说技巧初探 [M].广州：花城出版社，1981.

[2] 中共中央文献研究室编.三中全会以来重要文献选编 [M].北京：人民出版社，1982.

[3] 何望贤.西方现代派文学问题论争集 [M]. 北京：人民文学出版社，1984.

[4] 何西来.新时期文学思潮论 [M].南京：江苏文艺出版社，1985.

[5] 中国社会科学院文学研究所当代文学研究室.新时期文学六年：1976.10—1982.9[M].北京：中国社会科学出版社，1985.

[6] 高行健.高行健戏剧集 [M].北京：群众出版社，1985.

[7] 《中国话剧运动五十年史料集》编委会.中国话剧运动五十年史料集 [M].北京：中国戏剧出版社，1985.

[8] 上海文艺出版社.探索戏剧集 [M].上海：上海文艺出版社，1986.

[9] 北岛.北岛诗选 [M].广州：新世纪出版社，1986.

[10] 唐晓渡，王家新.中国当代实验诗选 [M].沈阳：春风文艺出版社，1987.

[11] 朱寨.中国当代文学思潮史 [M].北京：人民文学出版社，1987.

[12] 徐敬亚，孟浪，曹长青.中国现代主义诗群大观 1986—1988[M].上海：同济大学出版社，1988.

[13] 朱家信，黄裳裳，朱育颖，等.刘心武研究专集 [M].贵阳：贵州人民出版社，1988.

[14] 刘再复.论中国文学 [M].北京：作家出版社，1988.

[15] 李庚，许觉民.中国新文艺大系 1976—1982（理论一集）[M].北京：中国文联出版社，1988.

[16] 邓小平.邓小平论文艺 [M].北京：人民文学出版社，1989.

[17] 吉首大学沈从文研究室 . 长河不尽流 [M]. 长沙：湖南文艺出版社，
　　　1989.

[18] 孟悦 . 历史与叙述 [M]. 西安：陕西人民教育出版社，1991.

[19] 艾青 . 艾青全集 [M]. 石家庄：花山文艺出版社，1991.

[20] 张京媛 . 当代女性主义文学批评 [M]. 北京：北京大学出版社，1992.

[21] 谢冕，唐晓渡 . 磁场与魔方——新潮诗论卷 [M]. 北京：北京师范大
　　　学出版社 1993.

[22] 金健人 . 新写实小说选 [M]. 杭州：浙江文艺出版社，1993.

[23] 谢冕，唐晓渡 . 以梦为马——新生代诗卷 [M]. 北京：北京师范大学
　　　出版社，1993.

[24] 谷声应，陈利民 . 伤痕 [M]. 北京：中国文学出版社，1993.

[25] 陈仲义 . 诗的哗变 [M]. 厦门：鹭江出版社，1994.

[26] 陈旭光 . 快餐馆里的冷风景——诗歌诗论选 [M]. 北京：北京大学出
　　　版社，1994.

[27] 顾工 . 顾城诗全编 [M]. 上海：上海三联书店，1995.

[28] 季红真 . 当代女性散文精选 [M]. 北京：北京十月文艺出版社，1995.

[29] 张贤亮 . 张贤亮选集 [M]. 天津：百花文艺出版社，1995.

[30] 李振声 . 季节的轮换 [M]. 上海：学林出版社，1996.

[31] 佘树森，陈旭光 . 中国当代散文报告文学发展史 [M]. 北京：北京大学
　　　出版社，1996.

[32] 王晓明，罗岗，倪伟，等 . 无声的黄昏 [M]. 北京：人民文学出版社
　　　1996.

[33] 欧阳江河 . 谁去谁留 [M]. 长沙：湖南文艺出版社，1997.

[34] 谢冕 . 中国女性诗歌文库 [M]. 沈阳：春风文艺出版社，1997.

[35] 汪曾祺 . 汪曾祺全集 [M]. 北京：北京师范大学出版社，1998.

[36] 章国锋，王逢振 . 二十世纪欧美文论名著博览 [M]. 北京：中国社会
　　　科学出版社，1998.

[37] 廖亦武 . 沉沦的圣殿——中国 20 世纪 70 年代地下诗歌遗照 [M]. 乌
　　　鲁木齐市：新疆青少年出版社，1999.

[38] 郑敏 . 诗歌与哲学是近邻：结构－解构诗论 [M]. 北京：北京大学出
　　　版社，1999.

[39] 叶舒宪 . 性别诗学 [M]. 北京：社会科学文献出版社，1999.

[40] 陈思和.中国当代文学史教程[M].上海：复旦大学出版社，1999.

[41] 余华.温暖的旅程——影响我的 10 部短篇小说[M].北京：新世界出版社，1999.

[42] 洪子诚.中国当代文学史（修订版）[M].北京：北京大学出版社，1999.

[43] 崔卫平.不死的海子[M].北京：中国文联出版公司，1999.

[44] 王家新，孙文波.中国诗歌九十年代备忘录[M].北京：人民文学出版社，2000.

[45] 西渡.守望与倾听[M].北京：中央编译出版社，2000.

[46] 沈义贞.中国当代散文艺术演变史[M].杭州：浙江大学出版社，2000.

[47] 孟京辉.先锋戏剧档案[M].北京：作家出版社，2000.

[48] 陈晓明.表意的焦虑——历史祛魅与当代文学变革[M].北京：中央编译出版社，2002.

[49] 金汉.中国当代文学发展史[M].上海：上海文艺出版社，2002.

[50] 许志英、丁帆.中国新时期小说主潮（上卷）[M].北京：人民文学出版社，2002.

[51] 陈超.最新先锋诗论选[M].石家庄：河北教育出版社，2003.

[52] 刘锡诚.在文坛边缘上——编辑手记[M].开封河南大学出版社，2004.

[53] 多多.多多诗选[M].广州：花城出版社，2005.

[54] 於可训.小说家档案[M].郑州：郑州大学出版社，2005.

[55] 徐庆全.风雨送春归——新时期文坛思想解放运动记事[M].开封：河南大学出版社，2005.

[56] 董健，丁帆，王彬彬.中国当代文学史新稿[M].北京：人民文学出版社，2005.

[57] 新京报.追寻 80 年代[M].北京：中信出版社，2006.

[58] 汪政，何平.苏童研究资料[M].天津：天津人民出版社，2007.

[59] 莫言.说吧莫言[M].深圳：海天出版社，2007.

[60] 程永新.一个人的文学史 1983—2007[M].天津：天津人民出版社，2007.

[61] 陈平原.文学的周边[M].北京：新世界出版社，2004.

[62] 洪治纲.余华研究资料[M].天津：天津人民出版社，2007.

[63] 中国小说学会.1978—2008：中国小说 30 年[M].天津：天津人民出版社，2008.

[64] 罗振亚.20 世纪中国先锋诗潮[M].北京：人民文学出版社，2008.

[65] 程光炜.文学讲稿："八十年代"作为方法[M].北京：北京大学出版社，2009.

[66] 於可训.中国当代文学概论[M].武汉：武汉大学出版社，2009.

[67] 食指.食指诗选[M].北京：人民文学出版社，2009.

[68] 钱谷融.钱谷融文论选[M].上海：上海文艺出版社，2009.

[69] 程光炜编.重返八十年代[M].北京：北京大学出版社，2009.

[70] 洪子诚.问题与方法——中国当代文学史研究讲稿[M].北京：北京大学出版社，2010.

[71] 贺桂梅."新启蒙"知识档案：80 年代文化研究[M].北京：北京大学出版社，2010.

[72] 谢冕.中国新诗总系 1979—1989[M].北京：人民文学出版社，2010.

[73] 黄子平.艰难的选择[M].上海：复旦大学出版社，2012.

[74] 刘波."第三代"诗歌研究[M].保定：河北大学出版社，2012.

[75] 丁帆.中国新文学史[M].北京：高等教育出版社，2013.

[76] 苏珊·朗格.情感与形式[M].刘大基，傅志强，周发祥，译.北京：中国社会科学出版社，1986.

[77] 米兰·昆德拉.小说的艺术[M].唐晓渡，译.北京：作家出版社，1992.

[78] 海登·怀特.作为文学虚构的历史文本[M].北京：北京大学出版社，1993.

[79] 佛克马，蚁布思.文学研究与文化参与[M].俞国强，译.北京：北京大学出版社，1996.

[80] 高辛勇.修辞学与文学阅读[M].北京：北京大学出版社，1997.

[81] 本尼迪克特·安德森.想象的共同体[M].吴叡人，译.上海：上海人民出版社，2003.

[82] 海登·怀特.后现代历史叙事学[M].陈永国，张万娟，译.北京：中国社会科学出版社，2003.

[83] 华莱士·马丁.当代叙事学[M].伍晓明,译.北京:北京大学出版社,2005.

[84] 金介甫.沈从文传[M].北京:国际文化出版公司,2005.

[85] PHELAN J, RABINOWITZ J P.当代叙事理论指南[M].申丹,等,译.北京:北京大学出版社2007.

[86] 顾彬.二十世纪中国文学史[M].范劲,译.上海:华东师范大学出版社,2008.

[87] WAUGH P, Metafiction: The Theory and Practice of Self-Conscious Fiction[M]. London: Methuen, 1984.

[88] 黄佐临.漫谈"戏剧观"[N].人民日报,1962-04-25.

[89] 贾鸿源,马中骏.写《屋外有热流》的探索与思考[J].剧本,1980(6).

[90] 舒婷."青春诗会"[J].诗刊,1980(10).

[91] 计永佑.两种对立的人性观——与朱光潜同志商榷[J].文艺研究,1980(3).

[92] 易准.评《春天的童话》的错误倾向——在一次座谈会上的发言[J].作品,1982(6).

[93] 高行健,林兆华.关于《绝对信号》的通信[J].十月,1983(3).

[94] 童道明.也谈戏剧观[J].戏剧界,1983(3).

[95] 徐怀中.有追求才有特色——关于《透明的红萝卜》的对话[J].作品与争鸣,1985(12).

[96] 陈恭敏.当代戏剧观的新变化[J].戏剧艺术,1985(3).

[97] 袁华水.多样化才有出路[J].戏剧艺术,1985(1).

[98] 陶骏,陈亮.我们的解法——《魔方》编导原则的几点诠解[J].上海戏剧,1985(4).

[99] 王晓鹰.关于《魔方》的组合[J].剧本,1986(4).

[100] 李劼.试论文学形式的本体意味[J].上海文学,1987(3).

[101] 王英琦.面对寂寞的散文世界[J].文学评论,1987(1).

[102] 楼肇明.散文(1984—1986)摭谈[J].当代文艺探索,1987(5).

[103] 唐晓渡.女性诗歌:从黑夜到白昼[J].诗刊,1987(2).

[104] 杨晓升.关于《一个女大学生的手记》的再思考[J].中国青年,1987(12).

[105] 池莉 . 我写《烦恼人生》[J]. 小说选刊，1988（2）.

[106] 黄浩 . 当代中国散文：从中兴走向末路——关于散文命运的思考 [J].
　　　文学评论，1988（1）.

[107] 余华 . 虚伪的作品 [J]. 上海文论，1989（5）.

[108] 王干 . "后现实主义"的诞生 [J]. 现实主义与先锋派文学笔谈，
　　　钟山，1989（2）.

[109] 新写实小说大联展·卷首语 [J]. 钟山，1989（3）.

[110] 汪政，晓华 . "新写实"的真正意义——对一些基本事实的回溯 [J].
　　　钟山，1990（4）.

[111] 费正钟 . "新写实小说"笔谈 [J]. 钟山，1990（1）.

[112] 陈思和 . 自然主义与生存意识——对新写实小说的一个解释 [J].
　　　钟山，1990（4）.

[113] 楼肇明 . 女性社会角色、女性想象力、"巫性思维"——关于女性散
　　　文和叶梦的"三级跳远"[J]. 散文选刊，1990（1）.

[114] 李虹 . 女性自我的复归与生长——新时期女性散文创作的流变 [J].
　　　文学评论，1990（6）.

[115] 丁永强 . 新写实作家、评论家谈新写实 [J]. 小说评论，1991（3）.

[116] 中国社会科学院文学研究所当代文学研究室 . "新写实"小说座谈辑
　　　录 [J]. 文学评论，1991（3）.

[117] 赵歌东 . 寻根文学在哪里迷失——从知青心态看寻根文学的发生及
　　　取向 [J]. 当代文坛，1991（4）.

[118] 吴炫 . 写实与形式——兼谈《走出蓝水河》等小说 [J]. 钟山，1991
　　　（1）.

[119] 叶廷芳 . "垦荒"者的足迹与风采 [J]. 文艺研究，1992（5）.

[120] 张业松 . 新写实：回到文学自身 [J]. 上海文学，1993（7）.

[121] 董健 . 论中国现代戏剧"两度西潮"的同与异 [J]. 戏剧艺术，1994
　　　（2）.

[122] 山城客 . "新生代"（"第三代"）诗歌的评说——"新潮诗"论之一
　　　[J]. 文艺理论与批评，1996（2）.

[123] 翟永明 . 面对词语本身 [J]. 作家，1998（5）.

[124] 董健 . 中国戏剧现代化的艰难历程——20 世纪中国戏剧回顾 [J]. 文
　　　学评论，1998（1）.

[125] 王德威．千言万语何若莫言 [J]．读书，1999（3）．

[126] 宇野木洋．残雪的叙述——残雪访谈录 [J]．海南广播电视大学学报，2002（3）．

[127] 胡颖峰．论新时期女性散文的精神向度 [J]．江西社会科学，2002（9）．

[128] 方方．我写小说：从内心出发 [J]．当代作家评论，2003（3）．

[129] 王尧．1985年"小说革命"前后的时空——以"先锋"与"寻根"等文学话语的缠绕为线索 [J]．当代作家评论，2004（1）．

[130] 韩少功，张均．用语言挑战语言——韩少功访谈录 [J]．小说评论，2004（6）．

[131] 吴俊．关于"寻根文学"的再思考 [J]．文艺研究，2005（6）．

[132] 吕周聚．"无体裁写作"与文体狂欢——论第三代诗歌文体的解构与建构 [J]．首都师范大学学报，2005，（1）．

[133] 残雪．残雪的文学观点 [J]．延安文学，2007（4）．

[134] 格非．师大忆旧 [J]．收获，2008（3）．

[135] 程光炜．如何理解"先锋小说" [J]．当代作家评论，2009（2）．

[136] 李建周．第三代诗歌的认同焦虑——以"1986' 现代诗群体大展"为中心 [J]．文艺争鸣，2009（8）．

[137] 俞敏华．论"先锋小说"的出场 [J]．文艺争鸣，2010（10）．

[138] 丁帆．八十年代：文学思潮中启蒙与反启蒙的再思考 [J]．当代作家评论，2010（1）．

[139] 宁殿弼．论新时期探索戏剧艺术形式的创新 [J]．艺术百家，2011（5）．

[140] 程光炜．论格非的文学世界——以长篇小说《春尽江南》为切口 [J]．文学评论，2015（2）．

[141] 卢新华．伤痕 [J]．文汇报，1978（8）．

[142] 艾青．鱼化石 [J]．文汇报副刊·笔会，1978（8）．

[143] 王蒙．布礼 [J]．当代，1979（3）．

[144] 北岛．回答 [J]．诗刊，1979（3）．

[145] 舒婷．致橡树 [J]．诗刊，1979（4）．

[146] 史铁生．法学教授及其夫人 [J]．当代，1979（5）．

[147] 蒋子龙．乔厂长上任记 [J]．人民文学，1979（7）．

[148] 舒婷.祖国啊,我亲爱的祖国(外一首)[J].诗刊,1979(7).

[149] 张洁.爱,是不能忘记的[J].北京文艺,1979(11).

[150] 宗璞.我是谁?[J].长春,1979(12).

[151] 戴厚英.人啊,人![M].广州:花城出版社,1980.

[152] 汪曾祺.黄油烙饼[J].新观察,1980(2).

[153] 顾城.一代人[J].星星,1980(3).

[154] 王蒙.春之声[J].人民文学,1980(5).

[155] 马中骏,贾鸿源,瞿新华.屋外有热流[J].剧本,1980(6).

[156] 季红真.古陵曲[J].散文,1980(7).

[157] 北岛.宣告[J].人民文学,1980(10).

[158] 汪曾祺.受戒[J].北京文艺,1980(10).

[159] 梁小斌.中国,我的钥匙丢了[J].诗刊,1980(10).

[160] 汪曾祺.大淖记事[J].北京文学,1981(4).

[161] 杨炼.大雁塔[J].花城,1981 增.

[162] 贾平凹.丑石[J].人民日报,1981-07-20.

[163] 汪曾祺.鸡毛[J].文月汇刊,1981(9).

[164] 张洁.方舟[J].收获,1982(2).

[165] 舒婷.神女峰(外一首)[J].星星诗刊,1982(4).

[166] 铁凝.哦,香雪[J].青年文学,1982(5).

[167] 高行健.车站[J].十月,1983(3).

[168] 阿城.棋王[J].上海文学,1984(7).

[169] 江河.追日[J].黄河,1985(1).

[170] 王安忆.小鲍庄[J].中国作家,1985(2).

[171] 马原.冈底斯的诱惑[J].上海文学,1985(2).

[172] 莫言.透明的红萝卜[J].中国作家,1985(2).

[173] 阿城.孩子王[J].人民文学,1985(2).

[174] 刘索拉.蓝天绿海[J].上海文学,1985(6).

[175] 韩少功.爸爸爸[J].人民文学,1985(6).

[176] 韩少功.归去来[J].上海文学,1985(6).

[177] 徐星.无主题变奏[J].人民文学,1985(7).

[178] 残雪.山上的小屋[J].人民文学,1985(8).

[179] 莫言.枯河[J].北京文学,1985(8).

[180] 杨黎 . 冷风景 [J]. 非非，1986（1）.

[181] 曹明华 . 一个女大学生的手记 [M]. 上海：上海文化出版社，1986.

[182] 谌容 . 减去十岁 [J]. 人民文学，1986（2）.

[183] 莫言 . 红高粱 [J]. 人民文学，1986（3）.

[184] 张炜 . 古船 [J]. 当代，1986（5）.

[185] 马原 . 虚构 [J]. 收获，1986（5）.

[186] 于坚 . 尚义街六号 [J]. 诗刊，1986（11）.

[187] 李佩芝 . 我的那个世界 [J]. 散文选刊，1986（12）.

[188] 贾平凹 . 浮躁 [M]. 北京：作家出版社 1987.

[189] 巴金 . 随想录（合订本）[M]. 北京：生活·读书·新知三联书店，
       1987.

[190] 余华 . 十八岁出门远行 [J]. 北京文学，1987（1）.

[191] 洪峰 . 瀚海 [J]. 中国作家，1987（2）.

[192] 方方 . 风景 [J]. 当代作家，1987（5）.

[193] 格非 . 迷舟 [J]. 收获，1987（6）.

[194] 池莉 . 烦恼人生 [J]. 上海文学，1987（8）.

[195] 刘震云 . 新兵连 [J]. 青年文学，1988（1）.

[196] 格非 . 褐色鸟群 [J]. 钟山，1988（2）.

[197] 孙甘露 . 请女人猜谜 [J]. 收获，1988（6）.

[198] 潘军 . 南方的情绪 [J]. 收获，1988（6）.

[199] 伊蕾 . 独舞者 [J]. 人民文学，1988（6）.

[200] 池莉 . 不谈爱情 [J]. 上海文学，1989（1）.

[201] 王英琦 . 美丽地生活着吧 [J]. 当代，1989（2）.

[202] 王英琦 . 被"造成"的女人 [J]. 中国作家，1989（4）.

[203] 苏童 . 妻妾成群 [J]. 收获，1989（6）.

[204] 刘震云 . 一地鸡毛 [J]. 小说家，1991（1）.

[205] 史铁生 . 我与地坛 [J]. 上海文学，1991（1）.

[206] 唐亚平 . 月亮的表情 [M]. 沈阳：沈阳出版社 1992.

[207] 杨绛 . 杨绛作品集·二卷 [M]. 北京：中国社会科学出版社 1992.

[208] 王蒙 . 王蒙文集 [M]. 北京：华艺出版社 1993.

[209] 海子 . 海子的诗 [M]. 北京：人民文学出版社 1995.

[210] 唐亚平 . 唐亚平诗选 [M]. 贵阳：贵州人民出版社 1996.

[211] 西川编 . 海子诗全编 [M]. 上海 : 上海三联书店，1997.

[212] 张玞编 . 骆一禾诗全编 [M]. 上海 : 上海三联书店，1997.

[213] 翟永明 . 纸上建筑 [M]. 上海 : 东方出版中心，1997.

[214] 戴厚英 . 人啊，人 [M]. 合肥 : 安徽文艺出版社 1999.

[215] 于坚 . 于坚的诗 [M]. 北京 : 人民文学出版社 2000.

[216] 贾平凹 . 小月前本 [M]. 北京 : 人民文学出版社 2006.

[217] 宗璞 . 三生石 [M]. 北京 : 人民文学出版社 2006.

[218] 伊蕾 . 伊蕾诗选 [M]. 天津 : 百花文艺出版社 2010.

[219] 翟永明 . 翟永明的诗 [M]. 北京 : 人民文学出版社 2012.

想象、建构及限制——20世纪80年代中国文学史论

后 记

本书是我于 2009 年完成了博士论文之后，对 80 年代的文学史知识进行进一步梳理和思考的结果。2014 年，浙江师范大学中国现当代文学学科组的老师，决定写一部关于 20 世纪中国新文学发展史研究的丛书。因为近些年来我比较集中于关注 80 年代文学史，博士论文也是以 80 年代小说艺术形式为研究主题，所以，我便承接了 80 年代文学研究的部分。写作过程中，几易其稿。最初的论述侧重于阐述我个人对 80 年代文学事件、文学现象的看法，后来，几经讨论，觉得此书还将用于本科生的学习，所以在修改过程中，增加了对 80 年代文学史基础知识的阐述，也尽量全面地涵盖了 80 年代的文学潮流、各类文学体裁及主要的文学事件等。但实际上，在结构本书的过程中，我依然以"论"为中心，以"史"的资料为支撑，力图展现构成 80 年代文学图景的关键要素，也就是说，找寻出 80 年代这一个历史时期中，文学史的哪些问题浮出了历史地表并构成了文学发展的关键要素。

在本书的写作过程中，跑的最多的是浙师大的邵逸夫图书馆，因为关于 80 年代文学的书籍大多馆藏于此。这里比起高大、明亮、热闹的新图文，显得特别古朴、安静，甚至有点冷清。我却爱及了这

想象、建构及限制——20世纪80年代中国文学史论

里，不仅因为有大量的"可用"的书籍，而且常常忆起当年读研究生时，每天在此看书、查资料的情景，总感觉有种书香的温情。有时，看到自己读书时的借阅痕迹，更觉得生活之有趣。当然，翻阅80年代出版的旧刊、书籍，看到那些"别样"的封面、图片、人物照片，也是喜欢得不得了。大概在这样一个安静的环境中，更容易让人产生恍入另一个时代的感觉。

如今，此书终于要与读者见面了，心生欢喜。本书得以顺利出版，离不开现当代文学学科老师们的务实、理解与包容，由衷表示感谢。还要感谢我的两位研究生蔡玲和陈婷婷，她们帮忙完成了大量图片的翻拍和后期处理工作。特别需要说明的是，在研究撰写的过程中，为了丰富文学史的呈现方式，本书采用了大量图片，有些图片是我们从旧刊和书籍中翻拍出来的，有些来自网络，在此，对原图片的所有作者表示衷心的感谢！

俞敏华

2019 年 11 月 1 日